陈斐 主编

汉魏六朝诗三百首

姜书阁 姜逸波 选注

浙江教育出版社·杭州

图书在版编目（CIP）数据

汉魏六朝诗三百首 / 姜书阁，姜逸波选注. -- 杭州 : 浙江教育出版社，2025. 1. --（中华好诗词 / 陈斐主编）. -- ISBN 978-7-5722-8779-4

Ⅰ. I222.73

中国国家版本馆 CIP 数据核字第 20246G0J19 号

中华好诗词 汉魏六朝诗三百首

ZHONGHUA HAO SHICI HANWEILIUCHAO SHI SANBAI SHOU

姜书阁 姜逸波 **选注**

责任编辑 赵清刚
美术编辑 韩 波
责任校对 马立改
责任印务 时小娟
产品监制 王秀荣
特约编辑 郭 城
装帧设计 郝欣欣
出版发行 浙江教育出版社
地址：杭州市环城北路177号
邮编：310005
电话：0571-88900883
邮箱：dywh@xdf.cn
印 刷 天津盛辉印刷有限公司
开 本 880mm×1230mm 1/32
成品尺寸 145mm×210mm
印 张 14.125
字 数 448 000
版 次 2025年1月第1版
印 次 2025年1月第1次印刷
标准书号 ISBN 978-7-5722-8779-4
定 价 55.00元

总序

今天，我们和诗词打交道的方式，大致可概括为“说诗”和“用诗”两种。对于这两种方式，王国维在《人间词话》中做过区分、说明。他用晏殊、欧阳修等人写爱情、相思的词句，比拟“古今之成大事业、大学问者，必经过”之“三种境界”，可视为“用诗”。他所下的转语“然遽以此意解释诸词，恐为晏、欧诸公所不许也”，则承认了“说诗”的存在。

春秋时期，我国即有了频繁、成熟地引用《诗经》来含蓄、典雅地抒情达意的“用诗”实践。“用诗”可以“断章取义”，将诗句从原先的语境剥离出来，另赋新意。“说诗”则应以探求作者原意为鹄的，尽管作者原意可能并不是唯一的、封闭的，尽管探求的过程也需要读者“以意逆志”、揣摩想象，但不能放弃这种探求。正如仇兆鳌在《杜诗详注》自序中所云：“注杜者必反覆沉潜，求其归宿所在，又从而句栉字比之，庶几得作者苦心于千百年之上，恍然如身历其世，面接其人，而慨乎有余悲，悄乎有余思也。”

通常，我们对诗词的阅读和研究，属于“说诗”，应尽量探求作者原意；在作文或说话时引用诗词，则是“用诗”，最好能符合原意，但也不妨“断章”。接触诗词，首要的是“说诗”，弄清原意；

然后举一反三、触类旁通地“用诗”，让诗点化生活、滋养生命。

我们“说诗”，应怎样探求作者原意呢？愚以为，必须遵从诗词表意的“语法”，通过对文本“互文性”的充分发掘寻绎。《文心雕龙·知音》云：“夫缀文者情动而辞发，观文者披文以入情。”“作诗”是抒志摛文、将情志外化为文字的“编码”过程；“说诗”则是沿波讨源、通过文字探求情志的“解码”过程。作者“编码”达意，有一定的“语法”；读者“解码”寻意，也必须遵从这些“语法”。同时，作品是一个“意脉”贯通的有机整体，承载的是作者自洽的情意，反映在文本上，即是字、句、篇、题乃至诗词书写传统之间彼此勾连的“互文性”。这些不同层次的“互文性”，构成了人们通常所说的“语境”。“说诗”应充分考虑文本的“互文性”，理顺“意脉”，重视作者言说的“语境”。凡此种种，既限定了阐释的边界，也保证了阐释的效力，将专家、老师合理的“正解”和相声、小品、脱口秀演员搞笑的“戏说”区别开来。

散文语言“编码”达意，比较显豁、连贯，诗词语言则讲究含蓄、跳跃，故“言在此而意在彼”“言有尽而意无穷”“无理有情”“笔断意连”之类的话语常见诸诗话、评点。用书法之字体比拟的话，散文似楷书，诗词则是行书或草书。由于“五四”新文化运动的猛烈抨击，传统文体的书写和说解传统，在当下已命若悬丝。从小学到大学，哪怕是专业的中文系，也没有系统教授传统文体写作的课程。即使是职业的研究者，也普遍缺乏传统文体的书写体验。这种“研究”与“创作”的断裂，直接导致了今日的新生代研究者对诗词的感悟力和解读力普遍不高。因为诗词表意往往含蓄、跳跃，如果没有深切的创作体验，就很难把握住全篇的“意脉”，解说难免支离破碎、顾此失彼。就像一个人如果没有拿过毛笔，面对楷书还大致可以辨识，但如果面对的是一幅行书或草书，他连怎么写出来的（笔顺、笔势）都很难弄明白，更不要说鉴赏妙处、品评高下了。

说到这里，也许有朋友会说，现在社会上喜欢写诗词的人可是越来越多了呀！的确，这对于中华优秀传统文化的传承来说，是好现象。不过，很多朋友是因为爱好而写作，就他们自学的诗词素养，写出一首符合“语法”且“意脉”贯通的诗词来说，还有不小的距离。记得数年前，当能够“写”诗词的计算机软件被开发出来时，有朋友问我怎么看待？如何区别计算机和人创作的诗词？我说：我能区别计算机和古人创作的诗词，但没法区别计算机和今人创作的诗词，甚至计算机创作的比我看到的绝大多数今人创作的还要好，起码平仄、押韵没有问题。因为古人所处的时代，古典文脉传承不成问题，诗文书写是读书人必备的技能，生活、交际常常要用，他们所受的教育中有系统、大量的创作训练，既物化为教材，也可能是师友父子间口耳相传的“法门”、技巧。因此，古人写诗词，就像今人说、写白话文一样，不论雅俗妙拙，起码是符合“语法”且“意脉”贯通的。而在传统文体被白话文体大规模取代的今天，我们已成了诗词传统的“局中门外汉”（张祖翼《伦敦竹枝词》初版自署），不论是写作还是说解，如果不经过刻意、系统的训练，要做到符合“语法”和“意脉”贯通，都非常困难。想必大家都有过学习外语的体验，之所以感觉困难、进展缓慢，是因为缺乏“习得”这种语言的文化氛围。计算机“写”诗词，不过是根据事先设定的平仄、押韵程序，提取相关主题的关键词排列、拼凑，绝大多数今人也差不多，都很难做到符合“语法”且“意脉”贯通。以上是我数年前的回答。ChatGPT（人工智能的语言模型）的诞生，使我的看法略有改变，但它要写出合格的诗词作品，尚待时日。

今人对诗词的感悟力和解读力普遍不高，除了缺乏创作体验，还由于时势变迁，所受专业化的教育训练，使他们的国学素养一般比较浅狭。而诗词又是作者整个生命和生活世界的映射，可能涉及作者生活时代的社会风俗、礼乐制度、思想观念、地理区划乃至自然科学方面的知识。如果对诗词生成的文化背景缺乏了解，自然难以充分发掘文本的意蕴及其“互文性”，无法还原作者言说的“语境”，解说难免隔靴搔痒、纰漏百出。

今天，我们对传统文体的看法已经和“五四”先贤有了很大不同。很多人意识到，传统文体未必没有价值，未必不能书写、表达当代人的生活、情感。尤其是诗词，与母语特性、民族审美、文化基因的关系更为密切。最近几年，《中国诗词大会》《经典咏流传》等与传统文化相关的娱乐节目的热播，更是彰显了中华优秀传统文化根于人心、超越时空的永恒魅力。

那么，我们应该如何提升诗词创作和说解的水平呢？窃以为，就学术、教育体制而言，应该恢复诗词创作教学，适当修复“研究”和“创作”之间良好互动的关系。在古代，文学创作教学的传统源远流长，不仅指授诗文作法、技巧的入门书层出不穷，而且那些以传世为期许的诗话、文评，比如《文心雕龙》《沧浪诗话》等，也以提升创作能力为鹄的，带有浓厚的教科书特征；文学活动的主体，通常兼具创作者、评论者和研究者“三位一体”的身份。“五四”新文化运动打倒了传统文体，并从西方引进了一套崭新的现代文学研究和教育机制。这套机制将“研究”和“创作”断为二事，从此，中文系不以培养作家为使命，而以传授用西方现代文论生产出来的“文学知识”为主要职责。一定程度上说，这些知识不仅忽视了中国古代文学的“中国性”及其生成的古典语境，未能很好地阐发中国古代文学的文化基因、民族审美和母语特性，而且完全不涉及传统文体的创作。诚然，伟大的作家不是仅靠学校培养就能造就的，但文学创作的能力却是可以培养、提升的，中文系的研究和教学不应该放弃对文学创作能力的培养。职是之故，我们有必要修复“研究”和“创作”之间良好互动的关系，特别是亟待从创作视角阐释我们的文学遗产，并以研究所得去丰富、深化传统文体的创作教学。这既可以填补研究空白，推动学科、学术、话语这“三大体系”的建设，也可以反哺当代传统文体创作，是赓续中华文脉的当务之急！

就个人而言，细读、揣摩国学功底广博深厚、“研究”和“创作”兼擅的前辈名家的“说诗”论著，必不可少，特别是钱仲联、羊春秋等现代诗词研究泰斗。他们前半生接受教育的时候，诗词还以“活态”传承着，在与晚清民国古典诗人的交往中，他们“习得”

了诗词创作与说解的能力。同时，他们后半生主要在高校执教，颇了解当代读者的学习障碍和阅读需求。因此，由他们操刀撰写的诗词读物，往往深入浅出，言简意赅，既能传达古典诗词的神韵，又契合当下读者的阅读需要。

作为中华学人，我们对诗词的研究，毕竟不能像有些汉学家那样，偏重理论“演练”。我们有着赓续文脉的重任，必须将研究奠基于对作品的准确解读之上。这势必要求我们尽快提升对诗词的感悟力和解读力。另外，作为“80后”父亲，自从儿子出生以后，我的“人梯”之感倍为强烈，想从专业领域为儿子乃至普天下孩子的成长奉献涓滴。基于这两个方面的考虑，在编纂“民国诗学论著丛刊”“名家谈诗词”等丛书之后，我计划再编纂一套“中华好诗词”丛书，把自己读过而又脱销的现代学术泰斗撰写的诗词经典选本，以成体系的方式精校再版，和天下喜欢或欲了解诗词的朋友分享。这个设想，得到了诗友、洪泰基金王小岩先生的热情绍介，以及新东方集团俞敏洪、周成刚和窦中川三位先生的垂青、支持！编校过程中，大愚文化的王秀荣、郭城等老师，付出了很大辛劳。我们规范体例、核校引文、更新注释中的行政区划，纠正了不少讹误，并在每本书的书末附录了一篇书评、访谈录或学案。对于以上诸位师友的热情襄赞，作为主编，我心怀感恩，在此谨致谢忱！

这套丛书，是我们抱着“发潜德之幽光，启来哲以通途”的传承目的编的，乃2024年度教育部哲学社会科学研究重大专项项目“古典诗教文道传统的当代阐释及教育实践”（2024JZDZ049）的阶段性成果。每个选本，都是在对同类著作做全面、详尽调查的基础上精挑细选出来的。选注者不仅在相关研究领域有精深造诣，而且许多人本身就是著名诗人。他们选诗，更具行家只眼；注诗，更能融会贯通；解诗，更能切中肯綮。每册包括大约三百首名篇佳作及其注释、解析，直观呈现了某一朝代某一诗体的精彩样貌。诸册串联起来，则又基本展现了从先秦到近代中华诗词的辉煌成就。读者朋友们通过这套丛书，不仅可以在行家泰斗的陪伴、讲解下，欣赏到中华数千年来最为优美的古典诗词作品，而且能够揣摩到诗词创作和欣赏的基本“法门”。而诗歌又是文学王冠上最耀眼的明珠，是所有文体中最难懂、表现手法最丰富的。诗歌读懂了，其他文体理解起来不在话下。诗歌表情达意的技法，也能迁移、应用到其他文体的写作中。缘此，身边的朋友不论是向我咨询如何提升孩子的阅读水平，还是请教怎样提高学生的作文分数，我开出的药方都是“好好儿读诗，特别是诗词”。

孔子说，“不学诗，无以言”，往极端说，甚至“无以生”。诗人不仅能说出“人人心中有，口中无”的话，还是人类感觉和语言的探险家。读诗是让一个人的谈吐、情操变得高雅、优美、丰富起来的最为廉价、便捷的方式。你，读诗了吗？

陈斐

甲辰荷月定稿于艺研院

序

自来言诗体起源者，莫不首推四言诗之《三百篇》，而继之者则或言楚骚，或径述汉魏五言。譬如《汉书·艺文志》在《诗赋略》中即言孙卿（荀况）和屈原之赋“咸有恻隐古诗之义”，那便是“春秋之后”“学诗之士”所作的“贤人失志之赋”了。又如刘勰《文心雕龙·明诗》亦以“楚国讽怨”，“《离骚》为刺”，继“王泽殄竭，风人辍采”之后，而后始有“两汉之作”堪称“五言冠冕”的“古诗佳丽”之品录。凡此，皆以《三百篇》——《楚辞》——汉魏五言“古诗”为其发展演变之系列者也。但亦有将春秋之后诗、骚（楚辞）的发展歧而为二者：一曰辞（赋），二曰诗歌。如明人吴讷《文章辨体序说》即以“古诗之流”的“古赋”以下，依次叙楚、两汉、三国六朝、唐、宋、元、明之赋为一系；又以“古诗”《三百篇》以下，依次叙四言、五言、七言、歌行之诗为另一系。清人叶燮的《原诗》，其《内篇·上》开口便说：“诗始于《三百篇》，而规模体具于汉。自是而魏，而六朝、三唐，历宋、元、明，以至昭（清）代，上下三千余年间……诗有源必有流……”其下逐段所论，皆由《三百篇》而径及于“汉魏之诗”，或“苏、李”五言，或古诗十九首，根本未涉及楚汉辞赋。由此可见，溯辞赋之源，不能否认

“赋者，古诗之流”这一论断，即必须承认楚汉辞赋与《三百篇》有承传关系；而论及汉魏以后之五（七）言诗的起源，则可以越过楚汉辞赋而直接上承《三百篇》。钟嵘《诗品序》云：“自王、扬、枚、马之徒，词赋竞爽，而吟咏靡闻”，表明“古诗”与辞赋家并无关系；在《诗品》卷上第一条又明著“其体源出于《国风》”，是则谓汉代五言诗乃径由《三百篇》之民歌部分——风诗继承发展而来也。

诚然，《诗品》以为“逮汉李陵，始著五言之目”，又于品评“汉都尉李陵”时，首言“其源出于《楚辞》，文多凄怆怨者之流”，但与钟嵘并世的刘勰便已说过“至成帝”之时，“辞人遗翰，莫见五言，所以李陵、班婕妤见疑于后代”。至唐、宋，几乎再没有人承认李陵、苏武《赠别》诗为真李、苏作矣。

那么，自“春秋之后”，“风人辍采”，直到汉代“东京二百载中，惟有班固《咏史》，质木无文”，才以五言诗上继《三百篇》中《国风》之四言诗。难道其间五六百年便只有辞赋而无诗歌吗？当然不会是这样的。仅就《汉书·艺文志·诗赋略》所著录“歌诗”类，自“高祖歌诗二篇”以下，即有“歌诗二十八家，三百一十四篇”，而实际上未为乐府机关所采录的民间作品尚不知若干倍于此者。至若自春秋之末以迄于秦代之亡，今尚可在秦火之余的古籍中见到一些风谣逸篇，其泯灭不传者更不知凡几了。

从以上的简括考察，可知今如欲编选《三百篇》以后之诗，断当自先秦两汉始事，不能舍秦汉而托始于“五言腾涌”的“建安之初”的“曹公父子”和“王、徐、应、刘”，更不能摒建安而始于曹丕灭汉称帝之黄初年间。

始吾徇岳麓书社之请[1]，编选《魏晋南北朝诗三百首》，遍读明清以来古诗选本，然后取近人丁福保《全汉三国晋南北朝诗》，参考逯钦立《先秦汉魏晋南北朝诗》，自《全三国诗》（实等于全魏诗）起，逐家逐篇比较，选出八百余篇，继又剔除四百余篇，至第三稿，始恰好删余三百零五篇。在编选过程中，首先就涉及东汉末那些“古诗”（主要有《古诗十九首》）。钟嵘《诗品》已有“旧疑是建安中曹、王所制”的说法，虽早为后世学者所否定，但仍不免时时困惑于汉魏之间的划分和去取。虽然在原则上我自始就明确地认定选魏诗不应自曹丕灭汉称帝起，而应自晚年曾受封为魏公、魏王的曹操任汉丞相以前起，但对于汉末诗人之不在曹氏幕下者，仍无收其作品入魏诗之理。似此参差错落，委实不能得到比较满意的解决。

上述情况，我在未着手选编以前亦非无所考虑，然未加深思。实则先秦两汉时间跨度虽长，但除《三百篇》和《楚辞》以外，真正可供参选的诗歌存者充其量不及五百篇，如何能从中选足三百首呢？正因为如此，向来言古诗或选古诗者皆并先秦两汉与魏晋南北朝为一，而泛称“古诗”（如《古诗选》《古诗源》），或舍先秦而径以“汉魏六朝”为目。因此，我虽费了很大精力，选出了三百零五首的《魏晋南北朝诗三百首》，却始终觉得很不满意，未能定稿。搁置月余，乃复商改为《汉魏六朝诗三百首》。第四次修改选目，就再删去四十五首，而另选入汉诗六十四首，遂成今本之三百二十四首。

---

[1] 新版注：本书由此社初版于 1992 年。

此编既始于汉，当然不可能选入先秦作品，对此吾别有说：一则春秋以前，已有《三百篇》，自可不论。二则世所传《击壤》《康衢》之类，本不足信，亦无须选。三则战国至秦，散见于经子百家的风雅歌谣可视为诗者，实亦极少，从明人冯惟讷《诗纪》、杨慎《风雅逸篇》《古今风谣》及近人逯钦立所辑的《先秦诗》来看，至多不超过百首。四则战国时代继《三百篇》者为楚辞，而楚辞之为体实源自楚歌，其势至西汉犹沿袭不衰，以故若选先秦诗歌，自可以楚歌当之，余固已于多年前撰《先秦楚歌叙录》选过较优秀而又比较可靠的十首，冠于我的《先秦辞赋原论》(齐鲁书社 1983 年版）一书，足为代表。

也许读者会有人提出疑问：《诗三百篇》所收之诗涵盖了公元前 11 世纪到前 6 世纪，共计五百余年，《唐诗三百首》则涵盖整个唐代三百年，今《汉魏六朝诗三百首》选自西汉建号至于隋亡，长达八百余年，而亦止于取诗三百首，其涵盖时间得无太长欤？应之曰：选诗是否具有全面性或代表性，应不以所涵盖的时间长短论，而只能以所从选的存诗篇数多寡论。《三百篇》究竟是从多少民间诗歌中精选而成，今已无确切文献可征，不敢断言，姑置勿论。试就《唐诗三百首》而言，此三百篇仅为康熙朝所编《全唐诗》四万八千九百余首的千分之六；而汉魏六朝诗歌（包括无名氏之民间歌谣及郊庙歌辞），据丁福保所辑，至多不超过六千首（逯氏所辑，杂以谚语，至多亦不过九千首），今选三百二十四首，至少亦为存诗的千分之五十三，其比例大于唐诗者近九倍。且汉魏六朝诗作家不过七百一十人，而唐诗人则为两千二百余家，同样选录百家诗作三百首，其全面性或代表性自当较《唐诗三百首》大得多了。至于编选者的鉴选标准之当否和辨识能力之高低，那当然要起到更多的决定作用，实绩如何，尚有待于时间的验证。

自西汉之兴，至隋代之亡，八百余年间的诗歌，主要是完成了五言诗的全部发展过程。汉初，项羽《垓下》、高帝《大风》，迄于武帝《瓠子歌》《秋风辞》，乃至乌孙公主刘细君的《悲愁歌》，盖皆六七言夹“兮”字的楚声歌。然而到了西汉后期，至迟在成帝刘骜之时，民间歌谣已有完整的五言体，《汉书·五行志》著录“邪径败良田”一首六句，刘勰所谓“阅时取证，则五言久矣”是也。至于东汉，经过班固“质木无文”的《咏史》，到张衡的《同声歌》，便已趋于成熟。迨至桓、灵之世，秦嘉、蔡邕、郦炎、赵壹……作五言诗者益多，亦愈为世所宗尚。而《文选》所录《古诗十九首》及《诗品》所称“‘去者日以疏’四十五首”，或“文温以丽，意悲而远”，或“虽多哀怨，颇为总杂”，然皆是五言之冠冕也。正是这些作品延及建安时代三曹七子，构成了唐人所仰慕的“汉魏风骨”。本书所选汉诗六十四首中，有作者主名的仅十二人十六首，只占四分之一，其他四分之三皆长期流传的民间无名氏之名篇佳作也。魏代入选的十一人四十六首亦多为“建安文学”作品，只以投身邺下曹氏集团，故列入魏诗，而以历史朝代言，仍为东汉之末耳。魏诗收十一人四十六首，前期重点曹植入选十五首，后期重点阮籍入选十四首，两家约占魏诗百分之六十三；如并汉诗计之，亦占所收汉魏诗（一百一十首）总数的百分之二十六强，由此可见，曹阮之诗略足代表或体现后世诗人所盛称的“汉魏风骨”。

尽管陈子昂说“汉魏风骨，晋宋莫传”(《陈伯玉文集·修竹篇序》)，我们却认为五言诗到晋宋两代仍有新的发展。晋之左思、陶渊明，宋之谢灵运、鲍照，我们都视为重点，选入较多的诗篇，特别是陶诗，收了二十二首，为本书收诗最多的一家，鲍照诗亦收十八首，次之。这两家在中国诗史上都是有突出贡献，应予特别标举的。

齐、梁、陈诗或如永明体之讲究声律，务为精密，致使“文多拘忌，伤其真美”；或如宫体之专写宫廷生活琐事，务为绮艳靡曼之辞，诗道渐坏，直至于隋，势不得不变。在此三朝，唯齐永明谢朓最称“清发”，堪作重点，选诗九首，其他二十四人共只选诗四十五首，平均每人不及二首，而南朝终矣。

北朝魏、齐、周三朝傴鄙不文，二百年间仅得入选八家十六首，而庾信八首，王褒二首，又皆由南入北之诗人，非北地产也。然而自此遂启南北诗风融和之渐，至隋，始初变南朝齐梁淫靡之习，终于出现唐诗的大发展。隋文帝杨坚虽灭陈统一，建立隋朝，然传至其子炀帝广，共仅二世三十八年而亡，国祚甚短，唐李延寿撰《北史》即合隋于北朝之魏、齐、周三朝之史书而为之。今编选汉、魏、六朝诗，亦当以隋赘于北朝之末，盖其诗风固是承北周庾信而来也。本书只选得隋诗三人五首而已。

综上计之，全书共选录有姓名诗人八十四家，诗二百四十首，另加无名氏作品八十四首。如前所言，这八十四首无名氏作品中，两汉就占了大部分——四十八首，其中主要为《文选》和《诗品》所称为“古诗”者。其余三十六首则多是晋、宋以下迄于北朝的乐府民歌。

诗是文学作品，是意识形态的东西，在鉴选之前，自然曾经从不同角度多方考虑，拟订了一套较为明确的标准或凡例，但这不可能如同检验物质产品那样制定出具体的数值标准，丝毫不爽地严格执行。无论就作品的思想内容或艺术形式来说，都是如此。原则上，我们要求选思想性强和艺术性高的作品，但这强弱高低是因时因地而异的，并无一定不易的标准。不仅不能用今天社会主义时代的观点去审视衡量封建社会时代的文学作品，也不能用唐宋诗人的诗学观念来要求汉魏诗人。相反地，要求陈隋诗人写出与《古诗十九首》同风的篇章，也同样是行不通的。因此，我所谓的鉴选标准或凡例，也不可能是具体详明完全适用于编选自汉至隋整个这八代八百年间的诗作的。譬如，本书所选诗的时代是五言体代替《三百篇》四言体而萌生、发展、成熟的历史阶段，原则上不再选录四言诗，故于前人所普遍称赏的汉初唐山夫人《安世房中歌》、韦孟《讽谏》，及今人多加引录的魏嵇康《赠秀才入军》等名篇，皆在割爱之列，然于曹操的《短歌行》(“对酒当歌”）和《步出夏门行》(“云行雨步”）两篇四言诗则破例入选。又如，原则上不选拟效前人的作品，《文选》录晋陆机《拟“行行重行行”》等古诗十二篇，清沈德潜《古诗源》亦选录其《拟“明月何皎皎”》及《拟“明月皎夜光”》二篇。本书则一首不选；但于梁江淹诗，则收其《效阮公诗》十五首中之“岁暮怀感伤”一篇；于北朝庾信，亦收其《拟咏怀诗》二十七首中的“楚材称晋用”等五篇。凡此之类，皆非硬性的标准所能严限者也。

这八百年中的诗歌诚然以五言体为主要形式，然唐宋以来的五、七言古近体诗亦皆或早或迟滥觞于这个阶段之中。张衡的《四愁诗》，除每篇首句连“兮”字计算始为七言外，其下六句皆为不折不扣的七言体。然全篇完整而艺术成就亦高的七言诗则未有早于魏文帝曹丕的《燕歌行》者。诸如此类，皆不能不选，非只为其首创，实亦因这些篇章在诗歌艺术上皆有较高成就，不可遗也。

就丁、逯所辑两种诗总集而言，本书所选的无名氏作品，特别是各朝代的乐府民歌，在比例上是较多的。自汉至隋，今存的民间作品乐府民歌（不包括郊庙歌辞、文人拟作，也排除那些不属诗歌范围的谚语、杂谣），实在不多，这里尽可能选录一些不同时代不同形式的代表作，提供给读者。

编选文学作品，尤其是编选诗歌，无论选家如何力图选得公平，总不免带有某些个人偏见，这是无法绝对避免的。我编此书，共经过四次筛选，前后费时达一个月之久，意在预悬鹄的，逐次删汰，愈后愈细，亦当愈精。为了免除或减少由于个人爱恶而产生偏失，误漏精品，我在每次筛选时，都参考了前人和今人的多种选本，至少把古今人公认的名篇佳作尽可能保留下来，希望这个选本能够得到广大读者的理解与喜爱。

在作品编排方面，首先是按朝代和诗人及其诗篇时代先后为序。但汉代以后，政权易姓频繁，且中间有百六七十年南北两朝同时分立，互不相属，这就给按时代先后编排带来很多麻烦。关于朝代问题，这里采取过去“正史”的编排方法：首先是汉（包括西汉、东汉），继之以魏（不另立吴、蜀，亦不称三国），然后是晋（包括西晋、东晋），再下则为宋、齐、梁、陈（因刘宋是夺取东晋政权，偏安江左而称为“南朝”），至此，再回到早在西晋便已在北方建立政权的北魏（包括后来的东魏、西魏），依次为北齐、北周，因本书入选北朝作家作品均甚少，故统标之曰北朝。最后则为短暂统一中国的隋，因为它是由灭北周而建立的，故唐李延寿著《南史》和《北史》即列《隋史》于《北史》之末，并未列在《南史》《陈史》之后，兹亦从之。

由于自东汉桓、灵以后，初则群雄割据，继而三国鼎立，西晋统一未久，便被迫南迁，与北朝并列。二百年间，朝代更迭，不少文人出仕两朝乃至三朝，究应归于何代，前人亦无定准。譬如沈约，即历仕宋、齐、梁三朝，颜之推则历仕南朝梁和北朝的齐、周及隋四朝。这该如何处置呢？我的办法是：原则上列入他死前所仕之朝，如沈约便列在梁，徐陵（仕梁、陈）列在陈，庾信（仕梁、西魏、北周）列在北朝。但个别情况特殊的，如颜之推虽由北朝齐、周，继仕于隋，而年事已高，仅只是“太子召为学士，旋病卒”，未尝有所作为，故仍以列入北朝为是。

至于同时代人，何者在前，何者居后，向有不同处理方法：一般以生年先后为序。但人之社会活动和文学成就有早迟之异，故其在文苑和诗坛上之崭露头角并不以年龄为序，于是有人便采取以卒年为序的方法。然其不当乃愈甚。以唐代诗人为例："早岁工诗，受知于韩愈"的李贺（790—816），因他只活了二十七岁，遂排列在他的先辈韩愈（768—824）之前，岂可谓安！譬如孔鲤死于孔子之前，颜回死于颜路之前，难道序列春秋儒家时可以以卒年为序置子（鲤、回）于父（丘、路）之前吗？在这个问题上，本书基本上是采取以生年先后为序的原则。其生年不详者，则就其社会活动，特别是考虑其文学活动的旺盛时期，斟酌安置。

在此须特别说明的一个问题是：曹操和建安七子皆卒于汉献帝刘协的建安末年，没有一个人活到曹丕灭汉称帝的魏代，但在编列这些人的作品时，却不能把它们选入汉代，而只好放在魏诗之中。本来"汉魏风骨"亦称"建安风骨"，实指以魏武帝曹操为最高领袖的邺下文人集团的文风。正是这个集团的文士"三曹""七子""梗概多气"的文风——包括诗风，才成为后世所推崇和继承发展的优秀传统。因此，尽管他们当中绝大多数均死于汉献帝建安年间，但不能不把他们的诗篇编入魏诗，而这个魏乃是开创于曾被封为魏公、魏王的汉丞相曹操的。

编选此书时，曾有人问及是编既涵盖了自汉至隋，又兼收南北各朝，何以题名曰"汉魏六朝"？于古有据否？告之曰：唐人言六朝，大抵皆指汉以后六个以建业（今南京）为首都的偏霸朝代而言，即吴、东晋、宋、齐、梁、陈是也。至迟宋以后便有人以晋、宋、齐、梁、陈、隋六朝上承汉、魏而谓之“八代”，如苏轼《韩文公庙碑》“文起八代之衰”句，南宋郎晔上进的《经进东坡文集事略》卷五十五便注曰：“八代谓东汉、魏、晋、宋、齐、梁、陈、隋也。”张溥纂辑《汉魏六朝百三家集》即以晋、宋、齐、梁、陈、隋为六朝，并于陈、隋之间插入北朝的北魏、北齐、北周，其书即以“汉魏六朝”标名。清严可均编《全上古三代秦汉三国六朝文》，其“六朝”文，亦是以晋、宋、齐、梁、陈、后魏、北齐、后周、隋为序的。自宋以来，各家诗话即时言“汉魏六朝”，如胡仔纂集的《苕溪渔隐丛话》前集之卷一、卷二即分别题曰“国风汉魏六朝”上、下；后集之卷一、二则分别题曰“楚汉魏六朝”上、下，这“汉魏六朝”悉与明清人所用的涵盖面相同。

我以衰年著述余暇，编选此书，全部注解均由小女逸波执笔，我只写了各家小传（包括无名氏作品题解）和各篇末后的评说。没有她的大力合作，干了全部工作中百分之八十的艰苦而繁难部分——注释，我自己是无力完成它的。因此，这本书实在只能算是她的成果，我不过居于辅助地位而已。

1991年8月姜书阁序于湘潭大学

目录

魏诗

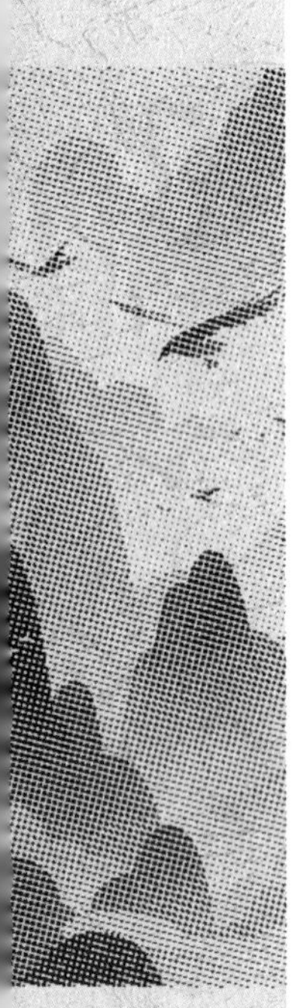

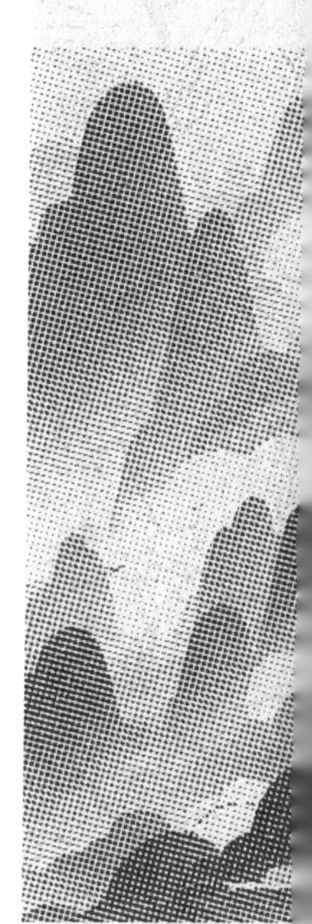

汉诗

项　籍

（前232—前202）

字羽，一字子羽，下相（今江苏宿迁西）人，战国末楚将项燕之孙。秦二世元年（前209），陈胜起义，他从叔父梁起兵响应。二年后（前207），摧毁了秦军主力，秦亡。是年，他自立为“西楚霸王”，都彭城（今江苏徐州）。是时，他和汉王刘邦争天下，汉军屡为项王所败。但最后一战，却被汉兵围困于垓下（今安徽灵壁东南），兵少粮尽，楚军瓦解，大势已去。夜闻四面汉军楚歌之声，惊曰：“汉皆已得楚乎？”起饮帐中，对所宠美人虞姬慷慨悲歌。后人称其歌为《垓下歌》，盖楚声也。

垓下歌[1]

力拔山兮气盖世。时不利兮骓不逝[2]。
骓不逝兮可奈何？虞兮虞兮奈若何[3]！

◎ 注释

[1] 此诗始载于汉司马迁《史记·项羽本纪》。宋郭茂倩《乐府诗集·琴曲歌辞》录此，题为《力拔山操》。后世选诗多题以《垓下歌》。

[2] 骓：毛色青白相间的马。逝：离去。此句谓战局不利，坐骑不能冲出重围。

[3] 奈若何：若，你，指虞姬。将你如何处置？

◎ 评析

开口道出自己的英雄事业全凭“力”与“气”，毫无掩饰，确乎发于内心。沈德潜谓：“‘可奈何’‘奈若何’呜咽缠绵，从古真英雄必非无情者。”良然。

◈刘　邦

（前247或前256—前195）

即西汉创建帝业的汉高祖，字季，沛（今江苏沛县）人。少时不事生产，曾任泗水亭长。秦二世元年（前209），陈涉起义，他起兵响应，自称沛公，与项羽共击秦。前207年，他攻入咸阳，灭秦。是年，项羽入关，封他为汉王，王巴蜀、汉中之地，从此，他遂开始与项羽展开长达五年的争夺天下的楚汉战争，终于在前202年灭项羽，统一全国，建立起汉朝。

大风歌[1]

大风起兮云飞扬。威加海内兮归故乡[2]。

安得猛士兮守四方！

◎ 注释

[1] 高帝十二年（前195）冬，刘邦平定英布（即黥布）还，过沛县，置酒沛宫，邀集故人、父老、子弟共饮。酒酣，帝击筑自歌此《三侯之章》(按：谓歌中有三个“兮”字)，即后世称为《大风歌》者，是也。此歌始见于《史记·高祖本纪》。《乐府诗集·琴曲歌辞》题为《大风起》。

[2] 海内：古人以为中国疆土四面环海，故称国境之内为海内或四海之内。

◎ 评析

《史记》言刘邦自为此歌“慷慨伤怀，泣数行下”，所伤者当不在风起云扬、威加海内，而在末句也。古人论曰：“《大风》一歌，独思猛士，汉高其有悔心乎？”可谓知言。

刘彻
（前156—前87）

即西汉武帝，景帝启之子。公元前141—前87年在位，长达五十四年之久。在他统治期间，对内采取了许多政治的和经济的集权措施，巩固了统一，充实了财力，发展了生产，提高了文化；对外则北击匈奴，西通西域，南服滇、黔、粤、桂（今名），声威远震。他本人爱好文艺，尤喜辞赋。尝“行幸河东，祠后土，顾视帝京，欣然中流，与群臣饮燕。上欢甚，乃自作《秋风辞》”（见《汉武帝故事》），即这里所选之诗。

秋风辞

秋风起兮白云飞，草木黄落兮燕南归。
兰有秀兮菊有芳[1]，怀佳人兮不能忘。
泛楼船兮济汾河[2]，横中流兮扬素波。
箫鼓鸣兮发棹歌[3]，欢乐极兮哀情多。
少壮几时兮奈老何！

◎ 注释

[1] 秀：草木植物开花为秀。

[2] 泛：漂浮。楼船：船舱分层次的大船。汉时多指战船，后世方指游船。

[3] 棹歌：船歌或渔歌。棹，本指桨板，亦代指船。

◎ 评析

沈德潜以“《离骚》遗响”评之，就文辞言则近之，就思想言则迥乎不侔。唯末两句感慨悲凉，颇足发人深思。

刘细君

（生卒年不详）

西汉武帝时人，乃江都王刘建（景帝子江都易王刘非的太子，于武帝时嗣非为江都王）之女。武帝元封中（前110—前105），帝欲联乌孙（地在今新疆伊犁河上游）以抗击匈奴，乃以细君为公主（史称“江都公主”）嫁与乌孙国王（乌孙称王为“昆莫”），故亦称“乌孙公主”。昆莫年老，语言不通，公主悲愁，作歌自伤。事与歌均见《汉书·西域传》。

悲愁歌

吾家嫁我兮天一方，远托异国兮乌孙王。
穹庐为室兮毡为墙[1]，以肉为食兮酪为浆[2]。
居常土思兮心内伤[3]，愿为黄鹄兮归故乡[4]。

◎ 注释

[1] 穹庐：圆形毡帐。

[2] 酪：用牛、羊或马之乳经发酵而制成的饮料。

[3] 居常土思：居常，平居、平常。土思，思念故土。

[4] 黄鹄：鹄，本指天鹅。此泛指天鹅、雁等羽色苍黄的大型候鸟。

◎ 评析

语极平常，只道远嫁实情，而内心悲愁自见。真情实感，不假雕饰，便是千古至文。

梁　鸿

（生卒年不详）

东汉章帝时逸民，字伯鸾，扶风平陵（今陕西咸阳西北）人。幼孤贫，曾受业于太学，博览群书。后尝为人佣仆。娶同县孟氏女名光者，貌丑而贤，与之共隐于霸陵山中，以耕织为业。后出关，经洛阳，见宫室富丽，作《五噫歌》，抨击统治者的奢侈，感叹人民的劳苦。章帝见而不满，鸿乃改姓运期，更名耀，字侯光，与妻子避居齐鲁，终身不仕。

五噫歌

陟彼北芒兮[1]，噫！顾瞻帝京兮[2]，噫！
宫阙崔嵬兮[3]，噫！民之劬劳兮[4]，噫！
辽辽未央兮[5]，噫！

◎ 注释

[1] 陟：登。北芒：山名，亦称北邙、邙山，在今河南洛阳北。

[2] 帝京：指东汉京都洛阳。

[3] 崔嵬：高耸貌。

[4] 劬劳：劳苦。

[5] 辽辽：绵长久远。未央：无边无尽。

◎ 评析

嗟叹沉郁，格调苍劲，前无所承，后莫能继。

张衡

（78—139）

字平子，南阳西鄂（今河南南召南）人。勤学苦读，博通多识。不但工于辞赋，为汉代著名的文学家，而且精通天文历算，并曾两度担任掌管天文的太史令，创制世界上最早的用水力推动的浑天仪和测定地震方向的候风地动仪。他还著有天文学著作《灵宪》和《浑天仪注》。

他的主要文学著作，除著名的《二京赋》(《东京赋》和《西京赋》)，还有东汉较早的抒情小赋《归田赋》。而更重要的是他创立了最早的七言诗《四愁诗》四章和文人五言诗的早期重要作品《同声歌》，这些都是在中国文学发展史上应该特予标举的。

四愁诗

我所思兮在太山[1]，欲往从之梁父艰[2]。侧身东望涕沾翰[3]。美人赠我金错刀[4]，何以报之英琼瑶[5]。路远莫致倚逍遥[6]，何为怀忧心烦劳?

我所思兮在桂林[7]，欲往从之湘水深[8]。侧身南望涕沾襟。美人赠我琴琅玕[9]，何以报之双玉盘。路远莫致倚惆怅，何为怀忧心烦伤?

我所思兮在汉阳[10]，欲往从之陇阪长[11]。侧身西望涕沾裳。美人赠我貂襜褕[12]，何以报之明月珠。路远莫致倚踟蹰[13]，何为怀忧心烦纡[14]?

我所思兮在雁门[15]，欲往从之雪雰雰。侧身北望涕沾巾。美人赠我锦绣段[16]，何以报之青玉案[17]。路远莫致倚增叹，何为怀忧心烦惋[18]？

◎ 注释

[1] 太山：即泰山，在今山东中部。

[2] 梁父：山名，又作梁甫。《乐府诗集·梁甫吟》题注说它位于泰山脚下，乃死人聚葬之所。

[3] 翰：毛笔。

[4] 金错刀：刀柄带有镶金花饰的佩刀。错，以金丝或金片镶嵌刀柄。

[5] 英：通“瑛”，如玉的美石。琼瑶：美玉。此句谓，以何相报？唯有美玉。

[6] 倚：通“猗”，语助词，用如“兮”。

[7] 桂林：秦代郡名，治所在今广西桂平西南。

[8] 湘水：源于今广西灵川东海洋山，流经湖南零陵、衡阳、株洲、湘潭、长沙、岳阳而入洞庭湖。

[9] 琅玕（láng gān）：似玉之石。此指琴饰。

[10] 汉阳：郡名。东汉永平十七年（74）改天水郡为汉阳郡。治所在冀县（今甘肃甘谷东南）。

[11] 陇阪：古山名，即陇山。位于今陕西、甘肃、宁夏三省区交界处，指今六盘山南段。

[12] 襜褕（chān yú）：短衣。

[13] 踟蹰（chí chú）：徘徊不进貌。

[14] 烦纡：郁闷不欢状。

[15] 雁门：郡名，东汉时治所在阴馆（今山西代县西北）。

[16] 锦绣段：一段锦绣。一说“段”通“鞎”，履后跟上的皮革。

[17] 青玉案：以青色玉石制成的食具托盘。

[18] 惋：惆恨。

◎ 评析

《文选》卷二十九录此诗，为之序，云“屈原以美人为君子，以珍宝为仁义，以水深雪雰为小人，思以道术相报，贻于时君，而惧谗邪不得以通”，故诗中云云。其序虽非张衡所作，但颇能得衡作之本心。信如《古诗源》所评：此诗“低徊情深，风骚之变格也”。

秦　嘉（生卒年不详）　字士会，陇西（今甘肃临洮东北）人。桓帝刘志时为郡上计吏，赴洛阳，妻徐淑病居母家，不及面别，作诗为赠，表示怀念之情。淑亦有答诗。

留郡赠妇诗三首

其　一

人生譬朝露，居世多屯蹇[1]。忧艰常早至，欢会常苦晚。
念当奉时役[2]，去尔日遥远[3]。遣车迎子还[4]，空往复空返。
省书情凄怆[5]，临食不能饭。独坐空房中，谁与相劝勉？
长夜不能眠，伏枕独展转。忧来如循环，匪席不可卷[6]。

◎ 注释

[1] 屯蹇（jiǎn）：《周易》二卦名，含艰难困苦不顺利之意。

[2] 奉时役：指已奉命出差赴京都洛阳。

[3] 尔：你。

[4] 子：对妻子的尊称。

[5] 省书：看信。以上三句指己于临行前曾遣车赴妻子处，却未能将妻子接来，只收到她一封陈辞凄切的信。

[6] 匪席：不是席子。匪，同“非”。此句语出《诗经·邶风·柏舟》：“我心匪席，不可卷也。”言忧思无法排遣，不能席卷而去。

其　二

皇灵无私亲[1]，为善荷天禄[2]。伤我与尔身[3]，少小罹茕独[4]。
既得结大义[5]，欢乐苦不足[6]。念当远离别，思念叙款曲[7]。
河广无舟梁，道近隔丘陆。临路怀惆怅，中驾正踟蹰[8]。
浮云起高山，悲风激深谷。良马不回鞍，轻车不转毂[9]。
针药可屡进[10]，愁思难为数。贞士笃终始，恩义不可属[11]。

◎ 注释

[1] 皇灵：至高无上的圣灵，指上帝。《诗经·大雅·皇矣》有“皇矣上帝”之句。

[2] 荷：担负。天禄：天赐的禄位。此句谓行善之人方能得到天赐的官位。

[3] 伤：伤悲。

[4] 罹：遭遇不幸。茕独：孤独无依。以上二句言夫妻双方均自幼身世孤苦。

[5] 结大义：指成婚。

[6] 苦：苦于。

[7] 款：诚恳。曲：委婉。“款曲”指衷情、衷肠。

[8] 中驾：途中。踟蹰：犹豫而不行貌。此句言己途中依依不舍之情。

[9] 毂：车轮中心套在车轴上的圆木。以上二句言良马轻车一往无前，无掉头回转之由。

[10] 针：指以针灸刺而治病。

[11] 属：撰辑文字。此句谓己对妻子的衷肠是无法用文字表达的。

其　三

肃肃仆夫征[1]，锵锵扬和铃[2]。清晨当引迈[3]，束带待鸡鸣。
顾看空室中，仿佛想姿形。一别怀万恨，起坐为不宁。
何用叙我心？遗思致款诚[4]。宝钗好耀首[5]，明镜可鉴形。
芳香去垢秽，素琴有清声。诗人感木瓜[6]，乃欲答瑶琼。
愧彼赠我厚，惭此往物轻。虽知未足报[7]，贵用叙我情。

◎ 注释

[1] 肃肃：疾行貌。

[2] 锵锵：铃鸣声。和铃：悬挂于车轼木之铃。

[3] 引迈：启程。

[4] 遗思：致送思念之情。以上二句谓不必细叙己意，只希望留赠之物能够致送自己一片诚挚的思念之情。

[5] 宝钗：与下所言“明镜”等物均为诗人对妻子的馈赠。事见其《重报妻书》：“间得此镜，既明且好，形观文彩，世所希有。意甚爱之，故以相与。并致宝钗一双，价值千金。龙虎组履一緉。好香四种各一斤。素琴一张，常所自弹也。明镜可以鉴形，宝钗可以耀首，芳香可以馥身去秽，麝香可以辟恶气，素琴可以娱耳。”

[6] 木瓜：与下句之“瑶琼”语皆出自《诗经·卫风·木瓜》：“投我以木瓜，报之以琼瑶。”指欲以更珍贵的物品报答对方一片情义。

[7]“虽知”句：言己已知赠物不足以还报深情。

◎ 评析

清沈德潜《古诗源》评此三首“词气和易，感人自深”，是矣。至其谓“去西汉浑厚之风远矣”则殊无谓。盖西汉尚无文人五言诗，而世所传李陵、苏武赠别诸篇及嫁名枚乘之作，皆东汉以后人托名者也。

赵壹

（生卒年不详）

字元叔，汉阳西县（今甘肃天水西南）人。灵帝刘宏光和元年（178）为上计吏入京，为达官袁逢、羊陟等所礼重，名动京师。后西归，公府十征皆不就。所著《刺世疾邪赋》及篇末五言诗二首，揭露现实的黑暗腐败，极为深刻，今存。

疾邪诗二首

其　一

河清不可俟[1]，人寿不可延。顺风激靡草[2]，富贵者称贤。
文籍虽满腹[3]，不如一囊钱！伊优北堂上，抗脏倚门边。[4]

◎ 注释

[1] 俟：等待。古云黄河千年一清，是政治清明的征兆。《左传·襄公八年》有“俟河之清，人寿几何”之语，首二句本于此，谓等待政治清明犹如待黄河水清，是无指望的。

[2] 靡：细弱披靡。此句与下句言无骨气者如弱草随风倒，富贵之人便被世人称赞为贤良。

[3] 文籍：文章经书典籍。

[4] “伊优”二句：《后汉书》李贤注：“伊优，屈曲佞媚之貌；抗脏，高亢婞直之貌也。佞媚者见亲，故升堂，婞直者见弃，故倚门。”谓阿谀逢迎者为权贵所亲，耿介刚直者却遭排斥。北堂，士大夫内眷的居所。

其　二

势家多所宜[1]，咳吐自成珠[2]。被褐怀金玉[3]，兰蕙化为刍[4]。
贤者虽独悟[5]，所困在群愚。且各守尔分[6]，勿复空驰驱。
哀哉复哀哉，此是命矣夫！

◎ 注释

[1] 宜：适宜、正确。

[2] 咳吐：唾沫。珠：珍珠。

[3] 被：穿。褐：粗织物所制之衣。此句语出《老子》“是以圣人被褐怀玉”，言贫贱者怀抱才智。

[4] 兰蕙：两种香草。刍：畜草。屈原《离骚》有“兰芷变而不芳兮，荃蕙化而为茅”之语，此句反用其意，谓贫贱之士即使有才德也不会被重视。

[5] 悟：清楚、清醒。

[6] 守尔分：守己分内之事。

◎ 评析

此二首皆见于赵壹的《刺世疾邪赋》后，分别托为秦客和鲁生所唱和的歌诗。二诗揭露当时社会的不平：富贵势家，一切都是对的；而贫贱者则虽贤亦视同草茅，“不如一囊钱”。愤激之余，只好认命守分，不必去奔竞了。作者虽写在东汉末年，但此种世风却一直延续于整个封建社会，具有普遍意义。

孔 融

（153—208）

字文举，鲁国（今山东曲阜）人，孔子二十世孙。曾任北海（今山东寿光）相，世称“孔北海”。后任青州刺史，及献帝刘协迁都于许，召为将作大匠，又迁少府、太中大夫等职。他是东汉末年的才人和名士，性刚直。负才使气，放言无忌，屡次违忤曹操，最终为操所杀害。

他为曹丕《典论·论文》所称道的“七子”之一，世称的“建安七子”便以他为首。但他比其余六子中年龄最大的阮瑀（约165—212）和徐幹（171—218）都年长十多岁近二十岁，比七子之冠的王粲（177—217）竟大二十四岁，甚至比曹操还长二岁。显然，他与其他六子不能算是同辈人。在政治上，其他六子都是曹氏营垒中的文学侍从，是五官中郎将曹丕的友宾，而融却是曹操的同辈，与操时相对立，焉能跟后辈人同列并称呢？又，孔融被害时，操尚未为魏公，更远未至魏王。因此，孔融不得与魏臣并肩而立，共称“七子”。

孔融原有集十卷，已佚。张溥辑有《孔少府集》，其中散文较多，诗仅八首。

杂诗二首[1]

其　一

岩岩钟山首[2]，赫赫炎天路[3]。高明曜云门[4]，远景灼寒素[5]。
昂昂累世士[6]，结根在所固[7]。吕望老匹夫[8]，苟为因世故[9]。
管仲小囚臣[10]，独能建功祚[11]。人生有何常？但患年岁暮。
幸托不肖躯[12]，且当猛虎步[13]。安能苦一身，与世同举厝[14]？
由不慎小节，庸夫笑我度。[15]吕望尚不希，夷齐何足慕[16]！

◎ 注释

[1] 此二诗初见于《古文苑》卷八，题曰“《杂诗》二首”，编在孔融的《临终诗》《离合作郡姓名字诗》及《六言诗三首》之后，当然是孔融之作。但近人逯钦立辑校《先秦汉魏晋南北朝诗》，则以《文选》李善注和日人遍照金刚《文镜秘府论》引用时皆举《李陵集》，遂将此二诗置于世传李陵苏武别诗之后，题为《李陵录别诗二十一首》(见其书《汉诗》卷十二)，编入笼统的“古诗”一类。但从这两首诗的风格看，确是汉末五言诗已成熟时的作品，其内容亦与李陵录别无关，故仍归之于孔融。第一首言志，确与孔融一生立身行事态度相合，应是早期五言述志诗的典范。

[2] 岩岩：山势高峻貌。钟山：即古昆仑山，古神话传说中的仙界。

[3] 赫赫：红火旺盛貌。炎天：南方炎热之天。首二句极言通天之路艰险，以喻人生仕途坎坷。

[4] 高明：与下句中“远景”皆指日光，比喻高官厚禄。曜：辉映。云门：犹言天门。

[5] 灼：烤炙。寒素：身世寒微者。

[6] 昂昂：意气轩昂貌。累世：历代。

[7] 结根：生根。固：此。以上二句言历代有志之士所追求的就是这个“高明”和“远景”。

[8] 吕望：即姜太公。姜姓，吕氏，名尚，字子牙。相传他大半生为庶民，七十岁时尚在朝歌为屠，后遇周文王，与语大悦，曰：“吾太公望子久矣”，因号为太公望，立以为师，尊称“师尚父”。匹夫：平民。

[9] 苟为：聊且为之。此二句言世事如此，致使吕望年老而未官。

[10] 管仲：春秋时齐国人，名夷吾，字仲。初事公子纠，在纠与桓公小白争位失败后被囚，后竟相桓公称霸天下。

[11] 祚(zuò)：王业。

[12] 不肖：古人自谦之词，犹言“不贤”。

[13] 猛虎步：形容意气昂扬，步履强健。

[14] 举厝：犹言置身、举步。厝，同“措”。此句谓与世人同流。

[15]“由不”二句：言只因不拘细礼小节便被庸人耻笑。

[16] 夷齐：向来指商末孤竹君二子伯夷、叔齐，商亡后，不食周粟，饿死于首阳山。其事与此诗不合。疑此“夷齐”当为“夷吾”之讹，即上文所说的管仲。

其　二

远送新行客[1]，岁暮乃来归。入门望爱子，妻妾向人悲。
闻子不可见，日已潜光辉[2]。孤坟在西北，常念君来迟。
褰裳上墟丘[3]，但见蒿与薇。白骨归黄泉，肌体乘尘飞。
生时不识父，死后知我谁？孤魂游穷暮，飘遥安所依？
人生图嗣息[4]，尔死我念追。俯仰内伤心[5]，不觉泪沾衣。
人生自有命，但恨生日希[6]。

◎ 注释

[1] 新行客：初次行此路的人。

[2]“日已”句：犹言“天昏地暗”。

[3] 褰（qiān）：提起。

[4] 嗣息：传宗接代。

[5] 俯：低头。

[6] 希：同“稀”，少。

◎ 评析

此诗开篇即言“远送新行客”，却亦并非赠别之作。观其全篇，便知它是写远游初归恸悼殇子的诗。诗先言想看爱子，却被告知爱子已亡，埋在西北方墟丘之上。去瞧瞧孤坟吧，但那又能怎样呢？“生时不知父，死后知我谁”呢！真是凄怆已极，令人堕泪。

辛延年

（生卒年不详）

身世不详，仅知为东汉人。其《羽林郎》最早见于梁陈人徐陵《玉台新咏》卷一。

羽林郎[1]

昔有霍家奴[2]，姓冯名子都[3]。依倚将军势，调笑酒家胡[4]。
胡姬年十五，春日独当垆[5]。长裾连理带[6]，广袖合欢襦[7]。
头上蓝田玉[8]，耳后大秦珠[9]。两鬟何窈窕[10]，一世良所无[11]。
一鬟五百万[12]，两鬟千万余。不意金吾子[13]，娉婷过我庐[14]。
银鞍何煜爚[15]，翠盖空踟蹰。就我求清酒，丝绳提玉壶。
就我求珍肴，金盘脍鲤鱼[16]。贻我青铜镜，结我红罗裾。[17]
不惜红罗裂[18]，何论轻贱躯[19]！男儿爱后妇，女子重前夫。
人生有新故，贵贱不相逾。[20]多谢金吾子，私爱徒区区[21]。

◎ 注释

[1] 羽林：原是汉武帝时所设掌宿卫侍从的警卫军之名，宣帝时命中郎将骑都尉监羽林，率郎百人，称羽林郎。作为乐府杂曲歌名的《羽林郎》，今所见的，东汉辛延年这首是最早的。但它已不是咏羽林郎的，而是写一个酒家胡女反抗贵家豪奴调笑的故事。东汉人写西汉事，自是作者用旧题假托古人往事以讽当时。

[2] 霍家奴：指西汉昭帝时的大司马大将军霍光的家奴。

[3] 冯子都：名殷，字子都。霍光宠爱的家奴头目。《汉书·霍光传》载："（霍）光爱幸监奴冯子都，常与计事……"

[4] 酒家胡：胡，汉时对西北少数民族的通称。此指酒店里一个卖酒的胡女。

[5] 当垆：坐在酒店里卖酒。垆，酒店里置酒瓮的土台。

[6] 裾：衣前襟。连理带：两条结系在一起的带子。

[7] 合欢襦：襦，短袄。古时以一种图案花纹象征男女欢乐和合，后世便对凡刻画刺绣有此种花纹的器物皆以"合欢"名之，取其夫妻欢和之意。

[8] 蓝田：地名，在今陕西蓝田东，秦置县。以盛产美玉著称。

[9] 大秦：中国古代称罗马帝国为大秦。

[10] 窈窕：美好貌。

[11] 良：的确。

[12] 五百万：指头饰的价值。

[13] 金吾子：金吾本是两端镀金的铜棍，汉代京师禁军军官所执。此指手执金吾之人，是用作对禁军军官的尊称。

[14] 娉婷：言仪容婉和美好。

[15] 煜爚 (yuè)：光彩耀目。

[16] 脍：细切。

[17]“贻我”二句：谓赠我铜镜，并欲将它系在我胸前的罗衣上。

[18] 裂：撕破。

[19]“何论”句：言更不必说想侮辱我的身躯了。

[20]“人生”二句：言人生相交应有新与故之分，眼前二人素昧平生，更有贵贱贫富之别，无法结交。

[21] 徒区区：谓白白献殷勤，枉自多情。

◎ 评析

此诗先以四句综述故事梗概，提出人物姓名、身份及事件性质。接着十句以诗人口吻描述胡姬衣着妆饰之华贵。然后再用故事主角胡姬的叙述口气描绘豪奴的恃势骄纵、无礼调笑以及自己义正词严、不亢不卑的谢绝。这一部分占全诗大半篇幅，从而把这位胡姬的性格、形象及精神面貌写得鲜明至极，使读者如见其人，如闻其声。

宋子侯

（生卒年不详）

身世不详，仅知为东汉人。其《董娇娆》一诗最早见于《玉台新咏》卷一。

董娇娆[1]

洛阳城东路，桃李生路旁。花花自相对，叶叶自相当[2]。

春风东北起，花叶正低昂。不知谁家子[3]，提笼行采桑。

纤手折其枝，花落何飘扬。请谢彼姝子[4]，何为见损伤？
高秋八九月，白露变为霜。终年会飘堕，安得久馨香？
秋时自零落，春月复芬芳。何时盛年去[5]，欢爱永相忘。
吾欲竟此曲[6]，此曲愁人肠。归来酌美酒，挟瑟上高堂[7]。

◎ 注释

[1] 董娇娆应是一个女子名，这里已变成乐府旧题。至于这诗中的采桑女是否就是董娇娆？显然不是，因为诗中明明说："不知谁家子"，自非姓董名娇娆了。

[2] 相当：犹言"相对"。

[3] 子：女子。

[4] 请谢：请问。彼：那，此代指对方。姝子：美女。此句与下句乃桃李花责问女子之言。

[5] 盛年：青春年华。此句与下句乃以花比人，言人不如花。因花落来年尚可复发，女子青春一过则欢爱永逝。

[6] 竟：完、尽。

[7] 高堂：高大的厅堂。

◎ 评析

此诗借洛阳城东路旁桃李花责问提笼采桑女子的对话，表达花落还有再开时，而人的盛年一去，欢爱便永逝不返这一令人忧伤的冷酷现实。最后以歌者口吻无可奈何地说："还是回到高堂之上，饮酒奏乐来遣愁消忧吧。"诗的思想境界不高，而艺术手法却颇见巧妙。"婀娜其姿，无穷摇曳"（沈德潜语），自是极难得者。

蔡　琰

（生卒年不详）

字文姬，陈留圉（今河南杞县南）人，蔡邕之女。她博学多才，通音律。初嫁河东卫仲道，夫亡无子，归宁母家。兴平中（194—195），天下丧乱，被掳入南匈奴，与左贤王生二子。曹操念邕无后，遣使将琰赎回，再嫁同郡董祀。

她在《后汉书·列女传》中有传，以“董祀妻”称之。《传》中录存其《悲愤诗》二篇：一为五言诗，凡一百零八句，便是本书所选录的；另一为骚体，凡三十八句。近人对后者多认为伪作。

悲愤诗

汉季失权柄[1]，董卓乱天常[2]。志欲图篡弑[3]，先害诸贤良。
逼迫迁旧邦[4]，拥主以自强[5]。海内兴义师[6]，欲共讨不祥。
卓众来东下[7]，金甲耀日光。平土人脆弱[8]，来兵皆胡羌[9]。
猎野围城邑，所向悉破亡。斩截无孑遗[10]，尸骸相撑拒[11]。
马边悬男头，马后载妇女。长驱西入关，迥路险且阻[12]。
还顾邈冥冥[13]，肝脾为烂腐[14]。所略有万计[15]，不得令屯聚[16]。
或有骨肉俱[17]，欲言不敢语。失意几微间[18]，辄言毙降虏[19]。
要当以亭刃[20]，我曹不活汝！[21]岂敢惜性命，不堪其詈骂。[22]
或便加棰杖[23]，毒痛参并下[24]。旦则号泣行，夜则悲吟坐。
欲死不能得，欲生无一可。彼苍者何辜[25]？乃遭此厄祸[26]！

边荒与华异[27]，人俗少义理。处所多霜雪，胡风春夏起。
翩翩吹我衣，肃肃入我耳[28]。感时念父母[29]，哀叹无穷已[30]。

有客从外来[31]，闻之常欢喜。迎问其消息，辄复非乡里[32]。
邂逅徼时愿[33]，骨肉来迎己[34]。己得自解免，当复弃儿子[35]。
天属缀人心[36]，念别无会期。存亡永乖隔[37]，不忍与之辞。
儿前抱我颈，问母欲何之[38]？人言母当去，岂复有还时？
阿母常仁恻[39]，今何更不慈？我尚未成人，奈何不顾思！
见此崩五内[40]，恍惚生狂痴。号泣手抚摩，当发复回疑[41]。
兼有同时辈，相送告离别。慕我独得归，哀叫声摧裂。
马为立踟蹰，车为不转辙。观者皆歔欷[42]，行路亦呜咽[43]。

去去割情恋，遄征日遐迈[44]。悠悠三千里，何时复交会？
念我出腹子，胸臆为摧败[45]。既至家人尽，又复无中外[46]。
城郭为山林，庭宇生荆艾。白骨不知谁，从横莫覆盖。
出门无人声，豺狼号且吠。茕茕对孤景[47]，怛咤糜肝肺[48]。
登高远眺望，魂神忽飞逝。奄若寿命尽[49]，旁人相宽大。
为复强视息[50]，虽生何聊赖[51]。托命于新人[52]，竭心自勖厉[53]。
流离成鄙贱，常恐复捐废[54]。人生几何时，怀忧终年岁。

◎ 注释

[1] 汉季：汉朝末年。失权柄：指皇帝大权旁落。

[2] 董卓：东汉末权臣，他率兵入洛阳，废少帝刘辩立献帝刘协，专断朝政。后为吕布所杀。天常：天之常道，此指封建伦理纲常。

[3] 篡弑：杀君篡权。

[4] 旧邦：指西汉故都长安。初平元年（190）董卓焚烧东都洛阳，挟制朝廷迁都长安。

[5]“拥主”句：言董卓拥立新主（献帝刘协），独掌大权，加强自己的势力。

[6] 义师：指以袁绍为盟主的关东诸郡讨伐董卓之兵。

[7]“卓众”句：指初平三年（192）董卓部下李傕、郭汜等攻打函谷关以东的陈留、颍川诸县。

[8] 平土：指以平原为主的中原地区。

[9] 胡羌：指董卓军中的西北少数民族士兵。

[10] 无孑遗：一个不剩。孑，单独。

[11] 撑拒：形容尸体横倒竖卧，互相叠压，有如此撑彼拒之状。

[12] 迥路：路途遥远。

[13] 还顾：回首望乡。

[14]“肝脾”句：犹言五内俱焚，肝脾俱裂，形容内心痛苦。

[15] 略：掠夺。

[16] 屯聚：聚集。

[17] 骨肉：此指亲属。

[18]“失意”句：谓稍不留神便违背了他们的心意。

[19]“辄言”句：意谓动辄便骂道：“你们这些死囚。”

[20]“要当”句：言“终究要把刀砍到你们身上”。亭，同“停”。

[21] 我曹：我辈、我们。不活汝：不会饶你的命。

[22]“岂敢”二句：谓有人实在忍受不了辱骂，便被杀掉。

[23] 棰杖：棍棒。

[24] 毒：仇恨。此句谓内心的仇恨和肉体的痛苦交加而至。

[25] 苍：苍天。此句犹言“老天，我们有何罪”。

[26] 厄祸：灾祸。

[27] 华：华夏，此指中原。

[28] 肃肃：萧瑟的风声。

[29] 感时：有感于时节的变化。

[30] 穷已：尽头。

[31] 外：指胡地以外的中原。

[32]“辄复”句：言往往又不是自己的同乡。

[33] 邂逅：不期而遇。徼：同“侥”，侥幸。此句言出己意料地实现了多年盼望回归汉地的夙愿。据《后汉书・董祀妻传》载：“曹操素与邕（按：蔡琰之父，名邕，字伯喈）善，痛其无嗣，乃遣使者以金璧赎之。”即指此事。

[34] 骨肉：谓曹操所派的使者亲如骨肉。

[35] 儿子：指诗人流落北地后所生之子。事见《后汉书・董祀妻传》：“文姬为胡骑所获，没于南匈奴左贤王，在胡中十二年，生二子。”

[36] 天属：天然的亲属，指血亲间的关系而言。

[37] 乖隔：隔绝、背离。此句谓无论生死存亡，母子都将永远离别，再无相见之日。

[38] 欲何之：打算到哪儿去。

[39] 仁恻：仁慈、诚切。

[40] 五内：五脏，此指内心。

[41] 发：出发、动身。

[42] 歔欷（xū xī）：哭泣声。

[43] 行路：指过路人。

[44] 遄（chuán）征：速行。遐迈：远去。此句言一天天地越走离得越远。

[45] 胸臆：犹前言“五内”。

[46] 中外：内亲外戚。

[47] 茕茕：孤独貌。景：同“影”。

[48] 怛（dá）咤：痛苦哀叹。糜：破碎。

[49] 奄若：气息微弱貌。

[50] 强视息：犹言“苟延残喘”，指勉强活着。

[51] 聊赖：依赖，寄托。

[52] 新人：指文姬归汉后重嫁的董祀。

[53] 勖（xù）厉：勉励。勖，勉。厉，同“励”。此句谓已努力克制感情而对新夫尽心竭力。

[54] 捐废：休弃。

◎ 评析

被赎得还故国，自然是可喜之事。但诗中并无一语表现惊喜之意。在“已得自解免”这样平淡的叙述之后紧接着想到“当复弃儿子”，于是便缠绵细致地描写母子离别惨痛情景，直到归途已尽，还以“念我出腹子，胸臆为摧败”暂且结束此事转到“既至家人尽”上。但回乡以后始终怀有弃子之痛，不时“登高远眺望，魂神忽飞逝”。深情所系，读之令人酸楚。

无名氏

本书所选录汉代无名氏的作品，多达四十八首，实为有作者主名的作品之三倍。其中情况不一：有的本是汉乐府，如《战城南》《有所思》《上邪》之类；有的称为“古诗”，如《文选》所收《古诗十九首》，便多是东汉后期士大夫文人的作品，经长期流传而逐渐被修改定稿的；有的虽或被指为西汉枚乘、东汉傅毅，或更早为苏武、李陵的作品，也均经历代研究者陆续否定了，只能归于无名氏一类。这些情况与魏晋南北朝诗的无名氏之作多为乐府民歌者不同，故须在录注具体作品时分别说明。

古诗十九首

这十九首古诗是梁萧统《文选》卷二十九杂诗类收的最早的五言古诗，总题为《古诗十九首》，后世遂以为定名。《文选》李善注曰：“云古诗，盖不知作者。或云枚乘，疑不能明也。诗云‘驱马上东门’，又云‘游戏宛与洛’，此则辞兼东都，非尽是乘，明矣。昭明以失其姓氏，故编在李陵之上。”据近人考证，《古诗十九首》大概作于东汉末年，是建安（献帝年号）诗的前驱。其作者虽不可考，但可确定不是民间作品，而是文人仿乐府作的诗，所以诗中常用典故，正是文人诗的色彩，而又带有民间味。每首原题已失，今以各首开头一句为题。

行行重行行

行行重行行[1]，与君生别离。相去万余里，各在天一涯。
道路阻且长[2]，会面安可知？胡马依北风[3]，越鸟巢南枝[4]。

相去日已远，衣带日已缓。[5]浮云蔽白日，游子不顾反。[6]思君令人老，岁月忽已晚。弃捐勿复道[7]，努力加餐饭。

◎ 注释

[1]“行行”句：言游子远行而不停止。

[2]阻：艰难。此句本《诗经·秦风·蒹葭》：“道阻且长。”

[3]胡：胡地，乃古时对北方少数民族生活区域的泛称。

[4]越：古时对长江中下游以南各族称百越，此泛指南方。以上二句典出《韩诗外传》：“代马依北风，飞鸟栖故巢”，此言北地之马总是依恋北风，南方的鸟喜将巢筑于南向的树枝上，谓动物尚不忘故土，人岂能无情？

[5]“相去”二句：谓长久分离令人忧思而消瘦。缓，宽松。

[6]“浮云”二句：言游子在外被他人所迷惑，竟至不想归家。反，同“返”。

[7]捐：抛弃。此句谓强忍思念而不再提及。

◎ 评析

这首诗既是士大夫文人的作品，故多用古典。它又是模仿或学习民间歌谣（乐府）的，故多回环复沓之语句，如既已说“相去万余里”，又说“道路阻且长”，再言“相去日已远”；既说“衣带日已缓”，又说“思君令人老”，都是一而再、再而三，用不同语句反复表达同一个意思。这又是民歌艺术表现手法的特点。

青青河畔草

青青河畔草，郁郁园中柳[1]。盈盈楼上女[2]，皎皎当窗牖[3]。娥娥红粉妆[4]，纤纤出素手[5]。昔为倡家女[6]，今为荡子妇[7]。荡子行不归，空床独难守。

◎ 注释

[1] 郁郁：繁盛貌。首二句先写外景，从而表明了思妇所处的环境和季节。

[2] 盈盈：体态娇美貌。

[3] 皎皎：此指容颜照人。牖（yǒu）：窗。

[4] 娥娥：轻巧美好貌。

[5] 纤纤：纤细状。

[6] 倡：古指以出卖歌舞艺技为生的人，与“娼”意近而不同。

[7] 荡子：即游子，指那位出游不归的丈夫。

◎ 评析

全诗仅十句，而前六句的首二字皆是叠字，又都用得恰当，毫不勉强。论者谓是从《诗经·卫风·硕人》“河水洋洋”连用六叠字于四言句的后二字之句法中化出，大概是的。此诗亦写思妇，同样也带有民歌风味。与前首不同者，乃以诗人之笔从旁刻画。

青青陵上柏

青青陵上柏[1]，磊磊涧中石。人生天地间，忽如远行客[2]。斗酒相娱乐[3]，聊厚不为薄[4]。驱车策驽马[5]，游戏宛与洛[6]。洛中何郁郁[7]，冠带自相索[8]。长衢罗夹巷[9]，王侯多第宅[10]，两宫遥相望[11]，双阙百余尺[12]。极宴娱心意[13]，戚戚何所迫[14]。

◎ 注释

[1] 陵：大土山。

[2] 忽：迅速。

[3] 斗酒：量不多的酒。斗，量酒器。

[4]“聊厚”句：言聊且以斗酒为丰厚，不嫌其贫薄而姑且引以为乐。

[5] 策驽马：鞭打劣马。

[6] 宛、洛：二地名。宛，即宛县（今河南南阳），西汉著名的五都之一。洛，东都洛阳。

[7] 郁郁：繁华貌。

[8] 索：求。此句意谓王侯权贵之间相互往来，旁人难以打入他们的活动圈子。

[9] 衢：通达的大道。罗：排列。此句指大街两旁并列着许多小巷。

[10] 第：大宅。

[11] 两宫：《文选》李善注引蔡质《汉官典职》曰东都洛阳有“南宫北宫，相去七里”，当指此。

[12] 阙：立于宫门前左右各一的高建筑物。此句言宫门前的两座望楼其高百余尺。

[13] “极宴”句：谓达官贵人在那样繁华都市中自然可以尽情欢宴，娱心快意，即如诗前六句所说的人生如寄，应及时行乐的意思。

[14] 戚戚：忧惧貌。此句谓为何他们还是戚戚忧惧？不外乎为追求功名利禄罢了，何至如此迫急！

◎ 评析

此诗思想境界不高，但却代表了东汉末期一些士大夫文人的普遍情绪。诗中写洛都繁华，大有“极其笔力，写到至足处”之势，虽欠蕴藉，却极尽沉着痛快之致，在十九首中当为特例。

今日良宴会

今日良宴会，欢乐难具陈[1]。弹筝奋异响[2]，新声妙入神[3]。
令德唱高言[4]，识曲听其真[5]。齐心同所愿，含意俱未申。[6]
人生寄一世[7]，奄忽若飙尘[8]。何不策高足[9]，先据要路津[10]。
无为守穷贱[11]，轗轲长苦辛[12]。

◎ 注释

[1] 具陈：一一叙述。

[2] 筝：一种拨弦乐器名。奋：发出。

[3] 入神：指达到奇妙境界。

[4] 令德：代指贤士。令，善。高言：指歌辞语意高妙。

[5] 真：本意。此句意为知音者应能听出唱辞中所包含的深意。

[6]“齐心”二句：言在座的人所怀愿望相同，但均未明言。申，表明。以下六句便表达心愿。

[7] 寄：托身、暂居。

[8] 奄忽：匆遽而来去无定貌。飙尘：犹言“风尘”，暴风曰“飙”。此二句言人生短暂。

[9] 策：以鞭打马。高足：骏马。

[10] 据：占据。津：渡口。此句谓抓住时机，占据要职。

[11] 无为：不要。无，即“毋”。

[12] 轗轲：同“坎坷”，路不平状。末二句意谓：不要甘于自守贫贱，长久地在坎坷的路上过着苦难艰辛的生活。

◎ 评析

这首诗从宴会中听弹筝说起，主意只在说新声所表达的真意当是大家所共怀而未申的心愿，即诗的后六句内容。明钟惺谓：“欢宴未毕，忽作热中语，不平之甚。”朱自清说：“他们的不平不在守道而不得时，只在守穷贱而不得富贵。这也不失其为真。有人说是‘反辞’‘诡辞’，是‘讽’是‘谑’，那是蔽于儒家的成见。”其说颇为可取。

西北有高楼

西北有高楼，上与浮云齐。交疏结绮窗[1]，阿阁三重阶[2]。
上有弦歌声，音响一何悲。谁能为此曲？无乃杞梁妻[3]。
清商随风发[4]，中曲正徘徊[5]。一弹再三叹，慷慨有余哀[6]。
不惜歌者苦，但伤知音稀[7]。愿为双鸿鹄[8]，奋翅起高飞。

◎ 注释

[1] 交：交错。疏：镂刻。结：挽结、张挂。绮：一种提花丝织品。此句言花格窗雕刻精美。

[2]“阿阁”句：谓四面有飞檐的高阁，用三重阶梯引上去。

[3] 无乃：犹言“可能”“莫非”，表示猜测语气。杞梁妻：杞植，名梁，春秋时齐国大夫。《左传·襄公二十三年》载，齐伐莒，杞植战死。《孟子·告子下》言“杞梁之妻善哭其夫”；刘向《说苑·善说》演为“向城而哭，隅为之崩，城为之阤”。古琴曲有《杞梁妻叹》，传为杞梁妻作。以上二句言：谁能弹唱出如此凄切之曲？莫非又是杞梁妻那样的女子？

[4] 清商：乐府曲调名。

[5] 徘徊：形容乐曲萦绕迟回。

[6] 慷慨：感慨不得志。

[7] 知音：古有俞伯牙鼓琴，钟子期听而知其志的故事，人称二人为“知音”，后世多引申为“知己”。以上二句意为：我不仅怜悯弹唱女子的痛苦，更为无人理解她而痛心。

[8] 鸿鹄：指天鹅一类的飞禽。一本作“鸣鹤”。末二句写诗人由同情转而产生思慕的感情愿望。

◎ 评析

知音难遇，千古同悲。

涉江采芙蓉

涉江采芙蓉[1]，兰泽多芳草[2]。采之欲遗谁[3]？所思在远道。
还顾望旧乡，长路漫浩浩[4]。同心而离居[5]，忧伤以终老[6]。

◎ 注释

[1] 芙蓉：荷花。

[2] 兰泽：生有兰草的沼泽地。

[3] 遗：馈赠。

[4] 漫浩浩：漫远无际貌。

[5] 同心：言男女双方心心相印。离居：两地分离。

[6] 终老：终生。

◎ 评析

寥寥八句，写游子思乡，怀念同心，至为深切。因意境和辞语多取自《楚辞》，后世或附会为思君之作，实属曲解。

明月皎夜光

明月皎夜光[1]，促织鸣东壁[2]。玉衡指孟冬[3]，众星何历历[4]！
白露沾野草[5]，时节忽复易[6]。秋蝉鸣树间，玄鸟逝安适[7]？
昔我同门友[8]，高举振六翮[9]。不念携手好[10]，弃我如遗迹[11]。
南箕北有斗[12]，牵牛不负轭[13]。良无盘石固[14]，虚名复何益！

◎ 注释

[1] 皎：洁白光明。

[2] 促织：蟋蟀。

[3] 玉衡：星名，指北斗星中的第五星。孟冬：初冬（农历十月）。此句言北斗星斗柄指向西北，表明时至初冬。

[4] 历历：清晰可数貌。

[5] 白露：霜。

[6] 忽复易：很快地更换。

[7] 玄鸟：即燕子。逝：离去。此句言燕子都已离开此地，不知飞到哪里去了。

[8] 同门：出于同一师门的同学。

[9] 六翮（hé）：飞禽翅膀上坚硬的羽翅，据说有六根。以上二句谓昔日的同学均已功成名就、展翅高飞了。

[10] 携手好：指关系亲密的朋友。

[11] 遗迹：过去的足迹。

[12] 箕、斗：两组相邻的星名。箕稍南而斗偏北，故古有“南箕北斗”之说。《诗经・小雅・大东》言：“维南有箕，不可以簸扬。维北有斗，不可以挹酒浆。”此句亦承此意，借星为喻，言枉有箕斗而无法使用。

[13] 轭：木制马具，驾车时套在马颈部。此句言牵牛星徒有其名却不能驾车。

[14] 良：诚。盘石：即“磐石”，大石。末二句言朋友间友谊不牢固，徒有虚名又有什么用！

◎ 评析

这首诗从悲秋写到失志，又从失志转而至怨恨得志的朋友不相援引，感叹良多，气氛悲愤怨抑，具有沉着痛快的力量。其写法是顺着思想活动的进程而移动，极其自然。

冉冉孤生竹

冉冉孤生竹[1]，结根泰山阿[2]。与君为新婚，兔丝附女萝[3]。兔丝生有时，夫妇会有宜[4]。千里远结婚，悠悠隔山陂[5]。思君令人老，轩车来何迟[6]！伤彼蕙兰花，含英扬光辉。过时而不采，将随秋草萎。君亮执高节[7]，贱妾亦何为！

◎ 注释

[1] 冉冉：同“苒苒”，柔弱貌。

[2] 阿：山洼。首二句用孤竹结根泰山起兴，暗喻女子欲嫁一个可靠丈夫的心愿。

[3] 兔丝：即“菟丝”，一种攀附于其他植物而生长的蔓生植物。女萝：也是一种蔓生植物，与菟丝相类。一说即菟丝的别称。此句比喻女子所嫁的丈夫并不可靠。

[4]“夫妇”句：言夫妇该在适当的时间及早相会。

[5] 陂：山坡。以上二句言结亲不易。

[6] 轩车：士大夫乘坐的篷车。此句谓丈夫出行之车归来多么迟缓！

[7] 亮：谅必。执高节：怀有高尚的节操。末二句谓夫君既然坦诚忠贞，我还有什么可说的。

◎ 评析

这首诗多用比喻，随着诗思的发展而换用新物，切合所需。此亦拟乐府民歌之一证。

庭中有奇树[1]

庭中有奇树，绿叶发华滋[2]。攀条折其荣[3]，将以遗所思。
馨香盈怀袖[4]，路远莫致之[5]。此物何足贡[6]，但感别经时[7]。

◎ 注释

[1] 奇树：珍稀树木。

[2] 发华滋：华，花。滋，盛。指开出繁盛的花。

[3] 荣：即“华”，也是花，为避复而换用同义的字。

[4] 盈：充满。

[5] 致之：送到。

[6] 贡：奉献。

[7] 别经时：离别经时长久。此句意为只不过有感于久别而借此物寄情罢了。

◎ 评析

这首诗是写思妇怀念久别远人的。短短八句，却从庭中奇树说起，由树及叶，由叶及花，再说折花将以赠给所思的远人。然而路远不可能送达，无可奈何，只有罢了。其实一枝花有什么值得远赠的呢？不过是因离别太久而发痴想吧。诚哉，“深衷浅貌，短语长情”（陆时雍《古诗镜》语），在《古诗十九首》中亦是不可多得者。

迢迢牵牛星

迢迢牵牛星[1]，皎皎河汉女[2]。纤纤擢素手[3]，札札弄机杼[4]。
终日不成章[5]，泣涕零如雨[6]。河汉清且浅[7]，相去复几许[8]？
盈盈一水间[9]，脉脉不得语[10]。

◎ 注释

[1] 迢迢：遥远貌。牵牛星：天鹰星座中最亮的一颗星之名，俗称“牛郎星”。

[2] 皎皎：光明貌。河汉女：指天琴星座中最亮的一颗星，即织女星。它与牵牛星隔银河而相对。

[3] 纤纤：柔弱貌。擢：提举。素：洁白。

[4] 札札：织机开动声。杼：织机上的梭子。

[5] 章：花纹。此句言织女终日相思，徒弄机杼而无心织锦。语意取自《诗经·小雅·大东》：“跂彼织女，终日七襄；虽则七襄，不成报章。”指织女空有其名，却不能使机杼来去往复，故织不成锦纹。

[6] 零：落下。

[7] 河汉：银河。

[8] 几许：犹言“几多”，谓不远。

[9] 盈盈：水满而充盈状。

[10] 脉脉：含情凝视貌。

◎ 评析

这首诗借汉代已经产生的关于牛郎、织女的民间故事写夫妇离别之情，无疑也是拟乐府民歌的佳篇。

回车驾言迈[1]

回车驾言迈，悠悠涉长道[2]。四顾何茫茫，东风摇百草。
所遇无故物，焉得不速老！[3]盛衰各有时，立身苦不早[4]。
人生非金石，岂能长寿考[5]！奄忽随物化[6]，荣名以为宝。

◎ 注释

[1] 回车：掉转车头往回行。驾言迈：驾车远行。言，语助词，无实义，犹“乃”“而”之用。

[2] 涉：本指渡水，此指“经历”。

[3]“所遇”二句：谓一路上所遇到的任何东西都不是原样了，人又焉能不老呢？

[4] 立身：建功立业。苦：恨、遗憾。以上二句谓世上万物兴衰自有其规律，人生亦如此，若不趁早建功立业，便只会遗恨终身了。

[5] 考：老。

[6] 奄忽：见前《今日良宴会》注释[8]。物化：语出《庄子·齐物论》，本指物我相互幻化，此指死亡。末二句意谓曾几何时，生命逝去，便只有美名能够流芳百世。

◎ 评析

这首诗是《古诗十九首》中思想内容比较积极的一首。虽然主人公着眼的仅在于末句所言“荣名以为宝”，但毕竟他还有见于人生短暂，必须及早立身，勿贻后悔的积极主张。

东城高且长[1]

东城高且长，逶迤自相属[2]。回风动地起[3]，秋草萋已绿[4]。
四时更变化，岁暮一何速。晨风怀苦心，蟋蟀伤局促。[5]
荡涤放情志[6]，何为自结束[7]？燕赵多佳人[8]，美者颜如玉[9]。
被服罗裳衣[10]，当户理清曲[11]。音响一何悲，弦急知柱促[12]。
驰情整中带[13]，沉吟聊踯躅[14]。思为双飞燕，衔泥巢君屋[15]。

◎ 注释

[1] 明、清学者或以“东城高且长”至“何为自结束”十句为一首，而以“燕赵多佳人”以下至篇末十句为另一首。如此，则《文选》的《古诗十九首》即须改为《古诗二十首》了。兹仍照旧只作一首，不作两篇。

[2] 相属：相连。

[3] 回风：旋风。

[4] “秋草”句：言秋风初起，草尚未衰。萋，繁茂。以上四句写初秋景色，以言季节即将变换。

[5] “晨风”二句：先言《诗经·秦风·晨风》一诗中“鴥彼晨风，郁彼北林。未见君子，忧心钦钦”是作者枉自哀伤；再言《诗经·唐风·蟋蟀》章提倡“好乐无荒”、勿淫乐过度以免自伤乃过分拘谨。既以“晨风”“蟋蟀”作鸟、虫之名，以写秋冬时令，又借

用其在《诗经》中作篇名的含义，可谓语义双关。下文则言应该放达而及时行乐。

[6] 荡涤：本指洗涤，此言摆脱羁绊、消除顾虑。

[7] 结束：束缚。

[8] 燕赵：二古国名。战国时，燕国位于今河北北部及辽宁西部；赵国位于今山西、河北一带。

[9] 颜如玉：肤色洁白细腻如玉。

[10] 被服：穿着。被，同“披”。罗裳衣：绫罗制的衣裙。

[11] 户：窗。理清曲：弹奏清商之曲。

[12]“柱促”句：琴、筝等拨弦乐器的琴码曰柱。定弦时左右移动其柱以调节音高。故而听到弦紧音高，便知柱已移动而使弦短促。

[13] 中带：衣带。

[14] 踯躅（zhí zhú）：徘徊不前。此二句形容听者入迷而进入遐想沉思的境界时，手足不自觉的动作状。

[15]“衔泥”句：以燕子成双筑巢喻男女同居。

◎ 评析

乐府歌辞有时并二诗为一辞，文义不相连属，是篇或即此类。前十句言秋气初至，感叹时光易逝。主张放情适意，及时行乐，勿自拘束。后十句写一美人，玉颜罗裳，当户弹琴，弦急音悲，使听者为之着迷。前后两段亦非绝对挂搭不起的，但关系不太紧密罢了。

驱车上东门

驱车上东门[1]，遥望郭北墓[2]。白杨何萧萧[3]，松柏夹广路。下有陈死人[4]，杳杳即长暮[5]。潜寐黄泉下[6]，千载永不寤[7]。浩浩阴阳移[8]，年命如朝露。人生忽如寄[9]，寿无金石固。万岁更相送[10]，圣贤莫能度[11]。服食求神仙[12]，多为药所误[13]。不如饮美酒，被服纨与素[14]。

◎ 注释

[1] 上东门：洛阳城东最北头有门，古称上东门。

[2] 郭北：即城北。洛阳城北有邙山，乃王孙公侯葬地。

[3] 萧萧：风动树叶声。

[4] “下有”句：言地下埋葬着久已死去之人。

[5] 杳杳：阴暗幽深貌。此句谓他们已永远处于漫漫黑夜之中。

[6] 潜寐：沉眠。

[7] 寤：苏醒。

[8] 浩浩：水无边际貌。引申为“漫长”。阴阳移：阴阳指气候季节，入春阳气升，入秋阴气至，阴阳移则寒暑易，即年复一年。

[9] 寄：暂居，寄寓。

[10] “万岁”句：言千年万载总是一代代地生死更替相送。

[11] 度：同“渡”，越过。

[12] 服食：服，同“食”，专指服用方士所合炼的丹药。

[13] 误：受其毒害。

[14] 被：同“披”，穿着。纨与素：精细洁白的绢称“纨素”。两字拆开单用，或称“纨”，或称“素”，亦可。拆开而又并用，则纨有花纹，而素则无。

◎ 评析

此诗言人生如朝露，一死永不寤，贤愚都一样。服食求仙则死得更快。不如尽量吃好的穿好的，图个眼前享受。此种颓废思想无疑是会在汉末长期动乱中一些不得志的士人头脑里产生，但更多的恐怕还是一种愤激之词。

去者日以疏[1]

去者日以疏，来者日以亲[2]。出郭门直视，但见丘与坟。[3]
古墓犁为田，松柏摧为薪。白杨多悲风，萧萧愁杀人。
思还故里闾[4]，欲归道无因。

◎ 注释

[1] 去者：逝去的岁月。疏：远。

[2] 来者：未来的时日。亲：近。以上二句意谓逝去的青春距我日远，衰老的晚年即将来临。

[3]“出郭”二句：参见前《驱车上东门》注释[2]。

[4] 故里闾：即故里、里巷。闾，里巷之门。此句与下句谓欲回故乡，却还不具备回乡的条件，真是无可奈何。

◎ 评析

久客异乡，年已老大，偶过墟墓，感叹人生无常、沧海桑田，不禁哀伤思归。这是一个失意者的作品，所表达的感情在那个时代有一定的代表性。

生年不满百

生年不满百，常怀千岁忧[1]。昼短苦夜长，何不秉烛游[2]！为乐当及时，何能待来兹[3]？愚者爱惜费[4]，但为后世嗤[5]！仙人王子乔[6]，难可与等期[7]。

◎ 注释

[1] 千岁忧：为身后及子孙之事担忧。

[2] 秉：握、持。此句言夜以继日地游乐。

[3] 来兹：来年。此句言应及时行乐。

[4] 费：财物费用。

[5] 嗤：耻笑。

[6] 王子乔：相传西周灵王的太子名乔者，为道人浮丘公接上嵩高山，修炼三十年，成仙升天。事见《列仙传》。

[7] 难可：不能。与等期：与他存同样的期望。

◎ 评析

讽世之庸愚鄙吝之辈，不能及时行乐，枉计身后之事。开头从正面说人寿极限，末后再申言成仙不死之无望，以绝愚者之惑。

凛凛岁云暮[1]

凛凛岁云暮，蝼蛄夕鸣悲[2]。凉风率已厉[3]，游子寒无衣。
锦衾遗洛浦[4]，同袍与我违[5]。独宿累长夜，梦想见容辉[6]。
良人惟古欢[7]，枉驾惠前绥[8]。愿得常巧笑[9]，携手同车归。
既来不须臾[10]，又不处重闱[11]。亮无晨风翼，焉能凌风飞？[12]
眄睐以适意[13]，引领遥相睎[14]。徙倚怀感伤[15]，垂涕沾双扉[16]。

◎ 注释

[1] 凛凛：寒气袭人貌。云：语词，用若“将”。

[2] 蝼蛄：一种居于泥土中的虫，俗称土狗子或拉拉蛄。

[3] 率：都、一概。厉：猛烈。

[4] 锦衾：锦绣之被。洛浦：洛水之滨。相传洛水之神名宓妃，貌美。此句隐指男子另有新欢。

[5] 同袍：二人共穿一件棉袍，言其关系密切。此指夫妻关系。违：背离。此句谓丈夫忘却了自己。

[6] 容辉：容颜、辉光。此句言只有梦中方能见到他。

[7] 惟：想。古欢：旧欢。古，同“故”。此句写梦幻之境，言丈夫仍惦记着往日的夫妻之情。

[8] 枉驾：敬辞，犹言“屈尊大驾”。惠：赐予。绥（suí）：上车的拉手绳。此句想象丈夫驾车前来接她同往。

[9] 巧笑：《诗经·卫风·硕人》曰“巧笑倩兮”，指女子俏丽美好的笑容。

[10] 不须臾：不到片刻。

[11] 重闱：内室。

[12] 亮：同“谅”，估计。晨风：鸟名，即“鸇风”，又名鹯。凌：升腾。此二句意谓，谅他无鸟翼，岂能随风飞逝？

[13] 眄（miàn）睐：旁视、顾盼。适意：满足心意。此句言醒来四下顾盼，希望能见到他的身影。

[14] 引领：伸长脖颈。睎：远望。此句谓结果只好遥望远方，空遣情怀。

[15] 徙倚：流连而不忍去貌。

[16] 扉：门扇。此句紧承前意，谓其出门远眺而不见，徘徊于门前，故泪沾双扉。

◎ 评析

思妇之诗，刻画入微。尤其写梦中相见，惝恍迷离，似真实幻，具见爱情之笃、想念之切。

孟冬寒气至

孟冬寒气至，北风何惨栗[1]。愁多知夜长，仰观众星列。

三五明月满[2]，四五蟾兔缺[3]。客从远方来，遗我一书札[4]。

上言长相思，下言久离别。置书怀袖中，三岁字不灭。

一心抱区区[5]，惧君不识察。

◎ 注释

[1] 惨栗：从人体感受上形容严寒。

[2] 三五：阴历每月之十五日；下句“四五”即指每月之二十日。

[3] 蟾兔：古神话说月中有蟾蜍和玉兔，故“蟾兔”，即代指月亮。

[4] 书札：书信。

[5] 区区：犹言“拳拳”，情怀专一貌。

◎ 评析

思妇寒夜，望月兴怀，月满月缺，何时得见？记得三年前曾接到他一封多情的来信，一直珍藏在怀袖中，至今保存完好，不曾漫灭。区区之诚，君岂能知？不直说恩爱而恩爱之深情毕显，此真所谓微婉之至。

客从远方来

客从远方来，遗我一端绮[1]。相去万余里，故人心尚尔[2]。文采双鸳鸯[3]，裁为合欢被[4]。著以长相思[5]，缘以结不解[6]。以胶投漆中，谁能别离此？[7]

◎ 注释

[1] 端：古布帛长度单位。二丈为一端，二端为一匹。此指半匹。

[2] 故人：久别的丈夫。尔：如此。

[3] 文采：花纹图案。此句言绮上织的双鸳鸯图。

[4] 合欢：参见辛延年《羽林郎》注释[7]。

[5] 著：装、铺丝绵。“思”与“丝”同音。以“长相思”代指装在合欢被中的丝绵，一语双关，既实指合欢被，又暗喻相思情。

[6] 缘：镶边。结不解：犹言“不解之结”。此句言合欢被四边镶上同心结，取夫妻不弃不离之意。

[7]“以胶”二句：谓夫妻感情如胶似漆，任何人也不能将二人分开。

◎ 评析

此诗从远在万里之外的“故人”给诗中女主人公捎来一段花绸之事，引发出诗人对真诚爱情的热情歌颂。诗中所用事物及双关语，都体现出此诗具有乐府民歌的特点。

明月何皎皎

明月何皎皎，照我罗床帏[1]。忧愁不能寐，揽衣起徘徊[2]。客行虽云乐[3]，不如早旋归[4]。出户独彷徨，愁思当告谁？引领还入房[5]，泪下沾裳衣。

◎ 注释

[1] 帏：同“帷”，帐幕。

[2] 揽：提起、拉过来。

[3] 云：说。

[4] 旋：回归。

[5]“引领”句：谓远望而不见归人，只好怅然入房。

◎ 评析

这首诗也是思妇之辞。全诗除“客行”二句是设为妇劝夫归之语外，其余都是思妇自抒情怀。主人公一切细微变化都与其周围环境相适应，洵属写情妙笔。

古诗七首

这七首古诗，《上山采蘼芜》《四坐且莫喧》《穆穆清风至》三首见于《玉台新咏》卷一《古诗八首》中。《橘柚垂华实》《十五从军征》《新树兰蕙葩》《步出城东门》均见于《艺文类聚》《初学记》《太平御览》《古诗类苑》《诗纪》等，皆为东汉末无名氏诗作之精品，选录于此，姑称为“古诗七首”。

上山采蘼芜[1]

上山采蘼芜，下山逢故夫[2]。长跪问故夫[3]：新人复何如？[4]
新人虽言好，未若故人姝[5]。颜色类相似[6]，手爪不相如[7]。
新人从门入，故人从阁去。[8]新人工织缣[9]，故人工织素[10]。
织缣日一匹[11]，织素五丈余。将缣来比素，新人不如故。[12]

◎ 注释

[1] 蘼芜：一种味似白芷的香草，可入药。

[2] 故夫：前夫。

[3] 长跪：为表敬重，挺直腰背而跪。

[4] 新人：新娶之妻。

[5] 姝：美好。

[6] 颜色：指容貌。

[7] 手爪：指手工劳作。借代修辞。

[8]“新人”二句：此乃弃妇所言，指当时新妇被迎娶进门时，自己只好从侧门离去。阁，小门。

[9] 工：擅长、善于。缣：一种以双丝织成的黄绢。

[10] 素：白色细绢。

[11] 一匹：合四丈。

[12]“将缣”二句：谓以每日二人所织缣素的质与量相比较看，显然新人不如故人劳动好。

◎ 评析

写弃妇不写其哀怨，亦不写其见弃之故，却只写其故夫口中对新妇与故妇的比较评价，而弃妇被弃之无辜与哀怨自见。此种写法在古乐府中亦属仅见。

四坐且莫喧

四坐且莫喧，愿听歌一言。[1]请说铜炉器[2]，崔巍象南山[3]。上枝似松柏，下根据铜盘[4]。雕文各异类，离娄自相联[5]。谁能为此器？公输与鲁班[6]。朱火然其中[7]，青烟扬其间。从风入君怀，四坐莫不欢[8]。香风难久居，空令蕙草残[9]。

◎ 注释

[1] 四坐：即“四座”。首二句为歌者开场所言。

[2] 铜炉器：熏香之炉。此后五句均写香炉。

[3] 崔巍：山高峻貌。

[4] 铜盘：指香炉下垫的铜托盘。

[5] 离娄：雕刻玲珑。

[6] 公输、鲁班：春秋时鲁国著名建筑工匠名，公输氏，名般，俗称“鲁班”。后世亦有将公输、鲁班误认为二人者，此处即是。

[7] 朱：红色。然：同“燃”。

[8] 欢：一本作“叹”。

[9] 蕙：香草名。古有以兰、蕙等香草炼制熏香之习。残：烧剩下的灰烬。

◎ 评析

此诗明写富贵人家在精雕细镂的铜炉里烧着熏香，香风入怀，四座赞叹。但香风不能持久，转瞬散尽，白白糟蹋许多香草。这实是比喻世人追求浮名，徒耗精力，终无益处。诗的开头三句完全是歌唱艺人开场白的口吻，可见这诗实系乐府民歌。

穆穆清风至[1]

穆穆清风至，吹我罗衣裾[2]。青袍似春草[3]，草长条风舒[4]。
朝登津梁上[5]，褰裳望所思[6]。安得抱柱信[7]，皎日以为期[8]？

◎ 注释

[1] 穆穆：和美。

[2] 裾：衣前襟。

[3] 青袍：绿色长衣。

[4] 条风：立春时节的东北风。

[5] 津梁：渡河津的桥梁。

[6] 褰裳：提起衣下摆。所思：所思念的人。

[7] 抱柱信：《庄子·盗跖》载："尾生与女子期于梁下，女子不来，水至不去，抱梁柱而死。"尾生遂成为古时坚守信约的典范。

[8] 皎：光明。期：约会。末二句谓怎能得到一位像尾生那样坚守信约的人与我指日发誓？

◎ 评析

这诗写一位女子春日怀望所欢，望而不见，恨其失约，遂生怨思。诗从风吹自己的衣裾联想到对方所穿的青袍，迂曲自然，正是借景物来写其人的内心活动，并非闲语。

橘柚垂华实[1]

橘柚垂华实，乃在深山侧。闻君好我甘[2]，窃独自雕饰。
委身玉盘中，历年冀见食[3]。芳菲不相投[4]，青黄忽改色。
人倘欲我知[5]，因君为羽翼[6]。

◎ 注释

[1] 华实：果实须先花（华）而后实，故称。或解为华美硕大之果。

[2] 好我甘：喜欢我（橘柚）的甘美。

[3] 冀：希望。见食：被食用。

[4] 不相投：不合意。

[5] 欲我知：即"欲知我"。

[6] 因：靠。末二句谓倘若想让世人尝到我的滋味，还得借君之力。

◎ 评析

这首诗的作者自始至终以深山里的橘柚自比，希望能为人所知，加以汲引，俾得献身自效。这在东汉后期确是一般处士的普遍心愿，具有典型意义。

十五从军征

十五从军征，八十始得归。道逢乡里人[1]，家中有阿谁[2]？遥看是君家，松柏冢累累[3]。兔从狗窦入[4]，雉从梁上飞[5]。中庭生旅谷，井上生旅葵[6]。烹谷持作饭，采葵持作羹[7]。羹饭一时熟，不知贻阿谁[8]。出门东向看，泪落沾我衣。

◎ 注释

[1] 乡里：故乡。

[2] 阿谁：犹言“谁”。阿，发语词。

[3]“松柏”句：意谓，遥看松柏林中坟茔累累处便是你的家。

[4] 狗窦：专为狗出入开的墙洞。

[5] 雉：野鸡。

[6] 中庭：内院。旅谷：未播种而野生的谷禾。葵：即冬葵，今称“冬寒菜”。此二句言庭院荒芜、杂草丛生，其间也有些自生的谷与葵。

[7] 羹：汤。

[8] 贻：送与。

◎ 评析

极凄凉、极惨痛。道尽战争与兵役给人民带来的残酷灾难。不独当事者泪落沾衣，两千年后的今人读之，亦不免为之泫然。

新树兰蕙葩[1]

新树兰蕙葩，杂用杜蘅草[2]。终朝采其华[3]，日暮不盈抱。
采之欲遗谁？所思在远道。馨香易销歇，繁华会枯槁。
怅望何所言，临风送怀抱[4]。

◎ 注释

[1] 树：种植。葩：花。

[2] 用：此指栽培。杜蘅：香草名，即南细辛，可入药。

[3] 终朝：整个早晨。此句与下句从《诗经·小雅·采绿》“终朝采绿，不盈一匊”句化出，意谓怀念远人，心不在于采集。

[4]“临风”句：言愿借风力将一腔情怀带给所思念的远人。

◎ 评析

兰蕙、杜蘅，寄意怀人，采之将欲远道遗赠，而一念及华易枯、香易消，便又感到无比惆怅，采得不起劲了。思妇情怀，正自如此。

步出城东门

步出城东门，遥望江南路。前日风雪中，故人从此去。
我欲渡河水，河水深无梁[1]。愿为双黄鹄[2]，高飞还故乡。

◎ 注释

[1] 梁：桥梁。

[2] 黄鹄：中国古籍中常提及的一种传说中善飞行的大鸟。清段玉裁《说文解字注》云：“鹄，黄鹄也。……凡经史言鸿鹄者皆谓黄鹄。”

◎ 评析

南人居北，久客思归，客中送客，望江南路而益动故乡之思。但欲归不得，唯有托诸幻想耳。寥寥几笔，皆不从正面说思乡，而思乡之情自深。

白头吟[1]

皑如山上雪[2]，皎若云间月[3]。闻君有两意，故来相决绝。
今日斗酒会[4]，明日沟水头。躞蹀御沟上[5]，沟水东西流。
凄凄复凄凄[6]，嫁娶不须啼。愿得一心人，白头不相离。
竹竿何袅袅[7]，鱼尾何簁簁[8]。男儿重意气，何用钱刀为[9]！

◎ 注释

[1] 晋葛洪《西京杂记》载：“相如将聘茂陵女为妾，文君作《白头吟》以自绝，相如乃止。”清王士祯《古诗选》亦将此诗归于卓文君名下。然沈约《宋书·乐志》已将此诗列入汉“街陌谣讴”，不谓卓氏所作。《乐府诗集》将它列入“古辞”，属《相和歌辞·楚调曲》，较为合理。

[2] 皑：白色。

[3] 皎：洁白光明。首二句乃女子自喻。

[4] 斗：古代量酒器。

[5] 躞蹀（xiè dié）：小步慢行。御沟：流经宫苑的沟渠。

[6] 凄凄：哀伤貌。

[7] 袅袅：纤弱貌。

[8] 簁簁（shāi shāi）：柔软摇动貌。此二句喻男子爱情不牢固，见异思迁。

[9] 钱刀：即钱币。古钱有形如刀者，称刀币、刀钱或钱刀。末二句言男子汉应以重情义为贵，何以为金钱就变了心？

◎ 评析

这首诗是用将被遗弃的刚强女子的口吻对负心男子所作的决绝之辞。坦诚坚定，无复留恋。诗的开端两句完全可以视为对这女子精神面貌的概括。

怨歌行[1]

新裂齐纨素[2]，皎洁如霜雪。裁为合欢扇，团团似明月。
出入君怀袖，动摇微风发。常恐秋节至，凉飙夺炎热[3]。
弃捐箧笥中[4]，恩情中道绝。

◎ 注释

[1]《玉台新咏》卷一收此诗，题曰“班婕妤《怨诗》一首”，并序云“昔汉成帝班婕妤失宠，供养于长信宫，乃作赋自伤，并为《怨诗》一首”，世多信之。甚至早在钟嵘《诗品》卷上即已列有《汉婕妤班姬》，评其“《团扇》短章，词旨清捷，怨深文绮，得匹妇之致”。然而，《文选》李善注引《歌录》曰“《怨歌行》，古辞”，虽云“言古者有此曲，而班婕妤拟之”。但此诗绮密，非西汉成帝时所能有。刘勰《文心雕龙·明诗》盖已疑之也。兹定为东汉无名氏作，在乐府中属《相和歌·楚调曲》。

[2]裂：裁断。纨素：精细的白绢。因齐地产品最有名，故称齐纨或齐纨素。

[3]飙：大风。

[4]弃捐：丢弃。箧笥：箧，小箱；笥，方形竹篓。此泛指箱笼。

◎ 评析

此诗反映出封建贵族视女子为玩物，爱则纳之，时过宠衰，便恩断情绝，弃之不顾。全诗以纨扇为喻。此篇与前《白头吟》写同一主题，且皆为妙品，但写法与情调却完全不同。

饮马长城窟行[1]

青青河畔草，绵绵思远道。[2]远道不可思，夙昔梦见之[3]。
梦见在我旁，忽觉在他乡[4]。他乡各异县，展转不可见[5]。
枯桑知天风，海水知天寒。[6]入门各自媚，谁肯相为言？[7]
客从远方来，遗我双鲤鱼[8]。呼儿烹鲤鱼，中有尺素书[9]。
长跪读素书[10]，书中竟何如？上言加餐食，下言长相忆。[11]

◎ 注释

[1] 此篇为《文选》卷二十七乐府“古辞”三首之一，李善注云：“言古诗，不知作者姓名。”《乐府解题》曰：“古辞。伤良人游荡不归。或云蔡邕之辞。”然无可为证，不足信。此调在汉乐府中属《相和歌辞·瑟调曲》。

[2]“青青”二句：先以河边草起兴，再借草之绵长喻女子对远行丈夫的不断思念。

[3] 夙昔：同“宿夕”，即昨夜。

[4]“忽觉”句：言突然醒来才明白所思念的人仍在远方。

[5] 展转：同“辗转”。

[6]“枯桑”二句：以落叶之桑尚能感到刮风、不冻之海也能觉出天寒为比，暗责远行未归人的无知无觉与薄情。

[7]“入门”二句：这是埋怨邻人虽自远方归来，却只顾与家人欢聚而忘记给她捎来几句口信。

[8] 双鲤鱼：指书信。古有将帛书结成鱼形之习。明杨慎《丹铅余录》曾载：“古乐府‘尺素如残雪，结成双鲤鱼’。”作者沿用古乐府之意，将鱼书演为“双鲤鱼”，下二句则言思妇鱼腹得书，更富有浪漫意味。一说“双鲤鱼”指鱼形木函，亦通。

[9] 尺素：尺长的白绢。

[10] 长跪：古人席地而坐，坐与跪相类，坐时两膝着地、以臀落于足跟上；长跪时则抬起臀部、挺起大腿与腰背，上身便长了。

[11]“上言”二句：言丈夫信中先嘱咐妻子多保重，继而再表示自己永不相忘之意。

◎ 评析

此诗为思妇想念远行在外的丈夫之词，与《饮马长城窟行》的从军戍边主题无关。可见它虽是乐府古辞，却还不是古题的原作。而是借用古题或古调的作品。沈德潜评曰“缠绵宛折，篇法极妙”，妙在何处？曰：“前面一路换韵，联折而下，节拍甚急。‘枯桑’二句，忽用排偶承接，急者缓之，最是古人神妙处。”

战城南[1]

战城南，死郭北[2]，野死不葬乌可食[3]。

为我谓乌：且为客豪[4]，野死谅不葬[5]，腐肉安能去子逃[6]！

水深激激[7]，蒲苇冥冥[8]。枭骑战斗死[9]，驽马徘徊鸣[10]。
梁筑室[11]，何以南、何以北？
禾黍不获君何食[12]？愿为忠臣安可得[13]？
思子良臣[14]，良臣诚可思！
朝行出攻，暮不夜归。

◎ 注释

[1] 这是汉乐府《鼓吹曲辞·铙歌》之一。铙歌本是军乐，但歌辞来自“街陌谣讴”，本是社会上的流行唱曲，经乐府机关的乐师审定制谱，故流传久远。可惜声辞相混，较难全部通解。因为它们出自民间，故内容庞杂，有叙战争的，如此篇《战城南》；也有男女相爱的情歌，如下两篇《有所思》《上邪》便是。铙歌原有二十二曲，已佚其四，今存十八曲，此为其第六首。

[2] 郭：外城。此二句谓城南城北均有阵亡者。

[3] 野死：死于荒野。

[4] 豪：同“嚎”，发丧时的号哭。此句乃作者拟为亡灵，请求乌鸦为之放声啼叫，以替代亲人的哭葬之礼。

[5] 谅：料想。

[6] 去子逃：指逃离你乌鸦之口。

[7] 深：一作“声”。激激：水流湍急之声、貌。

[8] 冥冥：苍茫幽暗。

[9] 枭骑：骁勇的坐骑，借以指战死的骁骑英雄。

[10] 驽马：劣马。以上二句皆借马言人，意谓英雄死于战场，怯懦者亦徘徊哀鸣，无所遁逃。

[11]“梁筑室”句：于桥梁上筑屋室是不合理的，以比喻不合常理的现象。

[12]“禾黍”句：此紧承上句，言百姓废耕而不产粮食，你人君又吃什么？

[13]“愿为”句：言忠臣难存，暗合前所言“枭骑战斗死”之意。

[14] 子：指战死的忠良之臣。良臣：忠臣。

◎ 评析

极写战争的残酷、战地的凄惨及连年战争的无休无止，深刻地反映出人民厌战、反战的情绪。

有所思[1]

有所思，乃在大海南。
何用问遗君[2]？双珠玳瑁簪[3]。
用玉绍缭之[4]。
闻君有他心，拉杂摧烧之[5]。
摧烧之，当风扬其灰[6]。
从今以往，勿复相思！相思与君绝[7]！
鸡鸣狗吠，兄嫂当知之。[8]
妃呼豨[9]！
秋风肃肃晨风飔[10]，东方须臾高知之[11]。

◎ 注释

[1] 此亦汉乐府《鼓吹曲辞·铙歌》十八首之一，原第十二曲。男女恋歌，女方之词。有所思：有一位她所思念的男子。

[2] 何用：何以。问遗：问候及馈赠。

[3] 玳瑁：一种海龟，其角质甲壳光滑而有花纹，可制装饰品。

[4] 绍缭：缠绕。

[5] 拉杂：杂乱地丢放在一起。摧烧：毁坏并焚烧。

[6] 当风：迎风。

[7] “相思”句：谓与你断绝相思。

[8] “鸡鸣”二句：此乃追忆当初二人幽会时唯恐惊动兄嫂的情景。

[9] 妃呼豨（xī）：象声词，表达内心不堪重负而长叹的嘘声。

[10] 肃肃：萧瑟肃杀。飔：凉风。此句言早晨飕飕的秋风已使人觉其寒凉。

[11] 高：通“皜”，明亮。末句意谓：等一会儿天就要亮了，朝日将照亮我的心，我将会知道该怎么办的。

◎ 评析

这是一首以大胆泼辣而热烈多情的女子的内心活动写成的情诗。情爱至极，一闻对方有他心，遂生怨怒；怨怒愈甚，愈说明其爱之深而望之切。末段的回掉，不只是文章所需要的波澜，更是深情女子所必有的转念。

上　邪[1]

上邪！我欲与君相知[2]，长命无绝衰[3]。
山无陵[4]，江水为竭，冬雷震震[5]，
夏雨雪[6]，天地合[7]，乃敢与君绝。

◎ 注释

[1] 此亦汉乐府《鼓吹曲辞·铙歌》十八首之一，原第十五曲。也是情诗，并为女方之词。有人认为与上篇为一事的两段。上邪：犹言“天哪”。

[2] 相知：相爱。

[3]“长命”句：意谓让爱情永不衰歇。命，使，让。

[4] 陵：隆起的山梁。

[5] 震震：雷声。

[6] 雨雪：下雪、降雪、雨，用作动词。

[7] 合：合拢。

◎ 评析

这首诗和上首一样是热烈多情女子的爱情诗。她对天盟誓，说除非天地间出现高山变平等五种绝对不可能有的反常现象，她才会和“君”(指其所爱)断绝。这当是后世“海枯石烂不变心”这类誓言的最早原型。

陌上桑[1]

日出东南隅[2]，照我秦氏楼。秦氏有好女，自名为罗敷。罗敷喜蚕桑，采桑城南隅。青丝为笼系[3]，桂枝为笼钩[4]。头上倭堕髻[5]，耳中明月珠[6]。缃绮为下裙[7]，紫绮为上襦[8]。行者见罗敷[9]，下担捋髭须。少年见罗敷，脱帽着帩头[10]。耕者忘其犁，锄者忘其锄。来归相怨怒，但坐观罗敷[11]。

使君从南来[12]，五马立踟蹰[13]。使君遣吏往，问是谁家姝[14]？“秦氏有好女，自名为罗敷。”“罗敷年几何？”“二十尚不足，十五颇有余。”使君谢罗敷[15]：“宁可共载不[16]？”罗敷前置辞：“使君一何愚[17]！使君自有妇，罗敷自有夫！东方千余骑，夫婿居上头[18]。何用识夫婿，白马从骊驹[19]。青丝系马尾，黄金络马头[20]。腰中鹿卢剑[21]，可值千万余。十五府小吏[22]，二十朝大夫[23]。三十侍中郎[24]，四十专城居[25]。为人洁白皙[26]，鬑鬑颇有须[27]。盈盈公府步，冉冉府中趋。[28]坐中数千人，皆言夫婿殊[29]。”

◎ 注释

[1] 此属汉乐府《相和歌辞·相和曲》。晋崔豹《古今注》云：“《陌上桑》者，出秦氏女子。秦氏，邯郸人，有女名罗敷，为邑人千乘王仁妻。王仁后为赵王家令。罗敷出，采桑于陌上，赵王登台见而悦之，因置酒欲夺焉。罗敷巧弹筝，乃作《陌上桑》之歌以自明，赵王乃止。”唯《乐府解题》云为：“古辞。言罗敷采桑，为使君所邀，盛夸其夫婿为侍中郎以拒之。”两说不同，然皆言其不出自文人诗家，而为乐府古辞也。《古今乐录》作《艳歌罗敷行》，《玉台新咏》作《日出东南隅行》，《乐府诗集》题为《陌上桑》。

[2] 隅：边、方。

[3]“青丝”句：谓以青丝绳为篮子的提绳。

[4]笼钩：篮子两边拴绳的钩环。

[5]倭堕髻：一种发髻。盘于头顶一侧，呈欲堕状，故名。

[6]明月珠：大秦国（古罗马帝国）产的大宝珠名。

[7]缃绮：浅黄色带花纹的绸缎。

[8]襦：短上衣。

[9]行者：行路人。

[10]帩（qiào）头：古时男子束发的头帕。此句言少男见了罗敷后赶紧自理其发，以便显得整洁一些。

[11]但坐：只因为。以上二句指上述人等事后相互抱怨，责怪都因观看罗敷而耽误了劳作。

[12]使君：汉代称一郡之长的太守为使君。

[13]踟蹰：迟回不进。

[14]姝：美女。

[15]谢：问。

[16]共载：同车而行。

[17]一何：何其。

[18]上头：前列。

[19]“白马”句：谓“骑马在前，后跟黑马驹者即我的丈夫”。

[20]络：以绳相套。此句言用金丝绳结为羁辔套在马头上，极写马饰具之华贵。

[21]鹿卢剑：鹿卢同“辘轳”，乃缠井绳的绞盘。古称剑柄作辘轳形且镶嵌以玉石的宝剑为鹿卢剑。

[22]“十五”句：言十五岁为官府小吏。

[23]朝大夫：任朝廷之上的大夫。秦汉时大夫为朝廷要职，分设御史大夫、谏大夫、中大夫等。此句非确指，只是言其官运亨通、职位显要而已。

[24]侍中郎：即侍中。秦汉时因此职侍从皇帝左右而地位显贵。

[25]专城居：指任主宰一城的州牧或郡守之官。

[26]皙：肤色白。

[27]鬑鬑（lián lián）：长貌。形容须髯飘逸之美。

[28]“盈盈”二句：言从容不迫地在官府中踱方步。

[29]殊：人才出众。

◎ 评析

乐府民歌多用赋体，以铺叙秾丽为其特征，此篇最为明显。诗中所叙故事，细思颇有漏洞。如首言罗敷从秦氏楼出来，到城南隅采桑。二解罗敷对使君之吏说她年约十八九，已经出嫁。末解说丈夫时年四十余，位居州郡之长。既已为州郡长夫人，何以仍住在娘家，而不住在“公府”？且十几岁的“好女”，竟已嫁给四十多岁的大官，为妻乎？为妾乎？因此，只有说这是罗敷用以对付“使君”的托词，才能说得通。其实，只要想到这篇诗全在描述少女罗敷的美貌和聪明机智，能够从容不迫、随机应变，用一片似真实假的谎言摆脱声势煊赫的使君一伙的调戏纠缠，则一切矛盾便都可解决了。

艳歌行[1]

翩翩堂前燕，冬藏夏来见。[2]兄弟两三人，流宕在他县[3]。故衣谁当补？新衣谁当绽[4]？赖得贤主人[5]，览取为我组[6]。夫婿从门来[7]，斜倚西北眄[8]。“语卿且勿眄[9]，水清石自见”。石见何累累，远行不如归。[10]

◎ 注释

[1] 此属乐府《相和歌辞·瑟调曲》。《乐府诗集》引《古今乐录》曰：“《艳歌行》非一，有直云《艳歌》，即《艳歌行》是也。”“艳”，乃音乐专用名词，指正曲前的一段引曲而言，古称艳、艳曲或艳段。此《艳歌行》今传二首，此选第一首。《乐府解题》曰：“古辞云‘翩翩堂前燕，冬藏夏来见’，言燕尚冬藏夏来，兄弟反流宕他县。主妇为绽衣服，其夫见而疑之也。”

[2]“翩翩”二句：以燕起兴，引出兄弟流落他乡，来去不由己，不如堂前燕的下文。

[3] 流宕：漂泊在外。

[4] 绽：缝制。

[5] 贤主人：指所居之家的贤德主妇。

[6] 览：同“揽”，拿。组：同“绽”，缝缀。

[7] 夫婿：指房东男主人。

[8] 斜倚：靠门而立。眄：斜视。

[9] 卿：古时尊称对方。此句与下句意谓：您不必如此斜眼瞅我，事情总会像溪水里的石子一样看得清清楚楚。

[10]“石见”二句：意谓这个误会后来虽然完全澄清了，但这种流浪在外的生活实在不如回家的好。

◎ 评析

开头两句兴辞，兴亦有比意。下云“兄弟两三人，流宕在他县”，实则只写其中一人所遭遇到的一件典型事例而已。

古　歌[1]

高田种小麦，终久不成穗。[2]男儿在他乡，焉得不憔悴[3]。

◎ 注释

[1] 四句本似古绝句，但今所见收此诗者，皆题为“古歌”，故亦因之。贾思勰《齐民要术》卷二“大小麦第十”注引此诗，亦称“歌曰”。

[2]“高田”二句：言小麦种于高地，地势不适宜，故不结实。

[3] 焉得：怎能。

◎ 评析

前两句为喻，后两句为主体。男儿远走他乡，有如小麦种在高岗上，如何能不枯槁憔悴、结出果实来？此至为分明，沈德潜竟说“兴意若相关，若不相关，所以为妙”，未免是故作深解。

古乐府[1]

兰草自然香，生于大道旁[2]。十月要镰起[3]，并在束薪中[4]。

◎ 注释

[1] 此四句亦似古绝，收录者多以“古乐府”（或“古艳歌”）称之，本书亦因而不改。

[2]“生于”句：暗指兰草生得不是地方，本应生在空谷之中。

[3] 要：古同“腰”。“要镰”指别在腰上的镰刀。

[4] 并：混杂。束薪：成捆的柴草。

◎ 评析

言才智之士处于溷浊之地，不为世用，终与草木同朽。短短五言四句，寓意至为著明。

古绝句四首

这四首诗最早见于《玉台新咏》卷十，即题曰《古绝句》。因它与梁朝以来已通行的五言绝句形式相同，而它却是早在晋宋以前的作品，故特加“古”字，以别于后之绝句。

其　一

藁砧今何在[1]？山上复有山[2]。何当大刀头[3]？破镜飞上天[4]。

◎ 注释

[1] 藁砧：藁，同“稿”，亦作“稿砧”“稿椹”。古时执行极刑时用三种器物：稿（垫草）、椹（砧板）和铁（大斧），斩首时将犯人席稿而伏于砧板之上，以铁斩之。故言“藁砧”则暗联“铁”，“铁”与“夫”同音，隐指丈夫。此句乃问：“你丈夫今何在？”

[2]“山上”句：即言“山上山”，隐射“出”字。意谓“夫出在外”。

[3]何：指何时。大刀头：古时大刀柄上皆有环，以便悬挂。“大刀头”即隐指“环”，谐“还”。此句问：“丈夫何时当还？”

[4]破镜：古铜镜皆为圆形，与天上明月相同。“破镜”为二，以“镜之半”代言“月之半”——十五天。此句答曰：“十五天当还。”

◎ 评析

这是一首隐语诗。一问一答，全用隐语，可谓民歌奇构。

其　二

日暮秋云阴，江水清且深。何用通音信？莲花瑇瑁簪[1]。

◎ 注释

[1]莲花：指簪头镶嵌莲花饰件。瑇瑁：同“玳瑁”。见《有所思》注释[3]。此句言寄簪以代通问，使对方见物思人。

◎ 评析

前两句以时与境烘托怀念远人之情，后两句不言寄书问候，却说以簪代信，相思之深，尽在不言中。

其　三

菟丝从长风[1]，根茎无断绝。无情尚不离[2]，有情安可别[3]。

◎ 注释

[1]菟丝：一种攀缘他物的蔓生草，古人常以其比喻女子依附于丈夫。从长风：顺风倒伏。

[2]“无情”句：言菟丝为无情之物，其根茎尚且不与所附之植株分离。

[3]“有情”句：谓人是有情的，又怎能随便别离呢？

◎ 评析

一喻到底，语简意切。

其　四

南山一树桂，上有双鸳鸯[1]。千年长交颈，欢庆不相忘[2]。

◎ 注释

[1] 鸳鸯：鸟名，因其雄雌偶居不离，人们常用以比喻恩爱夫妻。

[2] 欢庆：欢乐幸福。

◎ 评析

语言和取喻之物都是古今民歌所习用者，足见古绝句便是古代歌谣，是长期在民间口耳相传的优秀通俗作品。

托名苏武李陵赠别诗七首

此取自《文选》卷二十九“杂诗”上，原题“苏子卿《诗》四首”和“李少卿《与苏武》三首”。钟嵘以李陵诗为真，不言有苏武诗；刘勰则于李陵的五言诗亦疑为不可信。此外，《古文苑》等书还载录李陵、苏武别诗十余首。经近人考据，这一切别诗都是东汉末年诗人所伪作或拟作，没有一篇是李陵和苏武所作。故这里即明白改题为“托名苏武李陵赠别诗七首”。

其　一

骨肉缘枝叶[1]，结交亦相因[2]。四海皆兄弟，谁为行路人？
况我连枝树[3]，与子同一身。昔为鸳与鸯，今为参与辰[4]。
昔者常相近，邈若胡与秦。[5]惟念当乖离[6]，恩情日以新。
鹿鸣思野草，可以喻嘉宾。[7]我有一樽酒，欲以赠远人[8]。
愿子留斟酌，叙此平生亲。[9]

◎ 注释

[1]“骨肉”句：言兄弟乃骨肉至亲，犹如一枝所生之叶。

[2]“结交”句：指所结交的朋友彼此间亦亲善。

[3]连枝树：即连理树，其两树枝干相并合，连为一体。

[4]参、辰：二星名。参星与辰（即商）星各居西东，此起彼落，永不相遇。古人常以“参辰”（或“参商”）喻言远离不得相会。

[5]“昔者”二句：言过去在一起时不感觉兄弟情谊之可贵，犹如胡、秦两国比邻相处，反而疏远。

[6]乖离：别离。此句与下句意谓：但是今天一想到要别离了，恩情反而顿时加深了。

[7]“鹿鸣”二句：《诗经·小雅·鹿鸣》曰：“呦呦鹿鸣，食野之苹。我有嘉宾，鼓瑟吹笙。”此处借用《鹿鸣》篇诗句，表达自己欲设宴娱宾，再与兄弟欢聚一场的心愿。

[8]远人：指即将远行的兄弟。

[9]“愿子”二句：意谓请你再逗留片刻，酌饮数杯，借此机会叙叙我们之间的亲情。

◎ 评析

沈德潜认为此诗是“别兄弟”，观其全篇，信然。“昔者”以下四句，写亲人离别时的真实情感，自来诗人很少写出此境。

其　二

结发为夫妻[1]，恩爱两不疑。欢娱在今夕，燕婉及良时[2]。

征夫怀往路[3]，起视夜何其[4]。参辰皆已没[5]，去去从此辞。
行役在战场[6]，相见未有期。握手一长叹，泪为生别滋[7]。
努力爱春华[8]，莫忘欢乐时。生当复来归，死当长相思。

◎ 注释

[1] 结发：在头顶盘发髻，以示成年。古时男子二十岁结发行加冠礼后方可娶妻；女子十五岁结发行笄礼后方能许嫁。此指男女成年完婚。

[2] 燕婉：夫妇和美。及：趁。以上二句言夫妻欢聚唯有今宵了。

[3] 怀往路：记挂着行旅之事。

[4] 夜何其：犹问“到夜里什么时辰了”。

[5] 参辰：见前诗注释[4]。没：落。此句意谓参辰先后俱落，天色将明。

[6] 行役：服差役。

[7] 生别：生离。与“死别”相对而言。滋：涌出。

[8] 春华：青春。

◎ 评析

此章当是征人别妻之诗，显然不能归之于苏武。盖苏武出使匈奴，并非“行役在战场”，一切事情皆与苏武不合。以征夫别妻论，这诗确是极其沉痛。开头说夫妻恩爱，正为即将远别增悲。《楚辞》言“悲莫悲兮生别离”，是故“握手一长叹”，悲泪即刻为“生别”滚滚而下。末数句实在是强抑悲愁，劝慰爱妻，然而一说到“生当复来归，死当长相思”，吾知其必哽咽不能再吐一语矣！

其　三

黄鹄一远别[1]，千里顾徘徊[2]。胡马失其群[3]，思心常依依[4]。
何况双飞龙[5]，羽翼临当乖[6]。幸有弦歌曲，可以喻中怀[7]。
请为《游子吟》[8]，泠泠一何悲[9]！丝竹厉清声[10]，慷慨有余哀[11]。

长歌正激烈[12]，中心怆以摧[13]。欲展《清商曲》[14]，念子不能归。俯仰内伤心，泪下不可挥。愿为双黄鹄，送子俱远飞[15]。

◎ 注释

[1] 黄鹄：见《步出城东门》注释［2］。

[2] 顾：回顾。回头望。

[3] 胡马：见《行行重行行》注释［3］。

[4] 依依：恋恋不舍貌。

[5] 双飞龙：对自己与挚友的美喻。

[6] 乖：背离。临当乖：即面临别离。此句谓关系融洽、互为羽翼的朋友如今即将分离。

[7] 喻中怀：表明心迹。

[8] 游子吟：古乐府曲调名。

[9] 泠泠：声调清越。

[10] 丝竹：古时对弦乐和竹管乐的总称。此泛指乐器。厉：声音凄厉。

[11] 慷慨：感慨悲叹。

[12] 长歌：长声歌吟。

[13] 中心：内心。怆以摧：即摧怆、悲哀。

[14] 展：放声。清商曲：乐府曲调名，其曲音调较为清越。此句与下句意谓：欲改唱较为清越的《清商曲》，却又想到你不得回归而唱不下去。

[15] “送子”句：谓欲与你一同远行。

◎ 评析

此章当是别友之诗。《艺文类聚》引作李陵赠苏武诗，恰与《文选》相反，可见这既非苏武亦非李陵之作，而是后人拟作。诗以“黄鹄”起兴，复以“黄鹄”为结，写法颇奇；中间大半借弦歌音声为言，亦罕前例。

其　四

烛烛晨明月[1]，馥馥秋兰芳[2]，芬馨良夜发[3]，随风闻我堂。
征夫怀远路，游子恋故乡。寒冬十二月，晨起践严霜。
俯观江汉流[4]，仰视浮云翔。良友远别离，各在天一方。
山海隔中州[5]，相去悠且长[6]。嘉会难再遇[7]，欢乐殊未央[8]。
愿君崇令德[9]，随时爱景光[10]。

◎ 注释

[1] 烛烛：月光明亮貌。

[2] 馥馥：芬芳浓郁。

[3] 芬馨：芳香。

[4] 江汉：长江和汉水。

[5] 山海：犹言“山水”。中州：指古豫州（今河南一带），因其居九州之中而得名。此句指江汉之地与中州山水相隔。

[6] 悠：远。

[7] 嘉会：欢乐的聚会。

[8] 殊未央：还未尽兴。

[9] 崇：增益。令德：美德。

[10] 景光：光景、时光。

◎ 评析

此亦别友之诗，但其地当在中州而非匈奴，故不能定为苏武、李陵相别之作。前四句起兴，与送别了无关系，亦无凄哀伤感之情。全篇只有远别难再相会一点惆怅而已。但这正是朋友赠别的恰如其分的语言，过此反为不当。末后两句谆嘱或祝愿，自亦是良友临别时不可缺少的“珍重”之言。

其　五

良时不再至，离别在须臾[1]。屏营衢路侧[2]，执手野踟蹰[3]。
仰视浮云驰，奄忽互相逾[4]。风波一失所[5]，各在天一隅[6]。
长当从此别，且复立斯须[7]。欲因晨风发[8]，送子以贱躯[9]。

◎ 注释

[1] 须臾：片刻。

[2] 屏营：犹“彷徨”。衢路：宽广的大道。

[3] “执手”句：谓执手相送至郊野尚依依不忍离去。

[4] 奄忽：急速。逾：超越。

[5] “风波”句：言浮云为风所波荡而飘动。

[6] 隅：方。以上四句以风吹浮云喻人生多变、身不由己。

[7] 斯须：犹“须臾”。

[8] 因：凭借。晨风：早晨之风。

[9] 贱躯：送别者自谓。末二句意谓我只有借晨风以代替我自己陪送你上路了。

◎ 评析

写为好友送行，临行时触景伤情，一步步地转移其所着眼的外景（衢路、野、浮云、风波、晨风），情思也随之不断地变化。始则屏营、踟蹰，继而感到奄忽失所，再则将去还留，最后设想不如送你一道走。此诗妙处，固不止于沈德潜所评之“音极和、调极谐、字极稳”而已。

其　六

嘉会难再遇[1]，三载为千秋[2]。临河濯长缨[3]，念子怅悠悠。
远望悲风至，对酒不能酬。[4]行人怀往路[5]，何以慰我愁。
独有盈觞酒[6]，与子结绸缪[7]。

◎ 注释

[1] 嘉会：欢会。

[2]“三载”句：用相处三载如千秋言友情深长。

[3] 濯长缨：洗涤冠带。古人常用以比喻清高自守。此句与下句意谓：离别后我当洁身自律，不负所期。唯有思友之情必将悠悠怅惘，愈久愈深。

[4]“远望”二句：言行将远别，展望前路，悲从中来，故对酒竟不能相劝。酬，相互劝酒而共饮。

[5] 往路：去路。

[6] 盈觞：将酒斟满杯。

[7] 绸缪：深情厚谊。

◎ 评析

末二句似与上文“对酒不能酬”相矛盾，实则这正表明良友别时心情烦乱，对酒既不能痛饮，而舍此又无可自慰，仍只有用酒来共结深情。正为如此乃益显友情之深与别离之苦。

其　七

携手上河梁[1]，游子暮何之[2]？徘徊蹊路侧[3]，悢悢不能辞[4]。
行人难久留，各言长相思。安知非日月[5]，弦望各有时[6]？
努力崇明德[7]，皓首以为期[8]。

◎ 注释

[1] 梁：桥。

[2] 何之：向何处去。

[3] 蹊路：小径、山路。

[4] 悢悢：悲伤惆怅貌。此句意谓伤情太甚，竟至不能说出一句送别的话。

[5] 日月：此为复词单义，仅指月。

[6] 弦：未圆之月，状如弓弦。指阴历每月初七八及二十三四几日。望：满月，指每月

的十五日。以上二句意谓：焉知不会有如月亮一样圆缺自有定时？我们也许还有相见之日。

[7] 崇明德：发扬光大各自的美德。

[8] 皓首：白头。末二句意谓努力崇明德，直至白头到老也不放松。

◎ 评析

此亦赠别之诗，前四句言徘徊惆怅，惜别情深。但一念及“行人难久留”便强以后会有期相慰藉，各道珍重而别。虽是另一种写法，而亦合情合理，显得更为深至。

古诗为焦仲卿妻作[1]并序

汉末建安中，庐江府小吏焦仲卿妻刘氏[2]，为仲卿母所遣[3]，自誓不嫁。其家逼之，乃没水而死[4]。仲卿闻之，亦自缢于庭树。时人伤之，为诗云尔[5]。

孔雀东南飞，五里一徘徊。[6]“十三能织素[7]，十四学裁衣。十五弹箜篌[8]，十六诵诗书。十七为君妇，心中常苦悲。君既为府吏，守节情不移[9]。贱妾留空房，相见常日稀。鸡鸣入机织，夜夜不得息。三日断五匹[10]，大人故嫌迟[11]。非为织作迟，君家妇难为。妾不堪驱使[12]，徒留无所施[13]。便可白公姥[14]，及时相遣归。”

府吏得闻之，堂上启阿母：“儿已薄禄相[15]，幸复得此妇。结发同枕席[16]，黄泉共为友[17]。共事二三年，始尔未为久[18]。女行无偏斜，何意致不厚[19]？”阿母谓府吏：“何乃太区区[20]！此妇无礼节，举动自专由[21]。吾意久怀忿，汝岂得自由！东家有贤女，自名秦罗敷。可怜体无比[22]。阿母为汝求。便可速遣之，遣之慎莫留！”府吏长跪告，伏惟启阿母[23]：“今若遣此妇，终老不复取[24]！”阿母得闻之，搥床便大怒：“小子无所畏，何敢助妇语！吾已失恩义，会不相从许[25]！”

府吏默无声，再拜还入户。举言谓新妇[26]，哽咽不能语：“我自不驱卿[27]，逼迫有阿母。卿但暂还家，吾今且报府[28]。不久当归还，还必相迎取。以此下心意[29]，慎勿违吾语。”新妇谓府吏：“勿复重纷纭[30]！往昔初阳岁[31]，谢家来贵门[32]。奉事循公姥[33]，进止敢自专？昼夜勤作息，伶俜萦苦辛[34]。谓言无罪过，供养卒大恩。[35]仍更被驱遣，何言复来还？妾有绣腰襦[36]，葳蕤自生光[37]。红罗复斗帐[38]，四角垂香囊。箱帘六七十[39]，绿碧青丝绳。物物各自异，种种在其中。人贱物亦鄙，不足迎后人[40]。留待作遗施[41]，于今无会因[42]。时时为安慰，久久莫相忘。[43]”鸡鸣外欲曙，新妇起严妆[44]。着我绣袂裙，事事四五通[45]。足下蹑丝履，头上玳瑁光[46]。腰若流纨素[47]，耳著明月珰[48]。指如削葱根[49]，口如含朱丹[50]。纤纤作细步[51]，精妙世无双。上堂谢阿母，母听去不止。“昔作女儿时，生小出野里[52]。本自无教训，兼愧贵家子。受母钱帛多[53]，不堪母驱使。今日还家去，念母劳家里。”却与小姑别[54]，泪落连珠子。“新妇初来时，小姑始扶床，今日被驱遣，[55]小姑如我长。勤心养公姥，好自相扶将[56]。初七及下九[57]，嬉戏莫相忘。”出门登车去，涕落百余行。

府吏马在前，新妇车在后，隐隐何甸甸[58]，俱会大道口。下马入车中，低头共耳语：“誓不相隔卿[59]，且暂还家去，吾今且赴府。不久当还归，誓天不相负。”新妇谓府吏：“感君区区怀。君既若见录[60]，不久望君来。君当作磐石[61]，妾当作蒲苇。蒲苇纫如丝[62]，磐石无转移。我有亲父兄[63]，性行暴如雷。恐不任我意，逆以煎我怀[64]。”举手长劳劳[65]，二情同依依。

入门上家堂，进退无颜仪[66]。阿母大拊掌[67]：“不图子自归[68]！十三教汝织，十四能裁衣，十五弹箜篌，十六知礼仪，十七遣汝嫁，谓言无誓违[69]。汝今无罪过，不迎而自归？”“兰芝惭阿母[70]，儿实无罪过。”阿母大悲摧。

还家十余日，县令遣媒来。云有第三郎，窈窕世无双[71]。年始十八九，便言多令才[72]。阿母谓阿女：“汝可去应之。”阿女含泪答：“兰芝初还时，府吏见丁宁[73]，结誓不别离。今日违情义，恐此事非奇[74]。自可断来信[75]，徐徐更谓之[76]。”阿母白媒人：“贫贱有此女[77]，始适还家门。不堪吏人妇，岂合令郎君？幸可广问讯[78]，不得便相许。”

媒人去数日[79]，寻遣丞请还[80]。说有兰家女，承籍有宦官。[81]云有第五郎，娇逸未有婚，遣丞为媒人，主簿通语言。[82]

直说太守家[83]，有此令郎君，既欲结大义[84]，故遣来贵门。阿母谢媒人："女子先有誓，老姥岂敢言[85]？"阿兄得闻之，怅然心中烦。举言谓阿妹："作计何不量[86]！先嫁得府吏，后嫁得郎君。否泰如天地[87]，足以荣汝身。不嫁义郎体[88]，其往欲何云[89]？"兰芝仰头答："理实如兄言，谢家事夫婿，中道还兄门。处分适兄意[90]，那得自任专？虽与府吏要[91]，渠会永无缘[92]登即相许和[93]，便可作婚姻。"

媒人下床去[94]，诺诺复尔尔[95]。还部白府君[96]："下官奉使命，言谈大有缘。"府君得闻之，心中大欢喜。视历复开书[97]，"便利此月内[98]，六合正相应[99]。良吉三十日，今已二十七，卿可去成婚[100]"。交语速装束[101]，络绎如浮云[102]。青雀白鹄舫[103]，四角龙子幡[104]。婀娜随风转[105]，金车玉作轮。踯躅青骢马[106]，流苏金镂鞍[107]。赍钱三百万[108]，皆用青丝穿，杂彩三百匹[109]，交广市鲑珍[110]。从人四五百，郁郁登郡门[111]。

阿母谓阿女："适得府君书，明日来迎汝。何不作衣裳？莫令事不举[112]。"阿女默无声，手巾掩口啼，泪落便如泻。移我琉璃榻[113]，出置前窗下。左手持刀尺，右手执绫罗。朝成绣袂裙，晚成单罗衫。晻晻日欲暝[114]，愁思出门啼。府吏闻此变，因求假暂归。未至二三里，摧藏马悲哀[115]。新妇识马声，蹑履相逢迎[116]。怅然遥相望，知是故人来。

举手拍马鞍，嗟叹使心伤。“自君别我后，人事不可量。果不如先愿，又非君所详。我有亲父母[117]，逼迫兼弟兄。以我应他人，君还何所望！”府吏谓新妇：“贺卿得高迁！磐石方且厚，可以卒千年[118]。蒲苇一时纫，便作旦夕间。卿当日胜贵[119]，吾独向黄泉。”新妇谓府吏：“何意出此言！同是被逼迫，君尔妾亦然[120]。黄泉下相见，勿违今日言！”执手分道去，各各还家门。生人作死别，恨恨那可论[121]！念与世间辞[122]，千万不复全[123]。

府吏还家去，上堂拜阿母：“今日大风寒，寒风摧树木。严霜结庭兰。儿今日冥冥[124]，令母在后单[125]。故作不良计[126]，勿复怨鬼神！命如南山石，四体康且直。[127]”阿母得闻之，零泪应声落：“汝是大家子，仕宦于台阁[128]。慎勿为妇死，贵贱情何薄[129]？东家有贤女，窈窕艳城郭[130]。阿母为汝求，便复在旦夕。”府吏再拜还，长叹空房中。作计乃尔立[131]，转头向户里，渐见愁煎迫[132]。

其日牛马嘶[133]，新妇入青庐[134]。菴菴黄昏后[135]，寂寂人定初[136]。“我命绝今日，魂去尸长留。”揽裙脱丝履，举身赴清池。府吏闻此事，心知长别离。徘徊庭树下，自挂东南枝[137]。

两家求合葬，合葬华山旁[138]。东西植松柏，左右种梧桐。枝枝相覆盖，叶叶相交通。中有双飞鸟，自名为鸳鸯。

仰头相向鸣，夜夜达五更。行人驻足听[139]，寡妇起彷徨[140]。多谢后世人[141]，戒之慎勿忘[142]！

◎ 注释

[1] 此诗最早见收于徐陵《玉台新咏》卷一，题为“《古诗无名人为焦仲卿妻作》并序”，后世选录此诗者，或简题为《焦仲卿妻》，或取其首句“孔雀东南飞”为题。《乐府诗集》收入“杂曲歌辞”中。

[2] 庐江：东汉庐江郡，在今安徽巢湖、舒城及湖北英山及河南商城一带，郡治在今舒城。府：郡衙。小吏：官府中办理文书者。

[3] 遣：指被休弃打发回娘家。

[4] 没水：溺水。没，一本作“投”。

[5] 云尔：语气词，无义。

[6]“孔雀”二句：乃兴起全诗。

[7] 素：白色细绢。自此句至“及时相遣归”句，皆刘氏对仲卿语。

[8] 箜篌：古代一种拨弦乐器。

[9]“守节”句：言忠于职守，不为夫妇私情所转移。

[10] 断：将织成的帛、布从织机上割剪下来。

[11] 大人：对尊长的敬称。迟：慢。

[12] 不堪：不能胜任。

[13] 施：用。

[14] 白：禀告。公姥：公婆。此处复词单义，仅指婆母。

[15] 薄禄相：古人相信相面可以预知一生贫富贵贱，薄禄相即俗所谓“穷相”。

[16] 结发：见《托名苏武李陵赠别诗七首》其二注释[1]。

[17] 黄泉：地下葬身之地。此句言二人至死不离。

[18]“始尔”句：言不过是刚刚开始没有好久。

[19]“何意”句：谓怎能料及不受喜爱。

[20] 区区：用情专一，痴情。

[21] 自专由：自作主张。

[22] 可怜：可爱。

[23] 伏惟：古时以下对上表示恭敬之词。

[24] 取：同“娶”。

[25] 会不：当不、决不。

[26] 举言：发言。

[27] 卿：古时夫妻间的爱称。

[28] 报府：一作“赴府”。报，亦通“赴”。

[29]“以此”句：言为了这个，你就姑且多受点委屈，忍耐一下吧。

[30]“勿复”句：意谓不必再找麻烦。

[31] 初阳岁：旧谓冬至一阳生，故称冬至后（约阴历十一月间）为“初阳”。

[32] 谢：辞别。

[33]“奉事”句：谓行事均循从婆母旨意。

[34] 伶俜（líng pīng）：孤单。萦苦辛：辛苦缠身。

[35]“谓言”二句：自己认为没有犯过任何罪过，自可奉养婆婆到老，以报其恩。

[36] 腰襦：齐腰的短袄。

[37] 葳蕤：植物茂盛貌。此指腰襦上的彩绣。

[38] 复斗帐：斗形夹层帐子。

[39] 帘：借为“奁”。梳妆匣，亦泛指轻巧的小匣子。

[40] 后人：后娶之妇。

[41] 遗施：馈赠品。遗，一本作“遣”。

[42]“于今”句：言从今以后再无会面的机会了。

[43]“时时”二句：指睹物思人，可以留作安慰，长勿相忘。

[44] 严妆：认真仔细地梳妆打扮、整妆。

[45]“事事”句：言每件事重复做四五遍，以拖延离别的时间。一说为仔细妆扮，亦通。

[46] 玳瑁光：玳瑁（参见《有所思》注释[3]）制的头饰闪光。

[47]“腰若”句：言腰间所系的白绸闪闪发光，有如水波流动。

[48] 明月珰：镶嵌明月珠的耳坠。

[49] 削葱根：形容手指白皙纤长，有如削好的葱白。

[50] 朱丹：红宝珠。此句形容嘴小而红润。

[51] 纤纤：足小而步细貌。

[52]“生小”句：言己出生于村野小户人家。

[53] 钱帛：指聘礼。

[54] 却：退下。

[55]“小姑始扶床，今日被驱遣”二句：一本无此二句。

[56] 扶将：扶持，此指保重。

[57] 初七：指阴历七月初七。古称是日为“七夕”。是晚，妇女在庭中供祭织女，谓之“乞巧”。下九：古人称二十九日为“上九”，初九日为“中九”，十九日为“下九”。下九乃古时女子欢会之日，因九为阳数，故亦称“阳会”。

[58]“隐隐”句：“隐隐”“甸甸”均为车行声。何，语助词，无义。

[59] 相隔：相离。

[60] 录：收留。

[61] 磐石：巨石。

[62] 蒲苇：菖蒲与芦苇。纫如丝：柔韧如丝，不易折断。

[63] 父兄：复词偏义，单指兄长。

[64]“逆以”句：言事与愿违，使我内心痛苦如熬煎。

[65] 劳劳：忧愁貌。

[66] 无颜仪：脸面无光，犹今云“没有面子”。

[67] 拊掌：因吃惊而击掌。

[68] 图：料想。

[69] 誓违：“誓”当为“諐”(古“愆”字)字之误。諐违，过失。此句谓：告诫过你不要有过失。

[70] 兰芝：焦仲卿妻刘氏的名字。

[71] 窈窕：体貌俊美。

[72] 便言：善于言辞。多令才：多有美才。

[73] 丁宁：同“叮咛”，嘱咐。

[74] 非奇：不妙。

[75] 断：回绝。来信：来使，指县令派来的媒人。

[76]“徐徐”句：言出嫁之事慢慢再谈吧。

[77] 贫贱：刘母自谦的称呼。

[78] 广问讯：各方打听，另找合适的女子。

[79]“媒人”句：此既结束上段意思，言媒人已离去，又另开下一段内容，言数日之后所发生的太守求亲之事。

[80] 寻：旋即。遣丞：指下言太守所派遣的郡丞。请：求婚。此句意谓数日之后，本郡太守派遣郡丞外出为其子觅婚而归。

[81]“说有兰家女”二句：乃郡丞还报的话，(郡丞)说：“有个兰家女——兰芝姑娘，听说其先世还是官宦人家。”

[82]“云有第五郎”四句：乃郡丞到兰芝家转述太守之语：“五公子年轻漂亮，尚未成婚。主簿去告诉郡丞，我派遣他为媒人。”

[83]直说：直截了当地说，此指郡丞说媒。下四句即郡丞对兰芝母亲所说的话。

[84]结大义：结为婚姻。

[85]姥：老妇人。

[86]作计：考虑问题、打主意。量：权衡轻重。

[87]否泰：《周易》中的二卦名。“否”为乖逆，厄运；“泰”为亨通，好运。

[88]义郎：对“郎君”的美称。

[89]“其住”句：意谓“长住下去成何道理”。

[90]处分：处置。适：顺从。

[91]要：同“邀”，相约。

[92]渠会：与他相会。渠，代词，犹“他”。

[93]登即：立即。许和：应允。

[94]床：坐榻。

[95]诺诺、尔尔：应允之声，犹言“行，行，就这样”。

[96]部：郡府衙门。府君：即太守。

[97]视历、开书：均指翻看历书选择吉日。

[98]利：适合。

[99]“六合”句：古时举大事必先择吉日，凡月建与日辰相应合（即子与丑合，寅与亥合，卯与戌合，辰与酉合，巳与申合，午与未合）之日属于“六合”，便是良辰吉日。

[100]“卿可”句：言指使郡丞去操办婚事。以上五句是太守对郡丞所言。

[101]“交语”句：指郡丞四下传达太守的命令，要求大家迅速筹办起来。

[102]“络绎”句：言人员众多、接连不断，如浮云游走。

[103]青雀、白鹄：指船头图画着青雀及白鹄的画舫。

[104]龙子幡：龙旗。

[105]婀娜：指龙子幡随风而轻柔飘动的样子。

[106]踯躅：马欲进却止时躁急而以蹄踏地貌。青骢马：毛色青白交杂的马。

[107]流苏：下垂的穗子。金镂鞍：以黄金雕镂成的马鞍，极喻马鞍之豪华。

[108]赍（jī）：赠送。

[109]杂彩：各色各样的绢帛。

[110]交广：交州（今广东、广西一带）和广州（今广东）。市：买。鲑珍：珍奇海鲜。

[111]郁郁：繁多貌。登：齐集。一说疑为“发”之误，亦通。

[112] 不举：办不成。

[113] 琉璃榻：镶嵌着琉璃的矮床（坐具）。琉璃，经过烧制的五色晶莹石料。

[114] 晻晻（yǎn yǎn）：日色昏暗。暝：日暮。

[115] 摧藏：犹“摧怆”，即悲怆、悲哀。此句言兰芝在悲哀时闻马蹄声及马嘶，亦觉其为悲声。

[116] 蹑履：轻放步履，避免出声。

[117] 父母：与下文“弟兄”皆为复词偏义，单指母、兄。

[118] 卒：毕、终。

[119] 日胜贵：一天比一天富贵。

[120] 尔、然：均指“如此”“这样”。

[121]“恨恨”句：此言痛苦怨恨之状无法形容。

[122] 念：打算。

[123] 不复全：不再保全自己。

[124] 日冥冥：日暮时昏暗貌。此暗示生命将尽。

[125] 单：孤单。

[126] 故作：有意而为之。不良计：指欲寻短见。

[127]“命如”二句：言其母将寿比南山，安泰康健。

[128] 台阁：此泛指官府。

[129]“贵贱”句：此意谓：以贵弃贱不算薄情。

[130] 艳城郭：全城最艳丽的人。

[131]“作计”句：言自尽的打算就这样决定了。

[132] 愁煎迫：为愁苦所压抑、煎熬。

[133] 牛马嘶：以牛叫马嘶形容车马颇多。

[134] 青庐：古时用青布搭的喜棚，专为举行婚礼而设。

[135] 菴菴：同“晻晻”，日无光。

[136] 人定初：人们刚刚安静下来。

[137] 自挂：自缢。

[138] 华山：非指西岳华山，当为庐江县境内的某座小山。

[139] 驻足：停步。

[140] 起彷徨：夜不能寐，起身徘徊。

[141] 多谢：一再告诉。

[142] 戒：记取教训。

◎ 评析

这是中国文学史上第一首长篇叙事诗。沈德潜说它“共一千七百八十五字，古今第一首长诗”。宋代以后我们不敢这样说，因为在说唱文学发展以后，弹词应属长篇乐府歌诗一类，其中即不乏更长的巨篇。但至少在唐代以前，此篇可称为最早最长叙事诗。晚近从敦煌写本中发现，晚唐入蜀的诗人韦庄那首佚失千余年的《秦妇吟》应是另一首长篇叙事诗，但它不是五言，而是七言，共二百三十八句，一千六百六十六字，较此篇尚少百余字。此篇除于男女主人公死后用幻想的形式表现人们对这对青年夫妇坚贞不渝的爱情的歌颂，采取第三者叙述的口吻外，其他几乎全都是通过人物的对话来反映的。因此，诗中所有的人物性格、形象都非常鲜明生动，具有相当浓厚的戏剧性。

魏诗

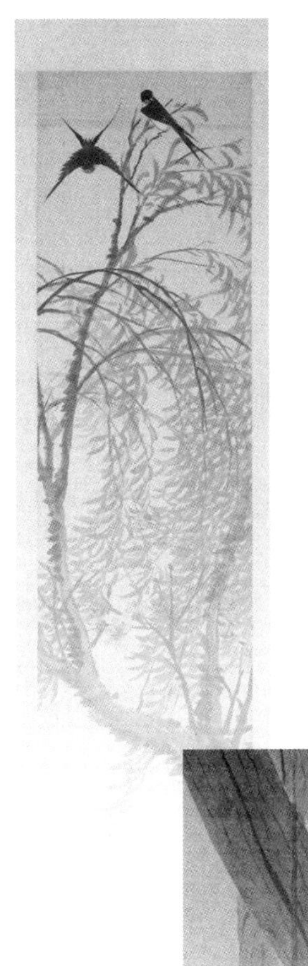

曹　操

（155—220）

字孟德，小名阿瞒，沛国谯（今安徽亳州）人。出身宦官家庭，祖父腾做过中常侍，父嵩做过太尉。他年二十举孝廉，为郎，任洛阳北部尉，后迁顿丘令、济南相。灵帝末年，他曾参加镇压黄巾起义。献帝初，董卓擅权，他在陈留招募五千人加入袁绍等的讨董卓联军，因各怀异志，讨董失利。嗣黄巾复起，他进驻东郡，镇压并收编了青州黄巾军三十万，成为北方实力雄厚的人物。他陆续消灭了黄河流域自袁绍以下的大小军阀，到建安十三年（208），便基本上统一了整个北方地区，献帝进他为丞相。建安十八年（213），操晋封魏公，始建曹氏宗庙社稷，三年后，于建安二十一年（216）再进为魏王，于是以相王之尊，挟天子以令诸侯，已为建安后期实际的统治者。建安二十五年（220）他死后不久，太子曹丕废献帝自立为魏帝，追尊操为太祖武皇帝。

曹操以相王之尊，雅爱诗章，现存诗二十多首，全部是用旧有的乐府旧调旧题来写现实的新内容和个人的心志情怀。虽是“汉音”，然而他的诗从汉乐府出，却又不受汉乐府的限制，能吸取民间文学的营养，另成其“气雄力坚，足以笼罩一切”（刘熙载《艺概》语）的“古直”“悲凉”（钟嵘《诗品》评语）的独创风格，不愧为魏诗之祖。

薤　露[1]

惟汉二十世[2]，所任诚不良[3]。沐猴而冠带[4]，知小而谋强[5]。
犹豫不敢断，因狩执君王[6]。白虹为贯日[7]，已亦先受殃[8]。
贼臣持国柄，杀主灭宇京[9]。荡覆帝基业，宗庙以燔丧[10]。
播越西迁移[11]，号泣而且行。瞻彼洛城郭，微子为哀伤[12]。

◎ 注释

[1]《薤露》乃乐府曲调名，属《相和歌·相和曲》。它本是古时的挽歌，言薤叶之露易干，以喻人寿之短促。薤，即藠头。崔豹《古今注·音乐》说："《薤露》《蒿里》并丧歌也。……至孝武时，李延年乃分为二曲，《薤露》送王公贵人，《蒿里》送士大夫庶人。使挽柩者歌之，亦谓之挽歌。"诗人借此等乐府古题写时事，便自曹操始。

[2]惟：句首语气词。二十世：一本作"二十二世"或"廿二世"。汉代自西汉高祖刘邦至东汉灵帝刘宏，计二十二世，故云。

[3]"所任"句：指汉灵帝重用外戚何进之事。中平元年（184），灵帝任何进为大将军。帝亡而何进擅权，为抵制宦官的势力，何进将董卓召入京师，留下隐患，后来董卓竟废少帝，汉室自此益乱。

[4]"沐猴"句：沐猴即猕猴。《史记·项羽本纪》："人言楚人沐猴而冠耳，果然。"此以沐猴喻何进。

[5]知：同"智"。此句谓何进无大智而好谋算。

[6]狩：本指冬猎，后亦代指帝王离京外出。此句指宦官张让挟持少帝刘辩出逃一事。灵帝亡后，何进、袁绍相与谋，欲杀宦官，未及，张让先杀何进，后挟持少帝逃往小平津。

[7]"白虹"句：古人认为白虹穿日而过乃人世发生灾变的前兆。据《后汉书·孝献帝纪》载，董卓初将少帝刘辩废为弘农王，旋即杀之。另立九岁的刘协（即后来的献帝），而自为相国。于是，次年，即初平元年（190）二月，"白虹贯日"。此后，董卓又胁迫献帝迁都长安，并焚毁了洛阳的宫庙、人家，由是汉廷乃名存实亡。

[8]已：指何进。他于光熹元年（189）八月被杀，此事发生于董卓废少帝之前，故此句言其"先受殃"。

[9]宇京：指东汉故都洛阳。

[10]燔（fán）：焚烧。

[11]播越：迁徙流离。

[12] 微子：商纣王的庶兄，封于微。《尚书・大传》说他于商亡后见殷墟长满禾黍，便作《麦秀》歌一首，以抒发其亡国之痛。此乃诗人以微子自况。

◎ 评析

指斥何进沐猴而冠、董卓荡覆帝基，忿怒悲伤，若不可遏。这不仅是“汉末实录”，且已表现了诗人闵乱之情与救世之志。

蒿里行[1]

关东有义士[2]，兴兵讨群凶。初期会盟津[3]，乃心在咸阳[4]。军合力不齐，踌躇而雁行[5]。势力使人争，嗣还自相戕[6]。淮南弟称号[7]，刻玺于北方[8]。铠甲生虮虱[9]，万姓以死亡。白骨露于野，千里无鸡鸣。生民百遗一[10]，念之断人肠。

◎ 注释

[1]《蒿里》与《薤露》同为古乐府曲调名，属《相和歌・相和曲》。本是丧歌，言人死而魂魄归于蒿里（又名“下里”）。参见《薤露》注释 [1]。此亦作者借古题写时事。

[2] 关东：函谷关以东。义士：忠义之士。指以渤海太守袁绍为盟主的关东讨伐董卓大军。此句指东汉献帝初平元年（190）董卓强据长安（参见《薤露》注释 [7]），关东诸将兴兵讨伐之。

[3] 初期：最初的愿望、本意。会：盟会。盟津：即孟津，黄河古渡口。在今河南孟津东北。相传武王伐纣于此盟会并渡河。故又称“盟津”。此句乃比喻，非实言讨董大军亦盟会于此。

[4] 乃：代词，指“义士”。咸阳：秦朝故都。此句以项羽、刘邦举兵之初意在攻入咸阳、推翻秦帝国，比喻讨董之战的最初目的也是正义的。

[5] 踌躇：犹豫不前。雁行：本指并行有序，此言各军相互观望，不肯前行。

[6] 嗣还：此后不久。戕：杀害。此句言讨董诸将互相残杀。

[7]“淮南”句：指董卓被杀后，袁绍弟袁术率众割据江淮间地，于建安二年（197）称帝于寿春（今安徽寿县）事。

[8] 玺：皇帝用的玉印。袁绍凭借家族力量占据冀、青（今山东东北部）、幽（今河北北

部）、并（今山西）四州，是北方最强大的割据势力。此句即指初平二年（191），袁绍谋立幽州牧刘虞为帝，为之刻印一事。

[9] 铠甲：古时以金属或皮革制成的战服。此句以战袍久穿而生虮虱言战争延续之久。

[10] 生民：人。百遗一：百人中存活一人。

◎ 评析

直刺群雄"义讨群凶"，而势利相争、自相残杀，造成长期丧乱，生民死亡殆尽，思之令人断肠。以《蒿里》挽歌抒此丧亡之哀，作者其亦有微意乎？

短歌行[1]

对酒当歌，人生几何[2]？譬如朝露，去日苦多[3]。
慨当以慷[4]，幽思难忘[5]，何以解忧？惟有杜康[6]。
青青子衿[7]，悠悠我心[8]。但为君故，沉吟至今[9]。
呦呦鹿鸣[10]，食野之苹[11]。我有嘉宾，鼓瑟吹笙[12]。
明明如月，何时可掇？忧从中来，不可断绝。[13]
越陌度阡[14]，枉用相存[15]。契阔谈宴[16]，心念旧恩[17]。
月明星稀，乌鹊南飞。绕树三匝[18]，何枝可依[19]？
山不厌高，水不厌深。[20]周公吐哺[21]，天下归心[22]。

◎ 注释

[1]《短歌行》乃乐府曲调名，属《相和歌·平调曲》。多作宴饮时的歌，此篇是曹操借古乐府题自写怀抱。

[2] 对酒当歌：言面对美酒应当伴唱歌诗。或将"当"字解作"面对"，与上言"对酒"之"对"同义而异词，亦通。人生：人寿。

[3] 去日：逝去的时日。苦多：很多。

[4] 慨当以慷：定当感慨万端。慨、慷均为感叹之意。

[5] 幽思：深沉的思虑。幽，一本作“忧”。

[6] 杜康：古传酿酒技术的创始者。这里借以指酒。

[7] 子：代词，你。衿：衣领。此代指衣衫。

[8] 悠悠：情思绵绵。以上二句乃《诗经·郑风·子衿》中语：“青青子衿，悠悠我心。纵我不往，子宁不嗣音?”本言女子思念一位自己爱慕的男子。此处借以言己思贤若渴的心情。

[9] 沉吟：深沉吟咏与品味。此句言己体验着《子衿》所写的思慕之苦。

[10] 呦呦：鹿鸣声。

[11] 苹：一种艾蒿。

[12] 瑟：一种古弹拨乐器名。笙：竹管吹奏乐器名。“呦呦”四句出自《诗经·小雅·鹿鸣》，本为宴宾之曲，诗人借以表达自己招纳贤才的心情。

[13]“明明”四句：以月色不可收拾为比，言己思贤而未得的忧思绵绵不绝。

[14] 越陌度阡：陌、阡均为田间小路。此指贤才自远道而来。

[15] 枉：谦辞，犹言“劳驾”“屈就”。存：挂念。

[16] 契阔：契为合，阔为离。此指朋友离合。此句谓友朋欢会，畅叙离合之情。

[17] 旧恩：往日的情谊。

[18] 匝：周。

[19] 依：依栖。“乌鹊”三句以乌鹊择枝而栖暗喻贤士择主而仕。

[20]“山不”二句：《管子·形势解》言：“海不辞水，故能成其大；山不辞土石，故能成其高。明主不厌人，故能成其众。”诗中“山不厌高、水不厌深”正是化用此意，言己唯贤是用，多多益善之心。

[21] 周公：西周武王之弟，名旦。曾辅佐武王、成王成就王业。因其采邑在周（今陕西岐山北），世称周公。吐哺：吐出口中的食物。《韩诗外传》说周公“一沐三握发，一饭三吐哺，犹恐失天下之士”。

[22] 归心：归顺之心。末二句乃诗人以周公自况，言己纳贤立业的雄心。

◎ 评析

说者往往将此篇分为数段就其字面逐段理解，谓叹息时光易逝，慨慷忧思，借酒消愁，怀念朋友，感伤乱离，思得贤才，建功立业云云。果尔，杂乱无章，何以成为名篇？其实全篇只是一意，即：“人生几何?”“去日苦多”“悠悠我心”“忧从中来”“越陌度阡”“何枝可依”，“忧思”“沉吟”到最后，唯有广揽贤才，共图大业而已。

苦寒行[1]

北上太行山，艰哉何巍巍[2]。羊肠坂诘屈[3]，车轮为之摧。
树木何萧瑟[4]，北风声正悲。熊罴对我蹲[5]，虎豹夹路啼。
溪谷少人民，雪落何霏霏[6]。延颈长叹息[7]，远行多所怀[8]。
我心何怫郁[9]？思欲一东归[10]。水深桥梁绝，中路正徘徊[11]。
迷惑失故路[12]，薄暮无宿栖[13]。行行日已远[14]，人马同时饥。
担囊行取薪[15]，斧冰持作糜[16]。悲彼《东山》诗[17]，悠悠使我哀。

◎ 注释

[1]《苦寒行》乃乐府曲调名，属《相和歌·清调曲》。现存最早作品即曹操此诗。建安十一年（206）春，曹操举兵征讨把守壶关口（位于今山西长治东）的叛将袁绍外甥高干。时值正月，行军苦寒，诗记此行。故一说此调始创于曹操。又因诗首言“北上太行山”，此诗又题作《北上行》。

[2]“北上”句：曹操此行自邺城（故城在今河北磁县南）出发，经由河内（郡名，今黄河北岸河南境内），北越太行山，故言。巍巍：高峻貌。

[3]羊肠坂：太行山上一地名，位于壶关口东。坂，同“阪”，即山坡。诘屈：蜿蜒崎岖。

[4]萧瑟：风吹草木发出的呼啸声。

[5]罴：一种毛色棕黄的大熊。

[6]霏霏：雪密貌。

[7]延颈：伸长脖颈。

[8]怀：挂牵。

[9]怫郁：心情忧郁。

[10]东归：指回故乡沛国谯县，或谓指回其大本营邺下，亦通。

[11]中路：中途。

[12]故路：原路。此句言迷失方向。

[13]薄暮：临近傍晚。宿栖：此指部队宿营。

[14]行行：走呀走呀。日已远：越走越远。

[15]“担囊”句：言背着行囊去取薪为炊。

[16]斧：作动词用。斧冰言以斧凿冰。糜：粥。

[17]《东山》：指《诗经·豳风·东山》。诗写战士归途思乡之情。其中“我徂东山，慆慆不归。我来自东，零雨其濛。我东曰归，我心西悲”等句哀切动人。旧说此诗为周公东征回归时所作。

◎ 评析

写战区行军之苦，正以言创业之难。结引《东山》诗，盖以周公东征自况。故无论太行“何巍巍”，树木“何萧瑟”，雪落“何霏霏”，我心“何怫郁”，甚至“行行日已远”，“悠悠使我哀”，“我”还是不得不坚持下来，然而诗人也并不隐瞒他曾“延颈长叹息”，“中路正徘徊”，“远行多所怀”，甚至还“思欲一东归”过。何等真切！

步出夏门行

此题为乐府曲调名，属《相和歌·瑟调曲》。全曲共五部分：前七句为《艳》(序曲)，下分《观沧海》《冬十月》《土不同》《龟虽寿》四解(章)。一本题作《步出东西门行》，或作《碣石篇》等。

艳

云行雨步[1]，超越九江之皋[2]。临观异同[3]，心意怀游豫[4]，不知当复何从[5]。经过至我碣石[6]，心惆怅我东海[7]。

◎ 注释

[1]“云行”句：言云雨运行。

[2]九江：泛指多条江河。皋：江岸。首二句言浓云密雨、江水漫溢。

[3]“临观”句：言己亲临营地，广泛听取诸将对时局的各种不同意见。

[4]游豫：同“犹豫”。

[5]当复何从：采纳何种意见。《魏书·武帝纪》言曹操于建安十二年(207)“将北征三郡

乌丸，诸将皆曰：‘袁尚（按：袁绍之子），亡虏耳……今深入征之，刘备必说刘表以袭许。万一为变，事不可悔。’惟郭嘉策表必不能任备，劝公行”。以上三句即言曹操听取了有关征讨乌桓的各种意见后犹豫未决，思虑重重。

[6] 碣石：山名。指今河北昌黎北渤海岸边的碣石山。

[7]“心惆怅”句：言己面对滔滔沧海心绪不宁。

观沧海

东临碣石，以观沧海。水何澹澹[1]，山岛竦峙[2]。
树木丛生，百草丰茂。秋风萧瑟，洪波涌起[3]。
日月之行，若出其中。[4]星汉灿烂[5]，若出其里。
幸甚至哉，歌以咏志。[6]

◎ 注释

[1] 澹澹：水波荡漾貌。

[2] 竦峙：耸立。

[3] 洪波：巨浪。

[4]“日月”二句：谓日月运行时，犹如自大海中升腾起来的一般。

[5] 星汉：银河。

[6]“幸甚”二句：为此调合乐所设，与正文联系不大。下三章同。

◎ 评析

沈德潜评此诗“有吞吐宇宙气象”，诚然。此章写沧海、山岛、秋风、洪波等大景，以日、月、星汉为衬托，设想雄奇，亘古未有。非具伟大气魄若曹公者，其孰能之？它不仅是我国现存的第一首完整的山水诗而已。

冬十月

孟冬十月[1]，北风徘徊[2]。天气肃清，繁霜霏霏[3]。
鹍鸡晨鸣[4]，鸿雁南飞。鸷鸟潜藏[5]，熊罴窟栖[6]。
钱镈停置[7]，农收积场[8]。逆旅整设[9]，以通贾商[10]。
幸甚至哉，歌以咏志。

◎ 注释

[1] 孟冬：古时将每季均分为孟、仲、季三月，孟冬即初冬，阴历十月。

[2] 徘徊：来回地走，此言北风回旋。

[3] 霏霏：霜重欲坠貌。

[4] 鹍（kūn）鸡：亦称“鹍鸡”，一种羽色黄白形体似鹤的大鸟。

[5] 鸷（zhì）鸟：鹰、雕之类的猛禽。

[6] 罴：见《苦寒行》注释[5]。窟栖：居于洞窟中。

[7] 钱镈（bó）：古代两种农具。前者似铲，后者如小锄，皆为铲地、锄草的工具。置：搁置不用。

[8] 农收：指收获的农产品、谷物。场：打碾的平场。

[9] 逆旅：旅馆、客栈。整设：整修布置。

[10] 通：通达。贾商：泛指商人。

◎ 评析

此章继上章之言秋而续写其初冬十月征途所经，凡天时物候，民事农商，无不具说。自是大政治家应有的眼光和胸怀。

土不同

乡土不同，河朔隆寒[1]。流澌浮漂[2]，舟船行难[3]。
锥不入地[4]，蘴藾深奥[5]。水竭不流[6]，冰坚可蹈[7]。

土隐者贫[8]，勇侠轻非[9]。心常叹怨，戚戚多悲[10]。
幸甚至哉，歌以咏志。

◎ 注释

[1] 河朔：古时对黄河以北地区的泛称。隆寒：严寒。首二句言河朔地区与其他地方不同，气候寒冷。

[2] 流澌：亦称“澌凌”“流凌”，指河水初结冻和刚解冻时漂浮于河面上的冰块。

[3]“舟船”句：谓浮冰阻塞航道，行船困难。

[4]“锥不入”句：形容地冻坚硬，锥刺不进。

[5] 莑（fēng）：即蔓菁。藾（lài）：荫庇、收藏。此句指河朔人为了防冻以保存食物而将蔓菁珍藏于深窖之中。

[6]“水竭”句：指河床封冻则水不流淌。

[7] 蹈：踏。

[8] 土：当为“士”之误。隐：忧患。此句意谓：河朔之士所忧患的是这里的贫瘠。

[9] 勇侠：指河朔之民勇敢剽悍。轻非：易做非法之事。

[10] 戚戚：悲伤貌。以上二句言诗人看到河朔人的生活状况而为之悲悯。

◎ 评析

“苍劲萧瑟”四字，可谓为此章写作艺术之定评。然曹公毕竟是大政治家，末四句仍归到他所特别关心的河朔的土风和士风上。

龟虽寿

神龟虽寿[1]，犹有竟时[2]。腾蛇乘雾[3]，终为土灰[4]。
老骥伏枥[5]，志在千里。烈士暮年[6]，壮心不已[7]。
盈缩之期[8]，不但在天[9]。养怡之福[10]，可得永年[11]。
幸甚至哉，歌以咏志。

◎ 注释

[1] 神龟：龟，本是一种长寿动物，古人相传它可活三千岁，故以为长寿的象征，并称之为“神龟”。

[2] 竟：完结。

[3] 腾蛇：神话传说中一种能乘雾而腾飞的神蛇。

[4]“终为”句：言最后仍会化为尘土。

[5] 骥：千里马。枥：马槽。此二句言千里马老时只能伏槽吃草，但它仍向往着驰骋千里。

[6] 烈士：立志于建功立业的刚强者。

[7] 壮心：雄心壮志。不已：未尽。

[8]“盈缩”句：指寿命之长短。

[9] 但：只。此二句谓寿命不只由天定。

[10]“养怡”句：谓人可因调养得当而获福。

[11] 永年：长寿。

◎ 评析

人寿有尽，壮志无穷；怡养可得永年，成事岂皆在天？这便是曹公此章的本意。全篇末解以此作结，千载之下，读来令人鼓舞。

徐 幹

（171—218）

字伟长，北海剧（今山东昌乐西）人，“建安七子”之一。史称其“聪识洽闻，操翰成章”，又谓其“轻官忽禄，不耽世荣”。建安中，曹操曾数加礼聘，均因故未就。后来才做了曹操的司空军谋祭酒掾属，然后又任曹丕的五官中郎将文学。卒于建安二十二年（217）的一次大疫。

徐幹长于著作，有《中论》二卷，今存，曹丕称其书“成一家之言，辞义典雅，足传于后”（《与吴质书》），信然。他的诗今存仅九首，虽不及王粲之富，却亦有足传者。

室思诗[1]

沉阴结愁忧[2]，愁忧为谁兴？念与君生别，各在天一方。良会未有期，中心摧且伤[3]。不聊忧餐食[4]，慊慊常饥空[5]。端坐而无为，仿佛君容光[6]。

峨峨高山首，悠悠万里道。君去日已远[7]，郁结令人老[8]。人生一世间，忽若暮春草[9]。时不可再得，何为自愁恼？每诵昔鸿恩，贱躯焉足保[10]？

浮云何洋洋[11]，愿因通我辞[12]。飘摇不可寄[13]，徙倚徒相思[14]。人离皆复会，君独无返期。自君之出矣，明镜暗不治[15]。思君如流水[16]，何有穷已时！

惨惨时节尽[17]，兰叶凋复零。喟然长叹息[18]，君期慰我情[19]。展转不能寐，长夜何绵绵！蹑履起出户[20]，仰观三星连[21]。自恨志不遂，泣涕如涌泉。

思君见巾栉[22]，以益我劳勤[23]。安得鸿鸾羽[24]，觏此心中人[25]。诚心亮不遂，搔首立悁悁[26]。何言一不见，复会无因缘？故如比目鱼[27]，今隔如参辰[28]。

人靡不有初，想君能终之。[29]别来历年岁[30]，旧恩何可期[31]？重新而忘故，君子所尤讥[32]。寄身虽在远，岂忘君须臾[33]？既厚不为薄[34]，想君时见思[35]

◎ 注释

[1] 室思：即闺思。室，古指妻妾。此诗表现一位女子对远行不归的丈夫的思念。《玉台新咏》将此诗分为六段。

[2] 沉阴：愁苦貌。

[3] 摧：通“催”，忧伤。

[4] 不聊：犹言“无聊”、不乐。

[5] 慊慊（qiǎn qiǎn）：空虚。以上二句意谓：心中空虚百无聊赖，有如缺少饭食，时常感到腹中饥空一般。

[6] 仿佛：此处用作动词，犹“想象”。此句意谓：在脑海中想象你的风采。

[7] 远：久。

[8] 郁结：心情郁闷不畅。

[9] 忽：迅速、快。此句言人生短暂，如春草易枯萎。

[10]“贱躯”句：言宁为相思而衰老，也不愿为保全自己的青春而忘却对方。

[11] 洋洋：舒缓自在貌。

[12] 因：依靠。通我辞：为我捎口信。

[13]“飘摇”句：以浮云飘摇比喻远人行踪不定，无可寄托。

[14] 徙倚：徘徊流连。

[15] 治：收拾、整理。此句谓因所爱的人不在，自己无心妆扮，故懒于拭镜。

[16]“思君”句：言思君之情如流水般绵长不断。

[17] 惨惨：昏暗阴冷貌。时节尽：指岁末、年底。

[18] 喟然：叹息声。

[19] 君期：夫君预约的归期。此句谓只得以丈夫当初预定的归期为盼望而宽慰自己。

[20] 蹑履：穿鞋。

[21] 三星：指参宿七星中最明亮而相接近的三颗星。《诗经·唐风·绸缪》言：“绸缪束薪，三星在天。今夕何夕？见此良人？”本写夜间男女欢会。此写“三星”，实反衬己之孤独。

[22] 栉：梳子。

[23] 益：增添。劳勤：忧伤、愁苦及担心。以上二句言睹物思人，更添愁苦。

[24] 鸿：鸿雁。鸾：一种凤凰。此“鸿鸾”泛指善长途飞行的鸟。羽：翅膀、羽翼。

[25] 觏：同“遘（gòu）”，遇见。

[26] 悁悁（yuān yuān）：忧愁貌。

[27] 比目鱼：相传此种鱼仅一目，须两只并行而游。古时常以其比喻恩爱夫妇。

[28] 参辰：见《托名苏武李陵赠别诗七首》其一注释[4]。

[29]“人靡”二句：《诗经·大雅·荡》云“靡不有初，鲜克有终”，言世人为善多有始无终。此言盼望丈夫对自己的爱情始终不渝。

[30] 历年岁：过了一年又一年。

[31] 期：期待。此句谓己不敢指望还能得到往日的爱情。

[32] 尤讥：谴责和讥刺。

[33] 须臾：片刻。此句言己一刻也不能停止对丈夫的思念。

[34] 厚、薄：指感情之厚薄。

[35]“想君”句：言想来夫君也必定在时时思念妻子。

◎ 评析

昔人多谓此为“托言闺人之辞”。其实何必如此曲解？这诗分明便是最早的“闺思”“闺情”“闺怨”之作。深情宛转，设想细密，不用典事，不尚辞彩，而情意缠绵，感人至深。

繁(pó)钦

（？—218）

字休伯，颍川（今属河南）人。少以文章机辨得名。始为豫州从事，后任曹操丞相府主簿，掌书记。原有集十卷，已佚，今存诗、赋、文等二十余篇。存诗完整者仅数首，唯《定情诗》最为传诵。

定情诗[1]

我出东门游，邂逅承清尘[2]。思君即幽房[3]，侍寝执衣巾。时无桑中契[4]，迫此路侧人[5]。我既媚君姿[6]，君亦悦我颜。何以致拳拳[7]？绾臂双金环[8]。何以致殷勤？约指一双银[9]。何以致区区[10]？耳中双明珠。何以致叩叩[11]？香囊系肘后。何以致契阔[12]？绕腕双跳脱[13]。何以结恩情？美玉缀罗缨[14]。

何以结中心[15]？素缕连双针[16]。何以结相于[17]？金薄画搔头[18]。
何以慰别离？耳后玳瑁钗[19]。何以答欢欣？纨素三条裙。
何以结悲愁？白绢双中衣[20]。与我期何所[21]？乃期东山隅[22]。
日旰兮不来[23]，谷风吹我襦[24]。远望无所见，涕泣起踟蹰[25]。
与我期何所？乃期山南阳[26]。日中兮不来，飘风吹我裳[27]。
逍遥莫谁睹[28]，望君愁我肠。与我期何所？乃期西山侧。
日夕兮不来，踯躅长叹息。远望凉风至，俯仰正衣服。
与我期何所？乃期山北岑[29]。日暮兮不来，凄风吹我襟。
望君不能坐[30]，悲苦愁我心。爱身以何为[31]？惜我华色时[32]。
中情既款款[33]，然后克密期[34]。褰衣蹑茂草[35]，谓君不我欺[36]。
厕此丑陋质[37]，徙倚欲何之[38]？自伤失所欲[39]，泪下如连丝。

◎ 注释

[1] 定情：指男女结合。此篇写女子未婚而恋，终遭遗弃。

[2] 邂逅：不期而遇。承清尘：言承受其扬起的灰尘而不觉其浊，形容爱慕之切。首二句写一女子偶遇一青年男子而一见倾心的情景。

[3] 即：就，入。幽房：深幽僻静之室。

[4] 桑中：《诗经·鄘风·桑中》有“期我乎桑中”之句，言男女相约在桑林中。后多借指男女相约幽会之所。契：期约。

[5] 迫：逼近。路侧人：行于路旁的人，即“路人”。以上二句指二人并无约会，以路人偶然相遇而接近了。

[6] 媚：爱。

[7] 拳拳：恋恋不舍貌。

[8] 绾：环绕。此句指臂饰，若后世的臂镯。

[9] 约指：戒指。

[10] 区区：专一貌。

[11] 叩叩：恳切貌。

[12] 契阔：合为契，离为阔。此处乃复词偏义，单指会合。此句犹言“用什么来纪念我们

的会面？”。

[13] 跳脱：手镯。

[14] 罗缨：丝绳结成的穗子。

[15] 结中心：两心相连。此语双关，既指同心丝结，亦言二人同心。

[16] 素缕：白色丝线。以上二句意谓：同心结是如何结成的？是用白丝线以双针连缀而成的。

[17] 相于：相互亲近。

[18] 金薄：即金箔，一种极薄的金片，可贴制饰物。画：贴饰。搔头：绾头发用的头簪。

[19] 玳瑁钗：用玳瑁（见《有所思》注释[3]）制的头饰。

[20] 中衣：内衣裤。

[21] 期：相约会。所：地方、处所。

[22] 隅：山脚。

[23] 旰（gàn）：天色晚。

[24] 襦：上衣、短袄。

[25] 踯躅：彷徨、徘徊。

[26] 阳：向阳的山坡、南坡。

[27] 裳：下身的衣服、裙。

[28]“逍遥”句：意谓无人看见他逛荡到何处去了。

[29] 岑：小山之顶。

[30] 坐：安坐。此句谓己心神不定、坐立不安。

[31]“爱身”句：犹问“他为何会爱上我？”。

[32]“惜我”句：此自答“爱我青春貌美之时”。

[33] 款款：忠诚貌。

[34] 克：约定。密期：幽会的时间。

[35] 褰衣：提起裙裾。

[36] 谓：犹言“只说是”“自认为”。以上六句乃回顾相遇之初的情形。

[37] 厕：置。

[38] 徙倚：徘徊、彷徨。之：动词，去。

[39] 失所欲：失去心中所追求的，犹言“失望”。

◎ 评析

此篇前八句起，叙“我（女）”与“君”邂逅相逢，便即相爱。末十句言“我”于失恋之余，徙倚彷徨，伤悲无已。中间以十一组二十二句自问自答，借物致意（如“何以致拳拳？绾臂双金环”）；然后又以四组二十四句，分别四次言期约不来，写“我”之失望、愁苦。这样多次重叠的同意反复写法，无疑是效法民歌的。无怪郭茂倩《乐府诗集》收此于《杂曲歌辞》（卷七十六）中了。

王　粲

（177—217）

字仲宣，山阳高平（今山东邹城东南）人。“建安七子”以他为称首。其祖父畅为汉灵帝时司空，有盛名，为“八俊”之一，故粲幼时即得蔡邕赏识，谓“有异才”。年十七，避难荆州，依刘表十五年，未被重用。后归曹操，任丞相掾，赐爵关内侯。转军谋祭酒，官至魏国侍中。

粲在“七子”中文学成就最高，刘勰称之为“七子之冠冕”（《文心雕龙·才略》）。他擅长诗、赋，《登楼》为建安抒情小赋名篇；《七哀诗》“西京乱无象”一首亦为代表汉魏风骨的典范作品。

明人张溥辑有《王侍中集》一卷，存诗二十余首。近人丁福保、逯钦立所辑全魏诗均未能超出此数。

七哀诗[1]

其　一

西京乱无象[2]，豺虎方遘患[3]。复弃中国去[4]，委身适荆蛮[5]。
亲戚对我悲，朋友相追攀[6]。出门无所见，白骨蔽平原[7]，
路有饥妇人，抱子弃草间。顾闻号泣声[8]，挥涕独不还。

"未知身死处，何能两相完[9]？"驱马弃之去[10]，不忍听此言。南登霸陵岸[11]，回首望长安。悟彼《下泉》人[12]，喟然伤心肝。

◎ 注释

[1] 七哀：历来有多种解释，皆属臆度，不足信，今只谓为哀伤之多可也。此题起于汉末，《乐府诗集》以之收入《相和歌·楚调曲》。今所见者，当以王粲这三篇为最早。

[2] 西京：西汉故都长安。乱无象：乱得不像样子。

[3] 豺虎：指董卓部将李傕、郭汜等人。遘患：制造祸端。遘，同"构"。首二句指的是东汉献帝初平三年（192）李、郭等人作乱于长安之事。

[4] 中国：此指地处中原之地的西汉故都长安。

[5] 委身：托身。一本作"远身"。荆蛮：指荆州。古时中原地区人称南方民族为蛮，言其未开化。荆州地处南方，故称。王粲先世与荆州刺史刘表为世交，故投奔之。

[6] 追攀：攀车而追送。

[7] 蔽：覆盖。

[8] 顾：回首。

[9] 完：保全。以上二句是饥妇的哭诉语。

[10] 弃：离开。

[11] 霸陵：汉代县名，汉文帝葬处。在今西安东北。岸：高地。

[12]《下泉》：《诗经·曹风》篇名，乃诗人有感于时乱而怀念东周盛世之作。此末二句谓：现在我才明白作《下泉》的诗人为什么伤叹而赋诗。言己登上汉文帝陵而引起思得明君如文帝而致太平的愿望。

◎ 评析

《七哀》闵乱，一读便知。中间特写饥妇弃子一段，顿使读者为之落泪。此古所谓举重赅轻之法，亦即今所谓典型概括之道，不可仅视为一种小小的艺术手段。

其　二

荆蛮非我乡，何为久滞淫[1]？方舟溯大江[2]，日暮愁我心。

山冈有余映，岩阿增重阴[3]。狐狸驰赴穴，飞鸟翔故林。
流波激清响，猴猿临岸吟。迅风拂裳袂[4]，白露沾衣襟。
独夜不能寐，摄衣起抚琴[5]。丝桐感人情[6]，为我发悲音。
羁旅无终极[7]，忧思壮难任[8]。

◎ 注释

[1] 滞淫：淹留。

[2] 方舟：两船并行。溯：逆流而行。

[3] 岩阿：山石高峻迂曲处。重阴：指山影阴暗。

[4] 袂：衣袖。

[5] 摄衣：披衣。

[6] 丝桐：代指琴。因琴弦以丝绳为之；琴身以桐木制成。

[7] 羁旅：客居他乡。

[8] 壮：极盛。难任：难以承受。

◎ 评析

羁旅异乡，久客怀归，此固人之常情。但诗人所写的境界，却是异乎寻常的荒漠阴暗，孤寂难耐。而处此乱世，明知“羁旅无终极”，所以忧思益深。是其所哀者在此。

其　三

边城使心悲[1]，昔吾亲更之[2]。冰雪截肌肤[3]，风飘无止期。
百里不见人，草木谁当迟[4]？登城望亭燧[5]，翩翩飞戍旗[6]。
行者不顾反[7]，出门与家辞。子弟多俘虏，哭泣无已时。
天下尽乐土，何为久留兹[8]？蓼虫不知辛[9]，去来勿与咨[10]。

◎ 注释

[1] 边城：指北方边陲小城。此诗疑是王粲写其于建安二十年（215）随曹操西征张鲁至金城（今甘肃兰州）时事。

[2] 更：经历过。

[3] 截：割裂。

[4] 迟：通“夷”，平治剃除。此二句言北疆冰天雪地，百里无人，草木衰枯，无采樵者。

[5] 亭：瞭望岗台。燧：报警的烽烟。

[6] 戍旗：戍军之旗。

[7] 不顾反：不管是否能够生还。反，同“返”。

[8] 兹：此。

[9] 蓼虫：食蓼之虫。蓼是一种带辛辣味的水边草，古人常以此比喻辛苦。

[10] 咨：询问。末二句言边城人世代过惯了那种苦日子，安之若素，根本不知天下别有乐土。来去行止问题不要与他们商量。

◎ 评析

此诗写边地荒寒，人民遭受战乱之苦，极尽形容。篇末竟说“天下尽乐土”，更反衬边地之不可久留。而当地的土著则受苦成性，习为固然，此则尤为“可悲”。

陈 琳

（？—217）

字孔璋，广陵（今江苏扬州）人，“建安七子”之一。初为大将军何进主簿；何进被害后，避乱冀州，乃依袁绍；绍败，归曹操。为司空军谋祭酒，管记室；后徙门下督。

陈琳以章表书檄见称，在“七子”中与阮瑀齐名，曹丕《典论·论文》云：“琳、瑀之章表书记，今之隽也。”他的诗仅存完整的四首和十几句片段散句，而《饮马长城窟行》长期为世所传诵，好诗固不在多也。

饮马长城窟行[1]

饮马长城窟，水寒伤马骨。往谓长城吏："慎莫稽留太原卒[2]！""官作自有程[3]，举筑谐汝声[4]！""男儿宁当格斗死[5]，何能怫郁筑长城[6]！"长城何连连[7]，连连三千里。边城多健少[8]，内舍多寡妇[9]。作书与内舍："便嫁莫留住！善待新姑嫜[10]，时时念我故夫子[11]。"报书往边地[12]："君今出语一何鄙[13]！""身在祸难中，何为稽留他家子[14]？生男慎莫举[15]，生女哺用脯[16]。君独不见长城下，死人骸骨相撑拄[17]！""结发行事君[18]，慊慊心意关[19]。明知边地苦，贱妾何能久自全[20]！"

◎ 注释

[1] 此题乃乐府古题，属《相和歌·瑟调曲》。古辞"青青河畔草，绵绵思远道"只言征戍，未提及长城之事，陈琳此诗表现的却是秦汉时筑长城之事。长城窟：长城边的泉眼。

[2] 慎：千万。稽留：留住、停留。此句乃太原卒恳求长城吏之语。

[3] 官作：公差、劳役。程：期限。

[4] 筑：夯墙的木杵。谐：使夯声齐谐。此句意谓你举起夯杵与大家同喊夯歌吧。以上二句乃长城吏的答词。

[5] 格斗：近战时双方交手搏斗。

[6] 怫郁：郁闷忧伤。此二句又为太原卒之语。

[7] 连连：绵绵不断貌。

[8] 健少：指青壮年男子。

[9] 内舍：家中内室。借指家中的妻子。

[10] 姑嫜：妻称夫之父母。姑，即婆婆。嫜，指公公。

[11] 故夫子：前夫。以上三句乃太原卒写给妻子的信中之言。

[12] 报书：回信。

[13] 鄙：见识短浅。此句乃妻子回信中的答语。

[14] 他家子：别人家的女子。

[15] 举：抚养成人。

[16] 哺：喂。脯：干肉。

[17] 撑拄：相互支撑。以上六句乃太原卒再次函报妻子之语。《水经注·河水注》引杨泉《物理论》曰："秦……筑长城，死者相属。民歌曰：'生男慎莫举，生女哺用脯。不见长城下，尸骸相支拄。'"陈琳在此便是借用秦代歌谣。

[18] 结发：见《托名苏武李陵赠别诗七首》其二注释[1]。

[19] 慊慊：放心不下、牵肠挂肚的样子。

[20] 久自全：长久地活下去。以上二句意谓：你若不在世了，我又怎能一人活下去呢？此最后四句乃妻子再次答夫之语。

◎ 评析

诗中几乎全用对话表述秦筑长城劳役之苦。而其主角则是那个"太原卒"。先写他与"长城吏"对话，后又转为与其"内舍（妻子）"往复作书。很显然，这是汉乐府民歌常用的手法。又，诗虽以五言为主，但杂以多句七言。全篇二十八句，对话占十九句，其中九句为七言，占对话句数之半，占全篇三分之一。这是后世长短句歌行的先驱，值得注意。

刘 桢

（？—217）

字公幹，东平宁阳（今山东宁阳南）人。"建安七子"之一。少以才学知名。建安中为曹操丞相掾属。性卓傲倔强。曹丕召宴，酒酣，命甄夫人出拜，众皆俯伏，唯桢平视。操闻之，竟以不敬治罪，减死输作。

在"七子"中，刘桢是最以诗称的。曹丕《与吴质书》云："公幹有逸气，但未遒耳；其五言诗之善者，妙绝时人。"钟嵘《诗品》置桢于上品，说："自陈思（按：指陈思王曹植）以下，桢称独步。"后世论者，每并称"曹刘"，非无故也。可惜他的诗存于今者，包括残缺者在内，还不到二十首，且多为赠酬之作，恐未能代表其诗风的全貌。

赠从弟[1]

亭亭山上松[2]，瑟瑟谷中风[3]。风声一何盛，松枝一何劲！[4]冰霜正惨凄，终岁常端正[5]。岂不罹凝寒[6]？松柏有本性[7]。

◎ 注释

[1] 从弟：堂弟。刘桢此题下有诗三首，这里选的是第二首。

[2] 亭亭：耸立貌。

[3] 瑟瑟：风声。

[4]“风声”二句：谓风声愈大，松枝愈显得挺拔刚劲。

[5] 终岁：一年到头。

[6] 罹：遭遇。凝寒：严寒。

[7] 有本性：指其有抗御严寒的本性。

◎ 评析

全用比体，亦赞亦劝。赠诗佳构，可谓独创一格。

◈曹　丕

（187—226）

字子桓，曹操的次子。其兄曹昂早死，故依次继承了曹操的爵位和事业。建安十六年（211），为五官中郎将；二十二年（217），立为魏太子；二十五年（220）正月，操死，丕嗣位魏王，改建安为延康；十月，代汉称帝，国号魏，改元黄初。七年（226），卒，谥曰“文”，是为魏文帝。

他生于乱，长于军，自幼娴习弓马，但读书甚勤，又爱好文学，在邺都任五官中郎将时，即日与当时集中在那里的著名文人游宴唱和，成为文坛领袖。他虽不在“建安七子”之列，而实为“建安七子”之扶持者与培护人。

他的散文颇有成就，不但表现在世传他的《与朝歌令吴质书》及《又与吴质书》等文笔清新、富有抒情性的书信上，而且也表现在我国最早的文学理论与批评专著《典论·论文》的许多创见上。

史称丕有文集二十三卷，已散佚，张溥辑有《魏文帝集》。

他存诗四十余首，半为乐府古题。最可注意的是两首《燕歌行》，不独以其情致委婉，音节美妙为世所重，尤以其为今日所能见到的最早的文人所作全篇完整的七言诗，具有一定的开拓性，对七言诗的形成有贡献。古人多评其诗鄙直，如钟嵘便说他“率皆鄙直如偶语”。然他在形式上颇受民歌影响，语言通俗，自有“清越”（刘勰《文心雕龙·才略》称子桓“乐府清越”）之致，毋宁说这倒是他的优点。

近人黄节有《魏文帝诗注》可用。

燕歌行[1]

秋风萧瑟天气凉，草木摇落露为霜。
群燕辞归雁南翔，念君客游思断肠[2]。
慊慊思归恋故乡[3]，君何淹留寄他方[4]？
贱妾茕茕守空房[5]，忧来思君不敢忘[6]，不觉泪下沾衣裳。
援琴鸣弦发清商[7]，短歌微吟不能长[8]。
明月皎皎照我床，星汉西流夜未央[9]。
牵牛织女遥相望[10]，尔独何辜限河梁[11]？

◎ 注释

[1]《燕歌行》为乐府曲调名，属《相和歌·平调曲》。曹丕以闺思为内容的二首《燕歌行》是此调中今存的最早作品。这里选的是其第一首。

[2] 思断：一本作“多思”。

[3] 慊慊：怨恨、不满、若有所失貌。

[4] 淹留：逗留、停滞。寄：寓居在外。

[5] 贱妾：古时妇人的自谦之称。茕茕：孤独貌。

[6] 敢：一本作“可”。

[7] 援：拿过来。清商：指清商乐，汉代对部分民间曲调如平调、清调、瑟调等乐曲的通称。

[8]“短歌”句：此言因哀伤哽咽只能低吟微唱音节短促的清商曲，不能长歌高唱欢快的曲调。

[9] 星汉西流：指银河转西向，时已夜深。夜未央：言夜虽深但尚未尽。央，尽。

[10] 牵牛、织女：二星名。见《古诗十九首·迢迢牵牛星》注释[1]、[2]。

[11] 尔：代词，指牛、女二星。辜：罪过。河梁：河之桥。古传牛、女二星为银河所限，仅于每年七夕之夜方可通过鹊桥相会。此句即借牛、女而言自己的相思之苦。

◎ 评析

此篇写秋夜闺思，情深意婉，音节美妙。它之入选，不独因为它是诗史中最早的完整七言歌行而已。

杂诗二首

其　一

漫漫秋夜长，烈烈北风凉[1]。展转不能寐，披衣起彷徨。
彷徨忽已久，白露沾我裳[2]。俯视清水波，仰看明月光。
天汉回西流[3]，三五正纵横[4]。草虫鸣何悲，孤雁独南翔。
郁郁多悲思，绵绵思故乡。愿飞安得翼，欲济河无梁[5]。
向风长叹息，断绝我中肠。

◎ 注释

[1] 烈烈：风强劲貌。

[2] 白露：深秋寒夜露结为霜，故称白露。

[3] 天汉：银河。此句参看前诗注释[9]。

[4] 三五：指参星与昴星。参星，三颗相连，俗称“三星”。昴星，五颗相聚。纵横：指位置不规则。

[5] 济：渡水。梁：桥。

◎ 评析

此游子思故乡之诗。天候则秋夜、北风，闻见则草虫、孤雁。长夜不寐，独起彷徨。此情此境遂成后世诗人写此题之通套。然而曹丕之作，写来颇为自然，非跟在他人脚后行者可比。

其　二

西北有浮云，亭亭如车盖[1]。惜哉时不遇[2]，适与飘风会[3]。
吹我东南行[4]，行行至吴会[5]。吴会非我乡，安得久留滞？
弃置勿复陈[6]，客子常畏人[7]。

◎ 注释

[1] 亭亭：高远独立貌。车盖：古时固定在车上的伞盖。

[2] 惜：可惜。时不遇：时机不巧。

[3] 适：恰。飘风：暴风。会：相遇。

[4] 我：即上文之“浮云”，暗喻下文之“客子”。

[5] 吴会：两地名，指吴郡和会稽郡（今苏南、浙北一带）。

[6] 弃置：搁置一旁。陈：提及。

[7] 客子：客居他乡之人，犹“游子”“外乡人”。末二句言客子在他乡无亲无故，怕将自己的心事暴露给生人。

◎ 评析

将自己比作西北的一片浮云，不由自主地被暴风吹到东南吴会之地。设想虽奇，却甚合理。末言吴会不可久留，但这话不能说，怕外人知道了不好。这种心情亦极真实。

甄后

（183—221）

名不详，中山无极（今河北无极西）人。三岁丧父，九岁好读书。建安中，嫁给袁绍次子袁熙。曹操灭绍，丕时为太子，纳以为夫人。生明帝曹睿。黄初二年，被谗赐死。明帝时追谥为文昭皇后。

徐陵《玉台新咏》卷二录于魏文帝诗二首后，继之以“又甄皇后乐府《塘上行》一首”，首定此《塘上行》古辞为甄氏作。其诗抒写弃妇哀怨，相传是她临终时作。唯《文选》卷二十八陆机《塘上行》题下李善注引《歌录》曰：“《塘上行》古辞，或云甄皇后造，或云魏文帝，或云武帝。”然今辑武帝、文帝诗者，皆不录此，故仍应从《玉台新咏》，定为甄后作。

塘上行[1]

蒲生我池中，其叶何离离[2]。傍能行仁义，莫若妾自知。[3]
众口铄黄金[4]，使君生别离。念君去我时[5]，独愁常苦悲。
想见君颜色[6]，感结伤心脾[7]。念君常苦悲，夜夜不能寐。
莫以贤豪故[8]，弃捐素所爱[9]。莫以鱼肉贱，弃捐葱与薤[10]。
莫以麻枲贱[11]，弃捐菅与蒯[12]。出亦复苦愁，入亦复苦愁。
边地多悲风[13]，树木何翛翛[14]！从军致独乐[15]，延年寿千秋[16]。

◎ 注释

[1]《塘上行》乃乐府曲调名，属《相和歌·清调曲》。此诗乃此题下今存最早的作品。

[2]蒲：蒲草，又称“香蒲”，一种水生植物名。离离：繁茂。此二句为全诗起兴。作者盖以蒲草自喻。黄节谓此首句系用“古诗‘青蒲绿蒂，生我池中’”，可从。

[3]“傍能”二句：傍，谓旁人。黄节谓此句“盖即《诗·大雅》‘敦彼行苇，牛羊勿践履，方苞方体，维叶泥泥’义，《毛传》所谓‘仁及草木’也。诗以蒲自喻，谓蒲生池中，旁人以为能行仁义于蒲，然不若蒲之自知也”。此二句意谓：旁人都认为我承受着仁义恩泽，但个中甘苦只有我自知。

[4]铄：销铄、熔化。此句言众人的谗言能熔化黄金。犹言“人言可畏”。

[5]念：想到。去：离我而去。

[6]颜色：容颜。

[7]感结：感伤郁结。以上二句言：一想起您的容颜就百感交结、极其哀伤。

[8]贤豪：贤良豪放之士。

[9]弃捐：抛弃。素：平素、向来。所爱：指所爱的人。

[10]薤（xiè）：一种似葱而非葱的蔬菜，俗称“藠头”。

[11]枲（xǐ）：即麻。

[12]菅：一种生于南方的高大禾草，可拧绳。蒯（kuǎi）：一种丛生于水边的草，可编席。此二句乃化用《左传·成公九年》中句：“虽有丝麻，无弃菅蒯。”以上六句连用比喻，说明不应喜新厌旧，弃绝故人。

[13]边地：指北部边疆。悲风：人心悲故觉风声凄切悲凉。

[14]翛翛：寒风吹树声，犹“萧萧”。

[15] 从军：一本作“从君”。

[16] 千秋：喻长寿。末二句是想象其夫弃她而去，无所牵挂，独享其乐，于是只好自言：“好了，我这里就祝你延年益寿、平安百岁了。”

◎ 评析

淋漓恻伤，情至之语。昔人以为甄后被废时作。近之。

应 璩

（190—252）

字休琏。汝南南顿（今河南项城西南）人，“建安七子”中应玚之弟。明帝曹睿时，官散骑常侍；齐王芳即位，稍迁侍中，大将军曹爽长史，曾作诗讽谏爽，颇切时要，世共传诵。后复为侍中，掌著作。

璩博学，好属文，又善为诗。李充《翰林论》言他作“五言诗百数十篇，以风规治道，盖有诗人之旨焉”。又，孙盛《晋阳秋》亦曰：“应璩作五言诗百三十篇，言时事颇有补益，世多传之。”今其诗多亡佚不存，唯《文选》保存其完整的《百一诗》一篇。而从其他类书中尚可辑得一些片段，亦多题为“百一诗”。意者所谓“五言诗百数十篇”者，岂主要为《百一诗》组诗欤？

今人逯钦立辑《先秦汉魏晋南北朝诗·魏诗》卷八所辑应璩诗较全，可用。

百一诗[1]

下流不可处，君子慎厥初[2]。名高不宿著[3]，易用受侵诬[4]。

前者隳官去[5]，有人适我闾[6]。田家无所有，酌醴焚枯鱼[7]。

问我何功德[8]，三入承明庐[9]。所占于此土[10]，是谓仁智居[11]。

文章不经国[12]，筐箧无尺书[13]。用等称才学[14]，往往见叹誉[15]。

避席跪自陈[16]，贱子实空虚[17]。宋人遇周客[18]，惭愧靡所如[19]。

◎ 注释

[1] 据《文选》李善注引原诗序载，应璩因大将军曹爽擅权，时人谓“公今闻周公巍巍之称，安知百虑有一失乎”，故作《百一篇》讽谏。一说因其诗共一百零一篇而得名。《百一诗》今存八首，多数似不完整，仅一首全。

[2] 下流：《论语·子张》：“是以君子恶居下流，天下之恶皆归焉。”本指河流入海处，此喻诸多丑恶归结之处。”慎厥初：《尚书·仲虺之诰》言“慎厥终，惟其始”，本指完成某事的全过程中都应如开始这件事时那么认真。此用《尚书》语句而谓君子恶居下流，必须自始就认真对待可能导致犯错误的每件小事。厥，代词，用如“其”，指某事。

[3] 名高：名声高于实际情况。宿著：向来显著突出。宿，同“素”。

[4] 用：因此。侵诬：攻击、诬陷。以上二句意谓：若徒有虚名而无深厚的根底，就会因此而招来谤毁之辞。

[5] 前者：不久之前。隳（huī）官：废弃官位。此句言已因“慎厥初”，避免“名高不宿著”而弃官归田。

[6] 闾：里巷、故里。

[7] 醴（lǐ）：甜酒。焚枯鱼：烘烤干鱼。

[8] 功德：功业德操。

[9] 承明庐：魏时在建始殿的承明门内为天子左右侍官值宿所设置的房子。应璩初为侍郎，又为常侍，后为侍中，皆为皇帝近侍，可出入宫廷，故称“三入承明庐”。

[10] 占：隐退。见《尔雅·释言》：“隐，占也。”

[11] 仁智：《论语·雍也》言：“智者乐水，仁者乐山。”以上二句指隐居于山水田园间是大仁大智的选择。

[12] 经国：治理邦国。

[13] 箧：小箱匣。尺书：秦汉时以竹简为书，“尺书”言简短的书信。以上二句言己无治国的学识才能。

[14]“用等”句：此言用这等学问向人炫耀自己有才学。

[15] 见叹誉：被人称誉赞叹。

[16]“避席”句：言从座席上起来，长跪而自我表白。

[17] 贱子：自谦之称。空虚：言腹内空空无才学。

[18]“宋人”句：此引春秋时故事一则言无知者贻笑大方。《文选》李善注引阚子语：“宋之愚人得燕石于梧台之侧，藏之以为大宝。周客闻而观焉。主人斋七日，端冕玄服以发宝。革匮十重、巾十袭。客见，俯而掩口，卢胡而笑曰：‘此特燕石也，其与瓦甓不殊。’主人大怒曰：‘商贾之言，医匠之心！’藏之愈固，守之弥谨。”

[19] 靡：无。如：从。末二句意谓：若自己无才学而欺世盗名，就会像宋国愚人一样为世所耻笑，那才会使人惭愧得不知如何是好。

◎ 评析

刘勰《文心雕龙·明诗》称“应璩《百一》，独立不惧，辞谲义贞”，谓为“魏之遗直”。盖亦只从其诗的思想内容上加以肯定，并没有一点“婉转附物，怊怅切情”，如“古诗佳丽”者。大约也正为如此，所以他虽有诗百余篇，而存者甚少。兹篇之选，也不过举以示例而已。

曹 植

（192—232）

字子建，曹操第三子，曾封陈王，死后谥“思”，故世称“陈思王”或简为“陈思”。少聪颖，工诗善文，以才学为操所宠爱，曾欲立为太子。然任性放诞，后渐失宠。操死丕继，代汉称帝，植受猜忌，贬爵改封，多遭摧抑，终致抑郁以死。

曹植在文学上的成就，虽以诗为主，但其散文如书、记、章、表以及赋、颂、铭、赞也都非常出色。今存赋四十余篇，而以《洛神赋》为千古名篇，首开骈赋之端;《求自试表》及《陈审举表》之恳笃，《与杨德祖书》及《与吴季重书》之豪健，皆为后世传诵不衰者。

他的诗今存约近八十首，以五言诗为主，对文人五言诗的发展起了重要推动作用。因为他的许多名篇从思想内容到艺术风格都代表了建安诗歌的最高成就，钟嵘《诗品》对曹氏父、子、孙五人（武帝操、文帝丕、明帝睿、白马王彪及陈思王植）独列植于上品，非无故也。评之曰:“其源出于《国风》，骨气奇高，词采华茂;情兼雅怨，体被文质;粲溢今古，卓尔不群。”良非溢美。

《隋书·经籍志》著录《魏陈思王集》三十卷，《唐书·艺文志》则为二十卷，原本久佚。《四库全书》著录其集十卷，今传《曹子建集》基本上都是此十卷本，盖宋人辑本也。清丁晏纂《曹集铨评》为现存较好的评校本;近人黄节的《曹子建诗注》则为较好的曹诗笺注本。

鰕䱇篇[1]

鰕䱇游潢潦[2]，不知江海流。燕雀戏藩柴，安识鸿鹄游[3]？
世士此诚明[4]，大德固无俦[5]。驾言登五岳[6]，然后小陵丘[7]。
俯视上路人[8]，势利惟是谋。高念翼皇家[9]，远怀柔九州[10]。
抚剑而雷音[11]，猛气纵横浮。泛泊徒嗷嗷[12]，谁知壮士忧？

◎ 注释

[1]《乐府解题》说："曹植拟《长歌行》为《鰕䱇（xiā shàn）》。"可知此篇是曹植以《长歌行》调式写的一首新题乐府。此调属《相和歌·平调曲》。

[2]䱇：即黄鳝。潢潦：坑池中的积水。

[3]藩柴：树条编成的篱笆。鸿鹄：鸿雁、黄鹄等善于远飞的大型禽鸟。

[4]世士：世上有识之士。此诚明：真正明白此理。

[5]无俦：无双。以上二句意谓：有识之士正因明白此理，故能成其举世无比的大德。

[6]驾言：即驾车。言，语词，无义。五岳：汉宣帝以泰山为东岳，华山为西岳，霍山为南岳，恒山为北岳，嵩山为中岳。后改衡山为南岳。

[7]陵丘：土山。以上二句言登过五岳者便视天下众山为小，即世所谓"五岳归来不看山"之意。

[8]上路人：以上路的行者比喻仕途中人。

[9]高念：即仰思。翼：辅佐。皇家：指魏皇朝。此句意谓：仰念朝廷，思欲尽忠辅佐。

[10]怀：抱负。柔：安抚。九州：古代中国划分为九个州，名称有多种不同的说法，但各说均以"九州"指全中国。

[11]雷音：雷鸣之声。典出《庄子·说剑篇》："诸侯之剑……一用如雷霆之震也。"此句与下句皆言志士具有震天动地的宏伟气魄。

[12]泛泊：漂荡无定。此指轻浮庸俗之辈。徒：空。嗷嗷：吵叫。此句言众人毫无意义地瞎吵、乱嚷。

◎ 评析

俯视天下，慨然有用世之心；惜哉，见嫉于乃兄，屡求自试而不可得也。

箜篌引[1]

置酒高殿上，亲友从我游[2]。中厨办丰膳[3]，烹羊宰肥牛[4]。
秦筝何慷慨[5]，齐瑟和且柔[6]。阳阿奏奇舞[7]，京洛出名讴[8]。
乐饮过三爵[9]，缓带倾庶羞[10]。主称千金寿[11]，宾奉万年酬[12]。
久要不可忘[13]，薄终义所尤[14]。谦谦君子德[15]，磬折欲何求[16]！
惊风飘白日[17]，光景驰西流[18]。盛时不再来[19]，百年忽我遒[20]。
生存华屋处[21]，零落归山丘[22]。先民谁不死[23]？知命复何忧[24]！

◎ 注释

[1] 此题为乐府曲调名，属《相和歌·瑟调曲》。一本题作《野田黄雀行》。箜篌：一种古拨弦乐器名。

[2] 置：设。亲友：一本作“亲交”。游：交游往来。

[3] 中厨：厨中。

[4] 烹：煮。

[5] 筝：古拨弦乐器名，早在战国时便流行于秦地，故又称“秦筝”。慷慨：音调激昂清越。

[6] 瑟：古拨弦乐器名，因在齐国极为普遍，故又称“齐瑟”。和且柔：音色柔和。

[7] 阳阿：古曲名。宋玉《对楚王问》：“其为《阳阿》《薤露》，国中属而和者数百人。”此句意谓：美女随《阳阿》之曲翩翩起舞。一说“阳阿”为地名，亦通。

[8] 京洛：京都洛阳。名讴：著名的歌女。

[9] 爵：盛酒器，用如杯。

[10] 缓带：解带宽衣，言其随意。倾：尽情吃喝。庶羞：各类美肴。

[11] 千金寿：以千金赠人以祝其长寿。

[12] 万年酬：以万寿作为回敬的赠言。

[13] 久要：老友。语出《论语·宪问》：“久要不忘平生之言。”

[14] 薄终：友情渐渐淡薄以至断绝。尤：责难。此句言忘记友情义所不容。

[15] 谦谦：恭和谦让貌。

[16] 磬折：弯腰如磬，形容深深鞠躬的样子。磬，古代一种以石、玉制成的打击乐器。欲何求：何所求。以上二句言对人谦恭乃君子美德，岂是因为有求于人！

[17] 惊风：疾风。

[18] 光景：时光。

[19] 盛时：少壮年华。

[20] 遒（qiú）：终。此句言人的一生很快就将过去。

[21] 华屋：豪华的住宅。

[22] 零落：凋零坠落，言死亡。

[23] 先民：古之贤人。

[24]“知命”句：《周易·系辞上》：“乐天知命故不忧。”

◎ 评析

此篇前半叙与亲友宴饮之乐。由主宾互酬，久要不忘，转入后半的慨叹：光景西驰，盛时不再。最后归之于人寿皆有终，知命不忧。疑此是封平原侯或临淄侯时所作，尚无被压抑而求伸的情思。

野田黄雀行[1]

高树多悲风，海水扬其波[2]。利剑不在掌[3]，结友何须多。
不见篱间雀[4]，见鹞自投罗[5]？罗家得雀喜[6]，少年见雀悲。
拔剑捎罗网[7]，黄雀得飞飞。飞飞摩苍天[8]，来下谢少年[9]。

◎ 注释

[1] 此篇乃曹植写的新题乐府，属《相和歌·瑟调曲》。近人黄节《曹子建诗注》云：“（曹）植为此篇，当在收（丁）仪付狱之前，深望尚（按：指中领军夏侯尚）之能救仪，如少年之救雀也。”曹丕即位后的黄初元年（220），丕为铲除异己，捕杀了曹植好友丁仪、丁廙等人。曹植此诗当作于是时。

[2] 悲风：人心悲故言风亦悲。海水扬其波：言世事不平静、多波折。

[3] 掌：手。

[4] 不见：反问语，犹如“没看见吗”。

[5] 鹞：鹞鹰，一种猛禽。罗：罗网。

[6] 罗家：设网之人。

[7] 捎：割。

[8] 摩：触及。

[9] 来下：落下来。

◎ 评析

《文心雕龙·隐秀》赞此诗“格刚才劲”“长于讽谕”，两句话已尽其妙。

名都篇[1]

名都多妖女，京洛出少年[2]。宝剑直千金[3]，被服丽且鲜[4]。
斗鸡东郊道，走马长楸间[5]。驰骋未能半[6]，双兔过我前。
揽弓捷鸣镝[7]，长驱上南山。左挽因右发[8]，一纵两禽连[9]。
余巧未及展[10]，仰手接飞鸢[11]。观者咸称善[12]，众工归我妍[13]。
归来宴平乐[14]，美酒斗十千[15]，脍鲤臇胎鰕[16]，寒鳖炙熊蹯[17]。
鸣俦啸匹侣[18]，列坐竟长筵[19]。连翩击鞠壤[20]，巧捷惟万端[21]。
白日西南驰，光景不可攀[22]。云散还城邑[23]，清晨复来还[24]。

◎ 注释

[1] 此篇是曹植自创的新题乐府，《乐府诗集》收入《杂曲歌辞》中。名都，郭茂倩曰“邯郸、临淄之类”是也。

[2] 妖女：妖冶的歌女舞女。京洛：即洛京，指东汉京都洛阳。少年：指纨绔子弟。

[3] 直：同“值”。

[4] 被服：穿着。被，同“披”。丽：一作“光”。

[5] 走马：驰马。长楸（qiū）：汉代大道两旁所植楸树。“长楸”，谓高楸，与“长松”“长杨”之“长”同义。

[6] 半：路途的一半。

[7] 捷：迅捷。鸣镝：响箭。

[8] 因：依、靠、顺沿。此句写射箭的姿势。

[9] 纵：发射、放箭。禽：古时对鸟兽均称“禽”，此“两禽”指双兔。

[10] 巧：技巧。此指箭术。

[11] 鸢：一种鹰。

[12] 咸：皆。

[13] 众工：此指众多善于骑射者。妍：巧。

[14] 平乐：观名，是东汉明帝在洛阳西门外建造的一座著名楼台。

[15] 十千：价钱。非实指，乃极言酒价之昂贵。

[16] 脍：细切。臇（juǎn）：浇以浓汁羹，用作动词。胎鰕：即虾子。此句极言佳肴制作之精细。

[17] 寒鳖：寒，酱渍，此言酱鳖，与上句脍鲤为对文。炙：烧烤。熊蹯（fán）：熊掌。此句极言美味佳肴之丰盛。

[18] 鸣、啸：大呼小叫。俦、匹侣：皆指同伴、友朋。

[19] 竟：尽。此句言亲朋好友坐满了长长的筵席。

[20] 连翩：花样翻新接连不断貌。击鞠壤：古时两种游戏。鞠，一种实心球，颜师古《汉书·枚皋传》注曰：“鞠，以韦为之，中实以物，蹴蹋为戏乐也。”壤，一种以两块履形木板组成的器具。游戏时，以一块板为目标，用另一块板自远处击之，中者为胜。

[21] 万端：各种花样。

[22] 光景：时光。攀：追攀。

[23] 云散：形容客人如浮云飘走一样离去。城邑：指“名都”“京洛”。

[24] 复来还：言又来相聚游嬉。

◎ 评析

名都京洛，贵游子弟，耽于斗鸡走马之乐，而无治事忧国之心。中间两出“我”字，似为自责，实以刺世，明眼人当不为“我”所欺也。

美女篇[1]

美女妖且闲，采桑歧路间[2]。柔条纷冉冉[3]，落叶何翩翩[4]。攘袖见素手[5]，皓腕约金环[6]。头上金爵钗[7]，腰佩翠琅玕[8]。

明珠交玉体[9]，珊瑚间木难[10]。罗衣何飘摇，轻裾随风还[11]。
顾盼遗光彩[12]，长啸气若兰[13]。行徒用息驾[14]，休者以忘餐[15]。
借问女安居[16]？乃在城南端。青楼临大路，高门结重关[17]。
容华耀朝日[18]，谁不希令颜[19]！媒氏何所营[20]？玉帛不时安[21]。
佳人慕高义[22]，求贤良独难[23]。众人徒嗷嗷[24]，安知彼所观[25]？
盛年处房室[26]，中夜起长叹[27]。

◎ 注释

[1] 此篇乃作者自创的新题乐府，属《杂曲歌辞》。

[2] 妖：艳丽。闲：同“娴”，文雅、安静。歧路间：岔路口。

[3] 冉冉：枝条摆动貌。

[4] 翩翩：飞舞。

[5] 攘袖：捋袖或卷袖。素：白。

[6] 皓：白腻。约：套、束。

[7] 爵钗：爵，同“雀”。“爵钗”即雀形头钗。

[8] 翠：绿色。琅玕：似玉的美石。

[9] 交：交错点缀。

[10] 间：间隔。木难：大秦国（古罗马帝国）所产的一种碧色宝珠，相传为金翅雀唾沫所成。

[11] 裾：衣襟。还：转动。

[12]“顾盼”句：言其眉目传神，留下动人的光彩。

[13] 啸：吁气。气若兰：言气息芬芳。

[14] 行徒：行路人。用：因。息驾：止而不行。

[15] 休：休息。以上二句化用汉乐府《陌上桑》中“行者见罗敷，下担捋髭须……耕者忘其犁，锄者忘其锄”数句，形容美女容颜引人注目。

[16] 安居：住在何处。

[17] 重关：数重门闩。此句言美女居于深宅大院中。

[18] 容华：容貌。耀：光照。此句言其容颜如朝日般光彩照人。

[19] 希：仰慕。令：美好。

[20] 媒氏：媒人。何所营：犹问“干什么去了”。

[21] 不时：不抓住时机。安：下定，指定聘，完婚前送聘礼。此句意谓：怎么不及时给联系下聘礼，以便早日完婚呢？

[22] 佳人：即篇中“美女”。高义：此指道德高尚的人。

[23] 贤：贤士。良：很。

[24] 嗷嗷：众说纷纭貌。

[25] 观：看中的目标。

[26] 盛年：指青春正当年。处房室：独处闺房待嫁。

[27] 中夜：半夜。

◎ 评析

美女以喻君子，亦植以自喻也。以如此盛德美才而不获展布自效，盛年一过，何可追攀？此所以中夜起长叹也！论者或谓此篇以华缛胜，实则极写美女形质服饰之艳娴动人，正所以言君子品节之可慕也。

白马篇[1]

白马饰金羁，连翩西北驰[2]。借问谁家子？幽并游侠儿[3]。
少小去乡邑[4]，扬声沙漠垂[5]。宿昔秉良弓[6]，楛矢何参差[7]！
控弦破左的[8]，右发摧月支[9]。仰手接飞猱[10]，俯身散马蹄[11]。
狡捷过猴猿，勇剽若豹螭[12]。边城多警急[13]，胡虏数迁移[14]。
羽檄从北来[15]，厉马登高堤[16]。长驱蹈匈奴[17]，左顾陵鲜卑[18]。
弃身锋刃端，性命安可怀[19]？父母且不顾，何言子与妻！
名编壮士籍[20]，不得中顾私[21]。捐躯赴国难[22]，视死忽如归[23]。

◎ 注释

[1]《白马篇》乃曹植自创的新题乐府，《乐府诗集》收入《杂曲歌辞》中。

[2] 羁：络头。连翩：接连不断。

[3] 幽并：指古幽州、并州。两汉时此二州辖区在今河北、内蒙古、山西及陕西部分地区。

[4] 去：离开。乡邑：故乡。

[5] 扬声：声誉传扬。垂：边陲。

[6] 宿昔：向来，长久。秉：持、拿。

[7] 楛矢：以楛木制的箭。

[8] 控弦：拉开弦。破：射穿。的：箭靶。

[9] 月支：一种箭靶之名。

[10] 接：据《文选》李善注云："凡物飞，迎前射之曰接。"猱：一种猿类。此句言其箭术高超，能仰面迎射飞窜而来的敏捷小猱。

[11] 散：打烂。马蹄：箭靶名。（见李善注《文选·赭白马赋》）

[12] 螭（chī）：传说中的一种黄龙。

[13] 警急：危急战况。

[14] 胡虏：古时对北部边境外的异族泛称为"胡"，加之以"虏"，乃鄙辱之辞。

[15] 羽檄：古时传送紧急军事的文书上插以羽毛，表示飞快之意。

[16] 厉马：策马。此句言策马登高观察敌情。

[17] 蹈：践踏。

[18] 陵：同"凌"。即欺凌、进犯。鲜卑：古族名，生活于今内蒙古呼和浩特以北及中国、蒙古、俄罗斯交界地区。此句指冲入鲜卑阵营使其降服。

[19] 怀：念、顾及。

[20] 籍：花名册。

[21] 中：心中。

[22] 赴国难：为国难而奔赴战场。

[23] 忽：忽视、轻视。

◎ 评析

借幽并游侠以自况，实即其《求自试表》所请的要"乘危蹈险""骋舟奋骊"，西征"违命之蜀"，东讨"不臣之吴"。他说"虽身分蜀境，首悬吴阙，犹生之年"，正与此诗结语"捐躯赴国难，视死忽如归"为同样的誓言。

七哀诗

明月照高楼，流光正徘徊[1]。上有愁思妇，悲叹有余哀。
借问叹者谁？言是宕子妻[2]。君行逾十年，孤妾常独栖[3]。
君若清路尘[4]，妾若浊水泥[5]。浮沉各异势[6]，会合何时谐？
愿为西南风，长逝入君怀[7]。君怀良不开[8]，贱妾当何依？

◎ 注释

[1] 流光：言月光如流水般明洁。徘徊：缓慢移动。

[2] 宕子：即荡子、游子。宕，一本作“客”。

[3] 栖：居。

[4] 清路尘：轻轻飘浮于大路之上的尘埃。尘土本无清浊之分，此言其清，以示其夫尊贵之意。

[5] 浊水泥：与上“清路尘”相对而言，指浑水的沉泥。

[6] 异势：不同地位。此句与下句言二人地位高下不同，何时方能和谐地团聚？

[7] 长逝：远去。

[8] 良：甚、确。

◎ 评析

明写闺怨，实寓讽君。盖以己不得于乃兄文帝丕，正如“君若清路尘，妾若浊水泥”，浮沉异势，不知何时能谐会合之愿耳。性情之作，不须华饰，自成建安绝唱。

送应氏二首[1]

其　一

步登北邙阪[2]，遥望洛阳山。洛阳何寂寞，宫室尽烧焚[3]。
垣墙皆顿擗，荆棘上参天[4]。不见旧耆老[5]，但睹新少年。

侧足无行径，荒畴不复田[6]，游子久不归，不识陌与阡[7]。
中野何萧条[8]，千里无人烟。念我平常居[9]，气结不能言[10]。

◎ 注释

[1] 应氏：指应玚、应璩兄弟。应玚，字德琏。建安七子之一。曹植为平原侯时，应玚为其庶子（按：侍从官）。应璩，玚之弟。生平见前作者小传。应氏兄弟皆善诗文。建安十六年（211），曹操率军西征马超，曹植抱病随行，由邺城路过洛阳时作此二诗。应氏兄弟本汝南人，其家当曾在洛阳。

[2] 北邙（máng）：山名，亦称北芒、邙山。位于今河南洛阳北。阪：山坡。

[3]"宫室"句：洛阳宫室为当年董卓乱军所焚。事详见曹操诗《薤露》注释[7]。

[4] 顿擗：塌坏崩裂。"荆棘"句：形容荒凉无人烟状。

[5] 耆老：老者。古称六十岁曰耆。

[6] 畴：耕作过的熟地，犹言"良田"。不复田：不再耕种。田，用作动词，耕作。

[7] 陌、阡：纵横于田间的小路。

[8] 中野：原野上。

[9] 我：泛指中原百姓。此犹诗人代人为言。平常居：家园。

[10] 气结：因哀伤哽咽而出气不畅。

◎ 评析

诗言洛阳残败，极为伤痛。孙月峰谓伤汉室，此言得之。《黍离》《麦秀》之感，恻然伤怀。

其　二

清时难屡得[1]，嘉会不可常[2]。天地无终极，人命若朝霜。
愿得展嬿婉[3]，我友之朔方[4]。亲昵并集送[5]，置酒此河阳[6]。
中馈岂独薄[7]？宾饮不尽觞[8]。爱至望苦深，岂不愧中肠！[9]
山川阻且远，别促会日长。[10]愿为比翼鸟[11]，施翮起高翔[12]。

◎ 注释

[1] 清时：政治清明的时代。

[2] 嘉会：与好友欢快的聚会。

[3]“愿得”句：意谓祝你能得伸展、安顺适意。

[4] 之：动词，至、去。朔方：北方。

[5]“亲昵”句：言亲近要好的朋友们都聚集在一起来送别。

[6] 河阳：河之北岸为阳。

[7] 中馈：本指主妇在家中操办饮食，此指饯别宴席上的酒菜。

[8] 觞：酒杯。以上二句意谓：难道是我置办的酒席不够丰盛？为何客人不肯倾杯痛饮呢？

[9]“爱至”二句：言爱之至极，故期望便更深，但自己不能达到朋友之望，所以心中深感有愧。

[10]“山川”二句：言山川阻隔，相距遥远，离别仓促，后会何期？

[11] 比翼鸟：传说中一种一目一翼的鸟。此鸟若欲飞行，则须两只双双并行而进。

[12] 翮：翅膀。末句意谓展翅高飞。

◎ 评析

此首写与好友应氏饯宴上依依惜别之情，最后竟写到愿与应氏比翼高飞、一道远逝，可谓达到顶点，不能复作一语了。

杂　诗[1]

其　一

高台多悲风[2]，朝日照北林。之子在万里，江湖迥且深[3]。方舟安可极[4]？离思故难任[5]。孤雁飞南游，过庭长哀吟[6]。翘思慕远人[7]，愿欲托遗音[8]。形影忽不见[9]，翩翩伤我心[10]。

◎ 注释

[1]《文选》李善注王粲《杂诗》曰：“杂者，不拘流例，遇物即言，故云杂也。”可知曹植

这六首杂诗虽同存于《文选》，看似一组，实非一时一地之作，亦非写同一主题。这里选其中四首。

[2] 悲风：人心伤悲故觉风声亦悲。

[3] 之子：那个人，指心中思慕的人。迥：远。

[4] 方舟：两舟并行。极：至。

[5] 难任：难以承受。

[6] 过庭：飞越庭院上空。

[7] 翘：翘首远望。

[8] 遗音：送信。

[9] 形影：言雁已飞远，不复见其形影。

[10] 翩翩：雁飞行状。

◎ 评析

这首是怀人之诗，向来认为可能是怀念曹彪（时黄初三年至五年，为吴王，尚未徙白马王）的。昔人谓曹子建最工起调，此篇开头两句凭空而起，虽不知下边将写何事，但可以看出诗人在孤寂翘望之中，心情是悲凄的。

其　二

转蓬离本根[1]，飘摇随长风。何意回飙举[2]，吹我入云中。
高高上无极[3]，天路安可穷[4]？类此游客子[5]，捐躯远从戎[6]。
毛褐不掩形[7]，薇藿常不充[8]。去去莫复道[9]，沉忧令人老[10]。

◎ 注释

[1] 转蓬：随风而旋转的蓬草。

[2] 何意：何曾料到。回飙：旋风。

[3] 无极：无尽头。

[4] 穷：尽。

[5]“类此”句：言游客子漂泊无定，与此转蓬相似。

[6]从戎：从军。

[7]毛褐：粗毛布缝制的短袄。

[8]薇：一种野菜，嫩时可食。藿：豆叶。充：足。

[9]“去去”句：意谓“丢开这些不再提及”。

[10]沉忧：沉重的忧虑。

◎ 评析

比起陡绝，继即本此直写到天路不可穷，方明白地转到自己身上，便直述其“连遇瘠土，衣食不继”之苦。如此境遇，怎不“沉忧令人老”！

其　三

南国有佳人[1]，容华若桃李。朝游江北岸，夕宿潇湘沚[2]。
时俗薄朱颜[3]，谁为发皓齿[4]？俯仰岁将暮[5]，荣曜难久恃[6]。

◎ 注释

[1]南国：江南。

[2]潇湘：潇水与湘水。潇水源出广西，至湖南零陵与湘水会合，故称潇湘。沚：水中沙洲。

[3]薄：蔑视、轻视。朱颜：美丽的容颜。此以美人喻贤者，实是自喻。

[4]皓：洁白。此句意谓：谁又值得佳人为之开笑口或放歌喉呢？

[5]“俯仰”句：言一俯一仰之间便到了岁暮，形容时间飞速流逝。

[6]恃：依靠。

◎ 评析

明比暗喻，意甚显豁，“源出于《国风》”，钟嵘之评是矣。

其　四

仆夫早严驾[1]，吾将远行游。远游欲何之[2]？吴国为我仇[3]。
将骋万里途，东路安足由[4]！江介多悲风[5]，淮泗驰急流[6]。
愿欲一轻济[7]，惜哉无方舟[8]。闲居非吾志，甘心赴国忧[9]。

◎ 注释

[1] 严驾：备车驾马。严，用作动词，犹“整理”。

[2] 何之：到哪里去?

[3] 吴国：指东吴孙权。以上二句意谓：吴国是我的仇敌，欲远行而前往讨伐之。

[4] 东路：此时曹植为鄄城王，由洛阳回山东鄄城所走之路当为东向之路。足：值得。由：行径。

[5] 江介：江间、江上。

[6] 淮泗：淮河与泗水。

[7] 轻：轻舟。济：渡河。

[8] 方舟：两船并排而行。此泛指大船。以上四句以渡河无船喻己诸事不顺利、不如意。

[9] 赴国忧：为挽救国难而奔赴疆场。

◎ 评析

慷慨忧国，志不得骋，“惜哉无方舟”，将奈之何！

赠白马王彪[1]

黄初四年正月[2]，白马王、任城王与余俱朝京师[3]，会节气[4]。到洛阳，任城王薨[5]。至七月，与白马王还国[6]。后有司以二王归藩[7]，道路宜异宿止[8]，意毒恨之[9]。盖以大别在数日[10]，是用自剖[11]，与王辞焉[12]，愤而成篇。

谒帝承明庐[13]，逝将归旧疆[14]。清晨发皇邑，日夕过首阳[15]。
伊洛广且深[16]，欲济川无梁[17]。泛舟越洪涛，怨彼东路长[18]。
顾瞻恋城阙[19]，引领情内伤[20]。

太谷何寥廓[21]，山树郁苍苍。霖雨泥我涂[22]，流潦浩纵横[23]。
中逵绝无轨[24]，改辙登高冈。修坂造云日[25]，我马玄以黄[26]。

玄黄犹能进，我思郁以纡[27]。郁纡将何念？亲爱在离居。
本图相与偕[28]，中更不克俱[29]。鸱枭鸣衡轭[30]，豺狼当路衢[31]。
苍蝇间白黑[32]，谗巧反亲疏[33]。欲还绝无蹊[34]，揽辔止踟蹰[35]。

踟蹰亦何留，相思无终极。秋风发微凉，寒蝉鸣我侧。
原野何萧条，白日忽西匿。归鸟赴乔林[36]，翩翩厉羽翼[37]。
孤兽走索群[38]，衔草不遑食[39]。感物伤我怀，抚心长太息。

太息将何为？天命与我违。奈何念同生[40]，一往形不归[41]！
孤魂翔故域[42]，灵柩寄京师。存者忽复过[43]，亡没身自衰[44]。
人生处一世，去若朝露晞[45]。年在桑榆间[46]，影响不能追[47]。
自顾非金石[48]，咄唶令心悲[49]。

心悲动我神，弃置莫复陈[50]。丈夫志四海，万里犹比邻[51]。
恩爱苟不亏，在远分日亲[52]。何必同衾帱[53]，然后展殷勤？
忧思成疾疢[54]，无乃儿女仁。仓促骨肉情，能不怀苦辛？[55]

苦辛何虑思？天命信可疑。[56]虚无求列仙[57]，松子久吾欺[58]。
变故在斯须[59]，百年谁能持[60]？离别永无会，执手将何时？
王其爱玉体[61]，俱享黄发期[62]。收泪即长路[63]，援笔从此辞[64]。

◎ 注释

[1] 据《文选》李善注录："《集》(按:《曹子建集》) 曰：'于圈城作。'" 白马王彪即曹植异母弟曹彪，封白马（地名，位于今河南滑县东）王。

[2] 黄初：魏文帝曹丕年号。黄初四年即公元 223 年。正月：《文选》作"五月"。据《三国志·文帝纪》载："六月甲戌，任城王薨于京都。"故此"正月"当为"五月"之误。

[3] 任城王：曹植同母兄曹彰。其性骁勇强健，封任城（今山东济宁）王，谥号"威王"。

[4] 会节气：为迎接节气而举行的典礼及祭祀活动。

[5] 薨：古时对诸侯之死的称呼。任城王曹彰死因不明。《世说新语·尤悔》载有关于文帝曹丕忌恨而毒杀之的传说。

[6] 还国：回自己的封地。

[7] 有司：司管该项事务的官员，此指监国使者灌均。藩：藩国，诸侯王的封地。

[8] 异宿止：指途中住宿止息的地方必须分开，不许住在一起，意在令他们各行其路，不得同行。

[9]"意毒"句：言己心中痛恨这种做法。

[10] 大别：永别。曹丕执政后，严禁诸侯王之间相互交往。曹植《求通亲亲表》曾指出："近且婚媾不通，兄弟永绝。吉凶之问塞，庆吊之礼废。恩纪之违，甚于路人；隔阂之异，殊于胡越。今臣以一切之制，永无朝觐之望。"故此言"大别"。诗末"离别永无会，执手将何时"二句亦同此意。

[11] 自剖：自我表白心意。

[12] 王：此指白马王。

[13] 谒：朝见。承明庐：此指魏宫。参见应璩《百一诗》注释 [9]。

[14] 逝：离去。旧疆：指封地、藩国。

[15] 首阳：山名，位于洛阳东北部，曹植东归鄄城时所经之地。

[16] 伊洛：伊水和洛水，黄河的两条支流。自洛阳东行须过此二水。

[17] 济川：渡河。梁：桥。

[18] 东路：见曹植《杂诗》其四注释 [4]。黄初四年（223）曹植为鄄城王。

[19] 城阙：指京都洛阳。

[20] 引领：伸长脖颈。以上二句言依恋京师，屡屡回顾，不忍离去而内心伤悲。

[21] 太谷：洛阳东一山谷名，亦称“通谷”。寥廓：空阔广远。

[22] 霖雨：连绵大雨。泥：用作动词，指雨使道路泥泞。涂：同“途”。

[23] 流潦：江河因大雨而涨满水。潦，积涝。浩：水大貌。

[24] 逵：通达之路。“中逵”即中途。轨：辙迹。

[25] 修坂：漫长的山坡。造：达到。

[26] 玄以黄：《诗经·周南·卷耳》：“陟彼高冈，我马玄黄。”玄黄本指重病的样子，此言即将累倒之状。

[27] 纡：缠绕貌。此指离愁郁结。

[28] 图：打算。偕：同路而行。

[29] 更：改变。克：能够。俱：同、一起。

[30] 鸱（chī）枭：一种猛禽，俗称“猫头鹰”。古时认为闻枭鸣则不祥。衡：车辕前端横木。轭：将车驾在马背上的曲木。此“衡轭”代指天子乘舆，暗指君主。

[31] 衢：四通八达的大路。

[32] 间：用作动词，指离间、挑拨。

[33] 谗巧：指善用花言巧语迷惑人的人。反：用作动词，颠倒，一本作“令”。

[34] 蹊：径路。

[35] 辔：缰绳。踟蹰：徘徊不进貌。

[36] 乔林：乔木之林。

[37] 厉：奋。

[38] 索：寻找。

[39] 遑：暇。此句言其慌张得顾不上进食。

[40] 同生：同胞兄弟一母所生。指曹丕、曹彰、曹植均为武帝曹操妻所生。

[41]“一往”句：言人生一去永不再归。

[42] 故域：指曹彰的封地任城。

[43] 存者：乃曹植自谓。勿复过：言不久亦将与任城王同往。

[44] 亡没：指生者将死。

[45] 晞：干。以上四句极言人寿短促。

[46] 年：年寿。此句意谓人寿将尽，犹日在桑榆之间，已近暮时。

[47]“影响”句：言逝去的岁月犹如影子和声音一样不可追回了。

[48] 顾：思虑。非金石：指身体乃血肉之躯，不若金石之固。

[49] 咄唶（jiè）：惊叹。

[50]“弃置”句：言丢开不要再提。

[51] 比邻：近邻。

[52] 分：情分。

[53] 衾：被盖。帱（chóu）：床帐。此句用后汉桓帝时姜肱与弟长枕大被共眠故事，反言自己与曹彪既不能亦不必同行共宿止以自解自慰。

[54] 疢：同“疢（chèn）”，指疾病。此句与下句言若忧思成疾，便不是大丈夫的作为而是儿女柔情了。

[55]“仓促”二句：言仓促间骨肉之情竟成永诀，又怎能不令人伤痛！

[56]“苦辛”二句：意谓痛苦时还能考虑什么？便想到天命之说确实值得怀疑。

[57]“虚无”句：言虚无缥缈去访求众神仙。

[58] 松子：即赤松子，传说中的仙人。《汉书·张良传》载：“张良曰：‘愿弃人间事，从赤松子游耳。’”颜师古注：“赤松子，仙人号也。神农时为雨师。”

[59] 斯须：须臾、顷刻。

[60] 持：握持、把握。以上二句言灾变可能于顷刻间发生，谁能把握自己使之长寿百年呢?

[61] 其：语间助词，表示祝愿用。

[62] 黄发：老年人发由白变黄，为高寿之征。

[63] 即：上。

[64] 援笔：提笔。辞：辞别。

◎ 评析

全篇六章，每相连的两章都采取了修辞学上所说的“顶针续麻法”或简称为“顶真体”。这种以章为单位的顶真体也称为“连环体”。如首章末句言“我马玄以黄”，二章首句即重复“玄黄”二字曰“玄黄犹能进”；二章末两字为“踟蹰”，三章首二字即以“踟蹰”起。以下三章顺序循环，首尾使用的二字是“太息”“心悲”和“苦辛”，此即连环体也。

七步诗[1]

煮豆持作羹[2]，漉豉以为汁[3]。萁在釜下然[4]，豆在釜中泣。本自同根生，相煎何太急！

◎ 注释

[1] 据冯惟讷《诗纪》言，古本《曹子建集》未载此诗，故疑为后世附会之作。然《世说新语·文学》中记道："文帝尝令东阿王（即曹植）七步中作诗，不成者行大法，应声便为诗……帝深有惭色。"此诗世传已久，故以入选。

[2] 持作羹：一本作"燃豆萁"。羹，汤。

[3] 漉：过滤。豉：一种豆制品，以熟豆经霉变发酵制成。

[4] 萁：豆梗。釜：炊具名，用若锅。然：同"燃"。

◎ 评析

托喻煮豆，事近义切，本乎至性，词质理达。

◈阮　籍
（210—263）

字嗣宗，陈留尉氏（今河南尉氏）人。他是“建安七子”中阮瑀之子，又是魏晋之际的名士集团“竹林七贤”之一。

在曹魏齐王芳正始初（240），魏太尉蒋济征召他，不就。曹爽辅政，召他为参军，就而不久，即托病辞归。司马懿为太傅，任之为从事中郎；懿卒，复为司马师的大司马从事中郎。高贵乡公曹髦即位（254），封为关内侯，任散骑常侍。司马昭当政时，他任步兵校尉，世称阮步兵以此。他本有济世志，但时值魏末，司马氏擅权，处此黑暗统治下，为避祸计，只得纵酒佯狂，寄情老庄，言谈玄远，“口不臧否人物”。在当时那样复杂的政治斗争中，他常以酣饮醉酒为掩护，来逃避现实的斗争。

阮籍的诗主要是五言的《咏怀诗》八十二首，虽意在抒写自己的抱负与苦闷，并欲揭露当时社会的黑暗，但处于司马氏政治高压之下，不能径直发泄，遂多用比兴，故刘勰称“阮旨遥深”；钟嵘则谓“厥旨渊放，归趣难求”。阮氏《咏怀》是继承“建安风骨”优良传统的“正始之音”的主要代表作品，对初、盛唐陈子昂、李白等都有明显影响。

《隋书·经籍志》著录阮籍有集十卷，已佚。张溥辑有《阮步兵集》，可参考。近人黄节纂著《阮步兵咏怀诗注》，颇详赡，足供研习。

咏　怀[1]

其　一

夜中不能寐，起坐弹鸣琴。薄帷鉴明月[2]，清风吹我襟。
孤鸿号外野[3]，翔鸟鸣北林[4]。徘徊将何见[5]？忧思独伤心。

◎ 注释

[1] 阮籍诗以《咏怀》为题者，四言诗存十三首，五言诗存八十二首。《咏怀》既非一时之作，自亦非尽咏一种情怀，不可悉以“忧生之嗟”概之。此选其五言《咏怀》十四首，居原八十二首之第一、三、五、六、八、十一、十五、十七、十九、三十一、三十二、三十八、六十七、七十九。

[2] 帷：幔帐。鉴：照。此句言明月光透过薄薄的帷帐照进屋内、床上。

[3] 号：鸟鸣啼。外野：郊野。

[4] 翔鸟：飞鸟。北林：《诗经・秦风・晨风》有“鴥彼晨风，郁彼北林。未见君子，忧心钦钦”之句。后世常以“北林”比喻忧愁处境。

[5] 徘徊：语意双关，既指“孤鸿”“翔鸟”惊怵不安，也指人徘徊未寝。

◎ 评析

这一首诗写夜起弹琴，鉴明月，拂清风，平平淡淡，似无忧乐。而下接外野孤鸿之号与北林翔鸟之鸣，皆非目所能见，徘徊寻觅，终不知从何而来。此其所以“忧思独伤心”也。

其　二

嘉树下成蹊[1]，东园桃与李。秋风吹飞藿[2]，零落从此始[3]。
繁华有憔悴，堂上生荆杞。[4]驱马舍之去[5]，去上西山趾[6]。
一身不自保，何况恋妻子！凝霜被野草[7]，岁暮亦云已[8]。

◎ 注释

[1] 嘉树：美树。蹊：小路。《史记·李将军列传》赞曰："桃李不言，下自成蹊。"此句与下句化用其语，意谓东园植有桃李嘉树，春观其花，夏取其实，树下往来者多，自然踩成小路。

[2] 藿：豆叶。

[3] 零落：言桃李树叶亦经秋风而开始凋零。

[4] "繁华"二句：言任何事物皆有盛必有衰，今日之高堂，他日也会倾颓荒废而生满荆杞。荆杞，两种有刺的矮小灌木名。

[5] 舍之：舍弃这人世间的浮华。

[6] 西山：指商末伯夷、叔齐归隐的首阳山。《史记·伯夷传》载："武王已平殷乱，天下宗周，而伯夷、叔齐耻之，义不食周粟，隐于首阳山，采薇而食之。及饿且死，作歌。其辞曰：'登彼西山，采其薇矣。'"首阳山其址历来说法不一，多认为在今山西永济南。趾：山脚下。

[7] 凝霜：言气候寒冷，霜凝结于野草之上。被：覆盖。

[8]"岁暮"句：承上"一身不自保"而言，正如"凝霜被野草"，到了一年将尽之时，它也就完了。

◎ 评析

盛极必衰，事理之常；秋风既起，乱象已见，断当早日舍去，勿待世乖道穷，与时沦亡。情词危迫，去之唯恐不速。

其　三

平生少年时，轻薄好弦歌[1]。西游咸阳中[2]，赵李相经过[3]。
娱乐未终极[4]，白日忽蹉跎[5]。驱马复来归，反顾望三河[6]。
黄金百镒尽[7]，资用常苦多[8]。北临太行道[9]，失路将如何[10]？

◎ 注释

[1] 轻薄：轻浮浅薄。弦歌：歌舞弹唱。

[2] 咸阳：秦朝故都。

[3] 赵李：本指汉成帝的皇后赵飞燕及汉武帝宠姬李夫人，二人皆以善歌舞而获宠幸。此处泛指歌舞女子。

[4] 终极：结束。

[5] 忽：快速。蹉跎：时光白白流逝。

[6] 三河：古称河东、河内、河南三郡为三河。或称，距潼关二十里处有渭水、洛水入黄河之口，名“三河口”，“三河”指此，亦通。概泛指关中之地。

[7] 镒：古重量单位，合旧制二十两或二十四两。

[8] 苦多：极多。以上二句皆言窘迫状。

[9] 太行道：比喻与目的地方向相反之路。《战国策·魏策四》载季梁说魏王曰：“今者臣来，见人于太行，方北面而持其驾。告臣曰：‘我欲之楚。’臣曰：‘君之楚，将奚为北面？’曰：‘吾马良。’臣曰：‘马虽良，此非楚之路也。’曰：‘吾用多。’臣曰：‘用虽多，此非楚之路也。’曰：‘吾御者善。’此数者愈善，而离楚愈远耳。”

[10] 失路：走错了路。将如何：那可如何是好呢？

◎ 评析

自悔当初急于事功，走入仕途，谁知好景不长，乱象环生。现在应该急流勇退，不能再缘着错路走下去了。感念平生，情词益迫！

其　四

昔闻东陵瓜[1]，近在青门外[2]。连畛距阡陌[3]，子母相钩带[4]。五色曜朝日[5]，嘉宾四面会[6]。膏火自煎熬，多财为患害。[7]布衣可终身[8]，宠禄岂足赖[9]。

◎ 注释

[1] 东陵瓜：《史记·萧相国世家》载：“召平者，故秦东陵侯。秦破，为布衣。贫，种瓜于长安城东。瓜美，故时俗谓之‘东陵瓜’。”

[2] 青门：长安古城东面南头第一门名霸城门，以青砖砌成，色青，俗称“青门”。

[3] 畛：地埂。距：到达。此句言瓜地连片，直到大路边。

[4]“子母”句：形容瓜藤上结满大大小小的瓜。

[5]“五色”句：指瓜色花纹斑斓。

[6]嘉宾：指被瓜所吸引而前来的人。

[7]“膏火”二句：《庄子·人间世》说：“山木自寇也，膏火自煎也。”原指山木长成材便招致自身被砍伐；脂油其性可燃方导致被煎熬。此言富贵之人财多而招祸患，并非好事。

[8]布衣：平民。终身：平安活到老。

[9]宠：受到朝廷恩宠。禄：官禄。赖：恃、依靠。

◎ 评析

召平失侯，种瓜为生，亦可以会嘉宾、享余年，何必竞竞于富贵之求？盖亦有见于魏亡无日，不欲出仕司马氏，而将以布衣生活终其生。

其 五

灼灼西隤日[1]，余光照我衣。回风吹四壁[2]，寒鸟相因依[3]。
周周尚衔羽[4]，蛩蛩亦念饥[5]。如何当路子，磬折忘所归[6]？
岂为夸誉名[7]，憔悴使心悲[8]。宁与燕雀翔[9]，不随黄鹄飞[10]。
黄鹄游四海，中路将安归？

◎ 注释

[1]灼灼：明亮、鲜明貌。隤：通“颓”，坠落。

[2]回风：旋转之风。

[3]因依：相互依偎。

[4]周周：古说有一种头重尾屈的鸟，衔羽而饮，名曰周周。

[5]蛩蛩：亦称“蛩蛩距虚”，古传说中的一种兽名，其状如马，一天走百里。据《吕氏春秋·不广》载，它与一种名蹶的兽相比肩。蹶常为蛩蛩取甘草以食之；蹶有患害，蛩蛩亦必背负之以走。

[6]磬折：见曹植《箜篌引》注释[16]。

[7]誉名：虚名和美名。

[8] 憔悴：此指不堪重负而心力交瘁貌。

[9] 燕雀：谓一般不远走高飞的篱间小鸟。

[10] 黄鹄：一种善飞的大鸟，古谓黄鹄一举千里，翱翔四海。

◎ 评析

处在曹魏将亡之时，表示自己宁愿安于卑贱，不肯攀附新贵而自陷于中路无归。所怀如此，终身行之不移。

其　六

湛湛长江水[1]，上有枫树林。皋兰被径路[2]，青骊逝骎骎[3]。远望令人悲，春气感我心[4]。三楚多秀士[5]，朝云进荒淫[6]。朱华振芬芳[7]，高蔡相追寻[8]。一为黄雀哀[9]，泪下谁能禁！

◎ 注释

[1] 湛湛：水深貌。

[2] 皋兰：皋，沼泽。因兰草择湿地而生，故称皋兰。被：覆盖。

[3] 骊：黑马。逝：离去。骎骎（qīn qīn）：马疾驰貌。

[4] 春气：一本作“春风”。《楚辞·招魂》中有“湛湛江水兮上有枫，目极千里兮伤春心”“皋兰被径兮斯路渐”“青骊结驷兮齐千乘”等句。以上六句皆杂取《招魂》句意。

[5] 三楚：汉时以江陵为南楚、吴为东楚、彭城为西楚，是谓“三楚”，后多以泛指湘鄂一带，此诗便是。秀士：才子。

[6] 朝云：宋玉《高唐赋》中言楚王梦会巫山神女事，有“旦为朝云，暮为行雨”之语。此句言有才华的人进身无门，只能靠编造一些荒淫的故事去取悦于君上。

[7] 朱华：红花。此代指美女。

[8] 高蔡：疑为楚地名。《战国策·楚策》言：“蔡灵侯……左抱幼妾，右拥嬖女，与之驰骋乎高蔡之中，而不以国家为事。”以上二句以古喻今，言君主沉于女色而不理国政。

[9] 黄雀哀：此隐用庄辛谏楚王语，事见《战国策·楚策》，庄辛曰，“王独不见黄雀，俯啄白粒，仰栖茂林，鼓翅奋翼，自以为无患，与人无争也。不知夫公子王孙左挟弹，右摄丸，将加己乎十仞之上。乃比喻国家面临重大隐患。末二句意谓：一想到黄雀可悲的下场，禁不住潸然泪下。

◎ 评析

诗借楚人宋玉《高唐赋》“朝云进荒淫”事，以刺魏末曹芳荒淫无度终被司马师所废。观最末两句可知。

其　七

昔年十四五，志尚好书诗[1]。被褐怀珠玉[2]，颜闵相与期[3]。
开轩临四野[4]，登高望所思。丘墓蔽山冈[5]，万代同一时[6]。
千秋万岁后，荣名安所之[7]？乃悟羡门子[8]，噭噭今自嗤[9]。

◎ 注释

[1] 尚：崇尚。书诗：指《尚书》《诗经》等经籍。

[2] “被褐”句：见赵壹《疾邪诗》其二注释[3]。

[3] 颜闵：颜回（渊）和闵损（子骞），都是孔子弟子中的突出人物。期：期望。此句言己常自比为颜、闵。

[4] 轩：窗。

[5] 蔽：遮盖。此句言丘墓之多，遍满山冈。

[6] “万代”句：言千秋万世，人死而葬，同为今日之一座丘墓，此一时所见的这些遍满山冈者，正是万代之所积。

[7] 安所之：到哪里去了？以上二句意谓：那些先世的贵人，死后千百年，荣名早已荡然无存。

[8] 羡门子：古代传说中的仙人。此句意谓：如今方领悟了羡门子舍弃人间浮华而升仙的道理。

[9] 噭噭（jiào jiào）：哭声。末句言过去为世事费心、伤神，乃至痛哭，今则彻悟，破涕为笑，反自嘲向来之愚。

◎ 评析

自古皆有一死，此“万代同一时”也。汲汲于荣名，到头来还不是同那些蔽满山冈的丘墓中人一样！他们的荣名又安在哉？悟此，正当一笑。

其　八

独坐空堂上，谁可与欢者[1]？出门临永路[2]，不见行车马。登高望九州[3]，悠悠分旷野。孤鸟西北飞，禽兽东南下。[4]日暮思亲友，晤言用自写[5]。

◎ 注释

[1] 欢：一本作“亲”。首二句言独坐空堂，无可与欢（亲），孤寂之怀，不待明说。

[2] 永路：漫漫长路。此句与下句言出门望漫漫长路，不见行旅。

[3] 九州：古时中原分为冀、兖、青、徐、扬、荆、豫、梁、雍九州，后世遂以“九州”代称中国。此二句言登高远望，茫茫九州，旷野无人。

[4]“孤鸟”二句：言只见孤鸟与禽兽，亦各自相背，禽此远扬，或西北飞，或东南下，而况于人乎！

[5] 晤言：晤面对谈。写：同“泻”，宣泄、排除。此句言只有与亲友晤面畅谈，方能解除心中郁闷。

◎ 评析

孤独寂苦，坐起皆不是。登高四望，但见孤鸟禽兽亦皆弃此远遁。况当日暮，怎不思念亲友，冀得晤对以泻我忧！此怀实为尽情。

其　九

西方有佳人[1]，皎若白日光。被服纤罗衣[2]，左右佩双璜[3]。修容耀姿美[4]，顺风振微芳[5]。登高眺所思，举袂当朝阳[6]。寄颜云霄间[7]，挥袖凌虚翔[8]。飘摇恍惚中[9]，流盼顾我傍[10]。悦怿未交接[11]，晤言用感伤[12]。

◎ 注释

[1]“西方”句：取《诗经·邶风·简兮》：“云谁之思？西方美人。彼美人兮！西方之人兮！”语意。

[2]纤：轻薄可体貌。

[3]璜：半圆形佩玉。

[4]修容：恰当地装扮、修饰容貌。

[5]振：散发。

[6]袂：衣袖。以上二句取意于宋玉《高唐赋》“扬袂障日而望所思”，言女子举袖遮阳以眺望，希冀所思念的人归来。

[7]寄：依附。颜：本指容颜，此指身姿、形影。因上句说她“登高”，故此句即言其身影如飘翔于云霄中。

[8]虚：空。翔：飞。此句言其举袂挥袖，状如凌空飞翔。

[9]恍惚：隐隐约约、若有若无状，言不可捉摸。

[10]流盼：目光流动。

[11]悦怿：喜悦。交接：交际、接触。此句意谓：佳人飘摇于恍惚之中，故我虽心中喜悦，却无法与之接触。

[12]晤言：面谈。用：使。《诗经·陈风·东门之池》有“彼美淑姬，可与晤言”句，此处沿用其语，言己未能与佳人交接晤言，故而感伤。

◎ 评析

以西方佳人托言圣贤之君，恍惚若在虚空缥缈之中。似已望见而悦怿，惜未获晤对，用是感伤无已。

其　十

驾言发魏都[1]，南向望吹台[2]。箫管有遗音[3]，梁王安在哉[4]？
战士食糟糠，贤者处蒿莱[5]。歌舞曲未终，秦兵已复来[6]。
夹林非吾有[7]，朱宫生尘埃[8]。军败华阳下[9]，身竟为土灰[10]。

◎ 注释

[1]驾：驾车马。言：语气助词。魏都：指战国时魏国都城大梁，地在今河南开封。

[2] 吹台：相传为春秋时师旷吹乐之台。战国时，魏惠王（即梁惠王）䓨（亦作“罂”）曾觞诸侯于范台（亦称繁台），即此。此台位于今河南开封东南。

[3] 遗音：魏王宴乐时遗留下的乐曲声。

[4] 梁王：即魏王。公元前 361 年，魏惠王迁都大梁，从此魏国亦称梁国。

[5] 蒿莱：野草。此句言贤达之士穷居草野。

[6]“秦兵”句：战国末期，秦兵曾屡入魏国，占其土地。至公元前 225 年，秦遂灭魏。

[7] 夹林：魏都附近的园林。《战国策・魏策》中有“前夹林而后兰台”是也。

[8] 朱宫：古时宫墙多涂以朱红色，故称。

[9] 华阳：古地名。张守节《史记正义》引司马彪注曰：“华阳，亭名，在洛州密县。”《正义》又云：“又故华城在郑州管城县南三十里，即此。”今址不详。《史记・白起传》记：“昭王三十四年，白起攻魏，拔华阳”，此句即以魏国华阳兵败一事写其衰亡。

[10] 身：此指当年宴乐于吹台之上的王侯。

◎ 评析

借古（大梁之魏）讽今（曹魏末年），殷鉴不远；军败华阳，身为土灰，可不惧哉?

其十一

朝阳不再盛，白日忽西幽[1]。去此若俯仰[2]，如何似九秋[3]！
人生若尘露，天道邈悠悠。[4]齐景升丘山[5]，涕泗纷交流[6]。
孔圣临长川[7]，惜逝忽若浮[8]。去者余不及[9]，来者吾不留[10]。
愿登太华山[11]，上与松子游[12]。渔父知世患[13]，乘流泛轻舟[14]。

◎ 注释

[1] 西幽：言白日西落，天色幽暗。首二句借日将西落喻魏之盛世已去。

[2]“去此”句：言朝阳盛时（借指魏盛时）去今只如一俯仰之间那么短。

[3] 九秋：秋季九十天，指盛阳之时。春秋战国时常用周历，周历之秋，相当于夏历五、六、七三个月，正处今所谓盛夏炎热之季，故《孟子・滕文公上》有“江汉以濯之，秋阳以暴之”之语。此句实言王朝方盛即衰，如何能说其盛似九秋之阳！

[4]“人生”二句：言人生飘忽若浮尘，短暂如朝露，而天道悠悠，高远难测。

[5]齐景：春秋时齐国君景公。《晏子春秋》载：“景公游于牛山，北临其国城而流涕曰：‘若何滂滂去此而死乎！’”

[6]涕泗：鼻涕眼泪。

[7]孔圣：历代尊儒家学派创始人孔丘为“圣人”，故称。长川：大江、大河。

[8]“惜逝”句：《论语·子罕》：“子在川上曰：‘逝者如斯夫！不舍昼夜。’”此引孔子语，痛惜人生如流水般逝去。

[9]去者：过去的时日。不及：无法追回。

[10]来者：将来的日子。不留：留不住。

[11]太华山：西岳华山主峰名。

[12]松子：即赤松子。见曹植《赠白马王彪》注释[58]。

[13]渔父：指看透世事的隐者。《楚辞·渔父》：“屈原曰：‘举世皆浊我独清，众人皆醉我独醒，是以见放（按：见放，被放逐）。’渔父曰：‘圣人不凝滞于物，而能与世推移。’……渔父莞尔而笑，鼓枻而去。”世患：世事多祸患。

[14]乘流：顺流而下。泛：漂浮。末二句说，渔父因深知世事多患，故乘江流、泛轻舟，远引避祸。

◎ 评析

盛世不常，倏忽而衰；人生有限，天道难知。与其叹逝伤往，何若出世求仙或隐居避世之为乐乎？阮公之怀，盖亦为时势而发。

其十二

炎光延万里[1]，洪川荡湍濑[2]。弯弓挂扶桑[3]，长剑倚天外[4]。
泰山成砥砺[5]，黄河为裳带[6]。视彼庄周子[7]，荣枯何足赖？
捐身弃中野，乌鸢作患害。[8]岂若雄杰士[9]，功名从此大[10]。

◎ 注释

[1]炎光：日光。延：伸延。此句言日光照射万里之遥。

[2]湍濑：沙石上的急流。

[3] 扶桑：古神话中的神树，相传太阳从它那里升起。

[4]“长剑”句：用宋玉《大言赋》中“长剑耿介倚天外”语。

[5] 砥砺：磨刀石。

[6] 裳带：衣带。以上二句借用《史记·高祖功臣侯者年表序》中封爵之誓“使河如带，泰山若厉”语意，形容“雄杰士”蔑视一切的宽广胸怀。

[7] 庄周子：即庄子，名周，宋国蒙（今河南商丘东北）人。战国中期道家学派代表人物。此句与下句以草木茂盛与枯萎喻人的命运之好坏，言庄周看破世事，认为生死荣辱均不值得依赖留恋。

[8]“捐身”二句：指庄周愿意抛尸于郊野，为乌鸢所食。事见《庄子·列御寇》：“庄子曰：‘吾以天地为棺椁……在上为乌鸢食，在下为蝼蚁食。”乌鸢，乌鸦与鹰。

[9] 雄杰士：即前所言弯弓倚剑、厉山带河之士。

[10] 大：远大。

◎ 评析

雄杰之士，其志壮阔。将欲光炎万里，荡摇山川，岂能效庄周之达观、无视荣枯，而终为乌鸢所食乎？

其十三

洪生资制度[1]，被服正有常[2]。尊卑设次序，事物齐纪纲[3]。
容饰整颜色[4]，磬折执圭璋[5]。堂上置玄酒[6]，室中盛稻粱。
外厉贞素谈[7]，户内灭芬芳[8]。放口从衷出[9]，复说道义方[10]。
委曲周旋仪，姿态愁我肠。[11]

◎ 注释

[1] 洪生：即鸿儒，指学识渊博的儒者。资：取资于、凭借。

[2] 被服：穿着。常：常规、定规。

[3] 齐纪纲：与礼法纲常相符合。

[4] 整：整饬、整理而使之整齐。

[5] 磬折：见曹植《箜篌引》注释[16]。圭璋：古时诸侯祭祀或朝见帝王及王后时手执的贵重玉制礼器。

[6] 玄酒：祭祀用的水。《礼记·礼运》："玄酒在室。"孔颖达注疏："以其色黑，谓之玄。而太古无酒，此水当酒所用，故谓之玄酒。"

[7] 外厉：表面庄重严厉。贞素谈：言谈清高贞洁。

[8] 灭芬芳：不容一点美好事物存在。

[9]"放口"句：谓脱口而出的乃是由衷之言。

[10]"复说"句：指经过再三思考方说出来的话便都是道义之言了。

[11]"委曲"二句：指其交际时装腔作势与人虚伪应酬的样子实在让人忍受不了。

◎ 评析

讥世之所谓鸿儒之以礼制伪装饰貌，而实则私下不干半点好事。正如俗语所说"满口仁义道德，一肚男盗女娼"。嬉笑怒骂，皆出自阮公内心所素怀者。

其十四

林中有奇鸟，自言是凤凰[1]。清朝饮醴泉[2]，日夕栖山冈。
高鸣彻九州[3]，延颈望八荒[4]。适逢商风起[5]，羽翼自摧藏[6]。
一去昆仑西[7]，何时复回翔？但恨处非位[8]，怆恨使心伤。

◎ 注释

[1]"自言"句：乃作者自比凤凰，言其志高质美。

[2] 醴泉：甘泉。醴，本指甜酒，此言泉水甘美如酒，故称。

[3] 九州：见作者《咏怀》其八注释[3]。

[4] 延：伸。八荒：八方荒远之地。

[5] 商风：即秋风。古时乐分宫、商、角、徵、羽五音，商音与五行中的金相应，音调凄厉，与肃杀的秋气相当，故称秋风为"商风"。

[6] 摧藏：摧挫、毁坏。

[7] 昆仑：山名，位于中国西北部，古时诸多神话传说均以此为神仙所居之地。

[8] 非位：不合适的位置。

◎ 评析

林中奇鸟，自言凤凰，此乃阮公自谓也。置身高洁，不为世知；一旦远行，永无归期。若是者，处非其位，故怆然而心伤也。所怀尔尔，咏以明志。

晋诗

傅 玄

(217—278)

字休奕，北地泥阳（今陕西铜川耀州东南）人。魏末，举秀才，任郎中，历安东参军、弘农太守、散骑常侍，封鹑觚男；入晋，进爵为子，加驸马都尉，升侍中，后为御史中丞，终司隶校尉。

玄博学多才，为魏晋重要思想家。他曾著有《傅子》一百四十卷（篇）。原书久佚，清四库馆臣从《永乐大典》中采掇，得完整者十二篇，文义未全者亦十二篇，复从他书所征引者辑得四十余条，都为一书，尚可略见其思想之梗概。其书批判了当世的玄学空谈，具有唯物主义思想。在政治上，主张礼法结合，并颇有些治民理财之术，更大程度近于法家，非醇儒之学也。

《晋书》本传言其有文集百余卷，《隋书·经籍志》仅著录十五卷（注云："梁五十卷，录一卷，亡。"），后亦散佚。张溥辑《傅鹑觚集》较全，不分卷。

他存诗约百首，多为乐府体，盖玄精通音律，故长于此；又好拟古，遂时时借他人酒樽，浇自家块垒。清人陈沆说后来鲍照、李白"皆出于此"（见《诗比兴笺》），可见其影响还是很大，也是很好的。

豫章行——苦相篇[1]

苦相身为女，卑陋难再陈[2]。男儿当门户，堕地自生神[3]。

雄心志四海，万里望风尘[4]。女育无欣爱[5]，不为家所珍。

长大逃深室[6]，藏头羞见人。垂泪适他乡[7]，忽如雨绝云[8]。
低头和颜色[9]，素齿结朱唇[10]。跪拜无复数[11]，婢妾如严宾[12]。
情合同云汉[13]，葵藿仰阳春[14]。心乖甚水火[15]，百恶集其身。
玉颜随年变，丈夫多好新[16]。昔为形与影，今为胡与秦[17]。
胡秦时相见，一绝逾参辰[18]。

◎ 注释

[1]《豫章行》本乐府古题名。古辞今存，属《相和歌·清调曲》。此篇乃借古题写新事。古时迷信看相，认为从相貌可知人的祸福吉凶、贫富贵贱。此题所谓“苦相”，言女子生就一副苦命相貌。

[2] 陈：述说。

[3] 当门户：支撑家业。堕地：出生。神：灵气。

[4] 风尘：比喻战乱。此句言男儿向往着远征万里、为国效力。

[5] 育：抚养。

[6] 逃：藏避。

[7] 适：出嫁。

[8] 绝：离开。此句比喻女子离开娘家犹如雨点离开云朵，与家人再无相聚之时。

[9] 和颜色：和颜悦色。

[10]“素齿”句：言其朱唇紧闭、笑不露齿。

[11] 无复数：不计其数。

[12]“婢妾”句：指对夫家婢妾亦同对待贵宾一样敬畏三分。

[13] 云汉：星汉、银河。此处代指牛郎织女。此句言其丈夫与她感情融洽的时候极少。

[14] 葵：葵菜，今称“冬寒菜”。藿：豆叶。阳春：春天的太阳。此句言丈夫对她好时，她便如葵藿盼春日一样仰仗其赐予的恩爱。

[15] 乖：违背、不顺。此句与下句言丈夫看她不顺眼时，与她的关系甚于水火不相容，认为她一无是处。

[16] 好新：喜新厌旧。

[17] 胡与秦：胡与秦两国相邻而自古多战事。

[18] 绝：别离。参辰：见《托名苏武李陵赠别诗七首》其一注释[4]。

◎ 评析

说尽封建社会女子一生的痛苦。然而控诉无门，唯有忍受而已。

吴楚歌[1]

燕人美兮赵女佳[2]，其室则迩兮限层崖[3]。
云为车兮风为马，玉在山兮兰在野[4]。
云无期兮风有止[5]，思多端兮谁能理？

◎ 注释

[1] 此题始创于傅玄，《乐府诗集》列入《杂歌谣辞》。此诗一名作《燕人美兮歌》。

[2] “燕人”句：汉《古诗十九首·东城高且长》有“燕赵多佳人”之名句。

[3] 其室则迩：室，闺阁。迩，近。此取意于《诗经·郑风·东门之墠》：“其室则迩，其人甚远。”言男女相隔不远却不得见面。限：阻隔。

[4] 玉、兰：皆用来比喻女子。以上二句言愿乘风云前去寻访她们。

[5] “无期”句：言等待风云到来而以之为车马，却又遥遥无期，不可指望。

◎ 评析

燕赵美人以喻佳士，知此则诗意自明。

车遥遥篇[1]

车遥遥兮马洋洋[2]，追思君兮不可忘。
君安游兮西入秦，愿为影兮随君身。
君在阴兮影不见[3]，君依光兮妾所愿[4]。

◎ 注释

[1] 此篇《乐府诗集》收入《杂曲歌辞》，署为梁代车敳所作，今从《玉台新咏》卷九，归于傅玄。遥遥：远貌。

[2] 洋洋：缓慢。

[3] 阴：阴暗处。

[4] 光：光明。

◎ 评析

思妇之词，口吻极谦卑，亦极亲切，关键只在一“影”字。

杂　诗

志士惜日短，愁人知夜长。摄衣步前庭[1]，仰观南雁翔。
玄景随形运[2]，流响归空房[3]。清风何飘摇，微月出西方。
繁星依青天，列宿自成行[4]。蝉鸣高树间，野鸟号东厢。
纤云时仿佛[5]，渥露沾我裳[6]。良时无停景[7]，北斗忽低昂[8]。
常恐寒节至，凝气结为霜。落叶随风摧，一绝如流光[9]。

◎ 注释

[1] 摄衣：提起长衣的下襟。

[2] 玄景：黑影。景，同“影”。此句言月光中雁飞影移。

[3] 流响：雁群飞过时振翼及鸣啼之声。

[4] 列宿：众星。成行：指群星繁多，看似纵横成行。

[5] 纤云：如丝的薄云。仿佛：不清晰。此句言薄云掩映，月色朦胧。

[6] 渥：湿。

[7] 良时：美好时光。景：本指日光，此谓时间。此句言美好时刻难以留住。

[8]“北斗”句：北斗星在不同季节以不同时间出现于天空的不同方位。此句意思只是说时间过得太快，天上的北斗星似乎一忽儿就改变了它的高低位置。

[9] 绝：完结。流光：言光阴逝去如流水。末二句以落叶喻人年华，言岁月如秋风扫落叶般无情地流逝。

◎ 评析

开篇两句对偶工稳，但下句只是陪衬。全篇只说得“志士惜日短”耳。

张华

（232—300）

字茂先，范阳方城（今河北固安南）人。少孤贫，有俊才。初未知名，著《鹪鹩赋》以自寄，阮籍见之，誉为“王佐之才”，渐为世重。仕魏为太常博士，除著作佐郎，迁长史，兼中书郎。入晋，拜黄门侍郎，封关内侯，迁中书令。平吴统一后，进封广武县侯，出为幽州都督。惠帝时，历太子少傅、中书监，官至司空，进爵壮武郡公。后因拒绝参与赵王伦谋篡而被杀。

张华博识多闻，工于诗赋，而词采华丽，为论者所短。钟嵘《诗品》评：“其体华艳，兴托不奇；巧用文字，务为妍冶……恨其儿女情多，风云气少。”然，他毕竟是西晋一代大家。今存诗四十余首中，亦不无感时忧世、揭露并批判现实的优秀作品。

《晋书》本传言华有《博物志》十篇（今存，作十卷，但世多认为非原本，疑系后人缀辑而成）。又，《隋书·经籍志》著录《张华集》十卷，已散佚。张溥辑《张司空集》，不分卷，除赋、表、仪、策、诔、箴、铭、书、问、序、赞外，计有诗歌约八十首（其中包括乐歌三十余首）。

轻薄篇[1]

末世多轻薄[2]，骄代好浮华[3]。志意既放逸[4]，赀财亦丰奢[5]。
被服极纤丽[6]，肴膳尽柔嘉[7]。童仆余粱肉，婢妾蹈绫罗[8]。
文轩树羽盖[9]，乘马鸣玉珂[10]。横簪刻玳瑁[11]，长鞭错象牙[12]。
足下金镈履[13]，手中双莫邪[14]。宾从焕络绎[15]，侍御何芬葩[16]！
朝与金张期，暮宿许史家[17]。甲第面长街[18]，朱门赫嵯峨[19]。
苍梧竹叶青[20]，宜城九酝醝[21]。浮醪随觞转[22]，素蚁自跳波[23]。
美女兴齐赵[24]，妍唱出西巴[25]。一顾倾城国[26]，千金宁足多！
北里献奇舞[27]，大陵奏名歌[28]。新声逾激楚[29]，妙妓绝阳阿[30]。
玄鹤降浮云[31]，鲟鱼跃中河[32]。墨翟且停车[33]，展季犹咨嗟[34]。
淳于前行酒[35]，雍门坐相和[36]。孟公结重关[37]，宾客不得蹉[38]。
三雅来何迟[39]？耳热眼中花。盘案互交错，坐席咸喧哗。
簪珥咸堕落[40]，冠冕皆倾邪[41]。酣饮终日夜，明灯继朝霞。
绝缨尚不尤[42]，安能复顾他？留连弥信宿[43]，此欢难可过[44]。
人生若浮寄[45]，年时忽蹉跎[46]。促促朝露期，荣乐遽几何[47]？
念此肠中悲，涕下自滂沱[48]。但畏执法吏[49]，礼防且切磋[50]。

◎ 注释

[1] 轻薄：浮靡轻佻。此指贵族生活奢华淫靡。

[2] 末世：王朝末代。

[3] 骄代：盛世。浮华：虚浮的排场。

[4] 放逸：放纵。

[5] 赀：同“资”。

[6] 纤丽：细致华丽。

[7] 肴膳：丰盛的饭菜。柔嘉：鲜嫩的美味。

[8] 蹈：践踏。以上二句言豪门家的仆婢亦极尽奢靡浪费。

[9] 文轩：装饰华丽的车。羽盖：用鸟羽装饰的车盖。

[10] 珂：马笼头上的玉饰。

[11]“横簪”句：言头簪是用玳瑁（一种海龟壳）雕刻而成的。

[12] 错：用作动词，交错、镶嵌。

[13] 金镈：即金箔。一本作“金薄”或“黄金”。此句言脚穿饰有金箔的鞋。

[14] 莫邪：相传春秋时吴国著名的铸剑工匠名干将，其妻名莫邪。莫邪献身祭炉而成剑，故后世亦称宝剑为“莫邪”。

[15] 焕：色彩鲜亮。

[16] 侍御：仆从、车夫。芬葩：芳艳。

[17] 金张、许史：指汉宣帝时的显贵金日磾、张安世、许伯和史高，此代指豪门贵族。期：约会。

[18] 甲第：豪门第宅。

[19] 赫：显赫。嵯峨：高耸。

[20] 苍梧：地名，即今广西梧州。竹叶青：酒名。

[21] 宜城：即今湖北宜城。九酝：经多次发酵酿造而成的酒。醝（cuō）：白酒。

[22] 浮醪：带糟的酒曰醪。浮醪即浮在纯酒上的醪糟。觞：酒杯。

[23] 素蚁：酒表面漂浮的泡沫。自跳波：形容杯中之酒的泡沫起落状。

[24] 兴：起、出自。齐赵：齐国与赵国。战国时齐赵女子以貌美及善歌舞而著称于世。《古诗十九首·东城高且长》中“燕赵多佳人，美者颜如玉”之句即已言之，此句意近。

[25]“妍唱”句：唱，借为“倡”。言妍美的歌舞伎出自西巴（即巴郡，今重庆北）。

[26]“一顾”句：此用汉李延年歌“一顾倾人城，再顾倾人国”之语，言这些女子皆有倾国倾城貌。

[27] 北里：古舞曲名。此句言舞女们献上《北里》奇舞。

[28] 大陵：地名，指今山西文水东北。《史记·赵世家》称：“（赵武灵）王游大陵，他日，王梦见处女鼓琴而歌。”此句言奏起了如大陵女子所弹唱的乐歌。

[29] 逾：胜过。激楚：乐曲名。《楚辞·招魂》中有“宫庭震惊，发《激楚》些”之语，《文选》李善注曰：“激楚，歌曲也。”

[30] 阳阿：乐曲名。宋玉《对楚王问》曰：“其为《阳阿》《薤露》，国中属而和者数百人。”此句言歌伎所唱之曲比《阳阿》之曲更令人拍手叫绝。

[31] 玄鹤：黑羽之鹤。据《韩非子·十过》曰，师旷为晋平公鼓清徵之曲，一奏便有玄鹤二八，道南方来；再奏而成列；三奏而鸣舞。

[32] 鲟鱼：泛指大鱼。《淮南子·说山训》言：“瓠巴鼓瑟，而淫鱼出听。”《说文》引“《传》曰‘伯牙鼓琴，鲟鱼出听’”。其中“淫鱼”“鲟鱼”均指大鱼。以上二句言美

妙的音乐感召了仙鹤和大鱼前来倾听。

[33] 墨翟：战国时哲学家。《墨子·非乐》阐发了其“为乐非也”，即反对音乐的观点。此句言主张“非乐”的墨翟亦被新声吸引而停车欣赏。

[34] 展季：春秋时鲁国大夫展获，字季。世称“柳下惠”。《荀子·大略》言其不好女色、坐怀不乱。咨嗟：赞叹。此句言连展季那样不好女色的人都对舞女之美赞叹不已。

[35] 淳于：战国齐大夫淳于髡，以滑稽善辩著称。

[36] 雍门：战国齐人雍门周，他以善鼓琴而闻名于世。相和：与歌伎弹唱相应和。

[37] 孟公：西汉陈遵，字孟公，以好客著称于世。每次宴饮，他都将客人的车辖投入井中，使之不得离去。结重关：关上数道门闩。

[38] 蹉：通过。

[39] 三雅：古时指大小不等的三种酒爵。容量最大者称伯雅、次称仲雅、小称季雅，合称“三雅”。此句谑称“三雅何来迟”，写其对杯而语，实状饮者的醉态。

[40] 珥：耳饰。咸：皆，一本作“或”。

[41] 邪：同“斜”。

[42] 绝缨：扯断帽缨。尤：责怪。刘向《说苑·复恩》载，楚庄公宴群臣，日暮酒酣，熄烛而饮，有人暗中对庄公美人无礼，美人扯断其缨以便识别。庄公宽容大度，令宴者均断其缨而不加追究。此句与下句皆言酒醉放肆无所顾忌。

[43] 留连：逗留而不去。弥：更加。信宿：连住两夜。

[44] 难可过：难超过，犹言“无以复加”。

[45] 浮寄：浮荡暂居。

[46] 蹉跎：白白过去。

[47] 遽：急、短暂。此句言人生短暂，荣乐之事能有多少？

[48] 滂沱：大雨如注。句言泪下如雨。

[49] 但：只。执法吏：检查礼仪的官员。

[50] 礼防：礼法的限制。此句言须讲究一点礼防才是，不可任其浮薄下去。

◎ 评析

揭露当世贵族豪门荒淫生活，极尽其轻薄之至。钟嵘评张华诗“华艳”，责其“兴托不奇”而“务为妍冶”。此篇虽略有辞藻，但非无所兴寄者，故不无可取。

情　诗[1]

其　一

清风动帷帘，晨月照幽房[2]。佳人处遐远[3]，兰室无容光[4]。
襟怀拥虚景[5]，轻衾覆空床[6]。居欢惜夜促[7]，在戚怨宵长[8]。
拊枕独啸叹[9]，感慨心内伤。

◎ 注释

[1] 张华题为《情诗》者共五首，此选其中第三、五共二首。

[2] 幽房：深幽的居室。

[3] 遐：遥远。

[4] 兰室：对闺室的美称。无容光：黯然失色。

[5] 拥：迎抱。虚景：犹“幻影”。景，同“影”。

[6] 衾：被盖。

[7] 居欢：处于欢聚之时。

[8] 在戚：处于悲哀之时。宵：夜。

[9] 拊：同“抚”。啸叹：撮口嘘气而叹。

◎ 评析

夫妇别久，相思情深，往复赠答，缠绵不尽。居欢夜促，在戚宵长，自是名言。

其　二

游目四野外[1]，逍遥独延伫[2]。兰蕙缘清渠[3]，繁华荫绿渚[4]。
佳人不在兹[5]，取此欲谁与[6]？巢居知风寒，穴处识阴雨。[7]
不曾远别离，安知慕俦侣[8]！

◎ 注释

[1] 游目：移动目光，随意观览。

[2] 延伫：久立不行。

[3] 兰蕙：两种香草。

[4] 繁华：繁花。荫：遮覆。渚：沙洲。

[5] 兹：此。

[6]“取此”句：谓采芳赠予谁。此化用《古诗十九首·涉江采芙蓉》诗句“采之欲遗谁？所思在远道”之意。

[7]“巢居”二句：古谚“巢居知风，穴处知雨”，意言在什么环境就会获得什么真实体会。

[8] 俦侣：伴侣。

◎ 评析

沈德潜以此二首《情诗》为“秾丽之作，油然入人，茂先诗之上者”，可谓知音。

◈ 潘 岳

（247—300）

字安仁，荥阳中牟（今河南中牟）人。少以才慧知名乡邑，武帝司马炎时，举秀才为郎，十年后方出任河阳令，又转怀县令。惠帝初，贵戚太傅杨骏引为主簿，骏被诛，岳亦除名。后复历著作郎，转散骑常侍，给事黄门侍郎等职。他与石崇等谄事权贵贾谧，为谧“二十四友”之首。后卒为赵王伦及孙秀所害。

岳工于诗赋，与稍后的陆机齐名，世称“潘陆”。钟嵘谓：“陆才如海，潘才如江”，均置于上品，盖皆取其辞藻华丽，“烂若舒锦”也。世独称其怀念亡妻的《悼亡诗》三首，谓为情真意挚之作，故特取焉。

悼亡诗[1]

其　一

荏苒冬春谢，寒暑忽流易[2]。之子归穷泉[3]，重壤永幽隔[4]。私怀谁克从[5]？淹留亦何益[6]！僶俛恭朝命[7]，回心反初役[8]。望庐思其人[9]，入室想所历[10]。帏屏无仿佛[11]，翰墨有余迹[12]。流芳未及歇[13]，遗挂犹在壁[14]。怅恍如或存[15]，回遑忡惊惕[16]。如彼翰林鸟[17]，双栖一朝只[18]。如彼游川鱼，比目中路析[19]。春风缘隙来[20]，晨溜承檐滴[21]。寝息何时忘[22]，沉忧日盈积[23]。庶几有时衰[24]，庄缶犹可击[25]。

◎ 注释

[1] 潘岳《悼亡诗》共三首，此选其中第一、二两首。

[2] 荏苒：时光慢慢地流逝。谢：代谢、更换。流易：流逝、交替。

[3] 之子：代指亡妻。穷泉：犹言“九泉”，指极深的地下。

[4]“重壤”句：言亡妻被层层土壤幽禁于地下，与己永远隔离。

[5] 私怀：内心。克：能。此句意谓内心的哀伤对谁诉说？

[6] 淹留：指滞留于家中未外出任职。

[7] 僶俛（mǐn miǎn）：努力勤勉。恭：恭敬。朝命：朝廷的命令。

[8] 初役：原任的差事。以上二句意谓：还是定下心来回朝廷努力做官吧。

[9] 庐：屋室。

[10] 所历：指其妻与之共同经历过的每件事。

[11] 仿佛：指若隐若现、似有似无的影像。《汉书·外戚传》载，李夫人早卒，方士齐少翁言能致其神，乃夜张灯烛，设帏帐，令帝居他帐中，遥望见少女如李夫人之状，不得就视。此句隐用汉武帝思念爱姬李夫人事，言己竟连亡妻仿仿佛佛的影像也未曾在帏屏间见过。

[12]“翰墨”句：言尚有亡妻的笔墨遗迹留存下来。

[13]“流芳”句：言亡妻遗物尚发散芳泽之气，未尽消失。

[14]“遗挂”句：谓挂在墙上的遗物迄仍悬在那里。

[15] 怅恍：神思不定，恍恍惚惚。此句言恍惚间似乎觉得亡妻还活着一样。

[16] 回遑：反复不安状。忡惊惕：忧虑而惊恐。此句言一想起妻已亡故便阵阵哀痛袭来，难以平静。

[17] 翰林鸟：展翅飞于林中的鸟。翰，用作动词，飞。

[18] 只：单、独。

[19] 比目：并目，指比目鱼。参见徐幹《室思诗》注释[27]。

[20] 隙：缝隙。

[21] 溜：滴水。此句指晨露顺着屋檐而滴落。上二句均以节气的变化言时间在推移。

[22] 寝息：睡眠。此句说连沉睡时亦不能忘却，言其无时不想。

[23] 沉忧：深沉的忧伤。日盈积：与日俱增。

[24] 庶几：表希望的语词，犹“但愿”。衰：减轻。

[25] 缶：瓦盆。《庄子·至乐》说：“庄子妻死，惠子吊之，庄子则方箕踞鼓盆而歌。”此句意谓：自己若能像庄子那样超然达观地击缶而歌就好了。

◎ 评析

谢混称“潘诗烂若舒锦，无处不佳”。然安仁所长固在抒情，其悼亡之作真挚动人，千载推重，殊非以才华辞藻取胜也。

其　二

皎皎窗中月，照我室南端。清商应秋至[1]，溽暑随节阑[2]。
凛凛凉风升[3]，始觉夏衾单[4]。岂曰无重纩[5]，谁与同岁寒？
岁寒无与同，朗月何胧胧[6]。展转眄枕席[7]，长簟竟床空[8]。
床空委清尘[9]，室虚来悲风。独无李氏灵，仿佛睹尔容。[10]
抚衿长叹息[11]，不觉涕沾胸。沾胸安能已？悲怀从中起。
寝兴目存形[12]，遗音犹在耳。上惭东门吴[13]，下愧蒙庄子[14]。
赋诗欲言志[15]，此志难具纪[16]。命也可奈何！长戚自令鄙[17]。

◎ 注释

[1] 清商：五音之一的商音较清越，故称“清商”。古人以四季与五音相配，商声主秋，故此句中“清商”乃指秋气而言。

[2] 溽暑：蒸腾的暑热之气。随节阑：随着节气的变换而减弱。

[3] 凛凛：冷气袭人貌。升：起。

[4] 夏衾：夏日盖的薄被。

[5] 重纩（kuàng）：厚丝被。此句与下句意谓岂因无厚被而觉秋凉？当然不是，只是想到无人伴己度过寒冬而倍觉凄凉罢了。

[6] 朗：清亮。

[7] 眄：看。

[8] 簟：竹席。

[9] 委：承接。

[10]“独无”二句：见前诗注释[11]。

[11] 衿：同“襟”。

[12]“寝兴”句：言无论入寝还是起床，眼前总有她的形影在晃动。

[13] 东门吴：人名。《列子·力命》说：“魏人有东门吴者，其子死而不忧。……曰：‘吾常无子，无子之时不忧。今子死，乃与向无子同，臣奚忧焉？’”

[14] 蒙庄子：庄子为宋国蒙（今河南商丘东北）人，故称。详见前诗注释[25]。以上二句言己对亡妻的思念太切，无法像东门吴及庄子那样豁达。

[15] 志：心意。

[16] 具纪：全部写出来。

[17] 长戚：长久地哀伤。令：使。鄙：鄙陋、狭隘。末句言长期地陷入痛苦之中只会使自己更狭隘。

◎ 评析

篇中三用顶针续麻的艺术手法（“岁寒”“床空”“沾胸”），益增其缠绵重迭、回肠荡气的效果。

左　思

(250? —305?)

字太冲，齐国临淄(今山东临淄)人。出身寒微，不好交游。武帝司马炎时，以妹芬入宫为贵嫔，乃移家京师（洛阳），官秘书郎，追随过权贵贾谧，为“二十四友”之一。他曾构思十年写成《三都赋》(蜀、魏、吴三都)，见重于时，竞相传抄，洛阳为之纸贵。

他的诗虽仅存十四首，但几乎无一不佳，而《咏史》八首，借古抒怀，鸣所不平，壮而不悲，最为名篇。原有集五卷，早已散佚。清严可均编《全晋文》，在卷七十四仅辑得其《三都赋》和一篇甚短的《白发赋》；诗则丁福保和逯钦立所收基本上同是人所共知的那十四首。

咏　史

其　一

弱冠弄柔翰[1]，卓荦观群书[2]。著论准过秦[3]，作赋拟子虚[4]。
边城苦鸣镝[5]，羽檄飞京都[6]。虽非甲胄士[7]，畴昔览穰苴[8]。
长啸激清风[9]，志若无东吴[10]。铅刀贵一割[11]，梦想骋良图[12]。
左眄澄江湘[13]，右盼定羌胡[14]。功成不受爵[15]，长揖归田庐[16]。

◎ 注释

[1] 弱冠：弱，年少。古时男子二十岁行冠礼，以示成年。故“弱冠”指青年人二十岁左右的年龄。柔翰：毛笔。此句言己自弱冠之年便开始弄笔作文。

[2] 卓荦（luò）：才华出众。

[3] 准过秦：以贾谊的《新书·过秦》为范文。准，以为准则。

[4] 拟子虚：模拟西汉司马相如《子虚赋》。拟，以为楷模。

[5] 鸣镝：尾部带哨的箭。此句言边疆正发生战事。

[6] 羽檄：紧急战报。详见曹植《白马篇》注释[15]。

[7] 甲胄士：武夫。甲胄即铠甲和头盔。

[8] 畴昔：往昔、过去。穰苴（ráng jū）：春秋齐大夫，田氏。官至司马，他精通兵法。战国时齐威王令大夫们整理古司马兵法，将他的兵法亦列入其中，统称《司马穰苴兵法》。此句中即以其名代指兵法。

[9] 长啸：撮口舒气。此句写其豪气冲天。

[10] 东吴：三国时江东强国。晋司马氏立晋国时，吴虽已衰败，但尚未灭亡。此句言己志向远大，不把东吴之敌放在眼中。

[11] 铅刀：钝刀。《文选》李善注引《东观汉记》："班超上疏曰：'臣乘圣汉神威，冀效铅刀一割之用。'"以铅刀虽钝，贵在一割比喻人虽才能低下，也愿为国效力。此句乃自谦之语。

[12] 骋：施展。良图：美好理想、远大抱负。

[13] 眄：看。此处含有"轻视"之意。澄：清。此用作动词，犹"平定"。江湘：因湘江汇入长江，故江南一带亦称"江湘"，此处指东吴。

[14] 羌：古族名，为西北的游牧民族。此"羌胡"乃泛指当时的北方异族。

[15] 受爵：接受皇帝封赏的爵位。

[16] 长揖：拱手礼，表示谦让或辞谢。归田庐：指辞官隐退。

◎ 评析

太冲《咏史》八首，此第一首只是自叙才志，尚未涉及史事，可认作这整个组诗的序诗。

其　二

郁郁涧底松[1]，离离山上苗[2]。以彼径寸茎[3]，荫此百尺条[4]。
世胄蹑高位[5]，英俊沉下僚[6]。地势使之然，由来非一朝。[7]
金张借旧业[8]，七叶珥汉貂[9]。冯公岂不伟[10]？白首不见招。

◎ 注释

[1] 郁郁：繁盛貌。

[2] 离离：柔细而下垂貌。

[3] 彼：指山上苗。径：直径，指树干粗细。

[4] 荫：遮盖。以上二句意谓山上的树苗虽矮小，却因所处地势优越，竟能遮挡住涧底百尺高的大松树。

[5] 世胄：王侯、贵族世家的后裔。

[6] 英俊：才智超群、出类拔萃的人。《淮南子·泰族训》："智过万人者谓之英，千人者谓之俊。"下僚：小吏。

[7] "地势"二句：谓此恰如涧底松和山上苗一样，是地势造成的，由来已久。

[8] 金张：见张华《轻薄篇》注释[17]。旧业：往日的家势。

[9] 七叶：七世。珥汉貂：汉代侍中、中常侍等职官冠旁饰以貂尾。据《汉书·金日磾传》言其"七世内侍，何其盛也"；《汉书·张汤传》(按：张安世之父)曰："而安世子孙相继，自宣、元以来，为侍中、中常侍、诸曹散骑、列校尉者，凡十余人。"以上二句乃以古喻今，指出当世贵族世代相袭、蹑取高位这一门阀制度的弊端。

[10] 冯公：汉文帝时的冯唐，年老而屈居郎中署长的卑职。末二句引西汉冯唐故事，言家基浅薄的寒士虽奇伟出众，却至老不得重用。

◎ 评析

世族门阀制度积弊已深，才智之士限于门第永沉下僚，与"世胄蹑高位"相对照，何其不平乃尔！

其　三

吾希段干木[1]，偃息藩魏君[2]。吾慕鲁仲连[3]，谈笑却秦军[4]。
当世贵不羁[5]，遭难能解纷[6]。功成耻受赏[7]，高节卓不群[8]。
临组不肯绁[9]，对圭宁肯分[10]？连玺曜前庭[11]，比之犹浮云[12]。

◎ 注释

[1] 希：仰慕。段干木：战国时魏国贤士、隐者，魏文侯以礼待之。刘向《新序·杂事第

五》载：魏文侯过段干木之闾而轼，后“遂致禄百万，而时往问之”。居无几何，秦兴兵欲攻魏，司马唐且谏秦君曰：“段干木贤者也，而魏礼之，天下莫不闻，无乃不可加兵乎！”秦君以为然，乃按兵而辍，不攻。魏得以免于兵祸。

[2] 偃息：安卧，引申为隐居。藩：掩蔽、护卫。

[3] 鲁仲连：战国时齐国策士，曾劝阻赵国尊秦为帝，从而使秦国退兵。事见《战国策·赵策》。

[4] 却：退却。

[5] 当世：面对纷繁的人世。羁：本指马络头，此喻约束、限制。

[6] 解纷：解开纠纷，排除困难。

[7] 耻：耻于，以……为耻。

[8] 高节：节操高尚。卓不群：卓越超群、出类拔萃。

[9] 组：丝带。古时用来系官印。绁（xiè）：用作动词，系、捆住。

[10] 圭：古时帝王在分封爵位时颁发的一种表示身份及权力的贵重玉制礼器。参见阮籍《咏怀》其十三注释[5]。宁肯：岂肯。以上二句意谓：面临封官授爵而不肯接受封赏。

[11] 连玺：成串的玉印。

[12]“比之”句：言将高官厚禄视若与己无关的浮云。

◎ 评析

以段干木、鲁仲连自期，只愿为国效力而不欲任官受爵。盖自明志节之作也。

其　四

济济京城内[1]，赫赫王侯居[2]。冠盖荫四术[3]，朱轮竞长衢[4]。
朝集金张馆，暮宿许史庐[5]。南邻击钟磬[6]，北里吹笙竽[7]。
寂寂杨子宅[8]，门无卿相舆[9]。寥寥空宇中[10]，所讲在玄虚[11]。
言论准宣尼[12]，辞赋拟相如[13]。悠悠百世后，英名擅八区[14]。

◎ 注释

[1] 济济：美盛貌。

[2] 赫赫：光耀壮丽貌。居：住宅。

[3] 冠盖：官宦的冠戴和车盖。荫：遮蔽。术：城邑中的道路。

[4] 朱轮：王公贵族乘坐的车其轮涂红色。据《文选》杨恽《报孙会宗书》其下李善注云，二千石以上的官员皆得乘坐朱轮之车。长衢：大道。

[5] 金张、许史：见张华《轻薄篇》注释[17]。

[6] 磬：一种石制打击乐器。

[7] 里：居舍。笙竽：古时两种以竹管制成的吹奏乐器。

[8] 杨子：汉代辞赋家及学者扬雄。

[9] 卿相：此泛指高官。舆：车。据《汉书·扬雄传》言，其"家素贫，耆酒，人希至其门"。以上二句言扬雄家贫不得与权贵往来而门前冷落。

[10] 寥寥：空虚貌。宇：室。

[11] 玄虚：扬雄著有《太玄》十卷，以言玄道为中心，内容玄奥虚无，故谓之"玄虚"。

[12] 准：用若动词，犹"以……为标准、准绳"。宣尼：即孔子。西汉平帝曾追谥孔子为"褒成宣尼公"。此句指扬雄模仿《论语》著有《法言》十三卷。

[13] 相如：指西汉辞赋家司马相如。扬雄模仿其《子虚》《上林》二赋而作《甘泉》《羽猎》《长杨》《河东》四赋。

[14] 擅：专据。八区：八方。末二句言百代之后其才名将天下传扬。

◎ 评析

以扬雄的寂寥著书、名垂百世对比京城王侯的豪华糜烂生活。诗人之所向慕，不待明言而可知矣。

其　五

皓天舒白日[1]，灵景耀神州[2]。列宅紫宫里[3]，飞宇若云浮[4]。
峨峨高门内[5]，蔼蔼皆王侯[6]。自非攀龙客[7]，何为欻来游[8]？
被褐出阊阖[9]，高步追许由[10]。振衣千仞冈[11]，濯足万里流[12]。

◎ 注释

[1] 皓天：明亮的天。舒：呈现。

[2] 灵景：阳光。神州：即“赤县神州”的简称。《史记·孟子荀卿列传》载：战国时邹衍称“中国名曰赤县神州”，后世用以代指中国。

[3] 列：众多成行貌。紫宫：即“紫微垣”，古时将星空分为三垣，紫宫为其一。此处比喻京都里的皇城。

[4] 飞宇：即飞檐，形容宫殿屋檐上翘如鸟翼。

[5] 峨峨：高貌。

[6] 蔼蔼：人众多貌。

[7] 攀龙客：攀龙附凤之人，此指攀附帝王公侯以求仕进者。

[8] 欻（xū）：一燃即灭的火光，借用指时间飘忽短暂。

[9] 被褐：穿着粗布衣。阊阖：宫门。

[10] 许由：传说中唐尧时的隐士。相传尧欲让位于他，他逃至箕山下隐居躬耕。

[11] 振衣：抖衣。仞：古长度单位，七尺为一仞。

[12] 濯：洗涤。末二句意谓：将在千仞高山上抖掉衣上所沾染的人世间尘埃，到万里长河中冲洗去脚上的污浊。

◎ 评析

皇都壮丽，王侯列居。自己志欲高蹈，不求仕进。偶然来游，实无攀龙附凤之意，亟须原装出京，离此尘秽。末二句有“俯视千古”之概，自来为摘句者所乐举。

其　六

荆轲饮燕市[1]，酒酣气益震[2]。哀歌和渐离[3]，谓若旁无人。虽无壮士节[4]，与世亦殊伦[5]。高眄邈四海[6]，豪右何足陈[7]！贵者虽自贵，视之若埃尘。贱者虽自贱，重之若千钧[8]。

◎ 注释

[1] 荆轲：战国末齐人，为燕国太子丹刺秦王，事败被杀。燕市：燕国的市集。

[2] 气：意气。震：震荡、奋发。

[3] 和：唱和。渐离：燕人高渐离。前四句事见《史记·刺客列传》：“荆轲嗜酒，日与狗

屠及高渐离饮于燕市，酒酣以往，高渐离击筑，荆轲和而歌于市中，相乐也，已而相泣，旁若无人者。”

[4]“虽无”句：指刺秦王事未成功。

[5]世：指人世间的一般常人。殊伦：不属同辈。

[6]高眄：高视。邈：小。

[7]豪右：豪门世族。右，指右姓，右族，即世族。古时以右为上。陈：提及。

[8]钧：古重量单位，三十斤为一钧。

◎ 评析

赞颂古代市井游侠荆轲、高渐离之徒慷慨悲歌，旁若无人的气概。以视豪门贵族的颓废糜烂，真有千钧与埃尘之别。

其　七

主父宦不达[1]，骨肉还相薄[2]。买臣困樵采[3]，伉俪不安宅[4]。
陈平无产业[5]，归来翳负郭[6]。长卿还成都[7]，壁立何寥廓[8]！
四贤岂不伟[9]？遗烈光篇籍[10]。当其未遇时[11]，忧在填沟壑[12]。
英雄有迍邅[13]，由来自古昔。何世无奇才，遗之在草泽[14]。

◎ 注释

[1]主父：即主父偃，西汉武帝时人。曾游学四十年而未获仕进。《史记·平津侯主父列传》说他当时“亲不以为子，昆弟不收”。宦不达：指仕途不通达，即求仕不得。

[2]相薄：受冷遇。

[3]买臣：西汉武帝时的会稽太守朱买臣，初家贫，好读书，不治产业，砍樵为生。其妻以为耻辱，离他而去。事见《汉书·朱买臣传》。困：陷于。樵采：打柴。

[4]伉俪：夫妻、配偶。此处专指妻子。不安宅：不安于家室之内常居度日。

[5]陈平：汉高祖刘邦的开国功臣，惠帝朝任左丞相，文帝朝任丞相。

[6]翳：遮掩。此指藏身、栖身。陈平初家贫，《史记·陈丞相世家》载其“家乃负郭穷巷，以弊席为门”。负郭：背靠城郭，言其居于偏僻的陋巷之中。

[7]长卿：司马相如，字长卿，西汉武帝时辞赋家。此句指相如与临邛（今四川邛崃）巨

富卓王孙之女文君私奔，回到相如故乡蜀郡成都（今四川成都）事。《史记·司马相如列传》载：“文君夜亡奔相如，相如乃与驰归成都。家居徒四壁立。”

[8] 壁立：言其家贫而一无所有，只有四壁徒立。寥廓：空旷。

[9] 四贤：指以上列举的主父偃、朱买臣、陈平及司马相如四人。

[10] 遗烈：留下的伟业。光：用作动词，光照、照亮。篇籍：史书。

[11] 未遇时：怀才不遇之时。

[12]“沟壑”句：言他们在未发迹时都有缺衣少食、冻馁而死、弃尸于沟壑的忧愁。

[13] 迍邅（zhūn zhān）：处于困境。

[14] 草泽：草野山泽中。此句喻人才被埋没。

◎ 评析

以西汉四贤初遭困厄，终获展布自期。但转念历来英贤终身被弃者，比比皆是，又自伤矣。

其　八

习习笼中鸟[1]，举翮触四隅[2]。落落穷巷士[3]，抱影守空庐[4]。
出门无通路，枳荆塞中涂[5]。计策弃不收，块若枯池鱼[8]。
外望无寸禄[7]，内顾无斗储[8]。亲戚还相蔑，朋友日夜疏。
苏秦北游说[9]，李斯西上书[10]。俯仰生荣华[11]，咄嗟复雕枯[12]。
饮河期满腹[13]，贵足不愿余[14]。巢林栖一枝[15]，可为达士模[16]。

◎ 注释

[1] 习习：屡次振羽而欲飞貌。

[2] 翮：鸟翅之大羽。四隅：此指鸟笼四围。

[3] 落落：孤独无友貌。

[4] 抱影：言唯有与自己的身影为伴。庐：屋室。

[5] 枳荆：两种多刺的灌木。涂：同“途”。以上二句比喻仕进无门、障碍重重。

[6] 块：孤寂独处貌。

[7] 寸禄：微薄的俸禄。

[8] 斗储：一斗粮食的储存，言其少。

[9] 苏秦：战国时策士，洛阳（今河南洛阳）人。始游说秦王，不见用；转而北游说燕、赵等六国之君，促成合纵抗秦，苏秦遂佩六国相印。后在齐遇刺身亡。

[10] 李斯：战国末楚上蔡（今河南上蔡）人，西入秦，上书秦王，任为客卿。秦始皇统一天下，位至丞相。后被秦二世所杀。

[11] 俯仰：此指低头抬头之间。

[12] 咄嗟：呼唤或应允之声。此处喻时间短暂，犹如呼应的瞬间。雕枯：雕同凋，谓凋谢枯萎。此指被杀身。

[13] 饮河：饮水于河边。语出《庄子·逍遥游》："偃鼠饮河，不过满腹。"比喻无过分的奢望。期：希望。

[14] 贵足：贵在知足。

[15]"巢林"句：《庄子·逍遥游》说："鹪鹩巢于深林，不过一枝。"

[16] 达士：旷达之士。模：表率、楷模。

◎ 评析

前大半都以贫士困苦孤寂、怀才不遇为忧，显然这是左思一生的基本思想。末后转至苏秦、李斯之始贵终杀，乃悟士当达观贵足，勿自蹈于祸败。

招隐二首

其　一

杖策招隐士[1]，荒涂横古今[2]。岩穴无结构[3]，丘中有鸣琴[4]。
白雪停阴冈[5]，丹葩曜阳林[6]。石泉漱琼瑶[7]，纤鳞或浮沉[8]。
非必丝与竹[9]，山水有清音。何事待啸歌[10]，灌木自悲吟。
秋菊兼糇粮[11]，幽兰间重襟[12]。踌躇足力烦[13]，聊欲投吾簪[14]。

◎ 注释

[1] 杖：用作动词，拄、持。策：杖。招隐士：《楚辞》有淮南小山作《招隐士》一篇，此

借其题而言己志。

[2] 荒涂：业已荒废的古道。涂，同“途”。横：横贯、贯穿。淮南小山乃汉初时人，东汉王逸以为其《招隐士》一篇乃闵伤屈原而作。左思此言招隐士，正有自拟屈原之意，故此句言招隐士之荒途贯穿古今。

[3] 结构：指建造的房屋。

[4]“丘中”句：言深山中传来琴声。

[5] 阴冈：北向的山坡。

[6] 丹葩：红花。曜：本意照亮，此指点缀。阳林：山南坡的树林。

[7] 漱：激荡。琼瑶：本指美玉，此喻山泉冲刷下的泉边美丽的细石。

[8] 纤鳞：小鱼。

[9] 丝与竹：弦乐和管乐。此指人为奏出的音乐。

[10] 啸歌：吟唱。

[11] 糇（hóu）粮：干粮。屈原《离骚》有“夕餐秋菊之落英”句，喻己注重修养、节操高雅，此句意近。

[12] 幽兰：兰花性喜阴湿，多生于幽谷湿地，故称。间：夹戴。重襟：两片衣襟相叠处。

[13] 踌躇：不得志而徘徊不前。烦：乏累。

[14] 聊：权且。投簪：古时官宦的冠戴均用头簪插于发髻之上，欲下冠则须先下簪，即“投簪”。此句意谓：不如弃官归隐于此山林中。

◎ 评析

此诗言杖策入山，寻访清高的隐士。作者极慕真正的隐士生活，故盛赞山中泉石之美，意欲寻访隐士，与之共隐。

其　二

经始东山庐[1]，果下自成榛[2]。前有寒泉井，聊可莹心神[3]。

峭蒨青葱间[4]，竹柏得其真[5]。弱叶栖霜雪，飞荣流余津[6]。

爵服无常玩[7]，好恶有屈伸[8]。结绶生缠牵[9]，弹冠去埃尘[10]。

惠连非吾屈[11]，首阳非吾仁[12]。相与观所尚[13]，逍遥撰良辰[14]。

◎ 注释

[1] 经始：开始营建。东山：洛阳城郊东山。据王隐《晋书·左思传》载："左思徙居洛城东，著《经始东山庐》诗"，即此篇。庐：山宅。

[2] 下：落。榛：一种带刺的小灌木，此代指棘林。首二句意谓：自迁居东山庐后，少与世间往来，通往山外之路已被棘林所覆盖了。

[3] 莹：用作动词，本指琢磨而使玉生光泽，此言磨炼心性。

[4] 峭蒨：山高而色彩鲜明。

[5] 得其真：保持其天性而不受外界损伤。

[6] 飞荣：飞花、落花。余津：山溪枯余的细流。此句言霜雪之后，落花飞坠到山溪枯余的津流中。

[7] 爵服：爵位与官服，代指官位。常：经常不变。玩：爱好。此句意谓：并非人人都永久不变地同样热衷于官位。

[8] 好恶：爱好与憎恶，指仕进与隐居而言。屈伸：逆其所好为屈，顺其所好为伸。此句意谓好仕进恶隐居者，以得仕为伸，以失官为屈；好隐居恶仕进者，以隐居不仕为伸，而以被迫出仕为屈。

[9] 结绶：系官印。绶，系印的丝带。生缠牵：引出许多纷扰、牵连之事。

[10] "弹冠"句：指罢官退隐，摆脱了世俗尘埃。

[11] 惠连：柳下惠和少连。柳下惠，见张华《轻薄篇》注释[34]。《论语·微子》说他任鲁国士师时三次被罢黜而不离去，问之，则曰："直道而事人，焉往而不三黜？"少连，周代东夷人。其事不详。《礼记·杂记》载有孔子对他的赞语："少连、大连善居丧……东夷之子也。"《论语·微子》中有孔子对二人的评语："柳下惠、少连，降志辱身矣，言中伦、行中虑，其斯而已矣。"此句诗言惠、连二人虽降志辱身，但言行中理，故不得谓之为"屈"。

[12] 首阳：山名，伯夷、叔齐归隐处。参见阮籍《咏怀》其二注释[6]。此句谓像伯夷、叔齐那样饿死，我也不认为是"仁"。

[13] 相与：交往。此句用《文选·李陵答苏武书》："人之相知，贵相知心"意，言人与人相交往，须认准对方之所尚，择交其好恶与己同者，方能成为默契，长与之游。

[14] 撰：选择。末言要作"逍遥游"也必须选定良好时机，和那好恶与己同者相与共此屈伸。

◎ 评析

太冲《招隐》虽似自述隐居之乐，但亦非真能摆脱世俗埃尘者，故不免反复牵缠于"爵服""屈伸"而不能自已也。

杂　诗

秋风何冽冽[1]，白露为朝霜。柔条旦夕劲[2]，绿叶日夜黄。
明月出云崖，皦皦流素光[3]。披轩临前庭[4]，嗷嗷晨雁翔[5]。
高志局四海[6]，块然守空堂[7]。壮齿不恒居[8]，岁暮常慨慷[9]。

◎ 注释

[1] 冽冽：凛冽、寒冷。

[2] 劲：硬、老。

[3] 皦皦（jiǎo jiǎo）：明亮。素：白。

[4] 披轩：推开门。

[5] 嗷嗷：雁鸣声。

[6] 局：受限制。此句言己远大志向受四海的限制而感到局促。

[7] 块然：孤寂独处貌。

[8] 壮齿：壮年。恒居：永驻不移。左思出身寒微，因其妹左芬被选入宫，成为晋武帝司马炎的贵嫔，他中年移居京师，曾追随权贵贾谧。谧被诛杀后，他自恨事业无成，乃决心退隐，此句或即言此。

[9] 岁暮：晚年。

◎ 评析

秋夜不寐，感慨平生，高志未遂，冉忽岁暮。此诗人最伤心时也。

娇女诗[1]

吾家有娇女，皎皎颇白晰[2]。小字为纨素[3]，口齿自清历[4]。
鬓发覆广额[5]，双耳似连璧[6]。明朝弄梳台[7]，黛眉类扫迹[8]。
浓朱衍丹唇[9]，黄吻澜漫赤[10]。娇语若连琐[11]，忿速乃明懂[12]。
握笔利彤管[13]，篆刻未期益[14]。执书爱绨素[15]，诵习矜所获[16]。

其姊字惠芳，面目灿如画[17]。轻妆喜楼边[18]，临镜忘纺绩[19]。
举觯拟京兆[20]，立的成复易[21]。玩弄眉颊间，剧兼机杼役[22]。
从容好赵舞[23]，延袖象飞翮[24]。上下弦柱际[25]，文史辄卷襞[26]。
顾眄屏风画[27]，如见已指擿[28]。丹青日尘暗[29]，明义为隐赜[30]。
驰骛翔园林[31]，果下皆生摘。红葩掇紫蒂[32]，萍实骤抵掷[33]。
贪华风雨中，倏忽数百适[34]。务蹑霜雪戏[35]，重綦常累积[36]。
并心注肴馔[37]，端坐理盘槅[38]。翰墨戢函案[39]，相与数离逖[40]。
动为炉钲屈[41]，屣履任之适[42]。心为荼荈剧[43]，吹嘘对鼎䥶[44]。
脂腻漫白袖[45]，烟薰染阿锡[46]。衣被皆重地[47]，难与沉水碧[48]。
任其孺子意[49]，羞受长者责[50]。瞥闻当与杖[51]，掩泪俱向壁[52]。

◎ 注释

[1] 娇女：左思有二女，长名惠芳，次名纨素。

[2] 皎皎：肤色白细光鲜貌。

[3] 小字：小名。

[4] 清历：清楚、利落。

[5] 广额：额头宽阔。

[6] 连璧：双玉璧，比喻其耳生得匀称好看。

[7] “明朝”句：言每天早晨对着梳台妆扮自己。

[8] 黛眉：古时女子以青黛画眉，故称。扫迹：扫帚扫后的留痕。

[9] 衍：超出、延展。此句谓口红涂抹至唇外。

[10] 黄吻：因雏鸟口黄，故古以“黄口”代指小儿。此“黄吻”指小孩的嘴唇。澜漫：多而不可收拾。此句言小嘴被口红涂成一片。

[11] 连琐：连续不断。

[12] 忿速：激怒。明㦤：形容语句抑扬顿挫。㦤（huà），阴暗。此句言其发脾气时语句干脆利落、声调铿锵。

[13] 利：喜爱。彤管：红漆杆的笔、好笔。

[14] 篆刻：此指写字。益：长进。以上二句说她写字专挑好笔却无进步。

[15] 绨（tì）：厚帛。此句说她拿书看只是因为喜爱书的绨缃。

[16] 矜：自夸、自傲。此句言其读书稍有收获便据以自傲。

[17] 灿：艳丽。一本作"瞭"。

[18] 轻妆：淡妆。楼边：指窗前。

[19] 绩：纺线。

[20] 觯（zhì）：疑为"觚（gū）"，写字的木简，可作画眉用。拟：模仿。京兆：指西汉宣帝时京兆尹张敞为妻画眉事。见《汉书・张敞传》："(敞）又为妇画眉，长安中传'张京兆眉怃'。有司以奏敞。上问之，对曰：'臣闻闺房之内，夫妇之私，有过于画眉者。'"此句诗言其娇女犹京兆画眉一般用竹笔为自己画眉。

[21] 的：以朱丹点面部为"的"，指古时女子点在脸上的红点。此句言在脸上刚点好红点，复又擦去重新再点。

[22] 剧：繁重。机杼：织机上的梭子。此句言其忙个不停，犹如机梭般往来不息。

[23] 从容：节拍舒缓。赵舞：古时赵国女子善歌舞，故称。

[24] 延袖：长袖。翮：翅上的硬羽，代指鸟翅。

[25] 弦柱：琴弦和琴码，此代指音乐声。此句说她随音乐而上下起舞。

[26] 辄：即、就。卷襞（bì）：襞，褶皱。此指书籍卷皱不堪。

[27] 顾眄：此指不经意地瞥见。

[28] 如见：似见非见、未看真切。指擿（tī）：指责、挑剔。

[29] 丹青：红色与黑色颜料。此代指图画。尘暗：被灰尘所沾染。

[30] 明义：明显的内容。赜（zé）：深奥难解。以上二句言时间一久，屏风上的画已模糊不清，变得隐晦难懂了。

[31] 驰骛翔：均指狂奔、乱跑。

[32]"红葩"句：意谓将已开的花和未开的花蕾均摘了下来。

[33] 萍实：泛指果子。

[34] 倏忽：忽然、疾速。适：去、往。以上二句言为了看花，即使风雨交加，她们也忽来忽往、来去不止。

[35] 蹑：践踏。

[36] 綦（qí）：鞋带。以上二句意谓因她们非要到雪地中践踏不可，只好令其穿上套鞋并加几重鞋带。

[37] 并心、注：皆指注意、专心。肴馔：丰盛的食物、饭菜。

[38] 理：检、处理。槅（gé）：古时盛食物的木盘。以上二句言其专心一意地进食。

[39] 翰墨：指纸笔墨砚等文具。戢（jí）：堆放。函：古时盛书的盒子或函套。案：书几。

[40] 逖（tì）：远离。

[41] 动：动辄。钲（zjēng）：一种金属打击乐器，此处可能指小贩叫卖时敲击的器物。屈：屈服、吸引。

[42] 屣履：靸着鞋。

[43] 荼：古“茶”字。荈（chuǎn）：晚季之茶。一本作“菽”。“荼荈”泛指饮食。剧：渴望。

[44] 鼎𨫼（lì）：古时煮食物的炊具，用如锅。此句言对着锅下不住地吹火。

[45] 脂腻：油污。漫：浸。

[46] 阿：细绢。锡：同“緆（xī）”，细布。

[47] 衣被：衣服、衣着。重地：各色污染于衣上，使其本色难辨。

[48] 沉：浸洗。碧：清碧，指色彩鲜丽，干净。此句指衣服再也洗不出本色来了。

[49] 任：放任。此句言平日多任孩子之意，放纵其活泼的天性。

[50] 责：谴责、斥责。

[51] 瞥：瞅、看。与杖：受笞挞、挨打。

[52] 向壁：对墙而立。

◎ 评析

写娇女娇憨之态，极尽形容。妙在观察入微，造语恰切，而绝无雕饰，真白描绝艺也。

陆　机

（261—303）

字士衡，吴郡吴县华亭（今上海松江）人。祖逊、父抗，皆孙吴名将。少袭领父兵，为吴牙门将军。吴亡，家居勤学，十年不仕，太康十年（289），与弟云同至洛阳，名动一时，称为“二陆”。成都王颖表为平原内史，世称陆平原。惠帝司马衷太安二年（303），成都王起兵讨长沙王乂，任机为后将军、河北大都督。兵败被谗，为颖所杀害。

陆机能文章，“才高词赡，举体华美”（钟嵘《诗品》）。辞赋成就较高，尤以《文赋》一篇，为我国古代重要的文学理论著作，在中国文学史中占很重要的地位。《隋志》著录他有集四十七卷，今传宋庆元间徐民瞻锓刻的《晋二俊文集》本，《陆士衡集》和《陆士龙集》各十卷。

陆机的诗在十卷集中占第五、六、七卷，共得九十一首，而逯钦立在其所辑晋诗中的陆机名下则多至百余首。论者多谓机诗内容贫乏，且多模拟前人之作，更少新意。“然其咀嚼英华，厌饫膏泽”，亦“文章之渊泉也”（《诗品》）。钟嵘列之上品，盖所谓“若排沙简金，往往见宝”（《世说新语·文学》谓孙绰——兴公语；《诗品·潘岳》则以为谢混语）。

猛虎行[1]

渴不饮盗泉水，热不息恶木阴。[2]恶木岂无枝？志士多苦心[3]。

整驾肃时命[4]，杖策将远寻[5]。饥食猛虎窟，寒栖野雀林。[6]

日归功未建[7]，时往岁载阴[8]。崇云临岸骇[9]，鸣条随风吟[10]。
静言幽谷底[11]，长啸高山岑[12]。急弦无懦响[13]，亮节难为音[14]。
人生诚未易，曷云开此衿[15]。眷我耿介怀[16]，俯仰愧古今[17]。

◎ 注释

[1] 此题为乐府曲调名，属《相和歌·平调曲》。古辞今存，为杂言四句，曰：“饥不从猛虎食，暮不从野雀栖。野雀安无巢？游子为谁骄？”陆机此诗头四句即仿古辞调式而作。

[2] 盗泉：《水经注·洙水》载：“洙水西南流，盗泉水注之。”盗泉遗址在今山东泗水东北。战国人尸佼撰《尸子》中言：“孔子至于胜母，暮矣而不宿；过于盗泉，渴矣而不饮；恶其名也。”息：止息、休息。恶木阴：《文选》李善注引《管子》语：“夫士怀耿介之心，不荫恶木之枝。”诗语本此。首二句比喻志士重道义，不行不义之事。

[3] 多苦心：指志士为保持自身节操而煞费苦心。

[4] 整驾：整理车马。肃：恭候。时命：时君之命。

[5] 杖策：拄杖。远寻：远行寻找机遇。

[6]“饥食”二句：此沿用古辞而反其意，言己为执行君令而不得不违背初衷。

[7] 日归：日落，比喻时光流逝。

[8] 岁载阴：古时以春夏为阳，秋冬为阴。此指一年将尽，又至秋冬。载，语词，无义。以上二句言岁月流逝而功业未成。

[9] 崇：高。骇：起。

[10] 鸣条：随风呜呜的树枝。

[11] 静言：《诗经·邶风·柏舟》有“静言思之”之句。此指静思。言，语词，用如“焉”。

[12] 长啸：长声呼叫以抒发胸中的郁气。岑：山顶。以上二句言己个性，既喜欢入幽谷而静思，也渴望登山巅而长啸。

[13] 急弦：节奏急促的弦乐声。懦：柔弱。此句言急弦只能发出强劲之音而不会有柔弱的音响。

[14] 亮节：响亮地击节。节，一种竹制乐器，音质响亮。左思《蜀都赋》有“巴姬弹弦，汉女击节”句。音：此专指懦弱之音。以上二句以音乐的响亮强音比喻耿介之士言语直率果决，难以作阿谀谄媚之状以讨在上者之欢心。

[15] 曷：何。云：谈及。衿：同“襟”，指襟怀。此句言哪里谈得上畅快开心呢！

[16] 眷：顾及。耿介：正直。

[17] 俯仰：指随俗应变。末二句意谓：一想到自己平素抱有耿介之怀，便深深感觉随俗俯仰有愧于古今的志节之士。

◎ 评析

志士迫于时命，未能坚守初衷，卒也功既不成，复失耿介之操，俯仰古今，怀愧无已。这正是陆士衡借乐府古题自抒情志之作。

赴洛阳道中作二首

其　一

总辔登长路[1]，呜咽辞密亲[2]。借问子何之[3]？世网婴我身[4]。永叹遵北渚[5]，遗思结南津[6]。行行遂已远，野途旷无人。山泽纷纡余[7]，林薄杳阡眠[8]。虎啸深谷底，鸡鸣高树巅[9]。哀风中夜流[10]，孤兽更我前[11]。悲情触物感[12]，沈思郁缠绵[13]。伫立望故乡[14]，顾影凄自怜[15]。

◎ 注释

[1] 总：握持。辔：马缰绳。

[2] 密亲：亲近的人。

[3] 借问：请问。之：往、去。此句乃假他人语气而自问。

[4] 世网：世事如网。婴：缠绕、羁绊。

[5] 永叹：长叹。遵：沿、循。渚：水中沙洲。

[6] 结：郁结、萦绕。津：渡口。此句意谓：在南津离别的情景总是萦绕于心，不能忘却。

[7] 纷：多而无头绪。纡余：逶迤弯曲。此句言去路山重水复迂曲难行。

[8] 薄：林木茂密不可入貌。杳：深远。阡眠：草木茂盛、蔓延丛生貌。

[9] 鸡：雉、野鸡。

[10] 中夜：半夜。流：流动、吹过。

[11] 更：经过。

[12] 感：感发。

[13] 郁：结积。

[14] 伫立：久立不去。

[15] “顾影”句：言孤独无偶，自顾其影，凄然而自怜。

◎ 评析

陆机由吴入洛，形势所迫，前途未卜，心情复杂。感物兴怀，自多哀音。

其　二

远游越山川，山川修且广[1]。振策陟崇丘[2]，案辔遵平莽[3]。
夕息抱影寐[4]，朝徂衔思往[5]。顿辔倚高岩[6]，侧听悲风响。
清露坠素辉[7]，明月一何朗[8]。抚枕不能寐，振衣独长想[9]。

◎ 注释

[1] 修：长。

[2] 振策：扬鞭打马。陟：登高。崇丘：高山。

[3] 案辔：放松缰绳任马缓行。案，同“按”。平莽：荒草丛生的莽原。

[4] 抱影：形容孤单一人，与影子为伴。

[5] 徂：往、去。此句言早晨怀着满腹的心事上路。

[6] 顿辔：扯紧缰绳，止马不行。

[7]“清露”句：言月光下可见晶莹的露珠滴落。

[8] 一何：犹言“多么”。

[9] 振衣：穿衣时先提衣领而抖开。

◎ 评析

孤行远征，心意彷徨，触物伤情，颇见凄切。

张　载

（生卒年不详）

字孟阳，安平（今河北安平）人。与弟协、亢齐名，世称“三张”。太康初（281），赴蜀省父，经剑阁，作《剑阁铭》，为时所称，渐知名。始任佐著作郎，后迁乐安相、弘农太守，官至中书侍郎，领著作。因世乱，称疾告归。

载有集七卷，已散佚，张溥辑有《张孟阳集》。其诗存约二十首，《文选》录其《七哀诗》二首（卷二十三），兹独取第一首。

七哀诗

北芒何垒垒[1]，高陵有四五[2]。借问谁家坟？皆云汉世主[3]。
恭文遥相望[4]，原陵郁膴膴[5]。季世丧乱起[6]，贼盗如豺虎。
毁壤过一抔[7]，便房启幽户[8]。珠柙离玉体[9]，珍宝见剽虏[10]。
园寝化为墟[11]，周墉无遗堵[12]。蒙茏荆棘生[13]，蹊径登童竖[14]。
狐兔窟其中[15]，芜秽不复扫[16]。颓陇并垦发[17]，萌隶营农圃[18]。
昔为万乘君[19]，今为丘中土。感彼雍门言[20]，凄怆哀今古。

◎ 注释

[1] 北芒：山名。见曹植《送应氏二首》其一注释[2]。垒垒：重积貌。

[2] 陵：大土山。

[3] 汉世主：汉代君主。

[4] 恭：恭陵，东汉安帝刘祜之陵墓。《后汉书·孝安帝纪》载：“葬孝安皇帝于恭陵。”文：文陵，东汉灵帝刘宏之陵墓。《后汉书》本纪亦有载。遥相望：据《后汉书》李贤注载，恭陵在洛阳东北二十七里；文陵在洛阳西北二十里，二陵遥遥相对。

[5] 原陵：东汉光武帝刘秀之陵。《后汉书·显宗孝明帝纪》载：“葬光武皇帝于原陵。”李贤注曰：“在临平亭东南，去洛阳十五里。”郁：草木苍郁。膴膴（wǔ wǔ）：原野肥美貌。

[6] 季世：王朝末世。古时以孟、仲、叔、季排行次，季居其末。

[7] 毁壤：指破土毁坟。过：超过。一抔：本指一捧土。《史记·张释之冯唐列传》："假令愚民取长陵（按：汉高祖刘邦陵墓）一抔土，陛下何以加其法乎？"后世常以"一抔土"代指坟墓。此句言：盗贼毁坏的何止一座陵墓。

[8] 便房：古时帝王及豪族陵墓内与外界相通的专供祭奠用的房间。启：开。幽户：陵墓幽窟之门。此句言通过便房而找到并挖开墓穴。

[9] 珠柙（xiá）：珠宝衣，帝王死后入殓时穿着。据晋葛洪《西京杂记》卷一载："汉帝送死皆珠襦玉匣。匣形如铠甲，连以金缕。"柙，即匣。玉体：此指帝王尸骸。

[10] 见：被。剽虏：抢劫掠夺。

[11] 园寝：帝王陵墓前供祭祀用的祠庙陵寝。墟：废墟。

[12] 周墉：周围的墙。此句指园陵周围未留下一堵墙。

[13] 蒙茏：草木覆盖状。

[14] 蹊径：指通往陵墓顶端的小路。童竖：指樵童牧竖。

[15] 窟：用作动词，挖掘、打洞筑窝。

[16] 芜秽：荒芜污秽。扫：祭扫。

[17] 颓陇：指颓塌的陵丘。陇，土丘。垦发：开垦耕种。

[18] 萌隶：百姓。萌，通"氓"。农圃：农田、果菜园。

[19] 万乘君：天子。乘，兵车，古天子之国有兵车万乘，故天子亦称"万乘之君"。

[20] 雍门：指战国时齐人雍门周，居于雍门，故称。《文选》李善注引东汉桓谭《新论》载："雍门周以琴见孟尝君曰：'臣窃悲千秋万岁后，坟墓生荆棘，狐兔穴其中，樵儿牧竖，踯躅而歌其上，行人见之凄怆，孟尝君之尊贵如何成此乎？'孟尝君喟然叹息，泪下承睫。"末二句言已有感于雍门周的话，不禁凄怆地哀伤往古这一切盛衰兴废的历史。

◎ 评析

钟嵘以张载置于下品，而以其弟协置于上品，并曰："孟阳（载字）诗乃远惭厥弟（指协）。"然此《七哀》一篇凄怆感人，实为佳构，固无惭于乃弟协也。

张 协

（生卒年不详）

字景阳，孟阳载之弟，以公府掾，数转至中书侍郎，终河间内史。以乱屏居草泽，属咏自娱。晋怀帝司马炽永嘉初（307），征为黄门侍郎，托病不赴。有集四卷，佚，张溥辑有《张景阳集》。

协擅五言诗，亦能辞赋，《诗品》列之于上品，称其“雄于潘岳”而“靡于太冲（左思）”；在兄弟三人中，则高于兄载，自更远居弟亢之上。诗仅存十余首，几全题曰“杂诗”。其“文体华净”“风流调达”“词采葱蒨，音韵铿锵”（均见《诗品》卷上），在西晋实为成就较高的诗人之一。

杂 诗[1]

其 一

秋夜凉风起，清气荡暄浊[2]。蜻蛚吟阶下，飞蛾拂明烛[3]。
君子从远役[4]，佳人守茕独[5]。离居几何时[6]？钻燧忽改木[7]。
房栊无行迹[8]，庭草萋以绿[9]。青苔依空墙，蜘蛛网四屋。
感物多所怀[10]，沉忧结心曲[11]。

◎ 注释

[1] 此题原作《杂诗十首》，此选其第一、四、五、八共四首。

[2] 荡：扫荡、驱除。暄浊：蒸腾的浊热之气。

[3] 蜻蛚：蟋蟀。吟：鸣。拂：扑。

[4] 君子：从役在远方的游子。

[5] 佳人：思妇。守茕独：孤独地守空闺。

[6] 离居：夫妇两地分居。

[7] 钻燧：即古时钻木取火之法。改木：古时钻木取火四季所用树木不同。《论语·阳货》“宰我问三年之丧”下何晏《集解》注引：“马（融）曰：‘《周书·月令》有更火之文：春取榆柳之火，夏取枣杏之火，季夏取桑柘之火，秋取柞楢之火，冬取槐檀之火。’一年之中，钻火各异木，故曰改火也。”诗中所言“改木”即“改火”，亦用来代指变换季节。

[8] 房栊：屋室。

[9] 萋：草盛貌。

[10]“感物”句：言有感于外物而每每牵动情怀。

[11] 心曲：内心深处。末句谓使内心郁结着深沉的忧伤。

◎ 评析

写秋夜思妇感时怀远之情，从室内到室外，动物有蜻蛚、飞蛾、蜘蛛；植物有萋绿的庭草和依墙的青苔，都给人以凄凉寂寞之感。故结曰“感物多所怀，沉忧结心曲”，盖情与物会，非由心造也。

其　二

朝霞迎白日，丹气临旸谷[1]。翳翳结繁云[2]，森森散雨足[3]。
轻风摧劲草[4]，凝霜竦高木[5]。密叶日夜疏[6]，丛林森如束[7]。
畴昔叹时迟[8]，晚节悲年促[9]。岁暮怀百忧，将从季主卜[10]。

◎ 注释

[1] 丹气：早晨透过云雾射出的红色日光。旸（yáng）谷：古神话中的日出之处。一作“汤谷”。

[2] 翳翳：浓云蔽日貌。繁云：浓云。

[3] 森森：阴沉貌。雨足：雨脚、雨点。

[4] 劲草：硬而挺拔的草。

[5] 竦：惊惧。以上二句谓风霜不但摧残了低草，连高树也受到袭击。

[6] 疏：稀。

[7] 森：严整貌。束：指树叶落尽而徒留枝干，看去枝枝向上犹如捆束而成。

[8] 畴昔：往昔。迟：缓慢。

[9] 晚节：晚年。促：速、短。

[10] 从：随从。季主：卜者。《史记·日者列传》："司马季主者，楚人也。卜于长安东市。"是借卖卜而隐居避世者。末句言愿追随司马季主隐于卜肆。

◎ 评析

秋季风雨阴森，草木凋零，年衰岁晚，百忧丛集。所谓"将从季主卜"者，实亦无可奈何之自解耳。

其　三

昔我资章甫[1]，聊以适诸越[2]。行行入幽荒[3]，瓯骆从祝发[4]。
穷年非所用[5]，此货将安设[6]？瓴甋夸玙璠[7]，鱼目笑明月[8]。
不见郢中歌[9]，能否居然别[10]。阳春无和者，巴人皆下节[11]。
流俗多昏迷[12]，此理谁能察[13]！

◎ 注释

[1] 资：贩卖。章甫：冠名。《礼记·儒行》说孔子"长居宋，冠章甫之冠"，孙希达集解："章甫，殷玄冠之名，宋人冠之。"

[2] 聊：姑且。适：去。诸越：又称"百越"，秦汉前分布于长江中下游以南地区的古部族。《庄子·逍遥游》："宋人资章甫而适诸越，越人断发文身，无所用之。"前六句诗皆取意于此。

[3] 幽荒：幽深荒凉之地。

[4] 瓯骆：古越族部落名。瓯，因其居住于瓯江流域（今浙江南部）而得名，称东瓯或西瓯。骆，《史记·南越列传》司马贞《索隐》引："姚氏案：《广州记》云：'交趾（今越南北部）有骆田，仰潮水上下，人食其田，名为骆人。'"祝发：断发。此句意谓瓯骆人也与其他诸越人一样"断发"，不需"章甫"。

[5] 穷年：一年将尽。此句言适诸越历时长久，一年将尽，而所见之人均不蓄发，无所用此章甫之冠。

[6] 设：置。以上六句借宋人资章甫以适越之故事比喻自己才不获用。

[7] 瓴甋（líng dì）：砖瓦。夸：夸耀。玙璠（yú fán）：美玉。

[8] 明月：明月宝珠，产于大秦国。以上二句以瓴甋、鱼目比庸才，以美玉、明月珠喻贤者，言世道不公，人们不辨贤愚，致使庸才、小人得势，贤者却怀才不遇，以至于造成“瓴甋夸玙璠，鱼目笑明月”的局面。

[9] 郢中歌：宋玉《对楚王问》道：“客有歌于郢中者，其始曰《下里》《巴人》，国中属而和者数千人……其为《阳春》《白雪》，国中属而和者不过数十人。是其曲弥高者其和弥寡。”郢，楚都，在今湖北江陵附近。

[10] 能否：能与不能，指唱和《阳春》《白雪》者。居然别：区别明显，差别分明。

[11] 下节：击节。以上二句言唱《阳春》时无人应和，唱《巴人》时却都为之击节而歌。

[12] 流俗：世俗。昏迷：昏愦迷糊之人。

[13] 此理：即曲高和寡之理。察：明察。

◎ 评析

曲高和寡，自伤不遇，流俗昏迷，谁能察此？千古才智之士，同此一慨！

其　四

述职投边城[1]，羁束戎旅间[2]。下车如昨日[3]，望舒四五圆[4]。
借问此何时？胡蝶飞南园[5]。流波恋旧浦[6]，行云思故山。
闽越衣文蛇[7]，胡马愿度燕[8]。风土安所习[9]，由来有固然[10]。

◎ 注释

[1] 述职：本指诸侯朝见天子时述其职守。此指忠于职守。

[2] 羁束：谓羁绊、限制、受约束。戎旅：军旅。

[3] 下车：指郡县地方官上任。

[4] 望舒：月亮。

[5]“胡蝶”句：指春夏花季。

[6] 浦：河滩。以下四句皆言其戍边而思恋故土的心情。

[7] 闽越：古越族的一支，因其居住于闽（今福建）而得名。衣：用作动词，穿。文蛇：此指带纹理的蛇皮。

[8] 胡马：北方胡地产的马。此句言北地产的马喜欢奔驰在幽燕大野之中。燕地在北方，多风而寒，此即古诗“胡马依北风”之译解。

[9] 风土：风土习俗。安所习：安于所习惯的。

[10] 固然：理所当然。

◎ 评析

张协本燕人，故自言“投边城，事戎旅”，虽到任四五个月，犹如昨日，盖“胡马依北风，越鸟巢南枝”，人安所习，理有固然也。这诗是其《杂诗》十篇中比较轻快而少感伤的。

曹　摅

（？—308）

字颜远，谯国谯（今安徽亳州）人。初补临淄令，后至中书侍郎。惠帝末，起为襄城太守。怀帝永嘉二年（308）为征南司马，在征流人王逌中，败死。

摅笃志好学，工于诗赋，《隋志》著录其集三卷，已佚。存诗十篇，其中七篇皆四言体，唯《文选》卷二十九收其《思友人》和《感旧》为五言诗，又《艺文类聚》卷三十一收有《赠石崇诗》一篇，亦五言共十二句，未知是否完篇耳。兹选其《感旧诗》一首。

感旧诗

富贵他人合[1]，贫贱亲戚离。廉蔺门易轨[2]，田窦相夺移[3]。
晨风集茂林[4]，栖鸟去枯枝[5]。今我唯困蒙[6]，群士所背驰[7]。
乡人敦懿义[8]，济济荫光仪[9]。对宾颂有客[10]，举觞咏露斯[11]。
临乐何所叹，素丝与路歧[12]。

◎ 注释

[1] 他人：外人。

[2] 廉蔺：指战国时赵国名将廉颇和名臣蔺相如。易轨：改道而行。事见《史记·廉颇蔺相如列传》："以相如功大，拜为上卿，位在廉颇之右。廉颇曰：'……相如素贱人，吾羞，不忍为之下。'宣言曰：'我见相如，必辱之！'相如闻，不肯与会……引车避匿。"

[3] 田窦：指西汉武帝二臣田蚡、窦婴。相夺移：指田、窦二人官职升降时趋炎附势者忽来忽散的情景。以上二句言世人为势位而斤斤计较状。

[4] 晨风：鸟名。

[5] 栖鸟：栖息之鸟。去：离开。

[6] 困蒙：指境遇困窘。

[7] 群士：众人。背驰：背离而去。

[8] 敦：作动词用，厚重。懿：德。义：义气。此句言乡人重德义，令人感到温暖，与官场恰成对比。

[9] 济济：人多貌。荫：庇。光仪：荣光、仪表。此句谓同众乡亲会晤时他们慈祥和善的面容影响着我，使我容光焕发。

[10] 有客：《诗经·周颂》有《有客》篇，乃好客、留客之诗。

[11] 觞：酒具，用如杯。露斯：《诗经·小雅·湛露》中语。其诗曰："湛湛露斯，匪阳不晞。厌厌夜饮，不醉无归。"以上二句写乡人待客热忱恳切。

[12] 素丝、路歧：见《淮南子·说林训》："杨朱见逵路而哭之，为其可以南、可以北；墨子见练丝而泣之，为其可以黄、可以黑。"比喻世态变化万端，难以预测和应付。

◎ 评析

《古诗源》引"殷浩坐废，韩康伯咏首二句，因而泣下"，此与苏秦之叹异辞而同意。曹摅《感旧》，实千古仕宦所同感者。

王　赞

（生卒年不详）

字正长，义阳（今河南桐柏东）人。初辟司空掾，历太子舍人、侍中。永嘉中，为陈留内史，加散骑侍郎。有集五卷，已佚。存诗四首，唯《文选》卷二十九所收五言《杂诗》最佳亦最有名，其他三首皆四言，非时代所尚，不足取也。

杂　诗

朔风动秋草[1]，边马有归心[2]。胡宁久分析[3]？靡靡忽至今[4]。
王事离我志[5]，殊隔过商参[6]。昔往鸧鹒鸣[7]，今来蟋蟀吟[8]。
人情怀旧乡，客鸟思故林[9]。师涓久不奏[10]，谁能宣我心[11]？

◎ 注释

[1] 朔风：北风。

[2] 边马：从内地去到边地的马。归心：回归故土之思。

[3] 胡宁：为何。分析：分离。

[4] 靡靡：迟迟。

[5] 王事：公务，国事。离：使之分离。此句说国事缠身，使之背离自己的心志。

[6] 殊隔：远离。商参：即参商、参辰。见《托名苏武李陵赠别诗》其一注释[4]。

[7] 昔往：当初出行时。鸧鹒（cāng gēng）：鸟名，即黄鹂，春季求偶而鸣啼。

[8] 蟋蟀吟：蟋蟀鸣吟，指夏去秋至。

[9] 客鸟：离开故巢而远栖异地之鸟。

[10] 师涓：春秋时卫国乐师名。《韩非子·十过》："卫灵公将之晋，至濮水之上……夜分，而闻鼓新声者而说之，使人问左右，尽报弗闻。乃召师涓而告之，曰：'有鼓新声者，使人问左右，尽报弗闻。其状似鬼神。子为我听而写之。'师涓曰：'诺。'因静坐抚琴而写之。师涓明日报曰：'臣得之矣。'"此句意谓再无师涓那样善解人意的知心人能理解自己。

[11] 宣：传、宣泄。

◎ 评析

沈约《宋书·谢灵运传论》言"正长（赞字）'朔风'之句，并直举胸情，非傍诗史"，洵是定评。

刘琨

（271—318）

字越石，中山魏昌（今河北无极东北）人。少有大志，以豪杰自诩。初为司州主簿，历著作郎、尚书左丞、司徒左长史等职。光熙初（306），以奉迎惠帝还洛阳功，封广武侯。永嘉初（307），拜并州刺史；愍帝司马邺建兴二年（314）加大将军，都督并州诸军事；三年（315），进司空；四年，为石勒所败，投奔幽州刺史鲜卑人段匹磾，商定共扶晋室。东晋元帝司马睿大兴元年（318），竟为匹磾所害。

琨原有集十卷及别集十二卷，均佚。张溥辑《刘越石集》，存文不多，诗仅《扶风歌》《答卢谌》（四言八章并答书）及《重赠卢谌》三篇。（另有《胡姬年十五》一首五言八句，清人考定当归梁人刘琨，盖误入者。逯钦立即未收）这里只取其五言的两篇。

扶风歌[1]

朝发广漠门，暮宿丹水山[2]。左手弯繁弱[3]，右手挥龙渊[4]。
顾瞻望宫阙[5]，俯仰御飞轩[6]。据鞍长叹息[7]，泪下如流泉。
系马长松下，废鞍高岳头[8]。烈烈悲风起[9]，泠泠涧水流[10]。
挥手长相谢[11]，哽咽不能言。浮云为我结[12]，归鸟为我旋[13]。
去家日已远[14]，安知存与亡[15]？慷慨穷林中[16]，抱膝独摧藏[17]。
麋鹿游我前[18]，猿猴戏我侧。资粮既乏尽[19]，薇蕨安可食[20]？
揽辔命徒侣[21]，吟啸绝岩中[22]。君子道微矣[23]，夫子故有穷[24]。
惟昔李骞期[25]，寄在匈奴庭[26]。忠信反获罪[27]，汉武不见明[28]。
我欲竟此曲[29]，此曲悲且长。弃置勿重陈[30]，重陈令心伤。

◎ 注释

[1] 题解《乐府诗集》将此题纳入《杂歌谣辞》。扶风，郡名，治所在今陕西泾阳。此诗系作者任并州刺史时自洛阳至并州赴任途中所作，述其经历与所感。

[2] 广漠门：晋代洛阳城北门名。丹水山：即丹朱岭。位于今山西高平北，丹水发源于此。

[3] 繁弱：古时大弓名。

[4] 龙渊：古时宝剑名。

[5] 顾瞻：回首而望。宫阙：本指宫殿外左右各一的楼观，此泛指皇都宫殿等建筑。

[6] 飞轩：飞驰的车。

[7] 据鞍：稳骑在马鞍上。此出《后汉书·马援传》："援据鞍顾眄，以示可用。"

[8] 废鞍：下马歇息而卸下马鞍。

[9] 烈烈：风强劲貌。

[10] 泠泠：涧水流声。

[11] 谢：辞别。

[12] 结：聚集。

[13] 旋：盘旋而不肯离去。

[14] 去家：离家。

[15] "安知"句：据《晋书·刘琨传》载，此时"并土饥荒……寇贼纵横，道路断塞。琨募得千余人，转斗至晋阳。府寺焚毁，僵尸蔽地……"此句即指战乱中不知骨肉亲友的死活。

[16] 穷林：密林。

[17] 摧藏：悲怆、悲哀。

[18] 麋鹿：鹿的一种，其角似鹿、头似马、蹄似牛，身似驴，俗称"四不象"。游：走。

[19] 资粮：军资、粮食。

[20] 薇：一种野豌豆，嫩叶可食。蕨：一种野菜，嫩茎可食。

[21] 揽辔：为止马行而扯紧缰绳、勒马。徒侣：随从。

[22] 吟啸：吟唱歌诗。绝岩：悬崖绝壁。

[23] 君子：德行高尚者。道：治世之道。微：衰微。

[24] 夫子：此指孔子。故有穷：一本作"固有穷"。此出《论语·卫灵公》："（孔子）在陈绝粮，从者病，莫能兴。子路愠见曰：'君子亦有穷乎。'子曰：'君子固穷，小人穷斯滥矣。'"以上二句乃徒侣"吟啸"之辞，意谓君子之道衰微而孔夫子尚有穷厄之时，况且自己！

[25] 昔：昔日。李：指西汉武帝时骑都尉李陵，因与匈奴战而无援，力竭投降，武帝收族

其家人。骞期：延误归期。骞，同“衍”，误也。

[26] 寄：寄居。匈奴庭：即匈奴之朝。

[27] 忠信：忠诚。此句指李陵迫不得已投降匈奴本“欲得当以报汉也”(《汉书·李广苏建传》)，却被“收族陵家，为世大戮”(同上)，断其归汉之路。

[28]“汉武”句：指汉武帝处理李陵一案并不英明，以影射眼下处乱世而无明君。

[29] 竟：结束。

[30] 弃置：丢到一边。陈：诉说。

◎ 评析

刘琨在西晋后期出任并州刺史，招募流亡仅得千余人，与新兴匈奴人自称汉王的刘渊、刘聪父子作战。这诗便是他在永嘉元年（307）从洛阳出发往并州（治所晋阳，今山西太原南）赴任时所作。

钟嵘称“越石感乱”，盖指是篇。他“善叙丧乱，多感恨之词”(钟嵘语)，然“雅壮而多风”(刘勰语)，“自有清拔之气”(钟嵘语)。

此刘师培所谓“善为凄戾之音，而出以清刚”(见其《南北文学不同论》)者也。

重赠卢谌[1]

握中有悬璧，本自荆山璆[2]。惟彼太公望[3]，昔在渭滨叟。
邓生何感激[4]，千里来相求[5]。白登幸曲逆[6]，鸿门赖留侯[7]。
重耳任五贤[8]，小白相射钩[9]。苟能隆二伯[10]，安问党与仇！[11]
中夜抚枕叹，相与数子游[12]。吾衰久矣夫，何其不梦周！[13]
谁云圣达节[14]，知命故不忧[15]。宣尼悲获麟[16]，西狩涕孔丘。
功业未及建，夕阳忽西流[17]。时哉不我与，去乎若云浮。[18]
朱实陨劲风[19]，繁英落素秋[20]。狭路倾华盖[21]，骇驷摧双辀[22]。
何意百炼刚[23]，化为绕指柔[24]。

◎ 注释

[1] 卢谌，字子谅，范阳（今河北涿州人）人。曾为刘琨的主簿，转从事中郎。屡与刘琨有诗赠答，此为其中之一，故曰“重赠”。

[2] 握中：手中。悬璧：用美玉“悬黎”制成的璧。荆山：位于今湖北西部，古称“南条荆山”（见《汉书·地理志》）。相传春秋时卞和曾得璞于荆山抱玉岩。璆（qiú）：美玉。以上二句乃赞叹卢谌之辞。

[3] 太公望：指周代开国元勋姜太公。据《史记·齐太公世家》载，文王姬昌出猎渭滨见到他，与他谈得高兴，说：“吾太公望子久矣。”后因称为“太公望”。

[4] 邓生：即东汉邓禹（2—58），字仲华，南阳新野（今河南新野南）人。据《后汉书·邓寇列传》载：邓禹初起时，“及闻光武安集河北，即杖策北渡，追及于邺，光武见之甚欢……因令左右号禹曰‘邓将军’”。他随刘秀转战南北，刘秀即位后封他为高密侯。其后世子孙累世宠贵，封侯者数十人，成为东都无与伦比的豪门。感激：感奋激发。

[5]“千里”句：指邓禹千里投奔刘秀事。

[6] 白登：山名，位于今山西大同东。据《史记·高祖本纪》及《陈丞相世家》载，公元前200年，刘邦被匈奴围困于平城（今山西大同东）白登山七日，后陈平用计乃得脱险。后刘邦南巡至曲逆（今河北定州），封陈平为曲逆侯。

[7] 鸿门：古地名，位于今陕西临潼东北，今称“项王营”。前206年，项羽会刘邦于此，欲伺机杀之，幸亏张良私会项伯，并临危请出武士樊哙，使刘邦得以脱险。刘邦称帝后，封张良为留（今江苏沛县东南）侯。赖：依赖。此句意谓：鸿门宴上多亏张良设计营救，使刘邦绝处逢生。

[8] 重耳：春秋五霸之一的晋文公，名重耳。任五贤：晋公子重耳在狐偃、赵衰、颠颉、魏武子和司空季子等五人辅佐下逃亡于列国，后归国夺取了君位。此句言晋文公任用五贤方成霸业。

[9] 小白：春秋五霸之一的齐桓公，名小白。相：用作动词，使之为相。射钩：管仲初事公子纠。公子纠与小白争君位，管仲射中小白的带钩。小白即君位后不计前仇，任管仲为相，遂成霸业。

[10] 苟：若、如果。隆：兴起。二伯：即上言齐桓公和晋文公二霸。伯，古通“霸”。

[11] 党：亲朋，此指羽翼亲信。以上二句意谓只要能辅佐二君成其霸业，又何必问他们过去是同党还是仇人呢？

[12] 数子：即前所指的众贤。以上二句言己常常夜不能寐，幻想着与众贤共游，努力王事，以复兴晋室。

[13]“吾衰”二句：语本《论语·述而》：“子曰：‘甚矣吾衰也！久矣吾不复梦见周公！’”周公，姬姓，名旦。文王之子，武王之弟。是孔子最敬重的古圣贤之一。此句意谓：可惜我已经衰老，再难成就伟业。

[14] 圣达节：语见《左传·成公十五年》。意谓圣人行事最合标准，无论做什么都会达到适当的节度而恰到好处。

[15]“知命”句：《周易·系辞上》有“乐天知命，故不忧”之语。以上二句反用原意，意谓：谁说圣人达节、知命就会永远乐观而无忧呢?

[16] 宣尼：即孔子。详见左思《咏史》其四注释[12]。获麟：猎获到麒麟。《春秋·哀公十四年》记：“西狩获麟。”又，《公羊传·哀公十四年》载，孔子闻之，“反袂拭面，涕沾袍”……西狩获麟，孔子曰：“吾道穷矣!”此句与下句只是用不同语言重复说此一事。

[17]“夕阳”句：喻己已至暮年。

[18]“时哉”二句：犹言时不我待，去若云飞之速。

[19] 朱实：红色果实。陨：落。

[20] 英：花。素秋：古人按五行之说，以秋色尚白，故称。此句言秋凉而花落。

[21] 倾华盖：代指翻车。

[22] 骇驷：拉车的四匹马受了惊。辀：车辕。以上二句言人生道路坎坷多艰，诸事多磨难。

[23] 何意：何曾想到过。百炼刚：经过千锤百炼的坚钢。刚，同“钢”。

[24] 绕指柔：柔软到可以缠绕于手指上。末二句喻己受磨难后意志丧失殆尽，此非实言，乃以此讽卢谌早日奋起、建树功业而已。

◎ 评析

自述怀抱。痛功业无成，而年已垂暮，时不我待。暗示卢谌，盼能追步前贤，及早勠力，毋贻后悔。通体清刚，尚略有建安风力。“宣尼”“西狩”二句一意，实为重复，自是疵累，不必以“反覆申言”（沈德潜语）代为解释。刘勰指以为“对句之骈枝”（见《文心雕龙·丽辞》)，良然。

郭　璞

（276—324）

字景纯，河东闻喜（今山西闻喜）人。博学多识，精训诂，工诗赋，又好天文、历算及卜筮之术。西晋末年，璞随晋室南渡，先后在殷祐、王导幕下为参军。东晋元帝太兴初（318），作《江赋》，其辞甚伟，为世所称。继又作《南郊赋》，得元帝赏识，任为著作佐郎，旋升尚书郎。后任王敦的记室参军。敦谋反，璞借卜筮直谏，言其必败，因而被杀。王敦乱平，晋朝追赠璞弘农太守。

璞生平著作甚多，训诂方面的《尔雅注》《方言注》与《山海经注》《穆天子传注》并存；《隋志》著录他有集十七卷，已散佚。今传张溥辑《郭弘农集》，除赋、疏、表、序、设难等共二十余篇外，存诗亦仅二十余首耳。

郭璞诗以《游仙》十四首为代表作，今存。其诗乃借游仙咏怀，并以曲折隐晦的方法反映现实，近于阮籍的《咏怀》，殊不同于当世盛行的淡乎寡味的"玄言诗"。《诗品》说他"始变永嘉平淡之体，故称中兴第一"是对的；但不应责其"游仙之作，词多慷慨，乖远玄宗"，并怪其"非列仙之趣也"。

游仙诗[1]

其　一

京华游侠窟，山林隐遁栖[2]。朱门何足荣[3]？未若托蓬莱[4]。
临源挹清波[5]，陵冈掇丹荑[6]。灵溪可潜盘[7]，安事登云梯[8]？
漆园有傲吏[9]，莱氏有逸妻[10]。进则保龙见[11]，退为触藩羝[12]。
高蹈风尘外[13]，长揖谢夷齐[14]。

◎ 注释

[1] 据逯钦立辑《先秦汉魏南北朝诗》本，作者以此为题的诗共十九首，此选其中第一、三、四、五共四首。

[2] 京华：京都。游侠窟：侠义之人出入之地。“山林”句：与首句对指，谓山林乃隐居遁世之士的栖息之所。

[3] 朱门：古时豪富之宅门常漆以红色，此代指豪门贵族。荣：此指炫耀。

[4] 托：托身、寄身。蓬莱：古代传说中的仙岛。《史记·秦始皇本纪》：“言海中有三神山，名曰蓬莱、方丈、瀛洲，仙人居之。”此句言不如隐居。

[5] 临源：临水。挹：舀。

[6] 陵冈：登上山冈。掇：采摘。丹荑：初萌生的丹芝。

[7] 灵溪：据《文选》李善注引庾仲雍《荆州记》言：“大城西九里有灵溪水。”但此“灵溪”当泛指适合隐居的山水胜地，恐非实指荆州之某溪。潜盘：隐居而盘桓。

[8] 云梯：此指通往仙境之梯。以上二句意谓：既有灵溪胜境可隐居盘桓，又何必登天求仙？

[9]“漆园”句：指庄子不仕事。见《史记·老子韩非列传》：“(庄)周尝为蒙漆园吏……楚威王闻庄周贤，使使厚币迎之，许以为相。庄周笑谓楚使者曰：‘……子亟去，无污我。我宁游戏污渎之中自快，无为有国者所羁，终身不仕，以快吾志焉。’”

[10] 莱氏：指春秋末年隐士老莱子，他与妻隐居而不仕。事载于《列女传》：老莱子耕于蒙山之阳，楚王请他出仕，老莱许诺，“妻曰：‘……今先生食人酒肉，受人官禄，为人所制也，能免于患乎？妾不能为人所制。’投其畚莱而去。”老莱乃随而隐。逸：隐逸。以上二句以庄周及老莱子夫妇隐而不仕为榜样，言己归隐之志。

[11] 进：进仕、做官。保：维护、保持。龙见：《周易·乾卦》：“九二，见龙在田，利见大人。”王弼注曰：“出潜离隐，故曰见龙。”沈𬸚士于“初九”条下曾注曰：“龙之为物，能飞能潜，故借龙比君子之德也。”此句意谓：进仕乃是为维护君子之德，以全身名之计。

[12] 退：退隐。触藩羝(dī)：角撞到藩篱上不能自拔的公羊。语出《周易·大壮》：“上六，羝羊触藩，不能退，不能遂。”此句意谓：若进仕而遇到诸多烦恼后再想隐退，那就会像公羊触藩篱一样难以自拔了。

[13] 高蹈：远逝、远去。风尘：尘世、凡尘。

[14] 长揖：深深地拱手作揖。谢：辞别。夷齐：伯夷、叔齐，商末孤竹君二子。详见阮籍《咏怀》其二注释[6]。末二句意谓：夷、齐为商亡而饿死，我们将比他们更超脱地远离人世风尘。

◎ 评析

诗言“进”“退”之利弊，自是“坎壈咏怀，非列仙之趣”。正唯其“词多慷慨，乖远玄宗”，故与阮籍《咏怀》为近，而与后来的孙绰、许洵等“平典似道德论”之玄言诗迥乎异致。

其 二

翡翠戏兰苕[1]，容色更相鲜。绿萝结高林[2]，蒙笼盖一山[3]。中有冥寂士[4]，静啸抚清弦[5]。放情凌霄外[6]，嚼蕊挹飞泉[7]。赤松临上游[8]，驾鸿乘紫烟[9]。左挹浮丘袖[10]，右拍洪崖肩[11]。借问蜉蝣辈[12]，宁知龟鹤年[13]？

◎ 注释

[1] 翡翠：一种翠鸟名。苕：一种蔓生草，亦称凌霄、紫葳，其花色橙黄鲜艳。

[2] 萝：即女萝。见《冉冉孤生竹》注释[3]。

[3] 蒙笼：蒙蔽、笼罩。以上二句意谓：女萝攀缘而生长于高大的林木之上，使山林更加葱茏茂密。

[4] 冥寂士：指心性沉静与世无争的隐士。

[5] 静啸：身心宁静地独自吟啸。抚：弹奏。清弦：清越的琴声。

[6]“放情”句：言隐士自由自在地纵情游志于天外。

[7]“嚼蕊”句：谓以花蕊、清泉为饮食，言其不食人间烟火。

[8] 赤松：即古神话传说中的雨师赤松子。《列仙传》卷上曰：“赤松子者，神农时雨师也。服水玉，以教神农……随风雨上下。”

[9] 鸿：飞鸿、大鸟。紫烟：紫色烟云，古人以为是祥瑞之气。以上二句意谓：隐居于此山中的“冥寂士”可与仙人相通，感知赤松子驾鸿乘云光临上游。

[10] 浮丘：仙人名，《列仙传》卷上说：“王子乔者，周灵王太子晋也……道士浮丘公接以上嵩高山。”

[11] 洪崖：仙人也。亦称“洪涯先生”。张衡《西京赋》有“洪涯立而指麾，被毛羽之襳襹”。薛综注曰：“洪涯，三皇时伎人，倡家托作之，衣毛羽之衣。”以上二句想象与仙人戏游。

[12] 蜉蝣：一种生存期极短暂的小飞虫，比喻凡夫俗子。

[13]“宁知”句：古传龟鹤皆有千年寿。末二句即谓蜉蝣怎能知道龟鹤的寿命能有多长！

◎ 评析

此似有列仙之趣，然而诗中所言“冥寂士”当是自喻。他的行径是连仙人前辈浮丘公和洪崖先生都不放在眼里，“挹袖”“拍肩”，狎谩若待后生。真“游”仙之诗矣。

其　三

六龙安可顿[1]？运流有代谢[2]。时变感人思[3]，已秋复愿夏。淮海变微禽[4]，吾生独不化。虽欲腾丹溪[5]，云螭非我驾[6]。愧无鲁阳德[7]，回日向三舍[8]。临川哀年迈[9]，抚心独悲吒[10]。

◎ 注释

[1] 六龙：即六螭，古神话中为太阳驾车的六条龙。《初学记》卷一引《淮南子》“爰止羲和，爰息六螭，是谓悬车”。古注曰：“日乘车驾以六龙，羲和御之。”顿：停止。首句谓太阳不停地运转，故六龙驾车不能停息。

[2] 运流：时间运转而流逝。代谢：时序交替。

[3]“时变”句：此言时节变换牵动人心。

[4] 微禽：小动物。此句与下句化用《国语・晋语九》中语意：“赵简子叹曰：‘雀入于海为蛤，雉入于淮为蜃。鼋鼍鱼鳖，莫不能化，唯人不能。哀夫！’”感叹世间许多小动物皆能随环境而变化，但人却不能。

[5] 腾：飞腾。丹溪：相传为不死之国。（事见《文选》李善注引曹丕《典论》）

[6] 云螭：腾云之龙。此句言欲飞往不死之国丹溪，却又无飞龙可驾。

[7] 鲁阳：传说中的神人，又称鲁阳公。《淮南子・览冥训》谓“鲁阳公与韩构难，战酣日暮，援戈而挥之，日为之反三舍”。德：德操，此指本领。

[8] 三舍：三座星宿的位置，指太阳倒转退行的路程。以上二句叹己面对岁月流逝而无回天之术。

[9]“临川”句：化用《论语・子罕》中：“子在川上，曰：‘逝者如斯夫！不舍昼夜。’”语意，悲己韶华已如流水般逝去。

[10] 抚心：言因痛心而击胸状。抚，同“拊”，拍打。吒：同“咤”，因感慨而叹息。

◎ 评析

时光迅速流失，欲挽不能。“临川哀年迈，抚心独悲吒”，哪里有半点仙意？谓之“游仙”，只不过是借题咏怀罢了。

其　四

逸翮思拂霄[1]，迅足羡远游[2]。清源无增澜[3]，安得运吞舟[4]？圭璋虽特达[5]，明月难暗投[6]。潜颖怨青阳[7]，陵苕哀素秋[8]。悲来恻丹心[9]，零泪缘缨流[10]。

◎ 注释

[1] 逸翮：指善飞者。逸，迅。拂霄：上凌云霄。

[2] 迅足：指善行者。羡：向往。首二句言有才干的人都希望施展其远大抱负。

[3] 清源：清澄的水源。增澜：重重巨浪。

[4] 吞舟：指能吞下舟船的大鱼。以上二句以细流不能运载大鱼比喻自己无施展才能的客观环境。

[5] 圭璋：见阮籍《咏怀》其十三注释 [5]。特达：特殊而显达。此句言圭璋因其能够被贵族执于手中参加重大典礼方才显得格外贵重。

[6] 明月：指明月宝珠。难暗投：不能在暗中投赠于人。语意出自《汉书·邹阳传》："臣闻明月之珠，夜光之璧，以暗投人于道，众莫不按剑相眄者，何则？无因而至前也。"此句意谓即使再珍贵的明月宝珠，若于黑暗中赠人，人亦会拒而不受。以上二句均欲说明客观环境和机遇非常重要，否则，再有才干的人也难以得到重用以大展其才。

[7] 潜颖：生长于阴暗处的禾穗。青阳：气清而温暖的春天。

[8] 陵苕：指山陵上的秀草嘉木。素秋：见刘琨《重赠卢谌》注释 [20]。以上二句以植物生长无良好环境喻己生不逢时。

[9] 恻：哀痛。

[10] 零：落。缨：冠带。

◎ 评析

此诗自始至终皆感叹才智之士不遇时无以施展抱负，暗示与其失意悲伤，何如隐居求仙，倒可无忧无虑，长此终古。但诗中却并不曾涉及游仙，如《文选》李善注及《古诗源》沈德潜所指出的"喻尘俗不足容乎仙也"云云，盖皆强为附会耳。

陶渊明

（365? —427）

字元亮（《宋书·陶潜传》则曰："陶潜，字渊明。或云：渊明，字元亮。"今从后说，盖据后人考订，先生在晋本名渊明，字元亮，入宋，始更名潜也）。浔阳柴桑（今江西九江西南）人。东晋太尉陶侃曾孙，至渊明，家业已败落。少有高趣，亲老家贫，起为州祭酒，因不堪吏职，旋即辞归。后又为刘裕镇军参军，建威参军。东晋安帝司马德宗义熙元年（405）八月，他四十一岁时，求为彭泽令，在官八十余日，即弃职返里。从此，遂不复出仕。宋文帝刘义隆元嘉四年（427）十一月，渊明六十三岁卒。友人颜延之著文诔之，谥曰"靖节"，后世称为"靖节先生"。

渊明诗、文、辞赋俱为晋代大家，具因他不同于当时流行的骈俪绮靡之风，而独为朴素自然、清淡隽永之文。《五柳先生传》《归去来兮辞》《闲情赋》《感士不遇赋》《桃花源诗记》都是千古传诵的名篇。

他的诗今存百二十余首，自汉、魏迄晋，算是存诗最多的大诗人。以形式言，多是五言诗，但也有近十篇四言诗。其四言诗，篇分四章、六章或十章不等，章皆八句。唯《酬丁柴桑》只有二章，其首章只六句，为异耳。以内容言，世多称渊明为田园诗人之祖，或以为"古今隐逸诗人之宗"（钟嵘语），遂仅着眼于其归田园、种豆、获稻、饮酒、止酒……一类篇章的表面景物，而没有寻绎其躬耕、饮酒的背后和拟古、杂诗，乃至《读山海经》《咏二疏》《咏三良》《咏荆轲》……都表明了他并非是全然不问政治、脱离现实的。他对唐宋大诗人如李白、杜甫、白居易、苏轼、陆游等均有极大影响。

和刘柴桑[1]

山泽久见招[2]，胡事乃踌躇[3]？直为亲旧故[4]，未忍言索居[5]。良辰入奇怀[6]，挈杖还西庐[7]。荒途无归人，时时见废墟[8]。茅茨已就治[9]，新畴复应畬[10]。谷风转凄薄[11]，春醪解饥劬[12]。弱女虽非男[13]，慰情良胜无。栖栖世中事[14]，岁月共相疏[15]。耕织称其用[16]，过此奚所须？去去百年外，身名同翳如[17]。

◎ 注释

[1] 刘柴桑：刘程之，字仲思，曾为柴桑县令，故称。他隐居于庐山西林十二年而卒。萧统《陶渊明传》将周续之、陶渊明和他共称“浔阳三隐”。

[2] 山泽：指庐山。见招：被召唤。首句谓刘程之早已被山泽所吸引。

[3] 胡事：何事。踌躇：犹豫而不前。

[4] 直为：只为。亲旧：亲朋好友。

[5] 索居：离群独居，指归隐山泽。

[6] 良辰：风和日丽时节。入奇怀：进入了你的心怀。此句言良辰美景触动了你的高怀奇思。

[7] 挈：提、握持。西庐：刘程之隐居于西林，故称其宅为西庐。

[8] 废墟：荒丘。

[9] 茅茨：草屋。就治：修缮完毕。

[10] 新畴：新开垦的田地。畬（shē）：整治、耕作过三年的田。此句意谓：新开垦的田地至今已是第三年，还应该再翻耕整治一遍。

[11] 谷风：东风。凄薄：此指风冷而急。薄，通“迫”。此句言东风渐渐变得凄凉寒冷。

[12] 春醪：春天新酿的薄酒。劬（qú）：劳累。此句意谓春醪虽薄尚可借以解饥渴、除疲劳。

[13] 弱女：指刘程之之女。据旧注，知刘柴桑有女无男，故陶公以达者之言解之，此下二句谓“弱女虽不是男儿，但有女亦可慰情，比没有强得多”。

[14] 栖栖：忙碌不安貌。

[15] 疏：远。以上二句言随着岁月的流逝，烦琐的世间之事便渐被疏远、淡忘。

[16]“耕织”句：谓已耕织所得恰敷自家生活所需。

[17] 同翳如：如同烟云一般。末二句言人的一生飞逝而去，到那时身与名便都如烟云一般消散了。

◎ 评析

“弱女”二句，古今注家均有人以为喻酒之薄，非是。还是清方东树《昭昧詹言》卷四所解为是：“‘弱女’句或刘本无男，乃见真妙。而沈德潜以为喻酒之薄，无论陶公无此险薄轻儇笔意，而于诗亦气脉情景俱浇漓矣。”所评甚为允当。

和郭主簿[1]

蔼蔼堂前林，中夏贮清阴[2]。凯风因时来[3]，回飙开我襟[4]。息交游闲业[5]，卧起弄书琴[6]。园蔬有余滋[7]，旧谷犹储今[8]。营己良有极[9]，过足非所钦[10]。春秫作美酒[11]，酒熟吾自斟。弱子戏我侧[12]，学语未成音[13]。此事真复乐，聊用忘华簪[14]。遥遥望白云，怀古一何深[15]。

◎ 注释

[1] 此题下共存诗二首，此选其第一首。郭主簿生平事迹不详。

[2] 蔼蔼：树木繁盛貌。中夏：盛夏。此二句言盛夏时堂前林中尚存有清凉之气。

[3] 凯风：南风。因时：按时节。

[4] 回飙：旋风。

[5] 息交：停止与世人交往。闲业：非正事，即下句所言弄书琴之类。

[6] 卧起：黑夜和白天，犹言“终日”。

[7] 园蔬：园中蔬菜。余滋：长得多而自食有余。

[8] 储今：储存至今。

[9] 营己：为自己营谋生计。良：诚然。极：极限。此句指为自家生活所需来营谋那是有一定限度的。

[10] 过足：超过够用的程度。钦：羡慕、希冀。此句言超过生活所需的程度不是自己所希冀的。

[11] 秫（shú）：一种糯谷，可以酿酒。

[12] 弱子：幼儿。

[13] 未成音：指牙牙初学语，尚不能正确发音。

[14] 聊：姑且。用：借此。华簪：华贵的头簪，仕宦的冠戴，代指仕宦富贵之事。以上二句意谓：看到孩子天真可爱，心中感到无比快乐，姑且借此忘却世上一切富贵荣华等俗事。

[15] 一何：多么。深：深沉、深切。

◎ 评析

沈德潜言“一结悠然不尽”，读者均有此感。然“遥望白云，怀古何深”，究之白云与古何涉，则颇难索解。刘履《选诗补注》云：“末言遥望白云，深怀古人之高迹，其意远矣。”陈祚明评选《采菽堂古诗选》则曰：“‘遥遥望云’，别有古心。”何焯《义门读书记》引《归去来兮辞》“富贵非吾愿，帝乡不可期”来解释“所谓望云怀古，盖西方之思也，怀安止足，皆逊词自晦耳”。方宗诚《陶诗真诠》则全录此篇末四句而赞叹曰：“真君子坦荡荡之襟怀也。”所说无一同者。其实，诸家解说皆为辞费，但得其悠然意远，便已足矣，何烦更细加剖析？

归园田居[1]

其　一

少无适俗韵[2]，性本爱丘山。误落尘网中[3]，一去三十年[4]。
羁鸟恋旧林[5]，池鱼思故渊[6]。开荒南野际[7]，守拙归园田[8]。
方宅十余亩[9]，草屋八九间。榆柳阴后檐，桃李罗堂前。
暧暧远人村[10]，依依墟里烟[11]。狗吠深巷中，鸡鸣桑树颠。
户庭无尘杂，虚室有余闲。久在樊笼里[12]，复得返自然。

◎ 注释

[1] 此题下有诗五首，是作者辞彭泽令归田后所作。这里选其中第一、二、三共三首。

[2] 适俗：适应流俗。韵：气韵、风度。

[3] 尘网：尘凡世俗之网，此指官场仕途。

[4] 三十年：陶渊明自初仕至辞官归隐共十三年。此言“三十年”，乃夸大之词，不过极言其久。有人将“三十”改作“十三”，则未免太凿。

[5] 羁鸟：被困于笼中之鸟。

[6] 故渊：当初生活过的深渊。

[7] 南野：一作“南亩”。

[8] 守拙：保持自己古朴的天性。

[9] 方宅：宅院。

[10] 暧暧：昏暗不清貌。远：远离。此句言其宅远离村落，远望则暧暧不清。

[11] 依依：依稀可见貌。墟里烟：村落里的炊烟。

[12] 樊笼：篱笆与笼子，比喻官场如牢笼。

◎ 评析

“方宅”以下十句写园田景物，真得画意。而“暧暧远人村，依依墟里烟”二句只用两对叠字，遂使村里景色顿入化境，洵千古妙文。

其　二

野外罕人事[1]，穷巷寡轮鞅[2]。白日掩荆扉[3]，虚室绝尘想[4]。
时复墟里人[5]，披草共来往[6]。相见无杂言，但道桑麻长。
桑麻日已长，我土日已广[7]。常恐霜霰至[8]，零落同草莽[9]。

◎ 注释

[1] 罕人事：少人际交往之事。

[2] 穷巷：僻陋之巷。鞅：驾车用的皮带，此处以“轮鞅”代指车马。此句意谓：居于偏僻之地故客人车马往来稀少。

[3] 荆扉：柴门。

[4] 虚室：空虚之室。一本作“对酒”。尘想：世俗尘杂的欲念。

[5] 时复：犹言“时而”、不时地。墟里人：一本作“墟曲中”。

[6] 披：以手拨草状。

[7] 土：指开垦的田地。

[8] 霰：不成片的小雪粒。

[9] 零落：凋零枯落。草莽：野草。

◎ 评析

此自归园田安居以后之作。交游稀少，尘想已绝。墟里相见，唯言桑麻。此中自有真趣。

其　三

种豆南山下[1]，草盛豆苗稀。晨兴理荒秽[2]，带月荷锄归[3]。道狭草木长，夕露沾我衣。衣沾不足惜，但使愿无违[4]。

◎ 注释

[1] 南山：既是实指其宅南之山，又是用典。《汉书·杨恽传》有句：“田彼南山，芜秽不治。种一顷豆，落而为萁。人生行乐耳，须富贵何时！”表示唾弃富贵，种田为生，自食其力。

[2] 兴：起身。理：清除。荒秽：荒草。

[3] 荷：扛。

[4] 愿：心愿，指隐居躬耕、自食其力的愿望。违：违背。

◎ 评析

进一步写田间劳动的真情实感，元气自然，悬象著明。谭元春《古诗归》曰：“陶此境此语，非老于田亩不知”，然哉！

乞食诗

饥来驱我去，不知竟何之[1]！行行至斯里[2]，叩门拙言辞。主人解余意[3]，遗赠岂虚来[4]？谈谐终日夕[5]，觞至辄倾杯[6]。情欣新知欢[7]，言咏遂赋诗。感子漂母惠[8]。愧我非韩才[9]。衔戢知何谢[10]？冥报以相贻[11]。

◎ 注释

[1] 何之：向何处去。

[2] 斯里：此村。

[3] 解：理解。

[4] 遗：赠送。虚来：枉来。

[5] 谈谐：言谈和谐融洽。终日夕：至日落方止。

[6]“觞至”句：指举杯敬酒则尽饮。

[7] 新知：新交。

[8] 感子：感谢先生。漂母惠：事见《史记·淮阴侯列传》：“（韩）信钓于城下，诸母漂，有一母见信饥，饭信，竟漂数十日。信喜，谓漂母曰：‘吾必有以重报母。’……信为楚王……至国，召所从食漂母，赐千金。”

[9] 非韩才：不是韩信那样的将才。

[10] 衔戢：形容对他人的恩惠如衔于口、刺于心，铭记在心永不忘记。知何谢：不知将如何报谢。

[11] 冥报：死后于幽冥中再报答。贻：馈赠。末句犹言今生不能相报，死后定将报答。

◎ 评析

说者或谓乞食非真，不过是设辞言志耳。这是非常错误的理解。其实，乞食与不为五斗米折腰似异而实为同一志节，不同者只在向何人折腰乞食耳。当然，此所谓“乞食”，自是乞借于人以为食计，非真若乞丐讨饭。观诗中叩门拙言，主人解意，遗赠，留饮，言咏赋诗，可证。然不得谓非乞食也。

移居二首[1]

其　一

昔欲居南村，非为卜其宅[2]。闻多素心人[3]，乐与数晨夕[4]。
怀此颇有年[5]，今日从兹役[6]。弊庐何必广[7]？取足蔽床席。
邻曲时时来[8]，抗言谈在昔[9]。奇文共欣赏[10]，疑义相与析[11]。

◎ 注释

[1] 据考，陶渊明于义熙七年（411）由浔阳上京里故居移居柴桑县南里。

[2] 卜其宅：古时用卜筮选宅基地，预测吉凶。此句与下二句乃借古谚“非宅是卜，唯邻是卜”（见《左传·昭公三年》）意，言选择南村而居非为此宅吉利，乃因这里有好邻里。

[3] 素心人：本心质素淡泊之人。

[4]“乐与”句：言与他们（“素心人”）计日相约、朝夕相会为乐。

[5]“怀此”句：抱有这种想法已很有几年了。

[6]“今日”句：言这个愿望今日总算实现了。

[7] 弊庐：陋宅。此句与下句意谓：陋宅何必求其多么宽大，只求能够遮蔽床席，不受风雨，便已满足了。

[8] 邻曲：指邻里之人。

[9] 抗言：高谈阔论。抗，通“亢”，高也。此句谓邻居们来后总是高谈阔论，说些往古之事。

[10] 奇文：好文章。

[11] 疑义：疑难问题。析：研究、分析。

◎ 评析

居必择邻，里仁为美。“奇文共欣赏，疑义相与析”，陶公所怀，所乐在此，读者切莫放过！

其　二

春秋多佳日，登高赋新诗。过门更相呼[1]，有酒斟酌之。
农务各自归，闲暇辄相思。相思则披衣[2]，言笑无厌时。
此理将不胜[3]，无为忽去兹[4]。衣食当须纪[5]，力耕不吾欺[6]。

◎ 注释

[1]“过门”句：指邻里间过门则呼入饮酒。

[2]披衣：指穿上外衣即去拜访邻居。

[3]将：岂。胜：佳、美。此句言邻里间这种融洽的关系是十分可贵的。

[4]“无为”句：言可不能忽然舍此而去。

[5]纪：经营。此句是说基本生活的衣食之事不可忽视，必须认真经营。

[6]“力耕”句：谓努力耕作自有收获，活儿是不会白干的。

◎ 评析

登高赋诗，过门留饮；闲暇相访，言笑无厌。此固是乐事。但不要忘记，陶公是要靠自己劳动来取得基本生活资料的，所以最后落脚到“衣食当须纪，力耕不吾欺”上。

癸卯岁始春怀古田舍[1]

先师有遗训，忧道不忧贫[2]。瞻望邈难逮[3]，转欲患长勤[4]。
秉耒欢时务[5]，解颜劝农人[6]。平畴交远风[7]，良苗亦怀新[8]。
虽未量岁功[9]，即事多所欣[10]。耕种有时息[11]，行者无问津[12]。
日入相与归[13]，壶浆劳近邻[14]。长吟掩柴门[15]，聊为陇亩民[16]。

◎ 注释

[1]此诗写癸卯［即东晋安帝元兴二年（403）］春作者回故田舍事。时渊明三十九岁，因母亡服

丧而离职。此题下有诗二首，此选其第二首。怀：回。古：同“故”。

[2] 先师：指孔子。遗训：遗留给后世的教诲。“忧道”句：此见《论语·卫灵公》：“子曰：……君子忧道不忧贫。”意谓：君子忧虑的是如何才能求得治国平天下之道，却并不为个人生活贫苦而担忧。

[3] 瞻望：仰望。邈：高而遥远。逮：及。此句谓孔子的标准太高，是难以企及的。

[4] 转欲：转念。患：操心。长勤：长久地劳作。此句言已打定主意去从事农业劳动。

[5] 秉：握、持。耒：犁把，此泛指农具。时务：四时的农事。

[6] 解颜：开颜、和悦。劝：勉励、宽慰。

[7] 平畴：平阔的庄稼地。交：流通。

[8] 怀新：充满生机。

[9] 量：衡量。岁功：一年的收获。

[10] 即事：目前的苗情。欣：值得欣慰。

[11] 息：田间小憩。

[12] 问津：询问渡口在何处。此句隐用《论语·微子》中“长沮、桀溺（按：春秋时二隐士）耦而耕，孔子过之，使子路问津焉……（桀溺）曰：‘……与其从辟人之士（指孔子）也，岂若从辟世之士哉？’”以上二句意思是这里只有耕作小憩的避世者，却无像孔子那样忧道不忧贫的君子。

[13] 相与归：共同归来。

[14] 壶浆：即酒浆。此句言提着酒去慰劳邻居。

[15] 长吟：悠扬地吟咏歌诗。

[16] 陇亩民：种田的农民。

◎ 评析

结句掩门而长吟，盖不得已乃聊为陇亩之民，非自始即无意于天下事者也。“平畴”“良苗”二句，自来以为陶诗写景名句，妙处在于一时兴到，便自恰如其实地表现出来，不假雕琢，故自然美妙。

庚戌岁九月中于西田获早稻[1]

人生归有道[2]，衣食固其端[3]。孰是都不营[4]，而以求自安？
开春理常业[5]，岁功聊可观[6]。晨出肆微勤[7]，日入负耒还[8]。

山中饶霜露[9]，风气亦先寒。田家岂不苦，弗获辞此难[10]。
四体诚乃疲[11]，庶无异患干[12]。盥濯息檐下[13]，斗酒散襟颜[14]。
遥遥沮溺心[15]，千载乃相关[16]。但愿长如此，躬耕非所叹[17]。

◎ 注释

[1] 庚戌：即东晋安帝义熙六年（410），时陶渊明四十六岁。西田：指田地位于其居宅之西。

[2] 归有道：终归有常理。

[3] 固：原本。端：源头、根本。

[4] 是：此，指衣食事。营：经营、料理。此句与下句意谓岂有连衣食之事都不能经营妥当便心安理得的人呢？

[5] 理常业：按时处理农务。

[6] 岁功：一年的成果。聊：才算。

[7] 肆：放、用。微勤：略用气力。

[8] 耒：此泛指农具。

[9] 饶：多。

[10] “弗获”句：言不可能摆脱掉这些艰难的事情。

[11] 四体：本指手足，此指身体。诚：的确、诚然。

[12] 庶：幸。异患：别的祸患。干：侵扰。

[13] 盥：洗脸洗手。濯：洗涤。此句言劳动完毕，回家洗去身上的泥汗而歇息于檐下。

[14] 斗酒：指酒不多。斗，古时酒器。散襟颜：排遣襟怀。

[15] 遥遥：悠远貌。沮溺：即长沮、桀溺。见前诗注释［12］。

[16] 相关：相通。以上二句意谓：隐者长沮、桀溺避世躬耕的心思虽距今千载，却与我相通。

[17] 非所叹：不以为憾。

◎ 评析

在士族制度下，诗人以没落士族家庭出身而能破除一切世俗观点，认识到劳动的重要并躬亲行之，真是高出时流万倍。诗从“人生归有道，衣食固其端”说起，而以长此躬耕结束，具见认理真而行事果。

饮酒[1]并序

余闲居寡欢，兼比夜已长[2]，偶有名酒，无夕不饮。顾影独尽，忽焉复醉。既醉之后，辄题数句自娱。纸墨遂多，辞无诠次[3]，聊命故人书之[4]，以为欢笑尔[5]。

其　一

结庐在人境[6]，而无车马喧[7]。问君何能尔[8]？心远地自偏[9]。
采菊东篱下，悠然见南山[10]。山气日夕佳[11]，飞鸟相与还[12]。
此中有真意，欲辩已忘言。[13]

◎ 注释

[1] 这一组诗共二十首，选其第五、九、十四、二十共四首。

[2] 兼：加。比夜：这几夜。比，近来。

[3] 诠次：诠选、编次。

[4] 故人：老友。

[5] 以为欢笑：以此取乐。

[6] 结庐：建造住宅。人境：人间、人世。

[7] 喧：喧闹。

[8] 尔：这样。

[9]“心远”句：言心境超远，脱去凡俗，便会如居于偏远之地一样感觉不到人世的喧嚣。以上四句乃诗人自言其当前的思想境界。

[10] 悠然：悠闲自在貌。以上二句言其无意望山，而在采菊之际悠然见之。

[11] 山气：山间缭绕的云雾。此句言日之将夕，山间云雾氤氲可爱。

[12] 相与还：成群结伴飞归。

[13]“此中”二句：余冠英《汉魏六朝诗选》解得好：“末二句用《庄子》语。《庄子·齐物论》：‘辩也者，有不辩也，大辩不言。’《庄子·外物》：‘言者所以在意也，得意而忘言。’诗意是说从大自然的启示，领会到真意，不可言说，也无待言说。”

◎ 评析

古今多少人评此诗，皆着眼于“采菊东篱下，悠然见南山”二句，尤重在说一“见”字，是诚然矣。但不知此诗通篇俱佳，浑然自在，所谓元气浩然流转，毫无滞碍者也。即如“山气日夕佳，飞鸟相与还”，古今诗人谁能道得？好诗固不待摘句论也。

其　二

清晨闻叩门，倒裳往自开[1]。问子为谁欤？田父有好怀[2]。
壶浆远见候[3]，疑我与时乖[4]。褴缕茅檐下[5]，未足为高栖[6]。
一世皆尚同[7]，愿君汩其泥[8]。深感父老言，禀气寡所谐[9]。
纡辔诚可学[10]，违己讵非迷[11]！且共欢此饮，吾驾不可回[12]。

◎ 注释

[1] 倒裳：上衣与下裳颠倒。《诗经·齐风·东方未明》有句：“东方未明，颠倒衣裳。颠之倒之，自公召之。”此用其意，言急起迎客，不及仔细分辨上衣下裳。

[2] 好怀：善意。

[3]“壶浆”句：言自远处提着满壶酒浆前来问候。

[4] 与时乖：与现实背离。此句意谓：询问我为何要与现实背道而驰。

[5] 褴缕：衣衫破烂。

[6] 未足：算不得。高栖：高隐。以上二句言：你这样破衣烂衫地居住在茅屋之下，这并不能算是高隐。

[7]“一世”句：言天下人都以同流合污为处世之要道。

[8] 汩其泥：搅起沉泥。语用《楚辞·渔父》中意：“世人皆浊，何不淈其泥而扬其波？”此句意谓：希望你也能跟世人一样地投入浊流之中，何必远离世俗，穷困自守？

[9] 禀气：天赋的脾气。寡所谐：很难与世俗相和谐。

[10] 纡（yū）辔：回车复路。纡，曲。辔，缰绳。

[11] 讵：岂。迷：失误。以上二句意谓：回车复路纵然可行，但违背自己初衷，岂不是迷失了正路！

[12] 驾：马车。末二句意谓：还是共饮此酒吧，我所选定的道路是一定要继续走下去的。

◎ 评析

设为问答，以见隐居避世之志的坚定不移。诗用屈子《渔父》语意，正亦是与屈子《渔父》同旨。

其　三

故人赏我趣[1]，挈壶相与至[2]。班荆坐松下[3]，数斟已复醉。父老杂乱言，觞酌失行次[4]。不觉知有我，安知物为贵？悠悠迷所留，酒中有深味！[5]

◎ 注释

[1] 赏：欣赏。趣：情趣、意趣。

[2] 挈壶：带着酒壶。

[3] 班荆：铺荆条于地。班，布置。《左传·襄公二十六年》言伍举与声子“遇之于郑郊，班荆相与食，而言复故”。此句亦指老友相聚而坐饮于松下。

[4] 觞酌：斟酒。失行次：谓酒醉而忘了长幼次序。

[5]“悠悠”二句：言悠悠忽忽地陶醉于所余留之酒而不肯离去，从酒中体会到俗人难知的深味。

◎ 评析

与上篇田父提壶见候事同而意异。然皆见渊明之真，非徒写饮酒之乐也。

其　四

羲农去我久[1]，举世少复真[2]。汲汲鲁中叟[3]，弥缝使其淳[4]。

凤鸟虽不至[5]，礼乐暂得新[6]。洙泗辍微响[7]，漂流逮狂秦[8]。
诗书复何罪[9]？一朝成灰尘[10]！区区诸老翁[11]，为事诚殷勤[12]。
如何绝世下[13]，六籍无一亲[14]？终日驰车走[15]，不见所问津[16]。
若复不快饮，空负头上巾[17]。但恨多谬误[18]，君当恕醉人[19]。

◎ 注释

[1] 羲农：指传说中上古帝王伏羲氏与神农氏。

[2] 真：淳真、质朴。首二句言古朴的伏羲、神农时代久已过去，现今世上绝少淳真之物。

[3] 汲汲：匆忙营求状。鲁中叟：指孔子。

[4] 弥缝：补救。以上二句言孔子奔忙一生，就是欲使此浇薄之世回归真淳。

[5]“凤鸟”句：出自《论语·子罕》：“凤鸟不至，河不出图，吾已矣夫。”此句言太平盛世未到，故凤凰不至。

[6]“礼乐”句：《史记·孔子世家》言“孔子不仕，退而修诗书礼乐”，此句即指礼乐至孔子衰而复传。

[7] 洙泗：古泗水至孔子故里鲁国曲阜地段分而为洙、泗二水。孔子即葬于曲阜城北泗水边。辍：停止。微响：精微要妙的声音，指孔子之言。《汉书·艺文志》有“昔仲尼没而微言绝，七十子丧而大义乖”之语。此句即沿用此意，言世上再也听不到孔子那样的精要之言了。

[8] 漂流：形容时光流逝。逮：至、到。狂秦：狂暴无道的秦朝。

[9] 诗书：此以《诗经》《尚书》代指儒家经典。

[10]“一朝”句：指秦始皇焚书坑儒之事。据《史记·秦始皇本纪》载，焚书诏令：“史官非秦记皆烧之”“天下敢有藏《诗》《书》、百家语者，悉诣守、尉杂烧之”。

[11] 区区：勤谨诚恳貌。诸老翁：指汉初传授儒经的伏生、申培公等人。据《汉书·儒林传》载，伏生治《尚书》时年九十余岁；申培公教《诗经》时也已八十余岁。

[12] 为事：指作传经之事。以上二句言汉代诸老儒诚恳严谨地传授儒经，使之失而复得。

[13] 绝世：衰败之世。

[14] 六籍：即六经，指《诗经》《尚书》《周易》《礼记》《春秋》《乐》（《乐》经久佚不传）儒家六部经典。亲：重视。以上二句指魏晋时期不重儒术。

[15]“终日”句：指今世之人终日奔竞于仕途。

[16] 问津：即子路问津，代指孔子一生为治世而奔忙。事见《癸卯岁始春怀古田舍》注释[12]。以上二句意谓今人只为私己的俗务奔忙，再也无人像孔子那样为治世而奔走了。

[17] 头上巾：儒者头戴的方巾。《宋书·陶潜传》载：“郡将候潜，值其酒熟，取头上葛巾漉酒，毕，还复着之。”以上二句谓己枉戴儒巾却无以治世，只得借酒以自遣。

[18] 多谬误：谓己之言行多与儒教背离。

[19] 君：泛指儒者。

◎ 评析

此篇为《饮酒》二十首的最后一首，归结到《诗》《书》《礼》《乐》久已无人问津，我辈也只得快饮，庶乎复其本真。但是，快饮必醉，亦多谬误，真是无可奈何的了。

拟　古[1]

其　一

少时壮且厉，抚剑独行游[2]。谁言行游近？张掖至幽州[3]！
饥食首阳薇[4]，渴饮易水流[5]。不见相知人[6]，惟见古时丘[7]。
路旁两高坟，伯牙与庄周[8]。此士难再得，吾行欲何求！[9]

◎ 注释

[1] 拟古即仿古，指仿汉代古诗而作，并非专拟古人某家、某篇。此题下有诗九首，今选其中第八、九两首。

[2] 厉：猛烈。抚剑：剑佩腰际而手按其柄。

[3] 张掖：古郡名，治所在觻得（今甘肃张掖）。幽州：古州名，治所在蓟县（今北京城西南）。

[4] 首阳：山名。见阮籍《咏怀》其二注释［6］。

[5] 易水：在今河北古幽州境内，源于易县，汇入南拒马河。据《史记·刺客列传》载，荆轲将刺秦王，至易水上作歌曰：“风萧萧兮易水寒，壮士一去兮不复还！”以上二句言己食于首阳、饮于易水，钦慕夷、齐，荆轲的节义，大有愤世之意。

[6] 相知人：知音、知心人。

[7] 丘：坟丘。

[8] 伯牙：俞伯牙，春秋时的乐师，善鼓琴，钟子期为其知音。庄周：即庄子，与惠施为友。《淮南子·修务训》载："是故钟子期死而伯牙绝弦破琴，知世莫赏也；惠施死而庄子寝说言，见世莫可为语者也。"

[9]"此士"二句：言今世再无俞伯牙与钟子期，庄周与惠施这样的知音可求。

◎ 评析

志士无人，知音难得，少时意气，将何所施？唯有"隐居以求其志"耳。可慨也夫！

其　二

种桑长江边，三年望当采[1]。枝条始欲茂，忽值山河改[2]。
柯叶自摧折[3]，根株浮苍海。春蚕既无食，寒衣欲谁待？
本不植高原，今日复何悔！[4]

◎ 注释

[1] 望：可望、盼望。

[2] 值：遇到。山河改：指发生沧海桑田之变。

[3] 柯：枝干。

[4]"本不"二句：本，当初。言桑当初本应植于高原，却被植于江边，以致枝叶摧折、根株浮沧海，悔之无及！

◎ 评析

以种桑长江边喻刘裕弑晋主而立琅邪王（恭帝），越三年，刘遂逼禅称宋。全篇用比，意甚显然，无所谓"欲言难言"（沈德潜说）也。

杂　诗[1]

其　一

白日沦西阿，素月出东岭[2]。遥遥万里晖[3]，荡荡空中景[4]。风来入房户，夜中枕席冷。气变悟时易[5]，不眠知夕永[6]。欲言无予和[7]，挥杯劝孤影[8]。日月掷人去[9]，有志不获骋[10]。念此怀悲凄，终晓不能静[11]。

◎ 注释

[1] 此题下原有诗十二首，此选其中第二、八两首。

[2] 沦：沉入。西阿：西山。阿，陵。素月：皓月、明月。

[3] 晖：此指月光。

[4] 荡荡：浩大空阔貌。景：同“影”，此指月。

[5] 气：气候。悟：想起。时易：四时季节更替。

[6] 夕永：夜长。

[7] 予：我。和：应答。

[8] 劝孤影：言坐上别无他人，只能向自己的影子劝酒。

[9] 日月：时光。掷：抛弃。此句谓岁月流逝。

[10] 骋：施展、发挥。此句言己有远大理想却无法实现。

[11] 终晓：一夜至天明。静：指心静。

◎ 评析

全篇诗意全在“日月掷人去，有志不获骋”二句。方东树称此篇“白描情景，空明澄澈，气韵清高”，固是。然若“欲言无予和，挥杯劝孤影”，于寂寞无聊之时得此遣闷妙法，自是奇想，无怪乎王船山评为“此老霸气语”也。

其　二

代耕本非望[1]，所业在田桑[2]。躬亲未曾替[3]，寒馁常糟糠[4]。

岂期过满腹[5]，但愿饱粳粮[6]。御冬足大布[7]，粗絺以应阳[8]。

正尔不能得[9]，哀哉亦可伤！人皆尽获宜[10]，拙生失其方[11]。

理也可奈何[12]，且为陶一觞[13]。

◎ 注释

[1] 代耕：指以官禄为生资以代替农耕，出自《孟子·万章下》："下士与庶人在官者同禄，禄足以代其耕也。"此句言做官本非自己的愿望。

[2]"所业"句：谓自己所从事的职业在于农耕和蚕桑。

[3] 躬亲：亲自操作。替：废弃。

[4] 糟糠：酒糟和糠粃，此句言其受冻挨饿常以糟糠代粮。

[5] 期：期望。过满腹：出自《庄子·逍遥游》："偃鼠饮河，不过满腹。"言并无奢望，只求饱腹而已。

[6] 粳：粳稻。

[7] 御冬：抗御冬寒。大布：粗布。

[8] 絺（chī）：麻布。应阳：应付炎夏。

[9] 正尔：正是这点要求。

[10]"人皆"句：谓别人都能得到其该得到的一切。

[11]"拙生"句：言己拙于谋生，找不到一条出路。

[12]"理也"句：言理当如此，莫可奈何。此乃感叹人生之理如此乖违、无理。

[13] 陶：畅快。末句言姑且畅饮一杯聊以自慰。

◎ 评析

代耕非望，解职归田。但求免于饥寒，别无奢望；然即此亦不能得，岂不哀哉可伤！拙于谋生，无可奈何，不去想它，且饮一杯吧。《杂诗》非一时一事之作，情绪各异，而皆不免于愁叹。此篇愁叹饥寒，无以解除此困，只得借一醉了之，而愁乃愈深！

咏荆轲[1]

燕丹善养士[2]，志在报强嬴[3]。招集百夫良[4]，岁暮得荆卿。
君子死知己[5]，提剑出燕京[6]。素骥鸣广陌[7]，慷慨送我行[8]。
雄发指危冠[9]，猛气冲长缨[10]。饮饯易水上[11]，四座列群英[12]。
渐离击悲筑[13]，宋意唱高声[14]。萧萧哀风逝[15]，淡淡寒波生[16]。
商音更流涕[17]，羽奏壮士惊[18]。心知去不归[19]，且有后世名[20]。
登车何时顾[21]，飞盖入秦庭[22]。凌厉越万里[23]，逶迤过千城[24]。
图穷事自至[25]，豪主正怔营[26]。惜哉剑术疏[27]，奇功遂不成[28]！
其人虽已没[29]，千载有余情。

◎ 注释

[1] 荆轲：战国末年刺客。其先齐人，至燕后，燕人谓之荆卿。因替燕太子丹刺秦王嬴政，不中，被杀。事见《史记·刺客列传》。

[2] 养士：豢养门客。

[3] 嬴：秦始皇姓嬴名政。据《史记·刺客列传》载："及政立为秦王。而丹质于秦。秦王之遇燕太子丹不善，故丹怨而亡归。归而求为报秦王者。"此句即言燕丹立志要向强暴的秦王嬴政报仇。

[4] 百夫良：百人中最杰出者。泛指才能出众者。

[5] 君子：讲道义者，指荆轲。死知己：谓为知己者而死，在所不辞。

[6] 燕京：战国时燕国都城，位于今北京城西南。

[7] 素骥：白马。广陌：宽广的大道。

[8] 我：指荆轲。

[9] 雄发：犹言"怒发"。指：直立。危冠：高冠。

[10] 缨：冠带。以上二句极言荆轲行前怒发冲冠、慷慨激昂状。

[11] 饮饯：饮饯行酒。易水：见《拟古》其一注释[5]。

[12]"四座"句：谓前来饯行者均为英雄豪杰。

[13] 渐离：即高渐离，燕国人。与荆轲友善。善击筑。筑：古乐器名，以竹制成，形如筝而颈细肩圆，有弦十三根，以竹板击鸣。此句意谓：高渐离击筑而发出悲哀之音。

[14] 宋意：燕国人，时亦为燕太子丹门客。

[15] 萧萧：风声。逝：飘摇而去。

[16] 淡淡：水波摇动貌。

[17] 商音：五音之一，其音哀婉凄清。

[18] 羽：五音之一，其音慷慨高亢。以上二句意谓筑奏商音时众人悲哀而流涕；奏至羽声时，其慷慨之音震撼人心。

[19] 去不归：有去无回。

[20]“且有”句：言英名可留传后世。

[21] 何时顾：何曾时时回顾。言义无反顾。

[22] 飞盖：飞车。盖，古时马车上的伞状车篷。

[23] 凌厉：昂扬奋进状。

[24] 逶迤：绵长曲折貌。

[25] 图：即荆轲献与秦王的燕国督亢地图，内藏行刺匕首。穷：尽。事：行刺之事。此句意谓：秦王展观地图，图展尽而匕首现，荆轲乃手持匕首刺秦王。

[26] 豪主：指嬴政，即秦始皇。怔营：惶惧惊呆貌。

[27] 疏：粗疏而不专精。

[28] 奇功：特殊的功勋。指行刺秦王之事。

[29] 其人：指荆轲。没：死。末两句言荆轲其人虽已死，但千载之下，提起此事仍使人动情不已。

◎ 评析

宋儒朱熹曰："渊明诗，人皆说平淡，余看他自豪放，但豪放得来不觉耳。其露出本相者，是《咏荆轲》一篇。平淡底人如何说得这样言语出来?"此评极好，不须更加一语。

读《山海经》[1]

其　一

孟夏草木长，绕屋树扶疏[2]。众鸟欣有托[3]，吾亦爱吾庐。
既耕亦已种，时还读我书。穷巷隔深辙[4]，颇回故人车。

欢然酌春酒，摘我园中蔬。微雨从东来，好风与之俱[5]。泛览周王传[6]，流观山海图[7]。俯仰终宇宙[8]，不乐复何如[9]！

◎ 注释

[1]《山海经》乃先秦古书，它记述了古代原始宗教、神话传说及海内外山川异物等，是具有重要史料价值的古代地理著作。陶渊明《读山海经》诗共十三首，此选其中第一、十两首。

[2] 孟夏：初夏。扶疏：枝叶茂盛四下伸展状。

[3] 托：依托。此句言树茂而众鸟有栖息之所。

[4] 隔：绝。辙：车行之迹。此句与下句言己身居僻陋之地，门前冷落，连老友也不常往来。

[5]“好风”句：言和风伴随着细雨同至。

[6] 泛览、流观：随意浏览。周王传：即有关西周穆王的神话传说故事书《穆天子传》。

[7] 山海图：即《山海经图》，原有古图，又有汉时所传之《山海经图》。

[8] 俯仰：指俯仰之间，言时间短暂。终：遍及。宇宙：天下。此句谓俯仰之间便可通过《山海经》一书了解大千世界。

[9]“不乐”句：言如果这样还不欢乐，那还要怎样呢？

◎ 评析

此诗是同题十三首组诗之冠，写隐居幽静，耕余泛览图书的乐趣。论者或谓渊明诗此篇最佳。佳在何处？盖在于心有所会，自然流出，平和安雅，不费力气，更无半点斧凿痕，故能入妙也。

其　二

精卫衔微木[1]，将以填沧海。形天舞干戚[2]，猛志固常在[3]。同物既无虑[4]，化去不复悔[5]。徒设在昔心[6]，良晨讵可待[7]？

◎ 注释

[1] 精卫：古神话传说中的鸟名。事见《山海经·北山经》：“发鸠之山，其上多柘木。有鸟焉，其状如乌……是炎帝之少女，名曰女娃。女娃游于东海，溺而不返，故为精卫。

常衔西山之木石，以堙于东海。”

[2] 形天：即刑天，传说为炎帝之臣。《山海经・海外西经》说：“形天与帝争神，帝断其首，葬之常羊之山。乃以乳为目，以脐为口，操干戚以舞。”干戚：据郭璞注曰：“干：盾；戚：斧也。”

[3] 猛志：勇猛的斗志。以上二句言刑天无头但斗志不衰，继续与天帝斗争。

[4] 同物：指精卫、干戚活着时均为有生命之物。虑：顾忌、顾虑。

[5] 化去：幻化为他物。以上二句意谓：精卫、刑天活着时既能无所顾虑地斗争，今已化去，当然更不再追悔，仍继续斗争永不止息。

[6] 徒设：枉存。在昔心：昔日的心志。此句言死后仍保持其生前的心愿。

[7] 良晨：好日子，指壮志实现之日，亦即精卫填平东海、刑天战胜天帝之时。讵：岂。末句意谓：理想实现的那一天又怎能等到呢？

◎ 评析

坚决斗争，生死以之。知其不可为而为之，与不知其不可为而为之，同样值得敬重。起以“将以”“固常”推尊，结以“徒设”“讵可”伤叹，陶公心事，皎然可见。

桃花源诗[1]并记

晋太元中，武陵人捕鱼为业[2]。缘溪行[3]，忘路之远近。忽逢桃花林，夹岸数百步[4]，中无杂树，芳草鲜美，落英缤纷[5]。渔人甚异之。复前行，欲穷其林[6]。林尽水源[7]，便得一山，山有小口，仿佛若有光，便舍船，从口入。初极狭，才通人。复行数十步，豁然开朗。土地平旷，屋舍俨然[8]，有良田美池桑竹之属。阡陌交通[9]，鸡犬相闻。其中往来种作，男女衣著，悉如外人。黄发垂髫[10]，并怡然自乐[11]。见渔人，乃大惊，问所从来[12]，具答之。便要还家，设酒杀鸡作食。村中闻有此人，咸来问讯[13]。自云：“先世避秦时乱，率妻子邑人来此绝境[14]，不复出焉，遂与外人间隔。”问今是何世，乃不知有汉，无论魏、晋。[15]此人一一为具言所闻[16]，皆叹惋。余人各复延至其家[17]，皆出酒食。停数日，辞去。此中人语云：“不足为外人道也。”既出，得其船，便扶向路[18]，处处志之[19]。及郡下[20]，诣太守说如此[21]。太守即遣人随其往，寻向所志，遂迷，不复得路。南阳刘子骥[22]，高尚士也，闻之，欣然规往[23]。未果[24]，寻病终[25]。后遂无问津者[26]。

嬴氏乱天纪[27]，贤者避其世。黄绮之商山[28]，伊人亦云逝[29]。
往迹浸复湮[30]，来径遂芜废[31]。相命肆农耕[32]，日入从所憩[33]。
桑竹垂余荫，菽稷随时艺[34]。春蚕收长丝，秋熟靡王税[35]。
荒路暧交通[36]，鸡犬互鸣吠。俎豆犹古法[37]，衣裳无新制。
童孺纵行歌，斑白欢游诣[38]。草荣识节和，木衰知风厉。[39]
虽无纪历志[40]，四时自成岁[41]。怡然有余乐，于何劳智慧[42]！
奇踪隐五百[43]，一朝敞神界。淳薄既异源[44]，旋复还幽蔽[45]。
借问游方士[46]，焉测尘嚣外[47]！愿言蹑轻风[48]，高举寻吾契[49]。

◎ 注释

[1] 此题在一般以文为主的散文选本中题作《桃花源记并诗》。

[2] 太元：东晋孝武帝司马曜年号（376—396）。武陵：汉代郡名，在今湖南常德。此句谓武陵有一个渔民。

[3] 缘：顺、循。

[4] 夹岸：夹溪两岸。

[5] 落英：落花。缤纷：纷繁、盛多。

[6] 穷：尽。此句谓其欲走至桃林尽头。

[7] 林尽水源：至溪水之源，始到桃林尽头。

[8] 俨然：整齐貌。

[9] 阡陌：田间纵横的道路。交通：交叉通达。

[10] 黄发：老人。因人老则黑发变白，视若灰黄色。垂髫：指垂发未髻的孩童。

[11] 怡然：安适和悦貌。

[12] 所从来：来自何处。

[13] 咸：皆、都。

[14] 邑人：犹言“同乡”“乡亲”。绝境：与世隔绝之地。

[15]“不知”二句：言不知有汉代，更不必说会知道魏晋了。

[16] 具言所闻：将知道的事都讲出来。

[17] 延：邀请。

[18] 扶：顺、沿。向路：旧路、原路。

[19] 志：记、做标记。

[20] 郡下：指武陵郡。

[21] 诣：往见。

[22] 南阳：郡名，今河南南阳。刘子骥：东晋隐士，名骥之，《晋书·隐逸传》有传。

[23] 规：计划。

[24] 果：实现。

[25] 寻：不久、旋即。

[26] 问津：打听、询问这条溪路。

[27] 嬴氏：指秦始皇，其姓嬴。天纪：天道。

[28] 黄绮：指秦末汉初两隐士夏黄公和绮里季。他们与东园公、甪里先生皆隐居于商山（今陕西商洛商州东南），世称“商山四皓”。

[29] 伊人：指最初进入桃花源的人。云：语词，无义。逝：逃走。以上二句意谓：当黄绮等人隐入商山时，那些人也逃往桃花源中。

[30] 往迹：过去的踪迹。浸复湮：渐就隐没。

[31] 来径：通往外境的小径。芜废：荒芜废弃。

[32] 相命：相互督劝。肆农耕：尽力从事农耕。

[33] 憩：歇息。

[34] 菽：豆类。稷：粟。“菽稷”二字泛指五谷杂粮。艺：种植。

[35] 靡：无。王税：官府征收的赋税。

[36] 暧：不明。此句言无人行走，通道为草木遮掩而荒蔽。

[37] 俎（zǔ）豆：古代祭祀用以盛置祭品的两种礼器，此借指祭祀。

[38] 斑白：此以白发代指老年人。

[39]“草荣”二句：言桃花源中人见草木开花才意识到时节转暖，春日已到；见树木凋零，便知寒风凛冽，秋冬将至。

[40] 纪历志：记载时历的志书，即古代由朝廷颁布的历书，俗称“黄（皇）历”。

[41] 自成岁：自然构成一年。

[42]“于何”句：谓一切听其自然，没有什么需要操心的事。

[43] 奇踪：神秘的踪迹。隐：隐蔽。五百：五百年。指自秦乱至东晋太元间的五百八十余年。

[44] 淳：淳厚。薄：浇薄。异源：根源不同，喻本质不同。

[45] 旋：不久、马上。还幽蔽：又变为深幽隐蔽，与外世隔绝。

[46] 游方士：道家语，指游于方内之人，即人世间的凡夫俗子。此出《庄子·大宗师》：“孔子曰：‘彼游方之外者也，而丘游方之内者也。’”

[47] 测：测算。嚣尘：凡间。以上二句谓世间凡夫俗子焉能测算出仙界的事。

[48] 言：语词，无义。蹑：脚踏、乘。

[49] 高举：高升、高飞。契：合。末句意谓：我愿乘清风而上升，高飞到神界去寻求与我志同道合者。

◎ 评析

桃花源是陶渊明的理想社会。没有统治者，大家“相命肆农耕”，人人自食其力；没有剥削者，故“春蚕收长丝，秋熟靡王税”。我们还能要求一千六百多年前的陶公写出比这更高、更细的理想社会构图吗？过去选文者往往只取《记》而不录其《诗》，就思想内容而言，《记》与《诗》是互补的，二者并无重复，缺一即不能得其理想国的全貌。

吴隐之

（？—413）

字处默，濮阳鄄城（今山东鄄城）人。博涉文史，以儒雅标名。为晋陵太守，以清俭称。安帝隆安（397—401）中，为广州刺史，未至州二十里，地名石门，有水曰贪泉，相传饮者怀无厌之欲，隐之至泉，故意酌而饮之，遂赋《酌贪泉诗》。及至州，清操愈厉。《晋书》列入《良吏传》中。

酌贪泉诗

古人云此水，一歃怀千金[1]。试使夷齐饮[2]，终当不易心[3]。

◎ 注释

[1] 歃：吸、饮。怀千金：怀有得千金的贪欲。

[2] 夷齐：伯夷、叔齐，代表廉介清操之人。事见阮籍《咏怀》其二注释[6]。

[3] 易心：变心。此句谓夷、齐操守坚定，在任何情况下都不会改变心志的。

◎ 评析

寥寥二十字的这首五言古绝，写出如此一番大道理，且非板起面孔说教，可谓好诗。

无名氏

本书自此以下，凡属乐府民歌，无作者主名，均署无名氏。

陇上歌[1]

陇上壮士有陈安，躯干虽小腹中宽[2]，
爱养将士同心肝。骣骢父马铁锻鞍[3]，
七尺大刀奋如湍[4]，丈八蛇矛左右盘[5]，
十荡十决无当前[6]。战始三交失蛇矛[7]，
弃我骣骢窜岩幽[8]，为我外援而悬头[9]。
西流之水东流河[10]，一去不还奈子何[11]！

◎ 注释

[1] 西晋末年，刘曜攻下长安称帝后，陈安聚众十余万人反抗前赵统治，据守上邽（今甘肃

天水西南），自称凉王。《晋书·载记第三·刘曜》载，刘曜亲征陈安，围安于陇城。安败，南走陕中。曜使其将平先等以劲骑追之。安率壮士十余骑与之格战。安左手奋七尺大刀，右手执丈八蛇矛，近交则刀矛俱发，辄害五六；远则双带鞬服左右驰射而走。平先亦壮健绝人，勇捷如飞，与安搏战，三交，夺其蛇矛而退。会日暮，安与左右五六人匿于涧曲。翌日，遂被追斩。时为前赵刘曜光初六年（323）。安善于抚接，吉凶夷险，与众同之。及其死，陇上为之歌，即此所录。曜闻而嘉伤，命乐府歌之。宋郭茂倩《乐府诗集》卷八十五收此于《杂歌谣辞》，题曰《陇上歌》。陇上：此指东汉所设的陇县，治所在凉州（今甘肃张家川）。

[2] 腹中宽：指心胸豁达。

[3] 爱养：爱抚。骉（niè）：快马。骢（cōng）：马毛色青白，俗称"菊花青"马。父马：公马。此句谓陈安骑的是菊花青快马，备着坚固的铁马鞍。

[4] 湍：急流。形容飞舞大刀时寒光如湍流。

[5] 蛇矛：长矛。盘：旋转。

[6] 荡：冲杀。决：突围。当前：阻挡于前。

[7] "战始"句：言刚交锋三次就失掉了手中的蛇矛。

[8] 窜：逃跑。岩幽：石窟、山洞。此句言其弃马而逃至深山。

[9] "为我"句：言其本已逃脱，却又因作为士众的外援而重新迎战，遂被杀悬头。

[10] 西流之水：指陇水。陇水西流入洮水，洮水入黄河。东流河：谓黄河东流入海。

[11] "一去"句：明言流水，实指陈安，言其一去不返无可奈何。

◎ 评析

描写陈安极状其勇，读来令人振奋。结处两句，完全是民歌语言，似不切而实深切，余哀不尽，最是意永。

独漉篇[1]

独漉独漉，水深泥浊[2]。泥浊尚可，水深杀我。

雍雍双雁[3]，游戏田畔。我欲射雁，念子孤散[4]。

翩翩浮萍[5]，得风摇轻[6]。我心何合[7]？与之同并。

空床低帷[8]，谁知无人？夜衣锦绣[9]，谁别伪真？

刀鸣鞘中[10]，倚床无施[11]。父冤不报，欲活何为[12]！猛虎班班[13]，游戏山间。虎欲啮人[14]，不避豪贤。

◎ 注释

[1]《晋书・乐志下》载："拂舞出自江左，旧云吴舞，检其歌，非吴辞也。"拂舞歌诗五篇，其三为《独禄篇》("禄"他书作"漉")。《乐府诗集》卷五十四"晋拂舞歌诗"《独漉篇》解题引《伎录》曰："'求禄求禄，清白不浊。清白尚可，贪污杀我。'晋歌为'鹿'字，古通用也。疑是风刺之辞。"漉：淌水渡河。取其与"禄"谐音，比喻独涉官场。

[2]水深泥浊：比喻官场凶险四伏、黑暗污秽。

[3]雍雍：鸟雀和鸣声。以下十句皆言己孤独的心情。

[4]子：指孤雁。孤散：被拆散而孤单。

[5]翩翩：此指水波上下浮动貌。

[6]摇轻：轻轻飘摇。

[7]何合：与谁相合，即与谁同心。下句中"并"亦即"合"。

[8]低帷：垂帐。

[9]衣：用作动词，穿。锦绣：指锦绣之衣。此句与下句喻己有真才实学，因混迹于真伪难辨的官场中而不为世人所知。

[10]鞘(qiào)：同"鞘"，刀鞘。

[11]施：用。

[12]"欲活"句：谓枉活在世上干什么。

[13]班班：同"斑斑"，花纹斑斓貌。

[14]啮：咬。末二句意谓：虎欲食人时并不因你是豪杰贤良之人便退而他求，比喻暴君嗜杀而不顾忠良。

◎ 评析

沈德潜赞以"英爽直追汉人"，是矣，然只道得它的气格。至于此篇思想，则颇有国风遗意，汉乐府亦少见之。

子夜歌[1]

其　一

落日出前门，瞻瞩见子度[2]。冶容多姿鬓[3]，芳香已盈路[4]。

◎ 注释

[1]《旧唐书·音乐志二》曰："《子夜》，晋曲也。晋有女子夜造此声，声过哀苦。"以此知"子夜"者，乃创造此歌曲声调的女子之名，后人即用其曲复制更多的歌辞，亦皆以"子夜"称之。故《乐府解题》曰："后人更为四时行乐之词，谓之《子夜四时歌》。又有《大子夜歌》《子夜警歌》《子夜变歌》，皆曲之变也。"《晋书·乐志下》亦云："《子夜歌》者，女子名子夜，造此声。孝武太元中，琅邪王轲之家有鬼歌子夜，则子夜是此时以前人也。"《乐府诗集》卷四十四著录"晋宋齐辞"《子夜歌》四十二首，《子夜四时歌》七十五首（春、夏、秋、冬分别为二十、二十、十八、十七首）于"清商曲辞"之"吴声歌曲"中，近人丁福保、逯钦立亦皆因之。此从《乐府诗集》卷四十四《清商曲辞·吴声歌曲·子夜歌》四十二首（晋宋齐辞）中选其第一、二、三及第三十七等四首。《子夜歌》本是男女赠答之辞，但现存歌辞多已错乱，不易辨识，唯此首与下首尚可断言为男赠女（其一）及女答男（其二）的一组。

[2]瞻瞩：瞻望瞩视。见子度：看见了你走过去。

[3]冶容：艳丽的容貌。多姿鬓：鬓发多姿。

[4]"芳香"句：言留下满路的脂粉鬓发之香气。

◎ 评析

男赠女，首夸其香艳，初次见到，不能深及情爱。

其　二

芳是香所为[1]，冶容不敢当[2]。天不夺人愿，故使侬见郎[3]。

◎ 注释

[1]"芳是"句：承接前诗而言，谓你所说的芬芳之气，那是脂粉等香料所散发出来的。

[2]"冶容"句：言你称赞我姿容冶艳，实在不敢当。

[3] 侬：吴语“我”。

◎ 评析

女答男只能就赠诗逐句对应，从中表示好感。这第一句答前诗第四句，第二句答第三句，第三、四句便总答其第一、二句，并报以爱意。

其　三

宿昔不梳头[1]，丝发披两肩。婉伸郎膝下[2]，何处不可怜[3]？

◎ 注释

[1] 宿昔：同“宿夕”，即昨夜。

[2] 婉伸：蜷曲而卧。

[3] 可怜：可爱。

◎ 评析

极尽偎依亲昵之态，然与狎亵淫荡之作毕竟异趣。

其　四

怜欢好情怀[1]，移居作乡里[2]。桐树生门前，出入见梧子[3]。

◎ 注释

[1] 怜：喜爱。欢：所爱之人。

[2] 乡里：犹言“邻居”。

[3] 梧子：与“吾子”谐音，隐指所爱的对方，即意中人。

◎ 评析

多用谐音、双关语辞，是民歌的特征之一，而情歌尤甚。把要说又不好说的字眼改用隐语道出，往往愈见多情。

子夜四时歌[1]

其　一

春林花多媚[2]，春鸟意多哀[3]。春风复多情，吹我罗裳开。

◎ 注释

[1]《子夜四时歌》七十五首分四季歌，此选其中《春歌》第十、《夏歌》第八、《秋歌》第十三、《冬歌》第一共四首。

[2] 媚：艳丽。

[3]“春鸟”句：指春鸟求偶，啼声哀切。

◎ 评析

林花媚，鸟鸣哀，春事皆自为哀乐，不关于人。唯有春风多情，时时吹开罗裳，送来温馨的春意。

其　二

朝登凉台上，夕宿兰池里[1]。乘月采芙蓉[2]，夜夜得莲子[3]。

◎ 注释

[1] 兰池：西汉时长安有兰池宫，此指留宿之地。

[2] 芙蓉：荷花，隐指女子。

[3] 莲：谐“怜”之音。怜，爱也。子：你。

◎ 评析

运用谐音双关隐指内心欲说而又不便明说之事，如“莲子”谐“怜子”是也。

其　三

初寒八九月，独缠自络丝[1]。寒衣尚未了[2]，郎唤侬底为[3]？

◎ 注释

[1] 独缠自络：即独自缠络。络，缠绕。

[2] 了：完成。

[3] 侬：我。底为：为什么。底，犹言“何”。

◎ 评析

妇答夫唤，只以寒衣未了相告，爱之笃切而勤于事，非故迟迟不往就也。

其　四

渊冰厚三尺[1]，素雪覆千里[2]。我心如松柏，君情复何似[3]？

◎ 注释

[1] 渊：深潭。

[2] 素：洁白。

[3] 何似：何如、像什么。

◎ 评析

先告以我心如松柏不凋，经得起严冬冰雪的考验，然后问君情何似，只是希望也能同己罢了。

懊依歌[1]

其　一

丝布涩难缝[2]，令侬十指穿[3]。黄牛细犊车[4]，游戏出孟津[5]。

◎ 注释

[1]《乐府诗集》卷四十六著录《懊侬歌》十四首于《清商曲辞·吴声歌曲》中。解题引："《古今乐录》曰：'《懊侬歌》者，晋石崇、绿珠所作，唯"丝布涩难缝"一曲而已，后皆隆安初民间讹谣之曲。'"然而，无论《晋书》《宋书》，《乐志》皆只云："《懊侬歌》者，（晋）隆安初，俗（民）间讹谣之曲，语在《五行志》"，未有始作于石崇、绿珠之说，且"丝布涩难缝"这样内容也不似豪富人家宠姬声口，故不可从，仍一律作为民歌。此于十四首中选其第一、三共两首。懊侬：即"懊侬"，懊恼、烦闷。

[2]涩：滞针。

[3]穿：刺破。

[4]细犊车：小牛拉的车。

[5]孟津：黄河古渡口名，在今河南孟州南。末二句乃女子怨其想念之人远游忘返。

◎ 评析

前两句自述其在家之辛苦，后两句说丈夫外出游玩，乐而忘返。两两对照，怨情自见。

其　二

江陵去扬州[1]，三千三百里[2]。已行一千三，所有二千在。

◎ 注释

[1]江陵：县名，位于今湖北中部长江边。去：距离。扬州：州名，晋时治所在建邺（今江苏南京），亦地处长江岸。

[2]"三千"句：此指水路行程距离。后三句用行程遥远言其归期遥遥。

◎ 评析

这歌只说了江陵距扬州的距离，后三句算了个账，全是数字，可谓朴素已极。但读过之后，却觉它并不枯燥，反而大有情趣，正是民歌本色。

西洲曲[1]

忆梅下西洲[2]，折梅寄江北[3]。单衫杏子红[4]，双鬓鸦雏色[5]。
西洲在何处？两桨桥头渡[6]。日暮伯劳飞[7]，风吹乌臼树[8]。
树下即门前[9]，门中露翠钿[10]。开门郎不至，出门采红莲。
采莲南塘秋，莲花过人头[11]。低头弄莲子[12]，莲子青如水[13]。
置莲怀袖中，莲心彻底红[14]。忆郎郎不至，仰首望飞鸿[15]。
鸿飞满西洲，望郎上青楼[16]。楼高望不见，尽日栏干头[17]。
栏干十二曲[18]，垂手明如玉[19]。卷帘天自高[20]，海水摇空绿[21]。
海水梦悠悠[22]，君愁我亦愁[23]。南风知我意，吹梦到西洲[24]。

◎ 注释

[1]《乐府诗集》卷七十二《杂曲歌辞》收此曲，下注“古辞”。沈德潜《古诗源》卷十二以此曲置梁武帝萧衍名下，不可信。他又在题下注：“一作晋辞。”今姑定为古辞置于晋代。后人用此题拟作者，唯唐温庭筠一篇，亦作《西洲词》。温作有云：“西洲风色好，遥见武昌楼”，大约这西洲或即在长江中游的鄂中一带。

[2]下：落下、飘零。此句乃女子回忆她与所欢共赴西洲观梅花飘落之景。

[3]寄：托人传送。江北：长江之北，女子所欢的居处。

[4]杏子红：杏红色。红，一作“黄”。

[5]鸦雏色：指头发如雏鸦羽毛一般乌黑油亮。

[6]两桨：指舟船。此句谓至桥头渡口乘船即可到达西洲。

[7]伯劳：鸟名，又名鵙（jú），夏至始鸣。

[8]乌臼：即乌桕，一种高大落叶乔木。以上二句谓风吹乌桕树动，惊飞了日暮归宿的伯劳。

[9]门前：指女子门前。

[10] 翠钿：镶嵌翠玉的金首饰。此代指女子。

[11] 过：高于。

[12] 弄：剥。

[13] 青如水：言自莲蓬中刚剥出的莲子其外壳碧绿，色如南塘之水。

[14] 莲心：剥去外壳的莲子。彻底红：红透。此句中“莲心”与“怜心”谐音，言其相爱之心赤诚不变。

[15] 望飞鸿：古有鸿雁传书之说，此句即借以言盼望回音。

[16] 青楼：魏晋时期豪富所居之楼多涂以青色。

[17]“尽日”句：言终日于栏杆边瞭望。

[18] 曲：曲折。

[19] 明：白。

[20]“卷帘”句：言卷帘而望则视野开阔，天空愈显得高远。

[21] 海水：内地人常江海混称，此海水即指江水。摇空：指水波摇曳、江面空阔。

[22] 悠悠：长远貌。此句言遥对江水而悠悠入梦。

[23] 愁：离别相思之愁。

[24]“吹梦”句：谓盼能梦归西洲、重温旧欢。

◎ 评析

全曲写一女子对其所爱的男子的回忆。自春初至秋后，昼夜思念无已。从头至尾以景物寓情，景物随时节变易，情亦随景物之变而深化。至于其所欢究竟是在江北还是在西洲，这西洲又在何处？距此女远近？均不可知，亦不必问。这篇名作诚如沈德潜所评：“续续相生，连跗接萼，摇曳无穷，情味愈出。”它的续连方法亦多变化：有一字首尾相续者（如“树”“楼”）；有两字相续者（如“莲子”“飞鸿”）；有隔一字或换一字相续者（如“门前”与“门中”；“红莲”与“采莲”；“人头”与“低头”）；还有一连数句均重用某一字者（如“门前”“门中”“开门”“出门”四句重“门”字；“红莲”“采莲”“莲花”“莲子”“置莲”“莲心”等七句重“莲”字）。真是变化多端，声情并茂。千余年来，长为选家所重，学诗者莫不熟诵焉。

宋诗

颜延之

（384—456）

字延年，琅邪临沂（今山东临沂）人。少孤贫，好读书。晋时为豫章公刘裕世子参军。入宋（420），补太子舍人。刘裕（宋武帝）死，少帝刘义符即位（423），延之出任始安太守。文帝刘义隆时（元嘉，424—453）任中书侍郎转太子中庶子，领步兵校尉，贬永嘉太守，七载，复入朝。孝武帝刘骏时，官至金紫光禄大夫。

延之与陶渊明为友，曾诔渊明，极称其品德之高。诗与谢灵运齐名，世称“颜谢”。然雕镂太甚，堆砌典故，鲍照评其“铺锦列绣，雕缋满眼”，艺术上自不及谢。在思想上却又有与谢异趣而高于谢者，如其《五君咏》对“竹林七贤”中嵇、阮备加赞扬，即可见其怀抱。

他原有文集三十卷，已散佚，张溥辑有《颜光禄集》，存诗四言四篇，五言三十余首。

北使洛诗[1]

改服饬徒旅[2]，首路局险艰[3]。振楫发吴洲[4]，秣马陵楚山[5]。
途出梁宋郊[6]，道由周郑间[7]。前登阳城路[8]，日夕望三川[9]。
在昔辍期运[10]，经始阔圣贤[11]。伊瀔绝津济[12]。台馆无尺椽[13]。
宫陛多巢穴[14]，城阙生云烟[15]。王猷升八表[16]，嗟行方暮年[17]。
阴风振凉野[18]，飞云瞀穷天[19]。临途未及引[20]，置酒惨无言。
隐悯徒御悲[21]，威迟良马烦[22]。游役去芳时[23]，归来屡阻愆[24]。
蓬心既已矣[25]，飞薄殊亦然[26]。

◎ 注释

[1] 据《宋书·颜延之传》载，东晋安帝义熙十二年（416），刘裕北伐，被授为宋公。颜延之时为豫章公刘裕世子参军，奉命出使洛阳，为刘裕庆殊命、参起居。此诗即写于北上途中。

[2] 改服：脱去常服，改着征衣。饬（chì）：整顿、整装待发。徒旅：随行人员。此句言其进行出发前的准备工作：收拾行装、整顿随行人员等。

[3] 首路：启程。局：狭窄弯曲。此句意谓：上路之后便经历了许多曲折艰险的程途。

[4] 振楫：摇船桨。吴洲：当为“吴州”，江南一带的泛称。此句言自江南吴地乘船出发。

[5] 秣（mò）：用作动词，喂，言以粟食马。陵：登上。楚山：指长江中下游地区，古属楚国，多丘山，故称。此句意谓：途中还要乘车马翻越楚地山陵。

[6] 梁宋：指黄河中下游地区，古属梁、宋二国，故称。

[7] 周郑：指周王城洛阳及郑都新郑一带。

[8] 阳城：春秋时郑国邑名，位于今河南登封东南。

[9] 三川：战国时郡名，治所在荥阳（今河南荥阳东北），因其境内有黄河、洛河和伊水而得名。

[10] 辍：停、中止。期运：气数运转。此句指东晋国运早已衰微，气数将尽。

[11] 经始：开始经营，指帝王创业。阔：远离。此句意谓虽欲重新创立基业，但圣贤之君的出现却遥遥无期。

[12] 伊瀔（gǔ）：二水名。伊水乃洛水的支流，在今河南西部。瀔水亦在河南境内。此句谓伊、瀔二水边无渡口可过河。

[13] 台馆：泛指房屋、建筑物。椽：房椽木。此句言前朝的宫室台馆等建筑均已毁坏无余，连尺木片瓦都不复存在。

[14] 陛：宫殿的台阶。此句言连宫殿的基址都变为狐兔出没的巢穴。

[15] 城阙：城门楼。以上四句统言近洛阳时所见战争留下的荒凉破败景象。

[16] 王猷（yóu）：王道。八表：八荒、远方。此句意谓昔日的王道早已被隔绝于八荒之外。

[17] 嗟：叹。行：经历。此句慨叹自己正经历着王朝末日。

[18] 振：刮。此句言荒野上刮着冷风。

[19] 瞀（mào）：遮蔽而使之昏暗。穷天：指一年将尽的季冬之时。此句谓阴云笼罩，冬日晦暗，天宇幽冥。

[20] 引：进、赶路。

[21] 隐悯：心中暗自悲伤。徒：枉。御：止。此句谓内心悲伤无法遏止。

[22] 威迟：同“威夷”“倭迟”。曲折绵延、历远貌。烦：疲殆。此句言道路曲折遥远，良马疲殆不堪。

[23] 游役：因服役而出行。去芳时：耗去青春年华。

[24] 阻愆（qiān）：受阻而误期。愆，过期。

[25] 蓬心：语出自《庄子·逍遥游》："夫子犹有蓬之心也夫。"蓬，即蓬草。蓬草遇风则飘转无定，此喻心无定准，随风蓬转，动荡不安。已矣：已经如此了。

[26] 飞薄：漂泊。末句谓己身与心同样漂泊，无复一日之安。

◎ 评析

钟嵘评颜延之诗过为繁密，"又喜用古事，弥见拘束"，却特别择出其"入洛"之篇，列入"五言之警策者"，称为"篇章之珠泽，文采之邓林"，非无故也。盖此诗虽以"文辞藻丽"为当时诗人"谢晦、傅亮所赏"，而后人读之，毕竟还能深深体味出其中的"黍离之感"与"行役之悲"，非徒以辞藻及古事称者。

五君咏[1]

阮步兵

阮公虽沦迹[2]，识密鉴亦洞[3]。沈醉似埋照[4]，寓辞类托讽[5]。
长啸若怀人[6]，越礼自惊众[7]。物故不可论[8]，途穷能无恸[9]！

◎ 注释

[1]《宋书·颜延之传》载，延之初领步兵校尉，赏遇甚厚。但因其好酒疏诞，每犯权要，被出为永嘉太守。怨愤之下作《五君咏》，借魏晋之际"竹林七贤"事以抒己怀抱。组诗共五首，此选其中第一、二、五共三首。阮步兵，即阮籍，曾任步兵校尉，故称。

[2] 沦迹：隐没踪迹，指不暴露本来面目。

[3] 识密：辨识细密。鉴：观照。洞：深刻。

[4] 埋照：指收敛才华，不自显露。埋，敛藏。照，光芒。

[5] 寓辞：文辞中的寓意。类：好似。托讽：托辞以寄讽。

[6] 长啸：撮口吹气以为哨音。据《晋书·阮籍传》载："籍尝于苏门山遇孙登，与商略终古及栖神道气之术，登皆不应，籍因长啸而退。至半岭，闻有声若鸾凤之音，响乎岩谷，乃登之啸也。遂归著《大人先生传》。"怀人：怀念故人。此句言阮籍用长啸以期

觅得知音。

[7]“越礼”句：《晋书·阮籍传》载有阮籍与嫂相见告别、醉卧邻家当垆少妇之侧、兵家女死，籍径往哭之等事，均被时人视为越礼之举。或讥之，籍曰：“礼岂为我设邪！”此句即言其常违背礼俗，令世人吃惊。

[8]物故：世事。论：评论、评说。《晋书·阮籍传》言其“虽不拘礼教，然发言玄远，口不臧否人物”，此句即谓其认为天下事不能妄加评论，故而从不评论眼前世事。

[9]途穷：穷途末路。恸：痛哭。《晋书·阮籍传》载，阮籍“时率意独驾，不由径路，车迹所穷，辄恸哭而反”。此句言世道衰微，他看不见一点希望，故常为之恸哭。

◎ 评析

借古喻怀，虽迹异而思想有相通处，故于阮公颇能得其真意。

嵇中散[1]

中散不偶世[2]，本自餐霞人[3]。形解验默仙[4]，吐论知凝神[5]。立俗迕流议[6]，寻山洽隐沦[7]。鸾翮有时铩[8]，龙性谁能驯[9]！

◎ 注释

[1]嵇中散，即魏晋之际的“竹林七贤”之一嵇康，字叔夜，谯郡铚（今安徽宿州西）人。官中散大夫，世称嵇中散。其思想颇受老庄影响。自言“非汤武而薄周孔”（见其《与山巨源绝交书》），明白地表示其蔑视儒家的人伦偶像，目的在于推翻司马氏蓄谋篡魏的理论依据，故为司马氏所不容，终被司马昭的心腹钟会构陷而杀害。其诗长于四言，其文学成就与阮籍齐名。有《嵇康集》十卷存世。

[2]偶世：与世相投合。

[3]餐霞：指道家修炼时服食朝霞之功法。首二句言嵇康信奉老庄，不与世人苟和。

[4]形解：灵魂与形体分离。验：应验。默仙：默然成仙。据《文选》李善注引顾恺之《嵇康赞》言，嵇康被杀之前，其静室夜有琴声，乃已尸解成仙而去。

[5]吐论：谈吐议论。凝神：即道家所谓修炼成功而达到形体与精神的高度统一和集中。

[6]立俗：立于世俗之地。迕（wǔ）：违背。流议：世俗的论调。此句言其处俗世而观点不合俗流。

[7]洽：融洽、亲近。隐沦：避隐、隐没。《晋书·嵇康传》载其入山采药，乐而忘返；与隐者孙登、王烈等相遇而意趣相投、神心交感。此句即言其至山林而与隐居其间的幽

逸之士意趣相投合。

[8] 鸾翮：鸾凤的翅膀。铩：鸟羽摧残。

[9] 龙性：《晋书·嵇康传》载：贵公子钟会拜访嵇康，“康不为之礼，而锻不辍……（钟会）言于文帝曰：‘嵇康，卧龙也，不可起。公无忧天下，顾以康为虑耳。’”，此“龙性”即指其狂傲不羁的天性。驯：驯服。末二句言世人可损伤其身体，却无法改变其天性。

◎ 评析

嵇康迕世，不能自保其身，与阮籍异。然颜延之咏之，未或稍减其色，立论全在末两句，比于神龙，可谓崇矣。

向常侍[1]

向秀甘淡薄[2]，深心托毫素[3]。探道好渊玄[4]，观书鄙章句[5]。
交吕既鸿轩[6]，攀嵇亦凤举[7]。流连河里游[8]，恻怆山阳赋[9]。

◎ 注释

[1] 向常侍，即向秀，字子期，河内怀县（今河南武陟西南）人。是魏晋之际“竹林七贤”之一。官至散骑常侍，世称向常侍。

[2] 淡薄：薄于世情，淡泊寡欲。

[3] 毫素：毛笔和白绢，犹今言纸笔。

[4] 探道：指向秀好老庄而深究其道。向秀曾著《庄子隐解》一书，解释玄理。渊玄：深刻玄奥之理。

[5] 鄙：轻视。以上二句谓其读书好深究其中玄奥之理，却不注重解释章句间的字面含义。

[6] 交：结交。吕：指向秀好友吕安。《晋书·向秀传》载其“又共吕安灌园于山阳”。吕安，字仲悌，东平（今山东东平）人。其妻与兄有私，事败后反诬告吕安不孝。安被执入狱后，以嵇康为证，故与康同时为钟会所杀害。鸿：指雁、鹄一类的大型飞禽。轩：高飞。

[7] 攀：攀附。嵇：指嵇康。凤举：凤凰升飞。以上二句意谓向秀所结交的朋友吕安、嵇康等人都是才华横溢、心志旷达、情趣清高之士。

[8] 流连：依依不舍。河里：指河内郡（治所在今河南泌阳）。游：交游。此句谓向秀十分留恋居于河内郡时与嵇、吕二人交游的往事。

[9] 恻怆：悲哀。山阳赋：指向秀在嵇、吕二人被杀后重归河内山阳县时为悼念亡友所作

的《思旧赋》(今存)。

◎ 评析

咏向秀称其与吕安、嵇康为友，只言吕之鸿轩与嵇之凤举，不言二君之刑死。唯结以“恻怆《山阳赋》”隐示其事，可谓高妙。

谢灵运

(385—433)

祖籍陈郡阳夏(今河南太康)，移籍会稽(今浙江绍兴)。东晋名将谢玄之孙，袭封康乐公，世称谢康乐。又以其幼年寄养于外，族人呼其小名为客儿，故世亦称谢客。东晋末，仕至宋国黄门侍郎，迁相国从事中郎，世子左卫率。入宋，降爵为侯，任散骑常侍。少帝时，出仕永嘉太守，失势消极，肆意游嬉。文帝时，征为秘书监，奉命整理秘书阁图书，并撰《晋书》，未成。元嘉五年(428)后，为临川内史，恣游废政，为吏所劾，朝廷遣使收捕，举兵叛，兵败，被杀。

谢灵运扭转东晋玄言诗风，开创了宋、齐山水诗派，对后代诗歌影响较大，这是值得称赞的。但其诗多反映世族地主颓废享乐生活，缺乏社会内容，并且“玄言”余习仍多，尤其一篇之终处，往往以肤浅的悟道之语作结，未免索然寡味。然而极貌写物，穷力追新，故“名章迥句，处处间起；丽典新声，络绎奔会”(钟嵘语)，谢客自是晋宋一大家也。

原有集二十卷，已散佚，明焦竑刻沈道初辑《谢康乐集》四卷可用。近人黄节据焦竑本诗歌部分重加编注的《谢康乐诗注》四卷，共收乐府十七首，杂诗七十一首，总计八十八首，为今日最佳注本。

邻里相送至方山[1]

祇役出皇邑，相期憩瓯越[2]。解缆及流潮[3]，怀旧不能发[4]。析析就衰林[5]，皎皎明秋月。含情易为盈[6]，遇物难可歇[7]。积疴谢生虑[8]，寡欲罕所阙[9]。资此永幽栖[10]，岂伊年岁别[11]！各勉日新志[12]，音尘慰寂蔑[13]。

◎ 注释

[1]《宋书·谢灵运传》言："少帝即位……（谢灵运）出为永嘉（今浙江温州）太守"，时间在宋武帝刘裕永初三年（422）七月（刘裕于是年五月死，少帝刘义符即位，未改元）。方山，又名天印山，以其山形方正而得名，在今江苏南京南。

[2]祇（zhī）役：恭从朝命而服役、调外任。皇邑：指刘宋京都建业（今江苏南京）。相期：相互祝愿对方。憩：指安适。瓯越：古瓯族与越族，此代指永嘉郡，因秦汉时瓯越族生活于此。

[3]缆：系船的缆绳。及：就。流潮：江水。

[4]怀旧：留恋旧友。发：启程。

[5]析析：风吹林木之声。衰林：凋败之林，指秋日树叶黄落之林。

[6]含情：怀情、动情。盈：充满。

[7]遇物：指恰逢适当的客观条件。难可歇：不能消歇。以上二句谓己感情丰富易冲动，遇到如衰林、明月之类的客观环境时就更难以自控。

[8]积疴：积多种病痛于一身。谢：杜绝。此句谓己疾病缠身，故无力再为生活多劳神。

[9]阙：同"缺"。此句谓己平素清心寡欲、无所苛求，故不觉有所缺欠。

[10]资：借。此：指此番外调永嘉。幽栖：隐居。

[11]伊：语词，唯，只。此句言这次离别岂一年两载而已，我将长居于永嘉。

[12]日新志：不断充实、更新心志。此句乃作者与邻里告别时的赠言、祝愿。

[13]音尘：音讯。寂蔑：寂静无声。末言望双方多通音讯以告慰其孤寂之心。

◎ 评析

钟嵘谓灵运"尚巧似""颇以繁芜为累"，此固山水诗之特点。然此篇在谢诗中并不属于"寓目辄书"的山水诗之类，尚属简洁而富有情意者。

七里濑[1]

羁心积秋晨，晨积展游眺[2]。孤客伤逝湍[3]，徒旅苦奔峭[4]。石浅水潺湲[5]，日落山照曜。荒林纷沃若[6]，哀禽相叫啸。遭物悼迁斥[7]，存期得要妙[8]。既秉上皇心[9]，岂屑末代诮[10]。目睹严子濑[11]，想属任公钓[12]。谁谓古今殊？异代可同调[13]。

◎ 注释

[1] 新安郡桐庐县（今浙江桐庐）富春江上有七里濑。濑：浅水沙洲。

[2] 羁心：羁旅之思。积：沉积。此句言秋晨羁旅之思沉重。展：开、放。此句指自己带着这种忧思开始游览。

[3] 逝湍：奔腾而去的湍急江流。此句隐用《论语·子罕》中语："子在川上曰：'逝者如斯夫，不舍昼夜。'"

[4] 奔峭：峭岸颓塌随流而去。以上二句意谓：孤独的游客眼望奔腾逝去的江水和被冲击而崩塌的江岸感慨万千。

[5] 潺湲：水缓慢流动貌。

[6] 纷：多。沃若：繁盛貌。

[7] 遭：遇、见。悼：伤悼。迁斥：指遭贬谪。此句言己无论偶然接触到什么事物，总会引起伤悼的悲哀心情。

[8] 存期：存心、期待。要妙：指老庄哲学中精要高妙的玄理。

[9] 秉：承。上皇：羲皇，即上古帝王伏羲氏。

[10] 岂屑：不屑。末代：即将沦丧、衰亡的时代。诮（qiào）：讥刺。以上二句谓己意欲如上古圣人那样淡泊无为地生活，便不屑于理睬这衰世俗人的讥诮。

[11] 严子濑：又称严陵濑，位于七里濑的下游不远处。东汉人严光字子陵者，少曾与光武帝刘秀同学，秀称帝后任他为谏议大夫，辞而不受，隐居于富春山，时常垂钓于此，故名。

[12] 属：追随。任公钓：《庄子·外物》中有一个寓言故事说：任公子以大钩巨缁，投以五十头牛的巨饵，钓于东海，一年后钓得大鱼一条，使浙河以东、苍梧以北之人尽食之。以上二句言己欲追随隐者任公子垂钓于此，以避乱世。

[13] 同调：相同的志趣、格调。

◎ 评析

写迁谪旅途之凄苦，虽非山水诗，然亦不能不于诗中略及旅途所接触和平素所积累于胸怀中的沿途风物，因而亦初见其山水诗的某些特征，如“石浅水潺湲”以下四句便是。

登池上楼[1]

潜虬媚幽姿[2]，飞鸿响远音[3]。薄霄愧云浮[4]，栖川怍渊沉[5]。
进德智所拙[6]，退耕力不任[7]。徇禄反穷海[8]，卧痾对空林[9]。
衾枕昧节候[10]，褰开暂窥临[11]。倾耳聆波澜[12]，举目眺岖嵚[13]。
初景革绪风[14]，新阳改故阴[15]。池塘生春草，园柳变鸣禽[16]。
祁祁伤豳歌[17]，萋萋感楚吟[18]。索居易永久[19]，离群难处心[20]。
持操岂独古[21]，无闷征在今[22]。

◎ 注释

[1] 池上楼：指谢灵运任永嘉太守时的居所。

[2] 虬：长角的小龙。媚：此指逍遥、惬意。幽姿：深潜于水中之姿。

[3] 远音：传响悠远的鸣叫声。首二句言龙卧深泽、鸿雁高飞，各得其所。

[4] 薄：同“迫”，逼近。

[5] 怍：惭愧。以上二句既愧己无法像鸿雁那样近霄汉而高飞于浮云之上，又不能如虬龙栖长川而深潜沉渊之下。

[6] 进德：《周易·乾卦》：“君子进德修业，欲及时也。”此指增进德业，以成大器。拙：愚笨。

[7] 退耕：退隐而从事农耕。任：胜任。

[8] 徇禄：求禄位。反：归于。穷海：荒远的海边，指永嘉，其地近海。

[9] 卧痾：卧病在床。痾，同“疴”。

[10] 昧：不明。此句言病卧衾枕间而忘了季节的变化。

[11] 褰开：拉开帘幕。窥临：临窗窥视。

[12] 聆：细听。

[13] 岖嵚（qīn）：高峻的山。

[14] 初景：初春之阳。革：变、除。绪风：指冬日残余之风。

[15] 故阴：指去冬的阴冷之气。

[16] 变：换、替。

[17] 祁祁：多貌。豳（bīn）歌：指《诗经・豳风・七月》，中有诗句“春日迟迟，采蘩祁祁。女心伤悲，殆及公子同归”。

[18] 萋萋：草茂盛状。楚吟：指《楚辞・招隐士》，中有“王孙游兮不归，春草生兮萋萋”句。以上二句乃作者言己望窗外春景所生感伤之情。

[19] 索居：独居。此句言离群索居则感到时日长久，度日如年。

[20] 处心：安心。

[21] 持操：保持节操。独古：唯独古人能做到。

[22] 无闷：《周易・乾卦》：“龙德而隐者也，不易乎世，不成乎名，遁世无闷。”此句意谓：古言“遁世无闷”的说法今天在我已经实现了。

◎ 评析

宋叶梦得《石林诗话》云：“‘池塘生春草，园柳变鸣禽’，世多不解此语为工，盖欲以奇求之耳。此语之工，正在无所用意，猝然与景相遇，借以成章，不假绳削，故非常情所能到。”钟嵘《诗品》言：“古今胜语，多非补假，皆由直寻”，正亦此意。

游南亭[1]

时竞夕澄霁[2]，云归日西驰[3]。密林含余清，远峰隐半规[4]。久痗昏垫苦[5]，旅馆眺郊岐[6]。泽兰渐被径[7]，芙蓉始发池[8]。未厌青春好[9]，已观朱明移[10]。戚戚感物叹[11]，星星白发垂[12]。药饵情所止，衰疾忽在斯。[13]逝将候秋水[14]，息景偃旧崖[15]。我志谁与亮[16]？赏心惟良知[17]。

◎ 注释

[1] 南亭：永嘉郡治所在永宁（今浙江温州）有南亭。

[2] 时竟：此指春季已尽。霁：雨停。此句言夏初的傍晚雨停而天晴气清。

[3] 归：散去。

[4] 半规：半圆，指太阳被山峰遮掩住，只能看到半个。

[5] 痗（mèi）：病。此用作动词，犹言“以……为病”，即厌恶之意。昏垫：出自《尚书·益稷》：“洪水滔天，浩浩怀山襄陵，下民昏垫。”言昏惑陷溺，指困于水灾。

[6] 郊岐：郊野的小路。以上二句谓久雨成灾困居旅馆，不得出游。今幸雨止天晴，方眺望户外景色而将往游。

[7] 泽兰：生于沼泽地边的兰草。被径：覆盖了小路。

[8] 芙蓉：荷花。发：生。

[9] 厌：满足。青春：此指春季。

[10] 朱明：夏季。移：到来。

[11] 戚戚：忧伤貌。物：指客观事物。此句意谓：看到外物不断变化，自己只有发出忧伤的感叹。

[12] 星星：斑斑。

[13]“药饵”二句：黄节引姚鼐语：“药饵，当作乐饵。用《老子》指官禄世味言。”《老子》三十五章曰：“乐与饵，过客止。”意谓：音乐与美食，能使行人为之停步。以上二句即言人们正迷恋于美食歌舞及官禄仕位，人生的衰老便将匆匆而至了。

[14] 逝：归去。此句借《庄子·秋水》中“秋水时至，百川灌河”语意，言己将乘秋水而归去。

[15] 息、偃：止息、停止。景：同“影”，指自己孤独的身影。旧崖：代指其建在始宁县（今浙江上虞）山中的祖业始宁墅。

[16] 亮：信。此句谓谁能懂得我的心志呢？

[17] 赏心：愉悦于心。良知：好友。末句意谓：只有知心好友才能理解我，使我心情愉悦。

◎ 评析

起四句先写景，第五、六句以下分别点出时间和环境，然后继以感物兴怀，抒写情志。此沈归愚（德潜）所谓“倒插法也，少陵（杜甫）往往用之”。

登江中孤屿[1]

江南倦历览[2]，江北旷周旋[3]。怀新道转迥[4]，寻异景不延[5]。乱流趋正绝[6]，孤屿媚中川[7]。云日相辉映，空水共澄鲜[8]。表灵物莫赏[9]，蕴真谁为传[10]？想象昆山姿[11]，缅邈区中缘[12]。始信安期术[13]，得尽养生年[14]。

◎ 注释

[1] 江中孤屿：指永嘉江（今称瓯江）上的江心屿，位于今浙江温州北。

[2] 历览：遍览。

[3] 旷：久。首二句言永嘉江两岸早已游遍。

[4] 怀新：怀着发现新景之愿。迥：远。此句谓为求新境而走出更远。

[5] 异：指新奇之景。景：日景，即时日。延：长。此句言己一心欲求新境而觉时间过得太快。

[6] 乱流：截流横渡，非顺流而下。《尔雅·释水》言"正绝流曰乱"，此句意谓正绝流而横渡此江以趋。

[7] 媚：呈现其美。中川：江中。此句言其果然在江流中寻得一座妍美悦人的孤屿。

[8] 空水：长空与江水。澄鲜：清澈明媚。

[9] 表灵：显现出神奇秀美的韵致。物：凡物、俗人。赏：赏识、欣赏。

[10] 蕴真：蕴藏仙人。真，真人，即仙人。以上二句言江中孤屿秀美的景观不为世人所知，其中即使有仙迹亦不为世所传扬。

[11] 昆山：即昆仑山，传说中的仙山。姿：丰姿、仙姿。

[12] 缅邈：缥缈遥远。区中：人世间。以上二句言由此而联想到昆山仙界的神姿，愈觉自己与凡尘间的缘分更加疏远了。

[13] 安期：即安期生，相传他为道家仙人，有长生之术。

[14] 尽：达到极限。《庄子·养生主》有"可以尽年"语，谓养生非求过分，不过尽其生年而已。末二句谓己始信安期的长生之术就是通过养生之道使人活到应活的年寿。

◎ 评析

"乱流"以下四句写江中孤屿最能得其神髓。一篇好语，固不在多。

石壁精舍还湖中作[1]

昏旦变气候，山水含清晖[2]。清晖能娱人[3]，游子憺忘归[4]。
出谷日尚早，入舟阳已微[5]。林壑敛暝色[6]，云霞收夕霏[7]。
芰荷迭映蔚[8]，蒲稗相因依[9]。披拂趋南径[10]，愉悦偃东扉[11]。
虑澹物自轻[12]，意惬理无违[13]。寄言摄生客[14]，试用此道推[15]。

◎ 注释

[1] 石壁精舍乃佛寺名，位于谢灵运庄园始宁墅（详见其《游南亭》注释[15]）附近而隔一巫湖。刘宋少帝景平元年（423）秋，诗人辞去永嘉太守职，搬回始宁墅居住时，常去石壁精舍游玩。此诗即写此游归。

[2] 昏旦：此指早晚。昏，晚。旦，晨。清晖：指气清景明。

[3] 娱人：使人心情愉悦。

[4] 憺：安适。以上二句借用屈原《九歌·东君》中语："羌声色兮娱人，观者憺兮忘归"，言山水秀丽，令人乐而忘返。

[5] 微：弱，指光线暗弱。

[6] 壑：山谷。敛：收。暝色：暮色。此句言返回经巫湖时山林已暮色苍茫。

[7] 霏：云气。此句谓飞动的晚霞也已隐没。

[8] 芰（jì）荷：菱与莲。映蔚：相互映照、蔚然成片。

[9] 蒲：菖蒲。稗：稗草。因依：杂生一起，互相依倚。

[10] 披拂：以手拨开丛草貌。

[11] 偃：卧息。此句谓心情舒畅地入东房歇息。

[12] 虑澹：思想恬淡轻松。物：身外之物。

[13] 意惬：满足。以上二句乃阐发其老庄思想，谓虑淡便会看轻一切身外之物，满足于现状，觉得万事如意。

[14] 寄言：赠言。摄生客：追求养生长寿之道的人。

[15] 此道：指上述"虑澹""意惬"二句之理。

◎ 评析

前人已指出此诗前六句写石壁游观之乐，中六句写湖中晚景，后四句总上两层，约其指趣，自悟悟人。结构井然，即景生情，即情言理，虽无深意，固是好诗。

夜宿石门诗[1]

朝搴苑中兰，畏彼霜下歇[2]。暝还云际宿[3]，弄此石上月[4]。鸟鸣识夜栖，木落知风发。异音同至听[5]，殊响俱清越[6]。妙物莫为赏[7]，芳醑谁与伐[8]？美人竟不来，阳阿徒晞发。[9]

◎ 注释

[1] 石门：山名，在今浙江嵊州。此诗一题作《石门岩上宿》。

[2] 搴（qiān）：采摘。歇：消歇，尽。

[3] 暝：夜晚。云际：指白云缭绕的石门山顶。

[4] 弄：玩赏。石上月：岩石上的月光。

[5] 异音：指上二句中言“鸟鸣”“风发”之声。至听：入于耳。

[6] 殊响：各种音响。清越：清音悠扬。

[7] 妙物：指上述各种美妙的声、景。莫：无人。赏：欣赏。

[8] 芳醑（xǔ）：醇酒。伐：夸赞。

[9]“美人”二句：用屈原《九歌·少司命》句：“与女沐兮咸池，晞女发兮阳之阿。望美人兮未来，临风怳兮浩歌。”阳阿，山南隅。晞发，晾干头发。末二句借屈子之语言己孤高之情，并为此美景无人与之共赏深表遗憾。

◎ 评析

以《石门岩上宿》为题，此诗最得夜宿岩上神理：一则曰“云际宿”，再则曰“石上月”；而鸟鸣、木落，异音、殊响俱得之耳闻，非出于目接。岂一般写山水景物者所着意处耶？

入彭蠡湖口[1]

客游倦水宿[2]，风潮难具论[3]。洲岛骤回合[4]，圻岸屡崩奔[5]。
乘月听哀狖[6]，浥露馥芳荪[7]。春晚绿野秀[8]，岩高白云屯[9]。
千念集日夜[10]，万感盈朝昏[11]。攀崖照石镜[12]，牵叶入松门[13]。
三江事多往，九派理空存。[14]灵物恡珍怪[15]，异人秘精魂[16]。
金膏灭明光[17]，水碧辍流温[18]。徒作千里曲[19]，弦绝念弥敦[20]。

◎ 注释

[1] 彭蠡湖口：鄱阳湖（在今江西境内）古称彭蠡，它与长江交接处称湖口，即今江西九江东湖口县治。

[2] 倦：厌倦。水宿：夜宿船上。

[3] 具论：一一述说。

[4]“洲岛”句：谓江湖岸边曲折多湾，时有浅滩、小岛。

[5] 圻：通“碕”，即曲岸。崩奔：指在江水拍击冲刷下江岸崩塌、顺水奔流。

[6] 乘月：月夜船行江上故谓“乘月”。狖：黑毛长尾猿。“哀狖”指猿猴哀啼声。

[7] 浥：湿润。荪：又称“荃”，一种香草。

[8] 春晚：指暮春。秀：草木开花。

[9] 屯：积。

[10] 念：思虑。

[11] 感：感慨。盈：满、郁结。朝昏：早晚。

[12] 石镜：《文选》李善注引张僧鉴《浔阳记》曰：“石镜山东有一圆石悬崖，明净，照人见形。”

[13] 牵叶：以手牵拉松针，言松临岸而生。松门：山名。据《文选》李善注引顾野王《舆地志》载，“自入湖三百三十里，穷于松门。东西四十里，青松遍于两岸”。

[14]“三江”二句：《尚书·禹贡》有“三江既入”“九江孔殷”之语。九派，即九江。对于“三江”“九江”的解释，历来众说纷纭，莫衷一是。诗人此句意谓三江、九派古人何指，今又何在，则因地理变化而成为往事，无可考证了。

[15] 灵物：神物。恡：同“吝”，吝惜。

[16] 异人：神人。秘：藏闭。精魂：即精灵、圣灵。以上二句谓时运既衰，江湖中的珍稀灵怪之宝亦皆隐而不现。

[17] 金膏：指仙药黄金之膏。灭明光：隐藏其光辉而不显。

[18] 水碧：一种晶莹的水玉。辍流温：停止发出其温润之泽。

[19] 千里曲：指古琴曲《别鹤操》，因鹤一举千里，故后世亦称此曲作《千里别鹤》。西晋崔豹《古今注》说："《别鹤操》，商陵牧子所作也。娶妻五年而无子，父兄将为之改娶，妻闻之，中夜起，倚户而悲啸。牧子闻之，怆然而悲，乃援琴而歌。后人因为乐章焉。"

[20] 弦绝：指弹奏完琴曲。念：虑念、忧思。敦：笃实。末二句以商陵牧子作《千里别鹤》悲曲以抒其愤，曲终而忧愁愈深，喻己愁思深重，难以排遣。

◎ 评析

前半写彭蠡湖口春夜景物，引起诗人终日终夜的千念万感；后半则徘徊于三江九派之间，吊古伤今，正是愁无可名，其愁愈深。

岁　暮

殷忧不能寐[1]，苦此夜难颓[2]。明月照积雪，朔风劲且哀[3]。运往无淹物[4]，年逝觉易催[5]！

◎ 注释

[1] 殷忧：深切的忧愁。

[2] 颓：衰、尽。

[3] 朔风：北风、寒风。劲：强劲。哀：风声凄厉。

[4] 运往：指时光、岁月流逝。淹：停留。

[5] 年：年寿。催：紧迫。

◎ 评析

《诗品序》言："吟咏情性，亦何贵于用事？"下举四例，便有"明月照积雪"，谓"讵出经史"，诚以此为"由直寻"得来的"古今胜语"，不待于取资学问而自佳。沈德潜《古诗源》注云"阙文"，其实题曰"岁暮"，意已完足，不能因只六句而断其必非全诗。《艺文类聚》及《初学记》所收均出此，可证也。

谢 瞻

（383？—421）

字宣远（一名檐，字通远），陈郡阳夏（今河南太康）人。东晋末，始为安西将军桓伟参军，后任刘裕镇军参军。入宋，至中书黄门侍郎，相国从事中郎，出为豫章太守，卒时年仅三十五岁（逯钦立以为应是三十九岁，从而将其生年移为383年，较谢灵运长二岁）。史称其文章与从叔混、族弟灵运相抗，《诗品》列于中品。原有集三卷，已佚。今存诗五首，均见《文选》。

答灵运[1]

夕霁风气凉[2]，闲房有余清。开轩灭华烛[3]，月露皓已盈[4]。独夜无物役[5]，寝者亦云宁[6]。忽获愁霖唱[7]，怀劳奏所诚[8]。叹彼行旅艰[9]，深兹眷言情[10]。伊余虽寡慰[11]，殷忧暂为轻[12]。牵率酬嘉藻[13]，长揖愧吾生[14]。

◎ 注释

[1] 此题一作《答康乐秋霁诗》。

[2] 霁：雨停天晴。

[3] 轩：窗。华烛：光焰明灿之烛。

[4]“月露”句：意谓月亮从云中一下子就露出其盈圆之形。

[5] 独：唯独。物役：为外物所役使，指为世俗之务而操劳。

[5] 云：语词，无义。以上二句言只有夜晚才不为世事奔忙，可以安宁入睡。

[7] 愁霖：谢灵运赠予谢瞻诗之题。此诗已佚。《文选》李善注说：“灵运《愁霖》诗序云：‘示从兄宣远。’”霖：连绵不停的雨。

[8] 怀劳：满怀劬劳之感。奏：表达。诚：真诚、恳切。此句指忽得谢灵运的赠诗，诗中饱含劬劳之感，言辞充满真诚恳切之情。

[9]“叹彼”句：言己为灵运行旅之艰难而感叹不已。

[10] 兹：此，指诗。此句亦言己能从赠诗中深深体会出灵运的眷念之情。

[11] 伊：发语词。余：我。寡慰：少宽慰。

[12] 殷：深。以上二句意谓：从诗中得知你的近况后虽少宽慰，但深切的担忧减轻了几分。

[13] 牵率：牵强而轻率。此乃谢瞻自谦之词，谓己所回赠的诗写得不好。嘉藻：嘉丽的辞藻，指灵运诗。

[14] 长揖：拱手弯腰作揖，表示歉意。

◎ 评析

酬答之作，贵能互相理解，情意交流，不以词采为重，此篇故为合作。

谢惠连

（397—433）

亦籍阳夏、世居会稽，与族兄灵运同里，皆工诗，世并称为“大小谢”。幼年能文，但因居父丧作诗赠人，被废，久不得官，后只任彭城王刘义康法曹参军，不及三年而卒。

他的诗极得族兄灵运称赏，每见新作，辄深加赞叹，以为“张华重生，不能易也”。

他原有集六卷，已佚。现存诗三十余首，其中四、五、七言及杂言乐府十余篇，五言诗约二十首。张溥辑《谢法曹集》可用。

捣　衣[1]

衡纪无淹度[2]，晷运倏如催[3]。白露滋园菊，秋风落庭槐。
肃肃莎鸡羽[4]，烈烈寒螿啼[5]。夕阴结空幕[6]，霄月皓中闺[7]。
美人戒裳服[8]，端饰相招携[9]。簪玉出北房[10]，鸣金步南阶[11]。
欄高砧响发[12]，楹长杵声哀[13]。微芳起两袖，轻汗染双题[14]。
纨素既已成[15]，君子行未归。裁用笥中刀[16]，缝为万里衣[17]。
盈箧自余手[18]，幽缄俟君开[19]。腰带准畴昔[20]，不知今是非。

◎ 注释

[1] 捣衣：洗衣时以杵捶衣。

[2] 衡纪：衡，古代观测天体用的天文仪器。运用以衡观测得来的天文资料加以分析、整理、记录以进行历算称“衡纪”。淹度：停止计时。此句言岁月的流逝无法遏止。

[3] 晷：日影。倏：疾速。此句指时光消失飞速如催。

[4] 肃肃：虫振羽翅声。莎鸡：亦称“纺织娘”，一种类似蝈蝈的昆虫。羽：用作动词，指其振羽而发声。

[5] 烈烈：蝉鸣声。寒螀（jiāng）：一种似蝉而小的昆虫。

[6] 夕阴：傍晚的阴云。结空幕：聚集于天空。

[7] 皓：用作动词，犹“照亮”。中闺：内室。

[8] 戒：备。

[9] 端饰：认真细心地修饰、妆扮。招携：指相互呼唤而同行。

[10] 簪玉：头戴玉饰。

[11] 鸣金：指女子头戴金步摇，腕戴双金钏，种种佩饰随步作响。

[12] 櫊：同“檐”。砧：捣衣用的木板或石砧。

[13] 楹：廊柱。此句言单调哀切的杵声传响于长廊之间。

[14] 题：额颊。

[15] 纨素：精细的白色绢帛。

[16] 笥：小方竹篓，妇女用以盛针线、刀尺的筐箩。

[17] 万里衣：指远行万里外的征人之衣。

[18] 盈箧：指成箱的衣物。自：出自。

[19] 幽缄：锁藏于箱箧之中。俟：待。此句谓女主人将制好的冬衣妥藏好，等待丈夫归来时启用。

[20] 畴昔：往昔。末二句言衣带以丈夫过去的腰身为准制成，不知如今是否还合适。

◎ 评析

题为《捣衣》，实写捣练（纨素），故言“裁”“缝”，然后成“衣”盈箧，收藏以候。末二句楚楚多情，大有古意。

◈鲍　照

（414？—466）

字明远，东海（今江苏涟水县北）人。家世寒微。始谒临川王刘义庆，贡诗言志，任为国侍郎，迁秣陵令。宋文帝选为中书舍人。后临海王刘子顼镇荆州，以照为前军参军，子顼作乱，照为乱兵所杀，后世称曰鲍参军。

照在文学上，各体均有很高成就。可惜在他遇难之后，作品零落，散失过半。《隋志》著录他有集十卷，今传明毛扆校宋本《鲍氏集》仍十卷，有文三十余篇，诗二百余首。他的《芜城赋》和《登大雷岸与妹书》均是千古名作。

他的诗虽以“才秀人微，故取湮当代”（《诗品》），然亦以此使他认识社会、反映现实远较其他同代诗人为深广。在诗歌艺术上，钟嵘说他“善制形状写物之词，得景阳（张协）之諔诡，含茂先（张华）之靡嫚，骨节强于谢混，驱迈疾于颜延：总四家而擅美，跨两代（晋、宋）而孤出”。大体是得其要领的，评价不可谓不高。照擅长乐府，今存八十多首，或曰“代”（如《代放歌行》《代东武吟》），或曰“拟”（如《拟行路难》）皆是乐府古题。尤其其中颇有一些七言歌行对后来七言诗的发展，特别是对唐代大诗人李白、岑参等都有深刻影响。

今有“钱振伦注、黄节补注诗集并集说、钱仲联增补集说校”《鲍参军集注》六卷（卷三、四为乐府，卷五、六为诗），最为详赡。

代东门行[1]

伤禽恶弦惊[2]，倦客恶离声。离声断客情[3]，宾御皆涕零[4]。
涕零心断绝，将去复还诀[5]。一息不相知[6]，何况异乡别。
遥遥征驾远，杳杳白日晚[7]。居人掩闺卧[8]，行子夜中饭[9]。
野风吹秋木[10]，行子心肠断。食梅常苦酸，衣葛常苦寒[11]。
丝竹徒满座[12]，忧人不解颜[13]。长歌欲自慰，弥起长恨端[14]。

◎ 注释

[1] 汉乐府古辞原有题为《东门行》者，在《乐府诗集》中属《相和歌·瑟调曲》。此题加以“代”字，言其借古题而作。鲍照古题乐府多加“代”字，下仿此，不另解。

[2] 伤禽：受过箭伤的禽兽。《战国策·楚策》载，更嬴与魏王处京台之下，更嬴引发无箭空弦，射下飞雁一只。他对魏王解释说，此雁曾受过箭伤未愈，闻弦声则惊恐高飞，创发而陨落。诗首二句隐用此典，以受过伤的禽兽恶闻弦声为比，言倦游之客恶闻离别之音。

[3] 断：绝，指人的心情悲哀欲绝。客：远行在外之人。

[4] 宾御：来宾与车夫。

[5] 还诀：回顾而诀别。

[6]“一息”句：谓如果短时间不在一起便会有所牵挂。

[7] 杳杳：暮色幽暗貌。

[8] 居人：居家之人。掩闺：指闭门独居。

[9] 饭：用作动词，吃饭。

[10] 野风：山野之风。

[11] 衣：用作动词，穿。葛：葛麻之布，制夏装所用。以上二句乃比兴，言其苦而非实指，为引出下文而设。

[12] 丝竹：古时称弦乐与竹管乐器为“丝竹”，此泛指音乐。满座：满堂宾客。

[13] 忧人：内心忧伤者，即前所言“客”“行子”。以上二句谓满堂歌舞及宾客却难使游子开颜。

[14] 弥：更加。长恨：深沉的忧怨。末二句谓游子欲以长歌自慰，反而更引起无限的忧思。

◎ 评析

汉乐府《东门行》写士有贫而不安其居，慷慨别妻子而去者。此诗但写离别之苦与别后之思，虽情事不同，固亦为相关之情调，饶有古意。

代放歌行[1]

蓼虫避葵堇，习苦不言非。[2]小人自龌龊[3]，安知旷士怀[4]？
鸡鸣洛城里[5]，禁门平旦开[6]。冠盖纵横至[7]，车骑四方来。
素带曳长飙[8]，华缨结远埃[9]。日中安能止？钟鸣犹未归[10]。
夷世不可逢[11]，贤君信爱才[12]。明虑自天断[13]，不受外嫌猜。
一言分圭爵[14]，片善辞草莱[15]。岂伊白璧赐[16]，将起黄金台[17]。
今君有何疾，临路独迟回？[18]

◎ 注释

[1]《乐府诗集·相和歌·瑟调曲》中有汉乐府古辞《放歌行》。

[2] 蓼虫：食蓼之虫。蓼，草名，味辛辣。葵堇：两种味美爽口的蔬菜。葵，即冬葵，今称冬寒菜；堇，一种野菜，熟食味甘。习：惯于。非：不好。首二句以蓼虫食苦蓼而不食葵堇起兴，引出下文。

[3] 龌龊：气量狭窄。

[4] 旷士：性格豪放、心胸旷达者。

[5] 洛城：指古都洛阳。

[6] 禁门：禁止常人入内的宫门。

[7] 冠盖：以士大夫的冠戴与车盖借代达官贵人。

[8]“素带”句：谓车马疾行而车中之人衣带随风飘扬。

[9] 华缨：华冠的系带。埃：尘土。

[10] 钟鸣：指夜半漏尽钟鸣之时。

[11] 夷世：清平盛世。

[12] 信：确实。

[13] 明虑：明智。此句与下句言贤明君主治国不听信谗言，一切凭自己的决断。

[14] 分圭爵：封官授爵位。圭，详见左思《咏史》其三注释 [10]。

[15] 草莱：草野。以上二句谓明君广用人才，有一点长处的人都会被加官晋爵，或被启用，离草野而登朝。

[16] 伊：语词，无义。白璧：此用《史记·平原君虞卿列传》语事："虞卿者，游说之士也。蹑屩檐簦说赵孝成王，一见，赐黄金百镒，白璧一双。"

[17] 黄金台：相传战国时燕昭王筑黄金台延揽贤士。

[18]"今君"二句：承诗前"小人""旷士"以言：在"小人"看来，"君"（指旷士）怕是有什么病患了吧？否则，为什么在临上路去求取功名富贵时反而迟疑徘徊起来，不肯前进了呢？

◎ 评析

起四句放歌言志，以"小人"与"旷士"对比。中间皆言世俗小人之所企慕者。末用世俗者反问作结。不唯并无答语，且亦只示诘问者对己之不理解，并无相互敌视之意。此可见鲍照自是不肯奔竞而非绝意仕进者。

代东武吟[1]

主人且勿喧，贱子歌一言[2]。仆本寒乡士，出身蒙汉恩。[3]
始随张校尉[4]，占募到河源[5]。后逐李轻车[6]，追虏穷塞垣[7]。
密途亘万里[8]，宁岁犹七奔[9]。肌力尽鞍甲[10]，心思历凉温[11]。
将军既下世[12]，部曲亦罕存[13]。时事一朝异，孤绩谁复论[14]？
少壮辞家去，穷老还入门。腰镰刈葵藿[15]，倚杖牧鸡豚[16]。
昔如鞲上鹰[17]，今似槛中猿。徒结千载恨[18]，空负百年怨。
弃席思君幄[19]，疲马恋君轩[20]。愿垂晋主惠[21]，不愧田子魂[22]。

◎ 注释

[1] 据《文选》李善注引左思《齐都赋》注："东武、泰山皆齐之土风，弦歌讴吟之曲名也。"可知《东武吟》本为古乐府曲调名。

[2] 贱子：诗中歌者自谦之称。

[3]"仆本"二句：言出身寒微、起于行伍，因为国效力而承蒙汉朝重用之恩。仆，歌者自谓。寒乡，穷乡僻壤。

[4] 张校尉：指西汉张骞。他曾以校尉职从大将军卫青出击匈奴。

[5] 占募：应征、被招募。河源：黄河之源。在昆仑山（位于今青海西部）。《汉书·张骞传》载：张骞出使大夏国而"穷河源，其山多玉石，采来，天子案古图书，名河所出山曰昆仑云"。

[6] 李轻车：指西汉名将李广的从弟李蔡，武帝时以轻车将军击匈奴右贤王而有功（事见《汉书·李广传》）。

[7] 穷：穷尽。塞垣：边塞的城墙，此指边疆。

[8] 密途：小路。亘：从这边至那边。此句谓行程逾万里。

[9] 宁岁：太平岁月。七：概数，泛指其多。奔：指出征行军之事。

[10]"肌力"句：言青春和体力均在鞍马之上消耗殆尽。

[11] 凉温：寒暑，谓一年又一年。

[12] 下世：去世。

[13] 部曲：部下。汉代军队编制：大将军营有五部，部下有曲。

[14] 孤绩：独有之功。

[15] 葵：见前诗注释[2]。藿：豆叶。

[16] 豚：小猪。一本作"豘"，同。

[17] 韝（gōu）：武夫打猎时臂肘上戴的皮护套，用以架鹰。

[18] 徒：枉、空。结：郁积。

[19] 弃席：代指弃而不用的功臣。《韩非子·外储说》载：晋文公出奔二十年后将归国即君位，曾下令将流浪时用过的笾豆（祭器，亦用作食器）、席蓐等物丢弃，并令手足长茧、面目漆黑者行于后。狐偃闻而哭道：笾豆、席蓐乃困难时所用之物，手足长茧、面目漆黑者均为功臣。文公方收回成令。幄：帷幄、营帐。

[20] 疲马：力尽的老马，亦指功臣。事见韩婴《韩诗外传》："昔者田子方出，见老马于道，喟然有志焉……田子方曰：'少尽其力，而老弃其身，仁者不为也。'"轩：车。

[21] 垂：施赐。晋主：上所言之晋文公事。

[22] 田子：即田子方。魂：古通"云"，说也。末二句言希望能得到明君的恩惠，才不愧于田子方所说那一席话的良苦用心。

◎ 评析

此假汉老军自叹效力一生，穷老还家之惨痛悲苦。然末复叙恋主之情，尤望垂惠。其讽时主之意甚明。

代出自蓟北门行[1]

羽檄起边亭，烽火入咸阳[2]。征师屯广武[3]，分兵救朔方[4]。
严秋筋竿劲[5]，虏阵精且强[6]。天子按剑怒，使者遥相望。[7]
雁行缘石径[8]，鱼贯度飞梁[9]。箫鼓流汉思[10]，旌甲被胡霜[11]。
疾风冲塞起[12]，沙砾自飘扬。马毛缩如猬[13]，角弓不可张[14]。
时危见臣节[15]，世乱识忠良。投躯报明主，身死为国殇[16]。

◎ 注释

[1] 此题在《乐府诗集》属“杂曲歌辞”。昔有曹植《艳歌行》，首句“出自蓟北门”，咏燕蓟风物人情。鲍照此篇拟之。蓟，乃春秋战国时燕都，位于今北京城西南隅。

[2] 羽檄：插上鸟羽的紧急军事函件。边亭：边境上用于侦察敌情的岗亭。烽火：亦称“狼烟”。古时北方边境沿界设烽火台，报警时燃放起狼粪的烟火，迅速传至全线。咸阳：秦国故都，此代指国都。

[3] 屯：集结。广武：古城名，位于今河南荥阳广武山，刘邦项羽曾分兵把守于此，乃古代军事要地。

[4] 朔方：北方边境。

[5] 严秋：肃杀之秋。筋竿：弓之弦与箭。劲：坚硬。此句谓秋气寒冷，弓箭变得坚硬无比。

[6] 虏：指敌人。

[7]“天子”二句：言天子闻报敌情而大怒，频派使者传递征讨令。

[8] 雁行：形容行军队伍井然有序，如雁之行。

[9] 飞梁：高岸架桥，其势如飞。

[10] 箫鼓：两种乐器名，此指军乐。流：传达。汉思：此处指对故乡的思念。汉，汉朝。

[11] 胡：胡地，泛指北疆。

[12] 塞：边塞。

[13]“马毛”句：谓战马的毛被汗湿后，经寒气凝结撮如猬刺。

[14]角弓：两端嵌以牛角的弓。张：拉开。

[15]节：节操。

[16]殇：牺牲。

◎ 评析

写壮士从军出塞，以死卫国。抗壮豪宕，不为凄凉之语，读之令人振奋。

拟行路难[1]

其一

奉君金卮之美酒，瑇瑁玉匣之雕琴[2]。

七彩芙蓉之羽帐[3]，九华蒲萄之锦衾[4]。

红颜零落岁将暮[5]，寒光宛转时欲沉[6]。

愿君裁悲且减思[7]，听我抵节行路吟[8]。

不见柏梁铜雀上[9]，宁闻古时清吹音[10]。

◎ 注释

[1]《行路难》本为汉乐府杂曲歌辞，古辞不存。鲍照拟此题而作诗十八首，此选其中第一、二、三、四、六、七、八、九共八首。

[2]奉：表敬动词，献。此拟歌者语气。卮（zhī）：古时盛酒具，用如杯。瑇瑁：即玳瑁。见《有所思》注释[3]。雕琴：雕饰精致之琴。

[3]“七彩”句：此极言帷帐之华丽，其上芙蓉乃以七色彩线绣成，并饰以翠鸟之羽。

[4]九华：言其华美无比。蒲萄：即葡萄，指锦衾上所绣花纹。锦衾：锦绣之被。

[5]红颜：指青春少年的红润面色。

[6]寒光：冬日。以上二句以青春比作红花，言红花至冬日则凋落，喻人生青春逝去，年寿将尽。

[7] 裁悲、减思：节制悲哀和忧虑。

[8] 抵节：抵，同“抵（zhǐ）”，拍击。节，一种竹制乐器，用以整齐合奏之节拍。

[9] 柏梁：即柏梁台，汉武帝元鼎二年（前115）建于长安（今陕西西安）。因以香柏为梁，故称。武帝曾置酒其上，诏群臣和诗。铜雀：即铜雀台、铜爵台。曹操于建安十五年（210）冬建于邺城（今河北临漳西南）。相传曹操遗嘱，将己遗体葬于铜雀台对面的西岗，以聆台上歌舞。（事见《乐府诗集·相和歌辞·铜雀台》下引《邺都故事》）

[10] 宁：岂。清吹音：清越的吹奏之音。

◎ 评析

言时光易逝，须当及时行乐，然观其“裁悲”“减思”一句，知诗人胸中正自有无限牢愁，非易于排遣者。

其　二

洛阳名工铸为金博山[1]，千斫复万镂[2]，上刻秦女携手仙[3]。
承君清夜之欢娱，列置帏里明烛前。[4]
外发龙鳞之丹彩[5]，内含麝芬之紫烟[6]。
如今君心一朝异，对此长叹终百年[7]。

◎ 注释

[1] 金博山：铜香炉，铸为海上神仙所居的博山之形，故称博山炉。

[2] 斫：砍凿。镂：雕刻。

[3] 秦女：指秦穆公之女弄玉。《列仙传》载，她嫁给善吹箫的萧史，萧史“日教弄玉作凤鸣，居数年，吹似凤声，凤凰来止其屋，（穆）公为作凤台，夫妇止其上不下数年。一旦，皆随凤凰飞去”。仙：成仙而去。

[4]“承君”二句：言香炉夜晚陪侍主人于帷前灯下。

[5] 龙鳞：镂空的香炉剔透呈龙鳞状。

[6] 麝芬：香炉中燃烧含有麝香的芬芳香料。

[7]“对此”句：谓女主人公只好面对香炉长叹自己独守空房了此一生。

◎ 评析

设为闺怨之词，言人心易变，可为永叹。此诗既是后世闺怨诗所宗，亦是仕官失意者常所取拟。

其　三

璇闺玉墀上椒阁[1]，文窗绣户垂罗幕。
中有一人字金兰，被服纤罗蕴芳藿[2]。
春燕参差风散梅[3]，开帏对景弄禽爵[4]。
含歌揽涕恒抱愁[5]，人生几时得为乐？
宁作野中之双凫[6]，不愿云间之别鹤[7]。

◎ 注释

[1] 璇闺：璇，一种美玉。此形容闺室华美。墀（chí）：台阶。椒：即花椒。此句谓沿阶而上则至壁涂椒末的芳闺香阁。

[2] 被服：穿着。纤罗：精致的绫罗。蕴：藏。藿：一种香草，即藿香。

[3] 参差：长短不齐，指剪刀状燕尾。散：吹落。

[4] 弄：玩赏。禽爵：即禽雀。

[5] 含歌：欲唱而未发。揽涕：强节哀痛而收泪。此句意谓：满怀愁苦，强节哀痛，欲歌未发。

[6] 野：野外。凫：野鸭。

[7] 别鹤：指双鹤东西分离，古人常用以比喻夫妻分离。末二句意谓：宁肯贫贱而夫妻和欢，不愿富贵而寂寞独居。

◎ 评析

此亦设为豪门贵家姬妾春怨之词。末两句确是此中妇女的真心话。

其　四

泻水置平地[1]，各自东西南北流。

人生亦有命，安能行叹复坐愁[2]！

酌酒以自宽[3]，举杯断绝歌路难[4]。

心非木石岂无感？吞声踯躅不敢言[5]！

◎ 注释

[1] 泻：倾倒。

[2] 行叹复坐愁：谓行则叹坐则愁，愁苦无法解脱。

[3]“酌酒”句：言自斟自饮以求自我宽慰。

[4]“举杯”句：谓欲举杯自宽高歌一曲，却愈因悲愁而断绝《行路难》之歌。

[5] 吞声：忍气吞声。踯躅：徘徊不前。

◎ 评析

本自言愁，却说人生有命，不须愁叹，而终篇仍归于愁无可解，令人凄断！

其　五

对案不能食[1]，拔剑击柱长叹息。

丈夫生世会几时？安能蹀躞垂羽翼[2]！

弃置罢官去，还家自休息。

朝出与亲辞，暮还在亲侧。

弄儿床前戏[3]，看妇机中织。

自古圣贤皆贫贱[4]，何况我辈孤且直[5]！

◎ 注释

[1] 案：几案、饭桌。

[2] 蹀躞：小步而畏缩不前貌。以上二句意谓男子汉大丈夫活在世上能多久？怎能俯首垂翼畏缩不前！

[3] 弄儿：哄逗小儿。戏：游戏。

[4] 圣贤：指才高德重之人。

[5] 孤：出身孤寒。直：耿直。

◎ 评析

首尾皆充满愤怨不平之气，中间所言弃官还家，与家人团聚，岂真视为乐事欤？前人评者往往误会诗人本心。

其　六

愁思忽而至，跨马出北门。
举头四顾望，但见松柏荆棘郁樽樽[1]。
中有一鸟名杜鹃，言是古时蜀帝魂[2]。
声音哀苦鸣不息，羽毛憔悴似人髡[3]。
飞走树间啄虫蚁，岂忆往日天子尊？
念此死生变化非常理，中心恻怆不能言[4]。

◎ 注释

[1] 松柏：一本此后有“园”字。樽樽：一丛丛繁盛貌。一本作“蹲蹲”。

[2] 蜀帝：指周末蜀国国君杜宇，号望帝，因其让位给开明而归隐，蜀人闻杜鹃啼而怀之。相传他的灵魂化为杜鹃鸟，故后世亦称杜鹃为杜宇。

[3] 髡（kūn）：古时一种剃发的刑罚。

[4] 中心：内心。恻怆：悲哀。

◎ 评析

借蜀望帝传说故事写时君晋恭帝亡国以后遭遇。以“愁思忽而至”起，并以“中心恻怆不能言”结，感慨深矣！

其　七

中庭五株桃，一株先作花。
阳春妖冶二三月[1]，从风簸荡落西家[2]。
西家思妇见悲惋，零泪沾衣抚心叹。
初送我君出户时[3]，何言淹留节回换[4]？
床席生尘明镜垢[5]，纤腰瘦削发蓬乱。
人生不得恒称意[6]，惆怅徙倚至夜半[7]。

◎ 注释

[1] 妖冶：艳丽明媚。

[2] 落西家：春日多东风，故花落西家。

[3] 出户：出门上路。

[4] 节：季节。此句意谓：丈夫离家时未曾说过要在外面逗留至冬去春来。

[5] 垢：锈斑。

[6] 恒：永远。一本作“常”。

[7] 徙倚：流连、徘徊。

◎ 评析

思妇心境，毕见无遗。从“中庭五株桃”写起，亦是诗人就自家地位来悬揣耳；不然者，西家思妇惆怅夜半，诗人何从得知而入咏耶？

其　八

剉蘗染黄丝[1]，黄丝历乱不可治[2]。
昔我与君始相值[3]，尔时自谓可君意[4]。
结带与君言[5]，死生好恶不相置[6]。
今日见我颜色衰，意中索寞与先异[7]。
还君金钗瑇瑁簪，不忍见之益愁思[8]。

◎ 注释

[1] 剉：斩截。蘗（niè）：当作“檗（bò）”，即黄檗，亦称黄柏，木名。皮内黄色，味苦，古时常用作黄色染料。

[2] 历乱：经过染制而散乱。治：整理。

[3] 相值：相逢、相见。

[4] 尔时：那时。可君意：合您的心意。

[5] 结带：言女将裙带作结以示男，表示心许。

[6] 置：弃置、抛弃。

[7] 索寞：空寞枯燥。指淡漠而缺乏热情。

[8]“不忍”句：谓睹物思人，不忍见男子以前所赠之物，以免增添愁思。

◎ 评析

分明写男女双方，昔结同心，今男见女色衰，遂无复殷勤之意，女方只得退还珍贵信物，免益愁思。沈德潜曰：“悲凉跌宕，曼声促节”是只从风调音声论之，是则是矣，尚非此篇精到之处。或以此篇“为故旧之臣恩遇不终者赋”，亦诗人托意言志之常，且不妨更作如此理解。

梅花落[1]

中庭杂树多，偏为梅咨嗟[2]。问君何独然[3]？

念其霜中能作花，露中能作实[4]，摇荡春风媚春日[5]。
念尔零落逐寒风[6]，徒有霜华无霜质[7]。

◎ 注释

[1]《梅花落》本汉乐府横吹曲名。据《乐府诗集》此题下注道："《梅花落》本笛中曲也……今其声犹有存者。"今古辞已不存，唯鲍照此篇为现存此题最早之作。

[2] 咨嗟：慨叹。

[3] 君：指诗人自己。独然：偏偏如此，即置杂树于不顾而偏为梅树嗟叹。此句假托他人发问，实则向自己设问。

[4] 实：果实。

[5]"摇荡"句：言梅花不畏严寒，一枝独秀，于春风中摇动，使春日更加明媚。

[6] 尔：指杂树。逐：追随。

[7]"徒有"句：谓杂树虽亦有霜中开花者，但一遇寒风则随之飘落，皆无梅树于霜雪中开花并结实的抗寒本质。

◎ 评析

寥寥八句，前三句五言，后三句七言，中间以一个七言加五言两句相联之长句为转关，遂使全篇音律特显条畅，盖不独诗中讽意有可取也。

发后渚[1]

江上气早寒，仲秋始霜雪[2]。从军乏衣粮，方冬与家别[3]。
萧条背乡心，凄怆清渚发。[4]凉埃晦平皋[5]，飞潮隐修樾[6]。
孤光独徘徊[7]，空烟视升灭[8]。途随前峰远[9]，意逐后云结[10]。
华志分驰年[11]，韶颜惨惊节[12]。推琴三起叹，声为君断绝[13]。

◎ 注释

[1] 后渚：长江滩头名。据闻人倓《古诗笺》注："后渚在建业（按：今江苏南京）城外江上。"

[2] 仲秋：中秋，阴历八月。

[3] 方：初。

[4]“萧条”二句：意谓怀着冷落孤寂的离乡之感，凄凉悲伤地从后渚清江边出发。

[5] 埃：烟尘。晦：暗。平皋：此指江岸。此句指透过江上寒气遥望烟尘笼罩的江岸。

[6] 樾：林荫、树影。此句指船行时看沿岸修长的树影不时地隐没于滚滚的江水中。

[7] 孤光：指太阳光。

[8]“空烟”句：谓于船上寂寞地遥望岸上炊烟此起彼伏。

[9]“途随”句：言行程随前方山峰的逼近而离家乡越来越远。

[10] 结：聚积。此句谓目光追逐着向身后退去的飞云而思乡之心更加沉重。

[11]“华志”句：言美好的理想随岁月的流逝而烟消云散。

[12] 韶颜：美好的容颜。节：时序节候。此句意谓：当年青春的容颜也在惊痛时序飞转中变得哀伤凄惨。

[13] 君：诗人自谓。从琴声的角度而言，末句意谓琴声亦因己起身叹息而中断。

◎ 评析

“凉埃”以下几乎句句皆有独造之语，生而不涩，味之可解，真大家笔墨。“俊逸鲍参军”，于此可见。

咏　史

五都矜财雄[1]，三川养声利[2]。百金不市死[3]，明经有高位[4]。京城十二衢[5]，飞甍各鳞次[6]。仕子彯华缨[7]，游客竦轻辔[8]。明星晨未稀[9]，轩盖已云至[10]。宾御纷飒沓[11]，鞍马光照地。寒暑在一时，繁华及春媚。[12]君平独寂寞[13]，身世两相弃。

◎ 注释

[1] 五都：指汉代五座大都市，即洛阳、邯郸、临淄、宛、成都。矜：倚仗。此句言五都之人好以资财雄厚而自傲。

[2] 三川：郡名。见颜延之《北使洛诗》注释（[8]）。声利：名利。此句谓三川之士热衷于追逐名利。

[3] 市死：死于市，指犯罪而受极刑。《史记·越王勾践世家》陶朱公引谚："吾闻'千金之子，不死于市'。"此借用之。句意为：百金之子，可免死刑。

[4] 明经：指精通儒经的学者。

[5] 衢：大道。

[6] 飞甍：上翘的屋檐。鳞次：密集而排列有序。此句谓京都房屋富丽堂皇，鳞次栉比。

[7] 仕子：做官之人。彯（piāo）：长带飘动貌。缨：冠带。此句说官宦者的冠带随风飘动。

[8] 竦：惊动。此句形容游客轻车揽辔飞奔驰逐之情状。

[9]"明星"句：天欲曙则星稀，此句是说天色尚早而晨星未稀。

[10] 轩盖：车盖，代指达官贵族乘坐的有篷盖之车。

[11] 御：御者、车夫。飒沓：连续不断貌。此句谓宾客带着仆从纷沓而至。

[12]"寒暑"二句：以四季寒暑易节为比，言人生短暂，富贵荣华只在一时间，故世人犹繁花争春一样争名逐利。

[13] 君平：西汉蜀人，姓严名遵字君平。据《汉书》卷七十二载："君平卜筮于成都市……裁日阅数人，得百钱足自养，则闭肆下帘而授《老子》。博览亡不通，依老子、严周之指著书十余万言。"末二句意谓：严遵与世人不同，他为修身自保，甘于寂寞地闭门著书以避世，世人亦将其遗忘了。

◎ 评析

《咏史》意在述怀。结以君平"身世两相弃"，其实叹夫君平先为世所弃，故不得不弃世卖卜以自养，岂自始即甘于寂寞者耶？此亦鲍照不得志之辞耳。

拟　古[1]

其　一

十五讽诗书[2]，篇翰靡不通[3]。弱冠参多士[4]，飞步游秦宫[5]。
侧睹君子论[6]，预见古人风[7]。两说穷舌端[8]，五车摧笔锋[9]。
羞当白璧贶[10]，耻受聊城功[11]。晚节从世务[12]，乘障远和戎[13]。
解佩袭犀渠[14]，卷帙奉卢弓[15]。始愿力不及[16]，安知今所终[17]！

◎ 注释

[1] 鲍照《拟古》诗共八首，此选其中第二、三两首。

[2] 讽：诵读。

[3] 篇翰：篇籍书翰，此泛指文章典籍。靡：无。

[4] 弱冠：见左思《咏史》其一注释[1]。参：拜谒。士：此指有声望地位者。此前三句乃拟阮籍《咏怀》"昔年十四五，志尚好书诗"及左思《咏史》"弱冠弄柔翰"句而为之。

[5] 秦宫：本指秦都咸阳的宫室，此泛指京都。陶渊明诗《咏荆轲》有"飞盖入秦庭"句，此句拟之。

[6] 侧睹：旁观。君子：指德高望重的贤人。此句言己早已熟读了古代圣贤的精辟论著。

[7] 风：风格、风范。

[8] 两说：指战国齐人鲁仲连两次游说而解救赵齐二国事。《史记·鲁仲连列传》载：秦围赵都邯郸，魏王派新垣衍劝赵平原君尊秦为帝，鲁仲连却以利害相劝阻，秦闻之而退。又，齐欲收复故聊城而数年不下，鲁仲连射封书至守城燕将，燕将得书后即自杀，于是齐人复得聊城。穷舌端：指使对方理屈词穷，无以应对。

[9] 五车：语出自《庄子·天下》"惠施多方，其书五车"，指其著作有五车之多。此句谓像惠施这样广博多识、学富五车的人能使那些舞文弄墨者笔锋拙涩，无法应付。

[10] 当：接受。贶（kuàng）：赏赐。据《韩诗外传》载，楚襄王曾以黄金千斤、白璧百双聘庄子为相，庄子不许。

[11] "耻受"句：《史记·鲁仲连列传》载，鲁仲连为齐国立下聊城之功后，齐君欲授其官爵，鲁仲连逃隐于海上。

[12] 晚节：晚年末路。世务：治世之务。此句谓己晚年忙于公务。

[13] 乘：戍卫。障：于边防要塞处所建的城堡。和戎：使邦外戎族与之和解。以上二句言己晚年公务繁劳，从军远戍，使边塞平定。

[14] 解佩：指为着戎装而解下玉佩，脱去常服。袭：穿。犀渠：一种犀牛，古时以其皮革制成甲胄，此代指军装。

[15] 帙：书套。卢弓：黑色的弓。此句谓己收拣书卷而从军远戍。

[16] 始愿：往日的心志。此句谓早年的理想已无法实现。

[17] "安知"句：谓无法预料今后会有什么结果。

◎ 评析

与阮籍《咏怀》、左思《咏史》相似，盖拟古亦借古事以自况也。

其　二

幽并重骑射[1]，少年好驰逐。毡带佩双鞬[2]，象弧插雕服[3]。
兽肥春草短，飞鞚越平陆[4]。朝游雁门上[5]，暮还楼烦宿[6]。
石梁有余劲[7]，惊雀无全目[8]。汉虏方未和[9]，边城屡翻复[10]。
留我一白羽[11]，将以分虎竹[12]。

◎ 注释

[1] 幽并：幽州和并州。详见曹植《白马篇》注释[3]。

[2] 毡带：毛织佩带。鞬：古称箭囊为服，弓袋为鞬。此句中“鞬”与下句中“服”为互文，“双鞬”指双箭袋，“雕服”为彩绘弓袋。此句言幽并少年身系毡腰带，上佩双箭囊。

[3] 象弧：两端嵌以象牙的弓。

[4] 鞚（kòng）：带铁嚼口的马络头，此代指马。平陆：草原、平川。

[5] 雁门：山塞名，位于今山西代县西北，自来为北方边地要塞。

[6] 楼烦：古县名，治所在今山西宁武附近。以上二句极言幽并少年骑术迅捷。

[7]“石梁”句：《文选》李善注引《阚子》：“宋景公使工人为弓，九年乃成……景公登虎圈之台，援弓东面而射之，矢逾于西霜之山，集于彭城之东，其余力逸劲，犹饮羽于石梁。”

[8]“惊雀”句：《文选》李善注引《帝王世纪》：“帝羿有穷氏与吴贺北游，贺使羿射雀。羿曰：‘生之乎？杀之乎？’贺曰：‘射其左目。’羿引弓射之，误中右目。羿仰首而愧，终身不忘。”以上二句极言幽并少年射技高超，强劲有力，箭无虚发。

[9] 汉：汉朝，代指中原。虏：泛指北边异族。

[10] 翻复：指战事频繁、时战时和、反复无常。

[11] 白羽：箭名。

[12] 虎竹：铜制虎符和竹制信符，古时两种传递发兵命令的凭证。符为左右两半，右留京师，左分给郡守。朝廷发令时须与右符同送郡守，郡守持左符验之，合则信而遵命。末二句言己愿为守边之将，为保卫边防而献力。

◎ 评析

言幽并少年骑射之精、意气之壮。隐示自己有守郡防边、为国立功之志。诗句俊逸奇警，与内容相称。

玩月城西门廨中[1]

始见西南楼，纤纤如玉钩。[2]末映东北墀，娟娟似蛾眉[3]。蛾眉蔽珠栊[4]，玉钩隔琐窗[5]。三五二八时[6]，千里与君同[7]。夜移衡汉落[8]，徘徊帷户中[9]。归华先委露[10]，别叶早辞风[11]。客游厌苦辛[12]，仕子倦飘尘[13]。休浣自公日[14]，宴慰及私辰[15]。蜀琴抽白雪[16]，郢曲发阳春[17]。肴干酒未阕[18]，金壶启夕沦[19]。回轩驻轻盖[20]，留酌待情人[21]。

◎ 注释

[1] 据《文选》五臣引注李周翰曰："廨，公府也。时照为秣陵（按：今江苏南京江宁）令。"

[2]"始见"二句：言月刚升起至西南楼角时，纤细如玉钩。

[3] 墀：台阶。娟娟：美好貌。蛾眉：古时形容女子美眉修长，谓其如蚕蛾触须。

[4] 珠栊：饰以珠帘之窗。

[5] 琐窗：连琐图案的花窗。以上二句言透过珠帘和花窗隐约可见一弯新月。

[6] 三五、二八：指每月十五、十六日月圆时。

[7] 君：诸君、普天下之人。

[8] 衡汉：北斗星与天河。

[9] 帷户中：门户之内、帷幔之中。以上二句谓夜深星汉隐没后，只有淡淡的月光洒在帷幔上。

[10] 归华：落花，指花落而归根。委：弃。此句意谓：花因寒露而先凋零。

[11] 别叶：落叶、离枝之叶。此句言叶因秋风而先陨落。以上二句对仗工稳，词句构造亦同。

[12] 厌：厌恶。

[13] 仕子：出仕为官之人。飘尘：漂泊于风尘中。

[14]"休浣"句：休，休假。浣，浣洗衣服。古时官吏五日或十日得一休假，以便沐浣。称为休浣或休沐。是日，可离开公务与公廨。此句意谓休假日自是公定。

[15] 宴：安。慰：劳。此句言这是可以自安自慰属于自己私生活的时间。

[16] 蜀琴：蜀地之琴。因西汉蜀人司马相如善奏琴，故称。抽：弹奏。白雪：与下句中"阳春"皆为古时高雅的曲调名。语出宋玉《对楚王问》："客有歌于郢中者……其为《阳春》《白雪》，国中属而和者不过数十人。"

[17] 郢曲：郢地之曲，见上条。郢，战国时楚都，位于今湖北江陵西北。

[18] 肴：鱼肉等荤菜。干：《文选》李善注引杜预《左氏传》注说："肴干而不食。"当指鱼肉等佳肴未食而冷凝。阕：止。

[19] 金壶：即漏壶、更壶，古代计时器。沦：微波。此句写漏壶滴水将满而起微波，言夜已深。

[20] 回轩：将篷车折回。驻：止。盖：车盖，即伞状车篷。此代指车。

[21] 情人：此指天上之月。末二句谓今晚本应驱车返家，却又回轩而留此公府内，饮酒赏月。

◎ 评析

题曰"玩月"，自当有写景语，前半篇便是。然而景不徒写，必以寓情，故从"夜移衡汉落"起，便已转到"厌苦辛""倦飘尘"，于是乘此"休浣自公"之日，借为"宴慰及私"之时，弹琴唱曲，饮酒玩月，聊以自遣耳。

鲍令晖

（生卒年不详）

鲍照之妹，有才思，工诗，有《香茗赋集》，已佚。《玉台新咏》载其诗七首（卷四录《拟青青河畔草》等杂诗六首，卷九录《寄行人》一首），今存者止此。钟嵘在《诗品》下列有"齐鲍令晖"，称其歌诗"往往崭绝清巧，拟古尤胜，唯百愿（明钞本'愿'作'韵'）淫（明钞本'淫'下多一'杂'字）矣"。可见齐梁时人颇重令晖诗。钱振伦《鲍参军集注》末附令晖诗注。

古意赠今人

寒乡无异服[1]，毡褐代文练[2]。日月望君归，年年不解綖[3]。
荆扬春早和[4]，幽冀犹霜霰[5]。北寒妾已知，南心君不见[6]。
谁为道辛苦？寄情双飞燕。形迫杼煎丝[7]，颜落风催电[8]。
容华一朝尽，惟余心不变[9]。

◎ 注释

[1] 无异服：言众人服装一律。

[2] 毡褐：两种北方御寒的毛制品。毡，羊毛擀压而成的厚呢；褐，粗织的毛布。文练：有花纹图案的熟丝绸帛。

[3] 綖：通“延”，缓解。以上二句谓望君归来的心情年复一年，无或缓解。

[4] 荆扬：荆州和扬州，此泛指江南。和：温暖。

[5] 幽冀：幽州和冀州，此泛指黄河以北的北方地区。参见曹植《白马篇》注释[3]。霰：不成片状的冰晶或小雪粒。

[6] 南心：独居江南的思妇之心。

[7] 形迫：指为公务奔忙。杼煎丝：言机杼上之丝将尽，以形容心情急迫。杼，织梭。煎，读作“翦”，尽也。此句写其丈夫忙于公务不得回归。

[8] 颜落：容颜衰老。此句言女子衰老之势有如风疾电掣般迅速。

[9] 余：我。

◎ 评析

此女子寄夫望归之辞。心悬两地，此情谁寄？最可伤者，唯在容颜易老，而相见无期。

代葛沙门妻郭小玉作[1]

明月何皎皎，垂幌照罗茵[2]。若共相思夜，知同忧怨晨。[3]
芳华岂矜貌[4]，霜露不怜人。君非青云逝[5]，飘迹事咸秦[6]。
妾持一生泪，经秋复度春。

◎ 注释

[1] 此题下原存诗二首，此选其第一首。沙门：弃家为僧者。

[2] 幌：幔帐。茵：床席。此句言月光透过低垂的帷帐照到床席之上。

[3]“若共”二句：谓离人若夜晚两地相思，则可知其白日的离愁别恨亦必相同。

[4] 芳华：青春年华。矜：悯、同情。此句与下句意谓岁月不饶人，青春年华将随时间的流逝而消失。

[5] 青云：言志向凌云。逝：去。

[6] 咸秦：秦代都咸阳，故以咸秦代指京都。此处指做官。以上二句谓其夫君并非怀着远大志向到京都去做官，暗指做官尚有回归日，遁入空门则永不复返。

◎ 评析

较闺怨又进一层。盖言相思之情，从今永绝，在妾唯持一生泪耳，伤哉！

王　微

（415—453）

字景玄，琅邪临沂（今山东临沂）人。初为始兴王友，后除南平王刘铄右军咨议参军，历中书侍郎，以父丧去职。微素无宦情，后屡召不就。卒，有集十卷，已佚。诗仅在《文选》《玉台新咏》等存录四首。唯钟嵘《诗品》置微于中品，与谢瞻、谢混、袁淑同列，以为均“务其清浅”，能“得风流媚趣”者。

杂　诗（二首选一）

思妇临高台，长想凭华轩[1]。弄弦不成曲，哀歌送苦言。
箕帚留江介[2]，良人处雁门[3]。讵忆无衣苦[4]，但知狐白温[5]。
日暗牛羊下[6]，野雀满空园[7]。孟冬寒风起[8]，东壁正中昏[9]。
朱火独照人[10]，抱景日愁怨[11]。谁知心思乱，所思不可论[12]。

◎ 注释

[1] 华轩：彩绘的廊槛。此句写思妇凭栏远望，苦思长想征人。

[2] 箕帚：语出自《国语·吴语》：“勾践请盟：一介嫡女，执箕帚以晐姓于王宫。”此即以“箕帚”代指妇女、思妇。江介：江边，此指江南。

[3] 良人：丈夫。雁门：见鲍照《拟古》其二注释[5]。

[4] 讵：岂。

[5] 狐白：指狐白之裘衣。“狐白”谓狐腋下的白毛处之皮，古称“狐白裘”即所谓“千狐之腋”，极轻暖而贵重。以上二句意谓：他如今身处富贵之中，只顾享受狐白裘的温暖，哪里还会回忆当初无寒衣之苦?

[6] 日暗：黄昏。牛羊下：放牧的牛羊下山归家。

[7]“野雀”句：言野雀暮昏归巢，空园因人迹罕至故成野雀筑巢之所。

[8] 孟冬：初冬。

[9] 东壁：古星宿名。中昏：夏历十月黄昏时，东壁出现在正南方的天际，故曰“中昏”。

[10] 朱火：红烛之光。

[11] 抱景：景，同“影”。指孤身一人与影子为伴。

[12] 不可论：不可提起、不愿言及。

◎ 评析

思妇之词，已至于怨，盖疑夫君忘昔日之情，不复有重会之望矣。

谢　庄
（421—466）

字希逸，陈郡阳夏（今河南太康）人。在孝武帝刘骏时，任吏部尚书，明帝刘彧时，加中书令、散骑常侍，进位金紫光禄大夫。

庄工诗赋，《文选》录其《月赋》，最为世所传诵。诗亦清雅秀逸，今仅存十余首，见明人张溥所辑《谢光禄集》，亦见近人丁福保、逯钦立所辑《全宋诗》和《宋诗》。

北宅秘园[1]

夕天霁晚气[2]，轻霞澄暮阴。微风清幽幌[3]，余日照青林。
收光渐窗歇[4]，穷园自荒深[5]。绿池翻素景[6]，秋槐响寒音[7]。
伊人倘同爱[8]，弦酒共栖寻[9]。

◎ 注释

[1] 秘园：指不为他人所知的荒园。

[2] 霁：云散天晴。此句与下句言傍晚时分天气放晴，晚霞一片，天空澄清。

[3]“微风”句：言清风微拂帷帐。

[4]“收光”句：指落日的余晖渐渐从窗格上消失。

[5] 穷园：僻陋之园。此句谓日暮后的荒园显得格外幽深。

[6] 翻：动。素景：月影。景，通“影”。

[7]“秋槐”句：言秋风寒气至，槐叶飘零而槐实垂于枝头，风动作响。

[8] 伊人：那人，泛指友人。倘：如果。

[9] 弦酒：弹琴饮酒。栖寻：寻游。末二句意谓：倘若那位友人与我有同样爱好，喜欢这种景致，我愿和他栖息于此，饮酒弹琴，寻游佳境。

◎ 评析

五言十句，前八句写景，除五、六两句散行外，其他六句三联，皆讲对仗，已开永明之渐。

刘　骏
（430—464）

即宋孝武帝，盖文帝刘义隆第三子，宋高祖武帝刘裕之孙也。字休龙，小字道民。彭城绥舆里（今江苏徐州）人。他初封武陵王，曾任雍州刺史、江州刺史。以讨平太子刘劭之乱，遂即帝位。在位十一年，暴戾恣睢。诸王先后起兵作乱，君臣疑忌，骨肉相残，宋朝遂不复振。

他能文工诗，自谓人莫能及。钟嵘置之下品，评曰“孝武诗，雕文织彩，过为精密”；刘勰在《时序》篇亦有“孝武多才，英采云构”之论，所见盖同。《隋志》著录他有集二十五卷，已佚。今其诗存者不过二十余首。

自君之出矣[1]

自君之出矣，金翠暗无精[2]。思君如日月，回还昼夜生。[3]

◎ 注释

[1] 此题一作《拟徐幹》，又作《拟室思》。

[2] 金翠：指黄金、翠玉的饰物。暗无精：暗淡无光。

[3]“思君”二句：谓思念夫君的情怀如日月轮回，昼夜不息。

◎ 评析

小诗写闺思，大似《子夜》。昔人称刘骏诗时有巧思，此其一例也。

陆　凯（生卒年不详）　字智君，代（今河北蔚县东）人。与南朝宋撰有《后汉书》的著名史学家、文学家范晔交善。盛弘之《荆州记》载凯曾“自江南寄梅花一枝，诣长安与晔，兼赠诗曰：‘折梅逢驿使……’”云云，即下所选录。凯即以此五言四句诗留名后世，别无其他作品。

赠范晔诗

折梅逢驿使[1]，寄与陇头人[2]。江南无所有，聊赠一枝春。

◎ 注释

[1] 驿使：古时驿站传递官方文书的专差。

[2] 陇头：即陇山，见张衡《四愁诗》注释 [11]。

◎ 评析

自江南寄梅花一枝予晔，事雅情重，诗亦清婉简净。

吴迈远
（？—474）

籍贯不详。曾任江州从事。宋后废帝苍梧王刘昱元徽二年（474），江州刺史桂阳王刘休范反，迈远为之草檄，未几败亡，遂被族诛。迈远好为篇章，又好自夸而嗤鄙他人。每作诗，得称意语，辄掷地呼曰："曹子建何足数哉！"世人笑之。梁时有集八卷，至隋残存一卷，今亦亡。现存诗十首。钟嵘谓"吴善于风人答赠"，观《玉台新咏》，卷四所录其《拟乐府》四首，实皆寓答赠之意。

胡笳曲[1]

轻命重义气，古来岂但今。[2]缓颊献一说[3]，扬眉受千金。
边风落寒草[4]，鸣笳坠飞禽[5]。越情结楚思[6]，汉耳听胡音[7]。
既怀离俗伤[8]，复悲朝光侵[9]。日当故乡没[10]，遥见浮云阴。

◎ 注释

[1] 胡笳：古代一种管乐名。相传自西域传入，多为北方民族所用。其音色悲凉，最适于吹奏关塞离思之曲。

[2]"轻命"二句：谓有志气的人把义气看得比性命还重要，自古以来即如此，岂止今日才有。

[3] 缓颊：指婉言代他人说情。《史记·魏豹传》载："汉王闻魏豹反，方东忧楚，未及击，谓郦生曰：'缓颊往说魏豹。能下之，吾以万户封若。'郦生说豹……"此句与下句言代人说情，向权势者献言，事成则扬眉而受千金之报，这是古今习见的事。

[4] 边风：边塞之风。落：倒伏。

[5]“鸣笳”句：谓胡笳哀鸣使飞禽悲而坠落。

[6]越情：据《史记·陈轸传》载：越国人庄舄做官于楚，因思念故国，故病中呻吟时亦发出越地方音。楚思：《左传·成公九年》记，楚国乐官钟仪被囚于晋，晋侯令其奏琴，弹出的仍是楚国的乐调。此句借此二事言思恋故乡之情十分深厚，难以改变。

[7]汉：汉朝，此代指中原人。胡：泛指北方民族。

[8]俗：乡俗。

[9]朝光：时光。侵：亏蚀、消失。以上二句是说既满怀离乡弃俗之哀，又痛心时光的无情流逝。

[10]当：面对。没：隐没。末二句谓：遥望故乡所在的方向，只见那方浮云掩映，太阳已隐没无光。

◎ 评析

以胡笳曲写出使塞外者的思乡之情。东一句、西一句，思路似不相连属，而此正乃是思绪混乱之人的常态。

长相思[1]

晨有行路客，依依造门端[2]。人马风尘色，知从河塞还[3]。
时我有同栖，结宦游邯郸[4]。将不异客子[5]，分饥复共寒。
烦君尺帛书[6]，寸心从此殚[7]。遣妾长憔悴[8]，岂复歌笑颜[9]。
檐隐千霜树[10]，庭枯十载兰。经春不举袖，秋落宁复看？[11]
一见愿道意[12]，君门已九关[13]。虞卿弃相印[14]，担簦为同欢[15]。
闺阴欲早霜[16]，何事空盘桓[17]？

◎ 注释

[1]汉无名氏古诗有“客从远方来，遗我一书札。上言长相思，下言久离别”“客从远方来，遗我一端绮……文彩双鸳鸯，裁为合欢被。著以长相思，缘以结不解”等句。吴迈远此题拟之。《乐府诗集》收入《杂曲歌辞》。

[2]依依：依恋不舍貌。造：至、到。

[3] 河塞：指黄河以北的边塞地区。

[4] 同栖：指丈夫。结宦：交结仕宦，此指做官。邯郸：战国时赵国都城，秦汉之后仍是黄河以北地区的著名大都市，地在今河北邯郸。

[5] 异：慢待、冷遇。

[6] 君：指客子。尺帛书：以一尺长短白绢写成的信。此句乃女主人对客子所言，托他给在邯郸的丈夫带去一封信。

[7] 寸心：区区之心。殚：竭尽。此句谓已将一片苦心尽表其中。以下六句乃信中所言。

[8] 遣：使。

[9]“岂复”句：谓己岂能再展笑脸而歌吟。

[10] 隐：没。千霜树：经过千年的老树。此句与下句以长生树隐没及经久不枯之兰萎蔫喻己毫无生机的离居生活。

[11]“经春”二句：以春花秋落喻女子青春容华易逝，言春花不及时采摘，难道待秋落时再去观赏吗?

[12]“一见”句：言见其丈夫的面即希望能代为致意。此乃女主人托客子带口信。以下数句即口信内容。

[13]“君门”句：用宋玉《九辩》中语：“岂不郁陶而思君兮，君之门以九重。”言仕途晦暗，进升无路。

[14] 虞卿：战国时的游说之士。据《史记·平原君虞卿列传》载：他初蹑屩檐簦，说赵孝成王，大受重用，授相印，为上卿。后为救魏相魏齐弃相印出走而困于梁国，著书以终。

[15] 簦：雨具，有柄的竹笠。以上二句以虞卿弃相印为例，说明富贵高位不可留恋，贫民却往往能尽享天伦之乐。

[16] 闺阴：言闺阁空寂寒凉。早霜：凄冷而霜早降。霜，用作动词，降霜。喻闺中人因寂苦而将迅速衰老。

[17] 盘桓：逗留。

◎ 评析

行者久仕，闺中寄书，诉其长久相思之情，劝其弃官还家，共度大好时光，勿复在外盘桓，令人憔悴早衰!

汤惠休

（生卒年及籍里均不详）

字茂远。初为僧名惠休，宋孝武帝刘骏命使还俗，位至扬州从事史。《宋书·徐湛之传》谓惠休“善属文，辞采绮艳”；钟嵘《诗品》置之于下品，言：“惠休淫靡，情过其才。世遂匹之鲍照，恐商、周矣。（按：言其不相敌也）”盖惠休常从鲍照游，以诗赠答，时人并称“鲍休”。又，颜延之每薄其诗，尝谓人曰：“惠休制作，委巷中歌谣耳，方当误后生。”原有集四卷，已佚，今仅存诗十一首。

怨诗行[1]

明月照高楼，含君千里光[2]。巷中情思满[3]，断绝孤妾肠。
悲风荡帷帐，瑶翠坐自伤[4]。妾心依天末[5]，思与浮云长。
啸歌视秋草[6]，幽叶岂再扬[7]？暮兰不待岁[8]，离华能几芳[9]？
愿作张女引[10]，流悲绕君堂[11]。君堂严且秘[12]，绝调徒飞扬[13]。

◎ 注释

[1] 此题亦作《怨歌行》。乃乐府曲调名，古辞今存，属《相和歌·楚调曲》。此为拟古之作。

[2]“含君”句：谓月光照己，亦同样照到千里之外的夫君身上。

[3] 巷中：指居宅里、闺阁中。此句与下句言己独处闺阁，相思深切、痛苦欲绝。

[4] 瑶翠：琼瑶与翡翠，两种美玉名，代指佩戴美玉的女子。

[5] 依：依恋。天末：天尽头、天边。此句与下句言己一片心思皆牵挂着远在天边的夫君，其情思漫如天上浮云，无边无际。

[6]“啸歌”句：谓己视秋草枯败而吟咏叹惋。

[7]“幽叶”句：谓暗无光泽的枯草岂能再复活而挺拔扬举。

[8]“暮兰”句：言岁暮之兰已无生发的时机。

[9]“离华”句：谓离别之人的青春年华能保持几度芳春。

[10] 张女：古曲调名，其音悲哀。引：乐曲的序曲。

[11] 君堂：指其丈夫为官行役的公府。以上二句谓己愿奏张女曲，希望能将内心的悲哀传递至夫君耳中。

[12] 严：威严。秘：幽深。

[13]“绝调”句：言高绝的曲调徒飞扬于公堂之外，不能传入堂中为君所闻。

◎ 评析

惠休情语入微，钟嵘评以“淫靡”，沈约谓为“绮艳”。然此篇的是汤氏绝唱，不能因其近于委巷间歌谣艳曲而薄之。

白纻歌[1]

少年窈窕舞君前[2]，容华艳艳将欲然[3]。
为君娇凝复迁延[4]，流目送笑不敢言[5]。
长袖拂面心自煎[6]，愿君流光及盛年[7]。

◎ 注释

[1] 此题乃乐府曲调名，本为吴地舞曲。今存最早歌辞为晋人所作，《乐府诗集》收在《舞曲歌辞·杂舞》中。汤惠休拟作今存三首，此选其中第二首。

[2] 少年：指舞女。窈窕：美好貌。

[3] 艳艳：艳丽貌。然：同“燃”，言其容貌鲜艳如火。

[4] 凝：定。迁延：迟疑。

[5] 流目：飞眼、眉目传情貌。

[6] 煎：熬煎。

[7] 愿君流光：愿您垂赐恩泽。及盛年：趁我正值春华之年。

◎ 评析

舞曲写舞伎心情，若自其口出，真可谓体贴入微。

无名氏

读曲歌[1]

其　一

千叶红芙蓉，照灼绿水边[2]。余花任郎摘，慎莫罢侬莲[3]。

其　二

柳树得春风，一低复一昂。谁能空相忆，独眠度三阳[4]？

其　三

音信阔弦朔[5]，方悟千里遥。朝霜语白日，知我为欢消[6]。

其　四

打杀长鸣鸡，弹去乌臼鸟[7]。愿得连冥不复曙[8]，一年都一晓[9]。

其　五

执手与欢别，合会在何时？明灯照空局[10]，悠然未有期[11]。

其　六

暂出白门前[12]，杨柳可藏乌[13]。欢作沉水香[14]，侬作博山炉[15]。

其　七

一夕就郎宿[16]，通夜语不息。黄蘗万里路[17]，道苦真无极[18]。

◎ 注释

[1] 无名氏《读曲歌》，《乐府诗集》列入《清商曲辞·吴声歌曲》。据《宋书·乐志》云："《读曲歌》者，民间为彭城王义康所作也。其歌云'死罪刘领军，误杀刘第四'，是也。"又《古今乐录》曰："《读曲歌》者，元嘉十七年（440）袁后（按：宋文帝刘义隆元后袁齐妫）崩，百官不敢作声歌，或因酒宴，止窃声读曲，细吟而已。"无论何说为是，皆宋文帝刘义隆元嘉间民间无名氏所首创之曲调。而《乐府诗集》所录存至今之无名氏《读曲歌》八十九首，固皆是宋元嘉以来民间传唱之吴声歌曲。此选其中第四、十五、三十八、五十五、六十二、七十七、八十一共七首。

[2] 照灼：照亮、鲜明。

[3] 慎：千万。罢：完结、终止，此指毁坏。侬：吴语言"我"曰"侬"，至今犹然。

[4] 三阳：指春季、阳春，因春有三个月，故称。

[5] 阔：阔别。弦朔：半月称"弦"，新月称"朔"。弦朔间约相隔七天。此句与下句谓女子与意中人阔别七日即觉时久难耐，由此可体会出相隔千里是多么遥远。

[6] 欢：所爱的男子。消：融化。以上二句乃女子自拟朝霜，将意中人比为白日，言己愿像朝霜一样，朝朝迎接白日的温暖，为此而消融也在所不惜。

[7] 长鸣鸡：报晓的公鸡。乌臼：树名，即乌桕。

[8] 冥：黑夜。曙：晓、晨明。

[9] 都：只、仅。

[10] 局：棋盘。此句言孤独一人，无人对弈。

[11] "悠然"句：语意双关，既用其谐音，指"油燃而无棋"，又用其本意，言与情人会合遥遥无期。

[12] 白门：六朝时称建康（今江苏南京）正南门宣阳门为白门，亦以白门代称建康。

[13] 可藏乌：隐指可作幽会之所。

[14] 沉水香：亦称"沉香"，香木名，古时常用作熏香原料而置于香炉中。

[15] 博山炉：香炉。见鲍照《拟行路难》其二注释[1]。

[16] 就：从、随。

[17] 黄蘗：亦称“黄柏”，见鲍照《拟行路难》其八注释[1]。万里路：喻男女相隔遥远。

[18] 道苦：语意双关，既指黄檗行万里而味苦一路，又指通夜皆道（说）相思之苦。无极：无边。

◎ 评析

此类《读曲歌》既是南朝宋文帝刘义隆元嘉以后民间所作之吴声歌曲，又皆为五言四句，与《子夜》体制相同。其内容复是男女相爱相思之词，语言艺术又多用双关俗语，亦尽同于《子夜》。不唯热情深挚，语言浅近，而且借物取譬，亦尽是吴地眼前所习见者，盖南朝吴声歌之通体耳。

莫愁乐[1]

其　一

莫愁在何处？莫愁石城西[2]。艇子打两桨[3]，催送莫愁来。

其　二

闻欢下扬州，相送楚山头。探手抱腰看，江水断不流。[4]

◎ 注释

[1]《莫愁乐》亦《清商曲辞·西曲歌》。《唐书·乐志》谓：“《莫愁乐》者，出于《石城乐》。石城有女子名莫愁，善歌谣。石城乐和中，复有忘愁声，因有此歌。”今只存二曲，如此所选录。

[2] 石城：晋宋时竟陵郡治所，位于今湖北钟祥。

[3] 艇子：小木舟。

[4]“探手”二句：言听说江水断流而使之抱己腰自楚山上下望。

◎ 评析

《莫愁乐》虽似专题南朝乐府清商曲民歌，且为西洲歌而非吴声曲，然其体制仍不出五言四句的南朝民歌的基本形式。此仅采两首，以示例耳。

襄阳乐[1]

其　一

朝发襄阳城，暮至大堤宿[2]。大堤诸女儿，花艳惊郎目[3]。

其　二

江陵三千三[4]，西塞陌中央[5]。但问相随否，何计道里长[6]！

◎ 注释

[1]《襄阳乐》九首，《乐府诗集》列入《清商曲辞·西曲歌》。解题首引《古今乐录》云："宋随王诞之所作也。诞始为襄阳郡，元嘉二十六年，仍为雍州刺史。夜闻诸女歌谣，因而作之。"然目录明注："《襄阳乐》，无名氏九首"，正文题下亦不注随王诞之名，知仍是民间歌曲。此选其中第一、三两首。襄阳，汉时郡名，治所在襄阳（今湖北襄阳）。

[2]大堤：指襄阳附近的汉江江堤。

[3]花艳：艳丽如花。

[4]江陵：县名，在今湖北境内，濒临长江。三千三：概指江陵至扬州的里程。

[5]西塞：山名，在今湖北大冶东长江南岸，其山势东边偏高，故谓之"西塞"。陌中央：居于路中间。

[6]道里：路程。

◎ 评析

南朝乐府民歌，无论为吴声歌，抑或为西曲歌，几皆以五言四句为基本形式。当时歌唱每种曲调，当必各有一腔，今则不知其异同所在矣。但此调既名《襄阳乐》，知其演唱时必带有襄阳地方音调，今只存其曲词，无从得其声音以区别之。歌词带有襄阳地方的特点，襄阳人宜皆熟悉。地方乐曲，固为本地民众所特加欣赏，而作为文学作品，则欣赏者自不限于一地人也。

西乌夜飞[1]

其　一

日从东方出，团团鸡子黄[2]。夫妇恩情重[3]，怜欢故在旁[4]。

其　二

阳春二三月，诸花尽芳盛。持底唤欢来[5]？花笑莺歌咏[6]。

◎ 注释

[1]《西乌夜飞》者，《古今乐录》谓“宋元徽五年荆州刺史沈攸之所作也”。说它是“攸之举兵，发荆州东下，未败之前，思归京师”。但《乐府诗集》所录五首，目录却注“无名氏”，正文题下亦未署沈攸之名，知是民间清商西曲歌也。此选其一、四两首。

[2] 团团：圆貌。鸡子黄：言犹如蛋黄一样。

[3] 妇：一本作“归”。

[4] 怜：爱。

[5]“持底”句：问用什么将你唤来？

[6]“花笑”句：自答道：当春花露笑脸、黄莺歌唱时你再来吧。

◎ 评析

此亦清商西曲之南朝民歌也。第一首以“团团鸡子黄”比喻初出的太阳，何等近切！第二首用“花笑莺歌”唤请情郎来会，也是士大夫诗人所想不到的，然而这语言又多么新鲜而美妙！

齐诗

张　融

（444—497）

字思光，吴郡吴（今江苏苏州）人。宋孝武帝刘骏时，始为新安王刘子鸾行参军，出为封溪令。曾泛海至交州，作《海赋》，文辞诡激，为世称赞。入齐，为竟陵王萧子良征北咨议，领记室。官至司徒左长史。

钟嵘谓："思光纡缓诞放，纵有乖文体，然亦捷疾丰饶，差不局促。"史称融有文集二十七卷，又有《玉海集》十卷、《大泽集》十卷、《金波集》六十卷、《少子》五卷，均已散佚不存。明人所辑《张长史集》仅存诗四首，除《白日歌》四言四句外，其他三首亦皆是五言四句小诗。

别　诗

白云山上尽[1]，清风松下歇[2]。欲识离人悲，孤台见明月。[3]

◎ 注释

[1] 尽：净、飘逝。

[2] 歇：息止。

[3]"欲识"二句：谓若想品味离人的悲哀情绪，独自登上高台而遥望明月，那时你便能体会到。

◎ 评析

别诗不言别，但说山上白云、松下清风，一尽一歇，寂寞可知。然后再说离人之悲，亦出于设想，上孤台而遥望，离人当亦有"隔千里兮共明月"之感。是其心情盖可逆度。短短二十字，写出如此曲折，真不易得。

孔稚珪

（447—501）

字德璋，会稽山阴（今浙江绍兴）人。少有美名，举秀才，为宋安成王车骑法曹行参军。入齐，历御史中丞，后出为南郡太守，官至太子詹事，加散骑常侍。

稚珪博学能文，所作《北山移文》，为六朝骈体优秀作品，传诵至今，初学古文者皆熟读焉。他曾从外兄张融学诗，钟嵘以“文为雕饰，青于蓝矣”称之，盖谓其学于张融而胜之也。

稚珪原集已佚，张溥编辑《孔詹事集》，仅存诗三首耳。

游太平山诗[1]

石险天貌分[2]，林交日容缺[3]。阴涧落春荣[4]，寒岩留夏雪[5]。

◎ 注释

[1] 孔皋《会稽记》：“余姚县南百里有太平山。”稚珪所游即此山。

[2]“石险”句：言奇峰耸立欲刺破青天状。

[3]“林交”句：谓林木茂盛，枝叶交错丛生，遮住阳光，不见全日。

[4] 阴涧：不见阳光的幽谷。春荣：春花。

[5]“寒岩”句：言高岩之上，入夏还残留有积雪，足见高山气候寒冷。

◎ 评析

此写景诗极言山势幽险，读者只应做单纯描写山势阴森，不杂任何寓意读。妄加任何附会，皆非作者本意。

刘　绘

（458—502）

字士章，彭城（今江苏徐州）人。宋末为著作郎。齐高帝时任太尉行参军，历太子洗马，出为南康相。明帝萧鸾即位（494）迁太子中庶子，出为宁朔将军，后任南东海太守。

绘原有集十卷，已佚。其诗今仅存八首。钟嵘以绘与王融同品（下品），说二人“并有盛才，词美英净”。而“五言之作”则皆非所长，“几乎尺有所短”。

有所思[1]

别离安可再[2]，而我更重之[3]。佳人不相见[4]，明月空在帷。
共衔满堂酌[5]，独敛向隅眉[6]。中心乱如雪[7]，宁知有所思[8]？

◎ 注释

[1]《有所思》乃汉乐府铙歌十八曲曲调名（见汉无名氏《有所思》注释）。此诗乃借用古题意而与沈约等人唱和之作。

[2] 再：一而再。

[3] 重：一次又一次。

[4] 佳人：所思念的女子，或指友人。

[5] 衔：怀念在心。满堂酌：指友朋畅饮于一堂。

[6] 敛：紧锁眉头。此句谓离别友人后只有独自愁眉苦脸地向隅而悲。

[7] 乱如雪：言心绪烦乱有如雪片落下时乱纷纷般。

[8] 宁知：谁知。

◎ 评析

满堂欢饮，我独向隅而悲。心有所思，情各异致，谁其知之？

谢　朓

（464—499）

字玄晖，陈郡阳夏（今河南太康）人。少好学，有美名，曾在竟陵王萧子良幕下任功曹，以文学见赏，为“竟陵八友”之一。他任过宣城太守，故世称谢宣城。官至尚书吏部郎。齐东昏侯萧宝卷永元元年（499），他被始安王萧遥光诬陷，下狱死。

朓于齐武帝萧赜永明（483—493）末，与沈约、王融等为文皆用宫商，讲究声调格律，世呼为“永明体”。此种新变，对于后来五言诗的律化和唐代近体诗的形成，均有重大影响。

朓诗多描写自然景色，风格俊秀，世或与宋谢灵运、惠连合称“三谢”，亦有与灵运并称“大小谢”者，如李白诗“蓬莱文章建安骨，中间小谢又清发”（《宣城谢朓楼饯别校书叔云》），此“小谢”即指朓，非惠连也。

朓原有集，已散佚。明人辑有《谢宣城集》。其诗今存五言近百首，而四言乐曲不计焉。

玉阶怨[1]

夕殿下珠帘，流萤飞复息[2]。长夜缝罗衣，思君此何极[3]。

◎ 注释

[1]《玉阶怨》乃乐府曲调名，属《相和歌·楚调曲》。此篇写宫怨，为唐人宫怨诗的先驱。

[2] 流萤：飞动的萤火虫。

[3] 此何极：言思绪无终极。

◎ 评析

夕殿萤飞，长夜漫漫，缝罗衣只因难耐寂苦，故结以“思君何极”也。

王孙游[1]

绿草蔓如丝[2]，杂树红英发[3]。无论君不归[4]，君归芳已歇[5]。

◎ 注释

[1] 此题语出《楚辞》，淮南小山的《招隐士》曰：“王孙游兮不归，春草生兮萋萋。”《乐府诗集》归入《杂曲歌辞》中。

[2] 蔓：蔓生。

[3] 英：花。

[4] 无论：不要说。

[5] 歇：尽。

◎ 评析

草长花发，春事正浓，恨君远游不归；即令君归，而芳华已尽，美人迟暮，徒唤奈何。伤哉！

同王主簿有所思[1]

佳期期未归[2]，望望下鸣机[3]。徘徊东陌上[4]，月出行人稀。

◎ 注释

[1] 此诗乃与王主簿同以《有所思》为题而作。《有所思》，汉乐府曲调名（见汉无名氏《有所思》注释）。王主簿，名季哲，主簿为其官职。

[2] 期：第二个“期”字用作动词，盼望。

[3] 下鸣机：言本在织机上织作，因总在盼望伊人的归来，故停下织机外出徘徊。

[4] 陌：小道。

◎ 评析

写思妇情事如见其心。“即景含情，怨在言外。”

游东田[1]

戚戚苦无悰[2]，携手共行乐。寻云陟累榭[3]，随山望菌阁[4]。
远树暧阡阡[5]，生烟纷漠漠[6]。鱼戏新荷动，鸟散余花落。
不对芳春酒，还望青山郭[7]。

◎ 注释

[1] 据《文选》李善注言，谢朓有庄园在钟山（位于今江苏南京东）的东边，“东田”指此。

[2] 戚戚：悲伤貌。悰（cóng）：欢乐。

[3] 陟：登高。累榭：高岩上的亭台。

[4] 菌阁：指台榭之顶圆如菌盖。此乃泛指，钟山早在六朝时即为游览胜地，山上筑有宫室、佛寺多处。

[5] 暧：不分明貌。阡阡：即“芊芊”，繁盛貌。

[6] 纷：散乱。漠漠：广布貌，出自陆机《君子有所思行》：“廛里一何盛，街巷纷漠漠。”

[7] 山郭：山形、山影。

◎ 评析

谢朓以山水诗见称，“奇章秀句，往往警遒”（钟嵘语）。此篇“鱼戏新荷动，鸟散余花落”，从微细处着笔，小谢清发，是亦一例。

暂使下都夜发新林至京邑赠西府同僚[1]

大江流日夜，客心悲未央[2]。徒念关山近[3]，终知返路长[4]。
秋河曙耿耿[5]。寒渚夜苍苍[6]。引领见京室[7]，宫雉正相望[8]。
金波丽鳷鹊[9]，玉绳低建章[10]。驱车鼎门外[11]，思见昭丘阳[12]。
驰晖不可接[13]，何况隔两乡[14]。风云有鸟路[15]，江汉限无梁[16]。
常恐鹰隼击[17]，时菊委严霜[18]。寄言罻罗者[19]，寥廓已同翔[20]。

◎ 注释

[1] 据萧子显《南齐书》载，谢朓曾任随王萧子隆文学。“子隆在荆州，好辞赋，数集僚友，朓以文人，尤被赏爱，流连晤对，不舍夕日。长史王秀之以朓年少相动，密以启闻……世祖敕曰：‘朓可还都。’”谢朓此诗即写从随王萧子隆的下都荆州出发，直到京郊新林浦（位于今江苏南京西南）这段旅途所感，以赠荆州随王府（即“西府”）同僚诗友。京邑，指齐代京都建康（今江苏南京）。

[2] 大江：长江。客：即客行于江上的诗人自己。未央：未尽。

[3] 徒：枉、白白地。关山：入京都的关隘。

[4] 返路：返回荆州之路。以上二句意谓：虽然离京都越来越近，但知离荆州故友终归越来越远，因而悲哀无已。

[5] 曙：晨光。耿耿：微光渐明貌。

[6] 渚：水中沙洲。苍苍：黑茫茫。

[7] 引领：伸颈。京室：京城宫室。

[8] 宫雉：宫墙。

[9] 金波：此指月光。丽：用作动词，犹“辉映”。鳷（zhī）鹊：汉代于云阳甘泉宫外建有鳷鹊观。此处以汉代齐，实指京都建康的楼台殿阁。

[10] 玉绳：星名。建章：汉宫名，此代指齐宫。

[11] 鼎门：据《文选》李善注引《帝王世纪》云：“春秋成王定鼎于郏鄏，其南门名定鼎门。”此指建业城之南门。

[12] 昭丘：指位于荆州当阳郊外楚昭王陵。阳：太阳。王粲《登楼赋》有“北弥陶牧，西接昭丘”句，可知昭丘在当阳城西面，“昭丘阳”当指夕阳。以上二句谓至建康城外则愈加思念昭丘艳丽的夕阳。

[13] 驰晖：运行的太阳。接：迎接、留待。

[14] 两乡：两地。以上二句是说虽然今日在建业迎来的是昨日于昭丘西落的太阳，然而阳光不可接留，况且今日迎朝阳之地，已非昨日日落之所。

[15]“风云”句：言天际尚有鸟路可循。

[16] 江汉：长江、汉水。此句谓建康、荆州间阻隔着长江、汉水，却无桥梁可通达。

[17] 隼：鹰一类的猛禽。

[18] 委：倒伏。以上二句暗指自己在荆州时畏灾惧祸的心情。

[19] 罻（wèi）：小网，此作动词，指张网捕杀。

[20] 寥廓：广阔天地。末二句意谓转告张网者，江天寥廓，我已远走高飞了。

◎ 评析

一起滔滔莽莽，虽是写景，正自托出客心悲愁之无边无际也。然而谢朓此时心情原甚复杂，既幸还都远祸，复念随王府中往日欢聚之乐。故诗情亦波动跳荡，不是一意到底。

之宣城郡出新林浦向板桥[1]

江路西南永[2]，归流东北骛[3]。天际识归舟，云中辨江树[4]。旅思倦摇摇[5]，孤游昔已屡[6]。既欢怀禄情[7]，复协沧洲趣[8]。嚣尘自兹隔[9]，赏心于此遇[10]。虽无玄豹姿[11]，终隐南山雾。

◎ 注释

[1] 此诗为谢朓出任宣城（今安徽宣城）太守赴任途中所作。板桥，位于建康西南。《文选》李善注引郦道元《水经注》云：“江水经三山，又幽浦出焉。水上南北结浮桥渡水，故曰板桥浦。江水又北经新林浦。”

[2] 江路：长江航道。永：长。因宣城位于建康之南，故须逆流而向西南航行。此句即言船逆行于长江之上，逆流而望，只见水路茫茫无尽头。

[3] 骛：奔驰而下。此句言顺流向身后望去，江水滚滚向东北，直奔大海而流去。

[4]“云中”句：言透过江面朦胧雾气，依稀可辨远岸之树。

[5] 摇摇：心情恍惚。

[6] 屡：多次。

[7] 禄：官俸。

[8] 协：合。沧洲：指清江之洲。古人以为适宜隐居。以上二句意谓此次外任宣州，既满足了做官的欲望，又适合自己向往归隐的心情。

[9] 嚣尘：嘈杂喧嚣的尘世。兹：此。

[10] 赏心：心情舒畅。

[11] 玄豹：黑虎。《列女传·贤明传·陶答子妻》言："答子治陶三年，名誉不兴，家富三倍……居五年，从车百乘归休。宗人击牛而贺之。其妻独抱儿而泣……曰：'妾闻南山有玄豹，雾雨七日而不下食者，何也？欲以泽其毛而成文章也，故藏而远害……'"末二句谓己虽无玄豹的丰姿，但可以像它那样隐栖于山林间而远祸避害。

◎ 评析

意在抒写得郡远害之乐，而先描绘赴郡途中所见江上远景，一路清旷，远绝尘嚣，未及到郡，已先赏心，则前途可知矣。

晚登三山还望京邑[1]

灞涘望长安[2]，河阳视京县[3]。白日丽飞甍[4]，参差皆可见。余霞散成绮[5]，澄江静如练[6]。喧鸟覆春洲，杂英满芳甸[7]。去矣方滞淫[8]，怀哉罢欢宴[9]。佳期怅何许[10]，泪下如流霰[11]。有情知望乡，谁能鬒不变[12]！

◎ 注释

[1] 三山：山名，在南京西南长江东岸，以其有三峰而得名。还望：登高而下视。

[2] 灞涘：灞水之滨。灞水在长安。

[3] 河阳：古县名，治所在今河南孟州西。地处黄河北岸，临近洛阳。京县：古都洛阳。以上二句借王粲《七哀诗》中"南登灞陵岸，回首望长安"句和潘岳《河阳诗》中"引领望京室"句，言己亦登临而望京都建康。

[4] 丽：本指附着，此引申为照耀。飞甍：屋角檐上翘如飞鸟展翅，故称。此句与下句言夕阳照耀下的京都，其宫室飞檐皆参差可见。

[5] 绮：提花锦缎。

[6] 练：白绢。

[7] 杂英：各色草花。甸：郊野。

[8] 方：正，仍。滞淫：久留不去。

[9] 怀：怀念。罢：止。以上二句意谓：想要归去却仍滞留而未去，深深怀念着的是往日故乡的欢宴。

[10] 佳期：归期。何许：何时。此句谓已不知何日为归期而深感惆怅。

[11] 霰：小雪粒。

[12] 鬒（zhěn）：黑发。末二句言有情者必思乡，有谁能长思乡而不愁添白发?

◎ 评析

“解道‘澄江静如练’，令人长忆谢玄晖。”是篇脍炙人口，岂独以此名言秀句已哉？末四句“望乡”“泪下”自有深情。

落日怅望

昧旦多纷喧[1]，日晏未遑舍[2]。落日余清阴，高枕东窗下。[3]寒槐渐如束[4]，秋菊行当把[5]。借问此何时？凉风怀朔马[6]。已伤慕归客，复思离居者。情嗜幸非多[7]，案牍偏为寡[8]。既乏琅邪政[9]，方憩洛阳社[10]。

◎ 注释

[1] 昧旦：黎明。纷喧：纷乱喧嚣。

[2] 日晏：傍晚时分。未遑舍：来不及止息。首二句写人世凡间自清晨至日落喧嚣纷扰不已。

[3]“落日”二句：指居室前后尚幽静，故高枕而卧于东窗下。

[4] 寒槐：叶落之槐。如束：犹如捆在一起，形容树冠枯瘦。

[5] 行：将。把：握、采摘。

[6] 怀：怀念。朔马：北地之马。此句取古诗“胡马依北风，越鸟巢南枝”语意，谓朔马遇北风而思怀故土。

[7] 情嗜：嗜好。

[8] 案牍：公文。此句指公务清闲。

[9] 乏：缺。琅邪政指严政。汉代名臣朱博曾为琅邪太守，其为政赏罚严明，少爱利，敢诛杀，豪强慑服。事见《汉书·朱博传》。此句言缺乏严明的政治。

[10] 憩：休息。洛阳社：据《晋书·董京传》载："京与陇西计吏俱到洛阳，被发而行，逍遥吟咏，常宿白社中。"白社，当为破庙。此句言己不拘礼仪，以逍遥吟咏为乐事。

◎ 评析

从深秋暮景引起归思，兼念远离之友。虽有退隐之意，但未能断然舍去，此其所以怅望无已也。

秋　夜

秋夜促织鸣[1]，南邻捣衣急。思君隔九重[2]，夜夜空伫立。北窗轻幔垂，西户月光入[3]。何知白露下，坐视阶前湿。谁能长分居？秋尽冬复及[4]。

◎ 注释

[1] 促织：蟋蟀。

[2] 君：夫君。九重：九重天，极言相隔遥远。

[3] 户：窗。

[4] 及：来临。

◎ 评析

秋夜闺思，怀念远人，只用白描，便自情深。

王　融

（467—493）

字元长，琅邪临沂（今山东临沂）人。少举秀才，历中书郎兼主客郎。与竟陵王萧子良友善，为“竟陵八友”之一，子良举融为宁朔将军。齐武帝萧赜病危，融欲拥立子良继位，不成。郁林王萧昭业即位，收融赐死，年仅二十七岁。他的诗讲究声律，与沈约、谢朓同为“永明体”的代表作家。钟嵘称其“有盛才，词美英净”，但“五言之作，几乎尺有所短”，故列在下品。

融原有集十卷，已散佚。张溥辑编《王宁朔集》，存诗八十余首。

巫山高[1]

想象巫山高，薄暮阳台曲。[2]烟霞乍舒卷[3]，蘅芳时断续[4]。
彼美如可期[5]，寤言纷在瞩[6]。怅然坐相思[7]，秋风下庭绿[8]。

◎ 注释

[1] 此诗原题为《同沈右率诸公赋鼓吹曲二首》，《巫山高》为其中第一首。《巫山高》乃汉乐府《鼓吹曲辞·铙歌》十八曲之一。此诗为作者借古题而与诗友唱和之作。

[2]“想象”二句：薄，临近。宋玉《高唐赋》言：“昔者先王尝游高唐，怠而昼寝，梦见一妇人曰：‘妾巫山之女也。’……王因幸之。去而辞曰：‘妾在巫山之阳，高丘之阻，旦为朝云，暮为行雨。朝朝暮暮，阳台之下。’”此二句谓想象巫山神女傍晚于阳台之上为云行雨的故事。

[3] 乍：骤然。舒卷：舒放和收束。

[4] 蘅：即蘅芜，香草名。以上二句乃想象巫山神女出现时烟霞骤起、芬芳弥漫的情景。

[5] 彼美：指神女。期：待。

[6] 寤言：醒后说梦。瞩：看、视。以上二句言若巫山神女果真可期待，梦境便会成为现实，神女将会出现在眼前。

[7] 怃（wǔ）然：怅然若失貌。

[8] 下：吹落。庭绿：庭中绿树之叶。

◎ 评析

后人依古题写古题乐府，乃能有情如此者，盖亦不可多得。

陆 厥
（472—499）

字韩卿，吴郡吴（今江苏苏州）人。永明九年（491）举秀才，任少傅主簿，迁后军参军。卒时年仅二十八岁。

他是永明之世反对沈约等“声病说”的主要人物。《南齐书·文学传》本传称厥“五言诗体甚新变”；钟嵘则评其“自制未优”。原有集十卷，已佚。今《文选》《乐府诗集》存其诗十一篇。

临江王节士歌[1]

木叶下，江波连，秋月照浦云歇山[2]。
秋思不可裁[3]，复带秋风来。
秋风来已寒，白露惊罗纨[4]。
节士慷慨发冲冠[5]，弯弓挂若木[6]，长剑竦云端[7]。

◎ 注释

[1] 据《汉书·艺文志》著录，汉代有《临江王及愁思节士歌诗》四篇，今不存。陆厥此诗当为仿古题拟作。《乐府诗集》收入《杂歌谣辞》中。

[2] 浦：水边。云歇山：指山上云雾消散。

[3] 裁：消除。此句与下句言秋思难消，它随着阵阵秋风而更加深沉。

[4] 白露：霜。罗纨：此泛指细绢绸。此句谓霜降而提醒了陷于深思之人，方知秋寒已至

而觉罗衫单薄。

[5] 节士：节操高尚的人。发冲冠：语出《战国策·燕策》：荆轲“又前而为歌曰：‘风萧萧兮易水寒，壮士一去兮不复还’，复为慷慨羽声，士皆瞋目，发尽上冲冠”。

[6] 若木：古神话中的神树。《淮南子·地形训》：“若木在建木西，末有十日，其华照下地。”

[7] 竦：同“耸”。末三句乃秋思之节士自抒胸怀，表述自己的慷慨豪气，想象自己的英雄形象。

◎ 评析

全歌前大半篇皆言秋思，凄凉肃杀，似不可耐。末三句忽转入节士慷慨豪壮之气，弯弓、长剑，耸然天外，戛然而止，心神为之一振。

梁诗

沈　约

（441—513）

字休文，吴兴武康（今浙江德县武康）人。历仕南朝宋、齐、梁三代。在宋至尚书度支郎。入齐，曾为东阳太守、国子祭酒，以文学游竟陵王萧子良门下，为“竟陵八友”之一。后助梁武帝萧衍登帝位，封建昌县侯。历任尚书左仆射、中书令，至尚书令兼太子少傅。卒谥隐，世称沈隐侯。

约为齐、梁文坛领袖，其诗讲究声偶，与谢朓、王融等人共创“永明体”，对五言诗向近体发展起了一定的促进作用。但所创“四声、八病之说”“务为精密”，致使诗歌创作“文多拘忌，伤其真美”（《诗品序》语），所言声病，有些连他自己也不能避免，盖过于苛细之故也。

他著作甚多，有集百卷，多已散佚，唯《宋书》一百卷今存。明人辑有《沈隐侯集》，存诗百九十篇。

直学省愁卧诗[1]

秋风吹广陌，萧瑟入南闱[2]。愁人掩轩卧[3]，高窗时动扉[4]。
虚馆清阴满[5]，神宇暧微微[6]。网虫垂户织[7]，夕鸟傍檐飞[8]。
缨佩空为忝[9]，江海事多违[10]。山中有桂树，岁暮可言归。[11]

◎ 注释

[1] 沈约入齐后曾为国子祭酒，此诗即其于国子学值夜班时所作。直：同“值”，值勤。学省：又称国学、国子学，是古时国家最高学府和管理教育的机关。

[2] 广陌：大道。闱：小门。

[3] 掩轩：关上高轩斋舍之门。

[4] 扉：窗扇。

[5] 虚馆：空而无人的学馆。清阴：清冷阴凉。

[6] 神宇：神圣的国学建筑。暧：幽昧不明。

[7] 网虫：蜘蛛。户：门。

[8] 夕鸟：夜晚归巢之鸟。櫩：屋檐下的走廊。

[9] 缨佩：冠戴的缨带及官服上束的佩饰，代指官职。忝（tiǎn）：辱没。此句言己虽为官而不称意，白白辱没了官位。

[10] 江海：指隐退于江海之上。此句谓隐退之心虽存，而世事多违背人意，难以遂愿。

[11]“山中”二句：言山水间尽有美景，而人生已近暮年，当归隐其间为是。

◎ 评析

志在廊庙，不安于学官。孤寂值宿，万感纷至。岁暮归山云云，非其本心，盖寄意耳。

别范安成[1]

生平少年日，分手易前期。[2]及尔同衰暮[3]，非复别离时。
勿言一樽酒[4]，明日难重持[5]。梦中不识路，何以慰相思？

◎ 注释

[1] 范安成：即范岫，字懋宾，为齐代安成内史。

[2]“生平”二句：言己与范岫昔日少年时总是轻易地离别，因为总觉得年方盛壮，不久便可重会。

[3] 尔：指范岫。衰暮：暮年衰老时。此句与下句谓己与范岫同至暮年，已不再是轻言离别的年龄了。谁知道一别之后还能否再相见呢？

[4] 樽：酒杯。

[5]“明日”句：指明日分手后难再举杯对饮。

◎ 评析

真情流露，一句一转。非扭捏造作者所能为。

早发定山[1]

夙龄爱远壑，晚莅见奇山[2]。标峰彩虹外[3]，置岭白云间[4]。倾壁忽斜竖[5]，绝顶复孤圆[6]。归海流漫漫[7]，出浦水溅溅[8]。野棠开未落[9]，山樱发欲然。忘归属兰杜，怀禄寄芳荃。[10]眷言采三秀[11]，徘徊望九仙[12]。

◎ 注释

[1]《文选》李善注云："《梁书》曰：'约为东阳太守'，然。定山，东阳道之所经也。"东阳，今浙江金华。诗为沈约任东阳太守时所作。

[2] 夙龄：昔时、早年。远壑：僻远的山谷。晚莅：指晚年所来到的地方。

[3] 标：耸立。

[4] 置：安放。

[5] 倾壁：倾斜的崖壁。

[6] 绝顶：极高的山巅。孤圆：孤立而形圆。以上二句写"奇山"之形奇势险。

[7] 归海：指江河东流入海。漫漫：河流宽阔貌。

[8] 出浦：水流经滩浦而入海。溅：水流疾貌。

[9] 棠：海棠，果树名。此句与下句是说野棠花开得正盛，尚未凋落；山樱桃正在怒放，色红如火。

[10]"忘归"二句：言己属意于香草中之兰蕙与嘉木中之杜若，故迟迟而忘归。虽恋恋于禄位，迄未告退，但仍寄心于芳香的荃荪。

[11] 眷：留恋。言：语词，无义。三秀：古言灵芝一年开花三次，故称"三秀"。

[12] 九仙：《列仙传》说："涓子者，齐人。好饵术，至三百年乃见于齐，后授伯阳九仙法。"末二句言己不时怀念山居生活，想要入山采芝，亦欲求九仙之术，故顾望徘徊而不忍离去。

◎ 评析

即景生情，亦寓情于景，已为齐梁诗人常法。此篇特点在于通体对偶，独创一格。

江　淹

（444—505）

字文通，济阳考城（今河南兰考东）人。历仕南朝宋、齐、梁三代。在宋为建平王刘景素属官，因事下狱，上书自白，获释。后为尚书驾部郎、骠骑参军。入齐，至秘书监、侍中。入梁，官至金紫光禄大夫，封醴陵侯。

淹善诗赋，《文选》所收其《恨赋》《别赋》，皆婉丽凄怆，为六朝骈赋名篇。诗善模拟，几可乱真。原有自编前集二十卷，后集十卷，已佚。今存清梁宾所辑四卷本《江文通集》，较精。存诗百首，亦不无佳作。

望荆山[1]

奉义至江汉[2]，始知楚塞长[3]。南关绕桐柏[4]，西岳出鲁阳[5]。
寒郊无留影，秋日悬清光。[6]悲风挠重林[7]，云霞肃川涨[8]。
岁晏君如何[9]？零泪沾衣裳[10]。玉柱空掩露[11]，金樽坐含霜[12]。
一闻苦寒奏[13]，更使艳歌伤[14]。

◎ 注释

[1] 荆山：位于今湖北西部。

[2] 奉义：向慕正义。指宋建平王刘景素在荆州以布衣之礼召江淹授五经事。

[3] 塞：山岭要塞。

[4] 桐柏：山名，在今豫、鄂两省交界处的桐柏县内。此句指南入荆州则有桐柏山塞围绕其境。

[5] 鲁阳：山名，在今河南鲁山。此句说若西入荆楚地，则以鲁阳山为最高的山岳。

[6]“寒郊”二句：谓寒郊空旷，禽兽皆无，唯秋日悬空，清光普照，了无留影。

[7] 挠：打扰。此句言秋风呼啸，穿越重林而过。

[8] 肃：寒。涨：水大貌。此句写楚山中云霞起而雨落，故川水为之满涨。

[9] 岁晏：时晚至岁末。晏，晚。

[10] 零泪：落泪。

[11] 玉柱：琴码，此代指琴。掩露：掩盖以遮挡寒露。此句谓琴罩不启，琴空置而不奏。

[12] 金樽：酒具。此句言酒酌而不饮，故冷而含霜。

[13] 苦寒：即《苦寒行》，乐府《相和歌·清调曲》调名。

[14] 艳歌：《艳歌行》，乐府古辞名，属《相和歌》。末二句意谓：听《苦寒行》《艳歌行》等古曲难以解愁反而更添忧伤，还是不听为好。

◎ 评析

此篇写秋深岁晏，行旅江汉，望荆山而引起的凄凉寂寞之悲思。无论景物、情怀、皆可以“萧瑟”二字概之。

古离别[1]

远与君别者，乃至雁门关[2]。黄云蔽千里[3]，游子何时还？
送君如昨日[4]，檐前露已团[5]。不惜蕙草晚[6]，所悲道里寒[7]。
君在天一涯[8]，妾身长别离。愿一见颜色[9]，不异琼树枝[10]。
菟丝及水萍[11]，所寄终不移[12]。

◎ 注释

[1] 古诗多言离别，此乃拟古之作，为江淹《杂体诗三十首》之第一首。

[2] 雁门关：山塞名，见鲍照《拟古》其二注释[5]。

[3] 黄云：塞北风起则黄沙漫天飞扬，远望若黄云。

[4] 如昨日：言记忆犹新。

[5] 露已团：谓露珠已圆而将坠。用《诗经·郑风·野有蔓草》语：“零露漙兮。”漙，露盛貌。此假同音之“团”代“漙”。

[6] 蕙草：一种香草，比喻女子自身。

[7] 道里：汉代称边远县为“道”。此“道里”泛指北部边塞地区。以上二句意谓：我并不

惋惜岁暮而蕙草凋零，所悲者乃夫君在塞北受苦寒。

[8] 涯：边、隅。

[9] 颜色：面容。

[10] 琼树枝：即琼瑶玉树之枝，指世上最珍贵难得之物。以上二句言己欲见丈夫一面无异于求得琼树枝一样难。

[11] 菟丝：一种攀缘其他植物而生的寄生草。水萍：随水飘荡的浮萍。

[12] 寄：托身。曹植《杂诗》有“寄松为女萝，依水如浮萍”之句，末二句仿此，言己如菟丝寄生于其他草木、浮萍托身于水一样托身于君，永不变心。

◎ 评析

写思妇苦怀征夫之悲，而自矢忠贞，情乃益切。

刘太尉琨伤乱[1]

皇晋遘阳九，天下横氛雾[2]。秦赵值薄蚀[3]，幽并逢虎据[4]。
伊余荷宠灵[5]，感激徇驰骛[6]。虽无六奇术[7]，冀与张韩遇[8]。
宁戚扣角歌[9]，桓公遭乃举[10]。荀息冒险难[11]，实以忠贞故。
空令日月逝，愧无古人度[12]。饮马出城濠[13]，北望沙漠路。
千里何萧条，白日隐寒树[14]。投袂既愤懑[15]，抚枕怀百虑[16]。
功名惜未立，玄发已改素[17]。时哉苟有会[18]，治乱惟冥数[19]。

◎ 注释

[1] 此诗乃江淹《杂体诗三十首》的第十五首。诗有感于西晋刘琨感时伤乱之情，拟而作之。

[2] 皇：显、大。遘：遭遇。阳九：《易》卦以九为阳数之极，有灾。横：充塞。氛雾：混浊丧乱之气。

[3] 秦、赵：指古秦、赵二国之地。薄蚀：本言日食，此指侵蚀国土。此句言西晋末匈奴人刘渊父子及刘曜等据长安而称帝、羯族人石勒据赵地而称王之事，晋国疆土为异族所侵占。

[4] 幽并：指古幽州和并州。见曹植《白马篇》注释[3]。时刘琨为并州刺史，加振威将军，段匹磾为幽州刺史，双方歃血盟誓欲讨石勒。以上二句即言此时局势。

[5] 伊余：代刘琨说话。荷宠灵：受朝廷恩宠和重用。刘琨《劝进表》曾言己“荷宠三世”，指其祖、父及他自己均受重用而居高位。

[6] 徇驰骛：趋驰奔走。以上二句乃江淹借刘琨事而言己受朝廷重用而感恩戴德，愿为国奔走效力。

[7] 六奇术：据《汉书·陈平传》载，“平自初从，至天下定后……凡六出奇计……奇计或颇秘，世莫得闻也”。

[8] 张韩：张良、韩信。以上二句言己虽无陈平的韬略，却也希望遇到张、韩那样的贤才，以便与之共辅君主成大业。

[9] 宁戚：春秋时贤人，在喂牛时扣牛角作歌，齐桓公闻之，用以为卿。

[10] 遭：遇。举：起用。

[11] 荀息：春秋时晋大夫，以忠贞著称。晋献公临死时他曾答应辅佐晋公子以成大业，言：“臣竭其股肱之力，加之以忠贞。其济（成功），君之灵也；不济，则以死继之。”后晋公子奚齐、卓子先后被杀，荀息亦为之而死。事见《左传·僖公九年》。

[12] 度：气度、风度、度量。

[13] 濠：护城河。

[14]“白日”句：言浊尘飞扬，空气不清澈，以至于光天化日之下寒树隐蔽而不清晰。上四句写战乱之景象。

[15] 投袂：甩动衣袖，以示愤怒。见《左传·宣公十四年》，宋人杀楚使文无畏，“楚子闻之，投袂而起”。

[16]“抚枕”句：借用刘琨《重赠卢谌》诗句“中夜抚枕叹”之意。

[17] 玄：黑。素：白。

[18]“时哉”句：仿《重赠卢谌》诗句“时哉不我与”而用。

[19] 冥数：天数。末二句谓时机倘或契合，治乱自有天数。

◎ 评析

拟刘琨，颇能得其激昂奋厉之致。慷慨悲壮，声情毕肖。

效阮公诗[1]

岁暮怀感伤，中夕弄清琴[2]。戾戾曙风急[3]，团团明月阴[4]。

孤云出北山，宿鸟惊东林。谁谓人道广[5]？忧慨自相寻[6]。宁知霜雪后[7]，独见松竹心！

◎ 注释

[1]“效阮公”者，言拟效阮籍《咏怀》而作。此题下存诗十五首，此为第一首。据《南史·江淹传》载：“少帝即位，多失德。（宋建平王）景素专据上流，咸劝因此举事。淹每从容进谏，景素不纳。及镇京口，淹为镇军参军，领南东海郡丞。景素与腹心日夜谋议，淹知祸机将发，乃赠诗十五首以讽焉。”此题下之十五首诗即是。

[2]中夕：半夜。

[3]戾戾：风强劲貌。

[4]团团：圆貌。

[5]“谁谓”句：言谁说人生之道宽广易行？

[6]“忧慨”句：谓忧愁及愤慨不平之事会一件件地找到你头上。

[7]宁知：怎知。末二句承前而言，乃自我表白，谓世人哪里知道，只有当严霜冬雪之后，百物凋零，方独见长松劲竹挺立不拔的高风亮节。

◎ 评析

效阮公而得其真髓，且不独咏怀，抑更用以讽谏，拟古而有所发展，故可取也。

范云

（451—503）

字彦龙，南乡舞阴（今河南泌阳西北）人。初仕宋，为郢州西曹书佐，转法曹行参军。入齐，官至广州刺史。以曾游竟陵王萧子良门下，与沈约等并称“竟陵八友”。齐末，助萧衍代齐为帝。入梁，迁侍中，再迁散骑常侍、吏部尚书，封霄城县侯，位至尚书右仆射。《梁书》本传（卷十三）言云有集三十卷，今已佚。

钟嵘《诗品》置云于中品，次谢朓、江淹，称：“范诗清便宛转，如流风回雪。”今存诗四十一首。

赠张徐州谡诗[1]

田家樵采去[2]，薄暮方来归。还闻稚子说，有客款柴扉[3]。傧从皆珠玳[4]。裘马悉轻肥[5]。轩盖照墟落[6]，传瑞生光辉[7]。疑是徐方牧[8]，既是复疑非[9]。思旧昔言有[10]，此道今已微[11]。物情弃疵贱[12]，何独顾衡闱[13]？恨不具鸡黍[14]，得与故人挥[15]。怀情徒草草[16]，泪下空霏霏[17]。寄书云间雁，为我西北飞[18]。

◎ 注释

[1] 此诗乃范云寄赠齐明帝时北徐州刺史张谡（字公乔）之作。时谡造访不遇，范云赠诗以谢。

[2] 田家：范云自谓。此时可能正是他去官家居之际。樵采：打柴。

[3] 稚子：幼子、小儿。款：叩。柴扉：荆柴之门。以下四句乃稚子所言。

[4] 傧从：先导及随从，泛指仆从。珠玳：指其冠饰以丽珠、玳瑁。

[5]“裘马”句：言一行人皆轻裘肥马，豪贵富盛。

[6]“轩盖”句：谓车驾华丽，光照村舍。

[7] 传瑞：指古时官员所佩戴的用以标志身份以便通行的符信和瑞玉之类。

[8] 方牧：古称一方治民的长官为方牧，即方伯、州牧的合称。

[9]“既是”句：指自己已肯定来客是徐方牧张谡，却又怀疑是否真就是他。

[10]“思旧”句：谓古昔确有思念旧友而躬亲造访之事。

[11]“此道”句：言今人对于友情却视之轻微，为友情而专访之事也很少了。

[12] 疵（cī）贱：有过失及地位低下者。此句意谓世俗常情往往鄙弃那些受疵议的低贱者。

[13] 顾：光顾。衡闱：以横木代为门楣的小门，指村舍陋室之门。此句意谓张谡何独反乎常情，竟尔光顾到我这穷巷陋居来呢？

[14] 鸡黍：杀鸡做饭。此句隐用东汉范式、张劭之事。据《文选》李善注引谢承《后汉书》载：“山阳范式字巨卿，与汝南张元伯为友。春别京师，以秋为期。至九月十五日杀鸡作黍。二亲笑曰：‘山阳去此几千里，何必至？’元伯曰：‘巨卿信士，不失期者。’言未绝而巨卿至。”后世多以“鸡黍”代指友情笃厚。今本范晔《后汉书·独行传》亦存此事，唯辞语有异。

[15] 挥：举杯而饮。

[16] 草草：忧愁貌。

[17] 霏霏：纷纷洒落貌。

[18] 西北：指北徐州（治所在今安徽凤阳东北）方向。

◎ 评析

“既是复疑非”，盖欲突出张徐州珍重友情而不弃疵贱，古道热肠，盛谊可感。以诗艺言，亦特为跌宕有神。

之零陵郡次新亭[1]

江干远树浮[2]，天末孤烟起[3]。江天自如合，烟树还相似。沧流未可源[4]，高帆去何已？

◎ 注释

[1] 此诗乃范云入齐后赴零陵（治所在今湖南永州）郡内史任时，宿于新亭所作。新亭，三国吴所建，故址在今南京南，其地居山傍水，是长江下游交通要塞。

[2] 江干：江边、江岸口。

[3] 天末：天边。

[4] 沧流：茫茫不尽的江流，指大江。此句言江流难溯其源，暗喻己逆流而上行如溯江源。

◎ 评析

写江行景色，极水远天长，烟树迷蒙之致。末两句略示厌苦，旅途日久，自是常情。

别　诗[1]

洛阳城东西，长作经时别[2]。昔去雪如花，今来花似雪[3]。

◎ 注释

[1] 此诗为与何逊联句而作。《何逊集》题作《范广州宅联句》，此四句后联何逊诗："蒙蒙夕烟起，奄奄残晖灭。非君爱满堂，宁我安车辙。"

[2] 经时：长期。《何逊集》作"经年"。

[3] 花似雪：指春花繁多如雪。

◎ 评析

毫无造作，一似脱口而出，便成佳句，故可喜也。相比之下，何诗即不如范作自然。

陶弘景
（456—536）

字通明，丹阳秣陵（今江苏南京）人。宋末为诸王侍读，奉朝请。入齐，官至左卫殿中将军。永明十年，上表解职，隐居句曲山，自号华阳隐居。梁朝建，屡征不出，有大事，常往咨询，时称"山中宰相"。卒谥"贞白先生"。

弘景精医学，好道术，著有《本草经集注》《补阙肘后方》及《真诰》《合丹节度》等书。原有文集三十卷，内集十五卷，已佚。张溥辑《陶隐居集》，存诗仅六首。

诏问山中何所有赋诗以答[1]

山中何所有？岭上多白云。只可自怡悦[2]，不堪持寄君[3]。

◎ 注释

[1] 此诗乃答齐高帝萧道成诏问。

[2] 怡悦：惬意而陶醉其中、安然自乐。

[3] 寄：一本作“赠”。君：指齐高帝萧道成。

◎ 评析

先著来诏问语，下便作答。答语亦只“岭上白云”一句。后十字乃赋诗，言我以白云自怡，但不堪一意为不能，亦兼谓不足持以赠吾君耳。

萧衍

（464—549）

字叔达，南兰陵武进（今江苏常州西北）人。齐永明初，为巴陵王南中郎法曹参军。齐末，任雍州刺史，镇守襄阳，乘齐内乱，握权升进。一年之中，以骠骑大将军、扬州刺史，都督中外诸军事，封梁公，进位相国，封梁王，寻即夺取帝位，建立梁朝。在位四十八年。侯景之乱，被拘饿死。谥曰“武皇帝”。

他博学多识，好辞赋，在齐曾以文学游于竟陵王萧子良门下，为“竟陵八友”之一。据《梁书·武帝纪》记载，他有文集一百二十卷，已佚。明人所辑《梁武帝集》中存诗近百首，乐府居半，《子夜》《欢闻》《团扇》《碧玉》《杨叛儿》《江南弄》《上云乐》《方诸曲》等，皆拟作之，然多淫词艳语，格调不高，实已开其子纲（简文帝）、绎（元帝）“宫体”之端矣。

河中之水歌[1]

河中之水向东流，洛阳女儿名莫愁。
莫愁十三能织绮[2]，十四采桑南陌头[3]。
十五嫁为卢家妇，十六生儿字阿侯。

卢家兰室桂为梁[4]，中有郁金苏合香[5]。
头上金钗十二行[6]，足下丝履五文章[7]。
珊瑚挂镜烂生光[8]，平头奴子擎履箱[9]。
人生富贵何所望[10]？恨不早嫁东家王[11]。

◎ 注释

[1]《玉台新咏》卷九在无名氏《歌辞二首》题下收此诗为第二首。《乐府诗集·杂曲歌辞》亦将此诗列为“古辞”。

[2] 绮：一种有花纹的丝织物。

[3] 南陌头：村南路边。

[4] 兰室、桂梁：均言其闺室华美。

[5] 郁金、苏合香：两种产于西域的香料。

[6] 十二行：形容簪花之多。

[7] 丝履：绮缎之鞋。五文章：言花纹纵横。

[8] 烂：绚烂多彩。

[9] 平头奴子：不蓄发的奴婢，形容其卑贱。

[10] 何所望：谓不值得期望。

[11] 东家王：东邻姓王的小伙子。后世多以“东家王”附会为东平相王昌。

◎ 评析

此乃地道的南朝乐府歌辞作品，姑寄于萧衍名下，只是定它为齐梁时作品耳。

东飞伯劳歌[1]

东飞伯劳西飞燕，黄姑织女时相见[2]。
谁家女儿对门居？开颜发艳照里闾[3]。
南窗北牖挂明光[4]，罗帷绮帐脂粉香。

女儿年几十五六[5]，窈窕无双颜如玉[6]。
三春已暮花从风[7]，空留可怜谁与同[8]？

◎ 注释

[1] 此诗在《玉台新咏》卷九所收无名氏《歌辞二首》中为第一首。伯劳，鸟名。

[2] 黄姑：星名，即河鼓，俗称“牛郎星”。它与织女星隔银河而相对。首二句以鸟飞东西起兴，言牛郎、织女隔河遥相望。

[3] 开颜发艳：笑容艳丽。里闾：里巷、村里。

[4] 牖：窗。挂明光：悬挂宝镜。以上二句承前“谁家女儿对门居”，言此女容颜照里闾，有如南窗北牖挂着明光宝镜一样。

[5] 几：近、差不多。

[6] 窈窕：美好貌。

[7] 三春：暮春、晚春。从风：随风而落。

[8] 怜：爱。末二句言女子容华如春花般易逝，待到青春流逝后，还有谁会再来怜爱。

◎ 评析

此篇之南朝乐府民歌气息与前篇极为相近，无怪《玉台新咏》收入《歌辞二首》同题之下。

柳　恽

（465—517）

字文畅，河东解（今山西运城西南）人。少好学，多才艺。初仕齐，竟陵王萧子良引为法曹行参军，官至相国右司马。入梁，兼侍中，累官秘书监，出任吴兴太守，为政清静，得民心，任职六年，卒于官。

恽原有集，已佚。本以诗名，今仅存二十二首，犹可见其工于写景，颇有清新之致。

江南曲[1]

汀洲采白蘋[2]。日落江南春[3]。洞庭有归客[4]，潇湘逢故人[5]。

故人何不返[6]？春华复应晚[7]。不道新知乐[8]，只言行路远。

◎ 注释

[1]《江南曲》为乐府《相和歌辞·相和曲》调名，《乐府诗集》收柳恽此篇于第二十六卷。

[2] 汀洲：水边沙洲。白蘋：草名，生于浅水中，因花白而得名。

[3] 落：一本作“暖”。

[4] 洞庭：湖名，在今湖南北部。此句乃诗中主人公言有客自洞庭湖畔归来。

[5] 潇湘：二水名，因潇水至湖南零陵与湘水汇合，北流而入洞庭湖，故亦代称湖湘之地。故人：老友。此句乃“归客”所言，谓已在湖湘之地遇到那位“故人”。

[6] 返：回家。此句乃诗中主人公所问。

[7] 春华：春花。晚：时至晚春。此句谓春晚已至花谢时。

[8] 新知：新结识的知心人。

◎ 评析

借洞庭归客所带的一点消息，写出这篇春闺怨词。疑恨叹惋，尽从思妇心中生出。

何　逊

（？—518？）

字仲言，东海郯（今山东郯城）人。梁天监（梁武帝萧衍年号，502—519）中，起家奉朝请，任安成王参军事兼尚书水部郎，世称“何水部”，天监十六年（517），任庐陵王萧续记室，续为江州刺史，逊随府至江州，未几，卒于官。

逊能文工诗，早岁即为范云、沈约所知赏。其诗长于写景，格调清新，尤精炼字，音韵和谐，开唐律初基。杜甫自谓“颇学阴（按：陈著名诗人阴铿）何（即指何逊）苦用心”，已可见其影响之深。《梁书·文学传》本传言“王僧儒集其文为八卷”，久佚不存。张溥《汉魏六朝百三家集》辑有《何水部集》，存乐府四篇，诗近百首，又联句十六首，足觇其风概。

酬范记室云诗[1]

林密户稍阴，草滋阶欲暗[2]。风光蕊上轻[3]，日色花中乱[4]。
相思不独欢[5]，伫立空为叹。清谈莫共理[6]，繁文徒可玩[7]。
高唱子自轻[8]，继音予可惮[9]？

◎ 注释

[1] 范云（生平见前）有《贻何秀才诗》赠何逊：“桂叶竟穿荷，蒲心争出波。有鹭惊蘋荚，绵蛮弄藤萝。临花空相望，对酒不能歌。闻君饶绮思，摛掞足为多。布鼓诚自鄙，何事绝经过？”何逊作此诗酬答。

[2] 户：窗。滋：滋生蔓延。

[3] 风光：和风与阳光。蕊：本指花心，此代指花。

[4] 乱：指花丛下日影斑驳。

[5]“相思”句：指思念诗友而独自闷闷不乐。

[6]“清谈”句：谓清谈则无人与我共商玄理。

[7]“繁文”句：言铺排、抒发而成的长篇文章固可赏玩，但好友不在眼前，亦是空有繁文而无人共赏。

[8]高唱：对范云赠诗的赞誉。因范诗中自谦自轻地称己诗为“布鼓”，此句则言范诗实为高唱入云之音。

[9]继音：指己诗。惮：怕难。末句意谓接到你的赠诗，觉得“高唱”难以为继，然而想到你那样谦虚“自轻”，方觉得不该畏难而不予“继音”和答。

◎ 评析

诗友酬答之作，既言友情，复称来诗，而又不脱离自己所处的环境。如此方能写出真情，成为好诗。

入西塞示南府同僚[1]

露清晓风冷，天曙江晃爽[2]。薄云岩际出，初月波中上[3]。
黯黯连障阴[4]，骚骚急沫响[5]。回楂急碍浪[6]，群飞争戏广[7]。
伊余本羁客[8]，重睽复心赏[9]。望乡虽一路，怀归成二想。[10]
在昔爱名山[11]，自知欢独往[12]。情游乃落魄[13]，得性随怡养[14]。
年事以蹉跎[15]，生平任浩荡[16]。方还让夷路[17]，谁知羡鱼网[18]。

◎ 注释

[1]西塞：山名。见《襄阳乐》其二注释[5]。南府：何逊曾为南平王宾客，掌记室事。“南府”当指南平王府。

[2]晃：指江波被晨晖映照而闪动。

[3]初月：新月、月牙。

[4]黯黯：深黑色。障：山障。此句写平明时西塞黑色的山影如屏障般横在眼前。

[5]骚骚：疾浪声。沫：飞沫。

[6]回楂：近岸水面回荡的碎木、浮屑。此句写浮渣随波起伏，似欲阻止水浪前进。

[7]群飞：成群的水鸟。戏：戏水。广：宽阔的江面。

[8] 伊余：我。伊，语词，无义。羁客：羁旅之人。

[9] 暌：同“睽”，分离。心赏：品味、体验。此句言己又一次尝到离别之苦。

[10]“望乡”二句：意谓，故乡虽与自己所去之地同一方向，却可望而不能回归。

[11] 在昔：往日。

[12] 欢：爱好。

[13] 情游：任情漫游。落魄：贫困而无衣食之源。

[14] 得性：适合心性。怡养：和悦安适以保养精神。以上二句谓己昔日适意漫游，虽穷困却得以怡养精神，故心情轻松愉快。

[15] 蹉跎：耽误。此句指岁月白白流逝。

[16] 浩荡：无边际、无着落。此句言事业无成。

[17] 还：回归。夷路：平坦之路。此句是说自己意欲退隐而将坦途让与他人。

[18] 羡鱼网：《汉书·董仲舒传》：“古人有言曰：‘临渊羡鱼，不如退而结网。’”末二句言己将欲退隐而不能，只能徒羡他人退而结网。

◎ 评析

诗皆真性情语，不独以“薄云岩际出，初月波中上”两句写景称妙也。

与胡兴安夜别

居人行转轼[1]，客子暂维舟[2]。念此一筵笑[3]，分为两地愁。露湿寒塘草，月映清淮流[4]。方抱新离恨，独守故园秋。[5]

◎ 注释

[1] 居人：即诗人自谓，指留居而送客者、主人。

[2] 维舟：停舟待发。以上二句言送行者就要掉转车头而回返，客子将独自留船待发。

[3] 筵：饯行的筵席。此句与下句意谓一想到离别后的愁思，便在饯行会上强作欢笑。

[4] 淮：淮河。

[5]“方抱”二句：言己送走行客胡兴安后，将抱此新愁而独守故园，度此凉秋。

◎ 评析

此篇向以“露湿寒塘草，月映清淮流”一联寓情于景见赏。然若无前后文足以相称，仅此名句，亦不足传也。

咏早梅[1]

兔园标物序[2]，惊时最是梅[3]。衔霜当路发[4]，映雪拟寒开[5]。枝横却月观，花绕凌风台。[6]朝洒长门泣[7]，夕驻临邛杯[8]。应知早飘落，故逐上春来[9]。

◎ 注释

[1] 此题一本作《扬州法曹梅花盛开》。

[2] 兔园：西汉宫苑名。据晋葛洪《西京杂记》卷二载：“梁孝王好营宫室苑囿之乐，作曜华之宫，筑兔园……延亘数十里，奇果异树瑰禽怪兽毕备。”

[3] 惊时：令时人惊异。首二句说梁王兔园中的花木生发开放皆能标明时序之早晚，唯独梅花于早春开放，最足惊时动众。

[4] 衔：含。

[5] 拟寒：与寒冷相并存而开放。

[6] 却月观、凌风台：古扬州台观名。据《南史・徐湛之传》(卷十五）载：“广陵……城北有陂泽，水物丰盛，湛之更起风亭、月观、吹台、琴室……招集文士尽游玩之。”以上二句意指梅花开放，为台观增添无限韵致。

[7] 长门：西汉长安别宫名。汉武帝陈皇后失宠后居于此，司马相如为之作《长门赋》一篇，写其失意悲哀情绪。

[8] 驻：停。临邛：古县名，治所在今四川邛崃。司马相如于此地遇卓文君并与之奔成都。以上二句隐用陈后失宠，相如作赋事，言梅花常引发佳人及文人墨客的诸多感慨。

[9] 故：特地。上春：早春。末二句谓梅知春寒易致，故特迎早春而先来。

◎ 评析

杜诗“东阁官梅动诗兴，还如何逊在扬州”，即指此作。此篇以梅标物序最是惊时起，复以知飘落之早，故迎上春先开。始终以“早”为言。杜诗正亦以“逢早梅”而作也。

慈姥矶[1]

暮烟起遥岸，斜日照安流[2]。一同心赏夕[3]，暂解去乡忧。
野岸平沙合，连山远雾浮[4]。客悲不自已[5]，江上望归舟。

◎ 注释

[1] 慈姥矶，又称“慈母山”，在今江苏南京江宁南、安徽当涂北的长江岸边，其山石临江。

[2] 安流：平缓而流的江水。

[3] 心赏：玩赏。

[4] 远：一本作“近”。

[5] 自已：控制自己的感情。末二句言望见归舟而不得归，故客子悲哀难禁。

◎ 评析

五言八句，已近于律。与前选夜别胡兴安诗同。

相　送

客心已百念[1]，孤游重千里[2]。江暗雨欲来，浪白风初起。

◎ 注释

[1] 百念：思虑重重。

[2]“孤游”句：谓孤身出行，且至千里之遥。

◎ 评析

五言四句，押两仄韵，每两句成对偶，以两联完篇，亦近唐人律体绝句。而诗意则全是绝句矣。

吴　均

（469—520）

字叔庠，吴兴故鄣（今浙江安吉）人。梁天监中，柳恽任吴兴太守，召均为主簿，常引与赋诗。后为建安王记室，掌文翰，迁国侍郎，入为奉朝请，不得志，卒官。

均为文工于写景，尤以小品书札见称，其《与朱元思书》等三篇为六朝骈文名作，文辞清拔，时人效之，称“吴均体”。其诗较能反映社会现实，尤多抒写怀才不遇激愤不平之气。

他原有集二十卷，久佚。张溥辑《吴朝请集》，诗存一百四十余首，其中乐府三十七首。

答柳恽[1]

清晨发陇西[2]，日暮飞狐谷[3]。秋月照层岭，塞风扫高木[4]。雾露夜侵衣，关山晓催轴[5]。君去欲何之[6]？参差间原陆[7]。一见终无缘[8]，怀悲空满目[9]。

◎ 注释

[1] 柳恽（生平见前）有《赠吴均诗三首》，其中第三首为：“夕宿飞狐关，晨登碛砾坂。形为戎马倦，思逐征旗远。边城秋霰来，寒乡春风晚，始信陇雪轻，渐觉寒云卷。徭役命所当，念子加餐饭。”吴均此首即为答柳恽是诗而作。

[2] 陇西：古郡名，因在陇山之西而得名，魏晋时治所在襄武（今甘肃陇西南）。

[3] 飞狐谷：古关隘名，亦称作飞狐关、飞狐口。在广昌县（今河北涞源北）。

[4] 塞风：塞外来风，北风。

[5] 关山：指边防地区的山塞、关隘。催轴：即打马驱车上山。

[6] 之：作动词，去、到。

[7] 参差：指途中上山下谷，道路坎坷。间原陆：忽而至高原，忽而至平陆。

[8]“无缘”句：言无缘再见。

[9]“怀悲”句：言满目萧条，内心悲哀。

◎ 评析

答赠兼以送别。柳、吴无论在齐、在梁，均无同居陇西之事，亦无于一朝暮间由陇到冀飞渡关山数千里之可能。诗只是借此两个绝域关塞之地以起兴耳。

赠周散骑兴嗣[1]

子云好饮酒[2]，家在成都县。制赋已百篇[3]，弹琴复千转[4]。
敬通不富豪[5]，相如本贫贱[6]。共作失职人[7]，包山一相见[8]。

◎ 注释

[1] 周兴嗣，字思纂，梁武帝时为员外散骑侍郎。他与吴均有数首赠答诗。此题下原有诗二首，兹选录其第一首。

[2] 子云：西汉辞赋家扬雄，字子云。蜀郡成都（今四川成都）人。《汉书·扬雄传》载其“家素贫，耆酒”。平生经历成帝、哀帝、平帝三世，却“三世不徙官”，一生官职低微。

[3] 百篇：言其丰多，非确指。

[4]“弹琴”句：言其习于弹琴。

[5] 敬通：东汉辞赋家冯衍，字敬通。《后汉书·冯衍传》载其少有奇才，然终不得志。晚年获罪免官归里，穷愁潦倒而死。

[6] 相如：司马相如。见左思《咏史》其七注释[7]。其家贫。曾变卖车骑而开酒店度日。《汉书·司马相如传》载：“以文君当垆，相如自著犊鼻裈，与庸保杂作，涤器于市中。”

[7] 失职：指才能与职位不当，才高而位卑。此句隐指自己与周兴嗣。

[8] 包山：亦称西洞庭山，位于今江苏苏州西南太湖中。据闻人倓《古诗笺》诗下注引《灵宝要略》：“吴王阖闾游包山，见一人自言姓山名隐居，入洞庭取素书一卷，文不可识……阖闾乃师事之。”末句用此，以言己退隐之心。

◎ 评析

历举古之才智之士，失职困穷，拟友并以自况，不得已终当共隐耳。

山中杂诗[1]

山际见来烟[2]，竹中窥落日[3]。鸟向檐上飞，云从窗里出[4]。

◎ 注释

[1] 此题下存诗三首，此选其第一首。

[2] 来烟：烟雾从山间氤氲而出。

[3] 窥：指透过竹间缝隙而观看。

[4]“云从”句：指山宅为云雾缭绕，望若窗里生烟。

◎ 评析

山居暮景，非久处尘嚣中人所能道。

咏宝剑

我有一宝剑，出自昆吾溪[1]。照人如照水[2]，切玉如切泥。锷边霜凛凛[3]，匣上风凄凄[4]。寄语张公子[5]，何当来见携[6]？

◎ 注释

[1] 昆吾：传说中的仙山。据《山海经·中次二经》：“昆吾之山，其上多赤铜。”晋郭璞注曰：“此山出名铜，色赤如火，以之作刃，切玉如割泥也。”

[2] 如照水：指剑体明光可鉴。

[3] 锷边：锋刃。霜凛凛：指宝剑锋刃白光凛凛逼人。

[4]“匣上”句：谓剑藏于匣中而寒气外射。

[5] 张公子：此泛指侠义之士。

[6] 何当：何时。见：语词，犹“被”。携：携取。

◎ 评析

以宝剑喻才智之士，怀才不遇，亟盼知音提携。

周舍
（469—524）

字升逸，汝南安成（今河南汝南东南）人。齐永明著《四声切韵》的周颙之子。博学多通。齐末，为太学博士，累迁太常丞。入梁，升尚书祠部郎，出为秣陵令，官至侍中，参掌机密二十余年，深受武帝萧衍宠信。原有集二十卷，已佚，今存诗《还田舍》一首及《上云乐》等乐府数章而已。

还田舍

薄游久已倦[1]，归来多暇日[2]。未凿武陵岩[3]，先开仲长室[4]。
松篁日月长[5]，蓬麻岁时密[6]。心存野人趣[7]，贵使容吾膝[8]。
况兹薄暮情[9]，高秋正萧瑟[10]。

◎ 注释

[1] 薄游：游，游宦。此指作小官。

[2] 暇日：清闲的时日。

[3]“未凿”句：此隐用陶渊明《桃花源诗并记》中事，言已未追随武陵桃花源中秦人而凿岩去避世。

[4] 仲长：指东汉人仲长统。《后汉书·仲长统传》载：“统性俶傥……欲卜居清旷，以乐其志，论之曰：‘使居有良田广宅，背山临流，沟池环匝，竹木周布。’”此句庆幸自己有这样一所仲长统所希冀求得的理想田舍。

[5] 篁：丛生的竹。

[6] 蓬麻：蓬草与苎麻。此句言荒田里麻草共生俱茂。

[7] 野人：山野之人。

[8] 容吾膝：《韩诗外传》言："结驷连骑，所安不过容膝。"此诗句可能取意于陶渊明《归去来兮辞》"审容膝之易安"句，谓可贵处在于这小小的田舍足以容膝，便觉得满足了。

[9] 兹：此。薄暮：傍晚。

[10] 萧瑟：风声。末二句意谓况值秋风萧瑟之时，其傍晚心情更宜于还居田舍。

◎ 评析

未对田舍多作描述，只有"松篁日月长，蓬麻岁时密"两句，略见野趣，故知作者之"还田舍"殊不同于陶渊明的"归园田居"，他实别有"秋萧瑟"的"薄暮情"也。

王籍

（480—550？）

字文海，琅邪临沂（今山东临沂）人。幼有才名，为诗法谢灵运，甚得沈约赏识。齐末，为冠军行参军，累迁外兵记室。梁天监初，任安成王主簿，历余姚、钱塘令。湘东王萧绎镇会稽，引为咨议参军。郡境有云门、天柱山，籍尝游之，或累月不返。其《入若耶溪》诗，即此时作，江南以为文外独绝，萧纲（简文帝）、萧绎（元帝）及颜之推均极赞赏。他原有集十卷，已佚。今仅存此及《棹歌行》二诗，然已足传矣。

入若耶溪[1]

艅艎何泛泛[2]，空水共悠悠[3]。阴霞生远岫[4]，阳景逐回流[5]。
蝉噪林愈静，鸟鸣山更幽[6]。此地动归念[7]，长年悲倦游[8]。

◎ 注释

[1] 若耶溪：古溪水名，出自会稽山。《太平寰宇记》曰："在会稽县（按：今浙江绍兴）东二十八里。"

[2] 艅艎：又作"余皇"，本是春秋时吴王的座船，后泛指大船。泛泛：船行一帆风顺貌。

[3] 空水：天空与溪水。悠悠：远貌。

[4] 岫：峰峦。此句言云霞自远峰间生成。

[5] 阳景：日影。回流：回旋的流水。

[6] 幽：幽静。

[7] 归念：归隐之想。

[8] 倦游：枯燥乏味的宦游生活。末二句谓：久已厌倦仕宦生涯，面对若耶溪佳境，不免牵动起归隐的念头。

◎ 评析

此亦五言八句，通篇对偶，唯当时即以颈联传诵，认为"文外独绝"。妙在静以噪显，幽从鸣来，非深于体会山林之趣者不能知，亦非工于诗者不能道也。

庾肩吾

（487—552？）

字子慎，南阳新野（今河南新野）人。世居江陵（今湖北江陵）。初为晋安王萧纲常侍，与徐摛等抄撰群书，号"高斋学士"。及纲立为太子，遂兼东宫通事舍人，迁太子中庶子。纲即位（简文帝）进度支尚书。侯景乱时，曾一度被俘，后逃奔江陵。未几，卒。

肩吾早期侍萧纲，与徐摛同为"宫体诗"创始人。其诗多写景、咏物、侍宴、应令之作，但以雕琢对仗、讲求声律为工，对近体诗的形成颇有贡献。晚岁经侯景之乱，诗风有所转变，忧时愤世，不无慷慨激越之音。原有集，已佚。张溥辑《庾度支集》存诗约九十首。

乱后行经吴御亭[1]

御亭一回望，风尘千里昏[2]。青袍异春草，白马即吴门[3]。獯戎鲠伊洛[4]，杂种乱轘辕[5]。辇道同关塞[6]，王城似太原[7]。休明鼎尚重[8]，秉礼国犹存[9]。殷牖爻虽赜[10]，尧城吏转遵[11]。泣血悲东走[12]，横戈念北奔[13]。方凭七庙略[14]，誓雪五陵冤[15]。人事今如此[16]，天道共谁论？

◎ 注释

[1] 乱：侯景之乱。公元548年西魏降将侯景叛乱，勾结梁朝宗室萧正德攻破梁都建康（今江苏南京），梁武帝饿死于台城（皇城），结束了武帝近五十年的统治，是梁末战乱之始。吴御亭：明冯惟讷《古诗纪》注曰："御亭，吴大帝（按：孙权）所建，在晋陵（按：治所在今江苏常州）。"御：一作"邮"。

[2] 风尘：比喻战乱。

[3] 青袍、白马：代指侯景乱兵。据《南史·侯景传》载：梁武帝大同年间有童谣曰："青丝白马寿阳来"，侯景乱时，为应谣谚，皆以青布为袍，景自乘白马，青丝为辔，起兵于寿阳。此二句即形容侯景叛军兵临建康的情景。

[4] 獯（xūn）戎：北方古民族名，亦称"獯鬻""猃狁（xiǎn yǔn）""戎狄"；战国及汉时称"胡"或"匈奴"，此指侯景叛军。因侯景为东魏怀朔（今内蒙古包头东北）人，属鲜卑族拓跋部，怀朔亦属塞外匈奴故地，故称其为"獯戎"。鲠：阻塞。伊洛：伊水与洛水，此二水于洛阳附近汇合而东流入黄河，是入洛阳的必经之地，参见曹植《赠白马王彪》注释［16］。

[5] 杂种：对异族人侯景的鄙称。轘辕：山名，位于洛阳东偃师附近。此山历代皆视为军事要塞。以上二句以古都洛阳代指南朝京都建康，言侯景乱军占据了入京的军事要塞。

[6] 辇道：通往京城之路。

[7] 王城：古都名，指西周的东都，位于今河南洛阳，此乃代指建康。太原：古郡名，治所在晋阳（今山西太原西南），属古并州，是当时与猃狁族相邻的北部边防重镇。《诗经·小雅·六月》有"薄伐猃狁，至于太原"句。此句以周代王城与边陲太原比喻今日京都如边陲般发生了战争。

[8] 休明：指德行美善清明。鼎：即九鼎。《左传·宣公三年》载，夏代以九州贡金铸成九只大鼎，象征夏有九州。后世遂以九鼎作为国家和权力的象征。《左传·宣公三年》："楚子伐陆浑之戎，遂至于雒。观兵于周疆，定王使王孙满劳楚子。楚子问鼎之大小、轻重焉。对曰：'在德不在鼎……德之休明，虽小，重也；其奸回昏乱，

虽大，轻也。’”

[9] 秉礼：以礼治国。语出《左传·闵公元年》：“齐桓公曰：‘鲁可取乎？’（仲孙湫）对曰：‘不可，犹秉周礼。周礼，所以本也。臣闻之：国将亡，本必先颠，而后枝叶从之。’”以上二句是对梁朝的赞美，言其君以美德和礼仪治国，国尚不能亡。

[10] 殷牖：殷商时期地名。牖，即牖里，亦作“羑（yǒu）里”，是纣王囚禁西伯昌（周文王）之地。（事见《史记·殷本纪》）。爻：《周易》的封符，表示将发生变动之意。据《周易·系辞上》释曰：“爻者，言乎变者也。”《系辞下》曰：“爻也者，效天下之动者也。”赜：隐晦幽深。司马迁《报任少卿书》说“文王拘而演《周易》”，此句即言周文王拘于羑里时，卦象隐晦幽密，预示天下将有大变故。

[11] 尧城：相传是尧晚年被舜囚禁之地。据《史记正义》引《括地志》云：“故尧城在濮州鄄城县（按：今山东鄄城北）东北十五里。《竹书》云：‘昔尧德衰，为舜所囚也。’”吏：狱吏等小官。此句借尧被囚之事言天下大乱、君主被囚，小人得势，暗指梁武帝台城被囚禁至死之事。

[12] 泣血：形容人在至悲时默默无声地流泪，如血流而无声。东走：向东逃走。

[13] 横戈：携带戈戟。念：考虑。北奔：投奔北朝。以上二句谓当时梁朝诸王及宗室子弟或悲而东逃，或图谋帝位而北奔齐、魏诸国。

[14] 七庙：七世之庙，言宗庙祭祀年久日长，此指君位久长。略：即庙略。古时君主多在庙堂计议军国要事，故称重大国策为“庙略”。

[15] 五陵：本指长安附近渭水北岸的西汉高、惠、景、武、昭五帝的五座陵墓，此处借指萧梁宗室。

[16] 人事：人世之事。末二句意谓然天下事已至此，又有谁能与我共论天道而顾及雪耻之事呢？

◎ 评析

俨然唐人排律，句句对偶，亦句句用典。而感叹伤嗟大有别于他作，盖非徒以雕琢靡丽见称之高斋学士之诗也。

咏长信宫中草[1]

委翠似知节[2]，含芳如有情。全由履迹少[3]，并欲上阶生[4]。

◎ 注释

[1] 长信宫：指西宫，多为皇太后所居。

[2] 委翠：草伏地状。节：礼节。

[3] 履迹：足迹。

[4] 阶：台阶。末二句言长信宫冷清，阶台生草。

◎ 评析

咏草实以咏宫。咏宫则意在咏宫中主人事耳。

萧　纲

（503—551）

字世缵，小字六通，梁武帝萧衍第三子。初封晋安王，历任南兖州刺史，丹阳尹及荆州、江州、南徐州、扬州等州刺史。中大通三年（531），昭明太子统卒，纲立为皇太子。太清三年（549）即帝位。大宝二年（551）为侯景所杀，谥“简文”。

纲幼聪敏能文。为太子时，与徐摛、庾肩吾等创为淫艳的“宫体诗”，影响很坏。但其某些写景咏物之作，得之空灵，出之自然，亦有清秀隽逸者。

原有集八十五卷，已散佚。张溥《汉魏六朝百三家集》中辑有《梁简文帝集》，存诗二百八十余首，其中乐府八十余首，为梁代存诗最多者。

折杨柳[1]

杨柳乱成丝，攀折上春时[2]。叶密鸟飞碍，风轻花落迟。
城高短箫发[3]，林空画角悲[4]。曲中无别意，并是为相思。

◎ 注释

[1]《折杨柳》乃乐府曲调名，属横吹曲。此题上原题以《和湘东王横吹曲三首》，此为第一首。诗作者一作柳恽。

[2] 上春：初春。首二句言初春摘取杨柳枝。

[3] 发：发音。

[4] 画角：古吹奏乐器，似号角，以竹木或皮革制成，声音悲凉高亢。

◎ 评析

古横吹曲本用于军中，但简文此篇则直是就《折杨柳》题面而作，正如其末韵所谓“曲中无别意，并是为相思”。“叶密”“风轻”一联，意新语隽，佳句也。

临高台[1]

高台半行云，望望高不极[2]。草树无参差，山河同一色。[3]
仿佛洛阳道，道远难别识。[4]玉阶故情人，情来共相忆。[5]

◎ 注释

[1]《临高台》乃乐府横吹曲名，今存最早的作品是魏文帝曹丕“临高台，高以轩”一首。萧纲此诗借古题言登临事。此诗作者一作梁武帝萧衍。“高台”句：言云在高台之半腰处飘动。

[2] 高不极：谓台高而不见其顶端。

[3]“草树”二句：指登临高台而远望，只觉草木葱茏一片，难以分辨高低，山河也苍茫一色。

[4]“仿佛”二句：谓洛阳古道若隐若现，模糊不清，难以辨别。

[5]“玉阶”二句：言念及洛阳旧情人，想她此时必亦徘徊于玉阶之上，与我虽处两地而正共相忆。

◎ 评析

写乐府横吹曲古题。全依题面本意，以登临高台所见所感为内容。

"草树无参差，山河同一色"，得登高远望之神理，自是妙思。

萧 绎

（508—555）

字世诚，小字七符，自号"金楼子"，梁武帝萧衍第七子。初封湘东王，历任会稽太守、侍中、江州及荆州刺史。侯景乱中，受密诏以大都督中外诸军事讨景。乱平（552）即帝位于江陵。在位三年，西魏伐梁被掳杀，后谥"元"。

绎有文才，所著《金楼子》十卷，已散佚，今有辑本六卷。其《立言篇》在文学理论批评史上有一定意义。原有集，亦佚。张溥《汉魏六朝百三家集》辑有《梁元帝集》，尚存诗一百二十余首，其中乐府诗占二十一首。他的诗亦多淫艳，并好为文字游戏，如《将军名诗》《歌曲名诗》，乃至"药名""针穴名""兽名""鸟名""树名""草名"…… 不一而足。但亦间有清新自然之作，唯不多耳。

咏阳云楼檐柳

杨柳非花树，依楼自觉春[1]。枝边通粉色，叶里映红巾。[2]

带日交帘影[3]，因吹扫席尘[4]。拂檐应有意[5]，偏宜桃李人[6]。

◎ 注释

[1]"依楼"句：言杨柳依楼而生，自觉春意盈然。

[2]"枝边"二句：指透过杨柳树枝叶人们可见楼中女子脂粉红巾之色。正为如此，故杨柳虽非花树，却可与花树同样使人领会到春色。

[3]"带日"句：谓杨柳在阳光下将影子交错纵横地投映到楼窗的帘帷之上。

[4] 因：借。此句指杨柳枝条借春风吹拂，扫净席上轻尘。

[5] 应：当。有意：指有意而为。

[6] 偏宜：特别适宜。桃李人：年华有如桃李花的女子。

◎ 评析

咏柳本与花无涉，但开口便提到花，而且牵连及红粉佳人，又毫不勉强。的是妙笔。

陈诗

阴 铿

（生卒年不详）

字子坚，武威姑臧（今甘肃武威）人。梁时任湘东王萧绎法曹行参军；入陈，为始兴王府录事参军，官至晋陵太守，员外散骑常侍。

阴铿善为五言诗，长于描写山水景物，炼字造句极意精工，颇似何逊，对唐律形成大有影响。杜甫谓太白：“李侯有佳句，往往似阴铿”，又自谓“颇学阴何苦用心”，盖甚重之。

原有集三卷，已佚。今存诗三十四首。

渡青草湖[1]

洞庭春溜满[2]，平湖锦帆张[3]。沅水桃花色[4]，湘流杜若香[5]。
穴去茅山近[6]，江连巫峡长[7]。带天澄迥碧[8]，映日动浮光[9]。
行舟逗远树[10]，度鸟息危樯[11]。滔滔不可测[12]，一苇岂能航？[13]

◎ 注释

[1] 青草湖：古时对洞庭湖（在今湖南北部）东南部一大片湖面称为青草湖。《方舆纪要》所谓“青草湖北连洞庭，南接潇湘，东纳汨罗”是也。

[2] 春溜：春季涨的水。

[3] 锦帆：色彩不一的篷帆。

[4] 沅水：源于贵州云雾山，流经湖南黔阳始称沅水，经常德（古武陵郡治所）而北入洞庭湖。此句暗涉晋陶渊明《桃花源诗并记》中的桃花林，盖谓沅水流经武陵，值桃花飞落，点染春江，遂成桃花色。

[5] 湘流：湘水，湖南境内南北流向而入洞庭的最大河流。杜若香：此隐用屈原《九歌·湘君》中“采芳洲兮杜若”语。杜若，香草名。

[6] 穴：指湖底深处。茅山：指江苏句容东南的句曲山。因汉代茅氏三兄弟得道于此山洞穴中，世称“茅山”。此句想象青草湖穴深邃，可能与茅山洞穴相近。

[7]“江连”句：洞庭湖北接长江，由此而想到它与长江中的巫峡亦相通连。

[8] 带天：连天。迥：远。此句形容洞庭湖水清澄碧澈，与远天相连。

[9] 映日：湖水反射日光。

[10] 逗：留。此句意谓：远望行舟如停留在湖边远树旁一样。

[11] 度鸟：渡湖之鸟。度，同“渡”。息：憩息。危樯：高耸的桅杆。以上二句形容因湖面宽阔所形成的洞庭湖特有的奇景。

[12] 滔滔：深广貌。句言湖水深广难测。

[13] 苇：苇草，喻小舟。《诗经·卫风·河广》：“谁谓河广？一苇杭之”，末句反用其意，言一叶扁舟岂能渡此大水。

◎ 评析

写春渡洞庭青草湖。湖光山色，远树危樯，悉皆入画，此阴铿之所长也。

江津送别刘光禄不及[1]

依然临送渚[2]，长望倚河津[3]。鼓声随听绝[4]，帆势与云邻[5]。

泊处空余鸟[6]，离亭已散人[7]。林寒正下叶[8]，钓晚欲收纶[9]。

如何相背远[10]，江汉与城闉[11]。

◎ 注释

[1] 江津：长江渡口。

[2] 临：至。送渚：送客的岸边沙洲。

[3] 长望：远望。首二句言已知送刘光禄是迟了一步，不及面别，但仍然赶至渡口对其所去的方向远望。

[4] 鼓声：古时船启航时击鼓为号。此句言开船的鼓声方听而已绝。

[5]“帆势”句：言船已远去，篷帆已高悬而与云为邻了。

[6] 泊处：渡口船只停泊处。此句谓船去而渡口空，只剩下戏水之鸟了。

[7] 离亭：送别之亭。

[8] 下叶：叶正落。

[9] 钓：临江垂钓者。纶：钓线。

[10] 背：离。

[11] 江汉：指长江与汉水交汇处。城闉（yīn）：城门凸出部分，代指城内。末二句自问自答，问二人相离多远？答一个去江汉，一个留在城中。

◎ 评析

写送客远行，因迟到不及话别，只得立江津而长望，遥送去帆。不言惆怅而惆怅之情自深。

徐陵

（507—583）

字孝穆，东海郯（今山东郯城）人。徐摛之子。梁时历任东宫学士、上虞令、尚书左丞，官至秘书监。曾两次出使北朝。入陈，历太府卿、吏部尚书，封建昌县侯，官至中书监，太子少傅。

陵在梁任东宫学士时，为“宫体诗”重要作者之一，与庾信齐名，世称“徐庾”，并称他们的诗歌和骈文为“徐庾体”。他的诗今仅存四十首，但亦不无高朗劲健的佳篇。

原有集三十卷，已佚，明人辑《徐孝穆集》号称全集，订为六卷，除诗四十首外，得文八十余篇，清初吴兆宜详为笺注，今行于世。

出自蓟北门行[1]

蓟北聊长望[2]，黄昏心独愁。燕山对古刹[3]，代郡隐城楼[4]。
屡战桥恒断[5]，长冰堑不流[6]。天云如地阵[7]，汉月带胡秋[8]。
渍土泥函谷[9]，挼绳缚凉州[10]。平生燕颔相[11]，会自得封侯。

◎ 注释

[1] 此题为乐府曲调名，属《杂曲歌辞》。前存宋鲍照同题诗一首。蓟：蓟州，治所在渔阳（今天津蓟州）。

[2] 聊：姑且。

[3] 燕山：位于今华北平原北部。刹：佛寺。

[4] 代郡：古郡名，治所在代县（今河北蔚县西南）。其北邻匈奴、乌桓，是秦汉时北部边疆要地。此句意思是黄昏时代郡城楼已隐没于黑暗之中。

[5] 屡战：战争频繁。恒：常。

[6] 堑：护城河。

[7]“天云”句：谓天上云朵密布如军阵。

[8]“汉月”句：言蓟北虽属汉地，而月夜秋风萧瑟，如在胡地。

[9] 渍土：湿泥。泥，用作动词，犹如“封”“糊”。函谷：古关隘名，位于今河南灵宝南。因其深险如涵洞而得名。《后汉书·隗嚣传》载：“（王）元遂说嚣曰：‘……元请以一丸泥为大王东封函谷关，此万世一时也。’”此句谓己有以一丸泥封函谷之勇。

[10] 挼（ruó）：揉搓。凉州：东汉时州名，治所在陇县（今甘肃张家川）。此句喻己镇边平戎之志。

[11] 燕颔相：古相法认为“燕颔虎颈”为封侯之相。《后汉书·班超传》曰：“生燕颔虎颈，飞而食肉，此万里侯相也。”末二句谓己生有异相，必能建功立业。

◎ 评析

此诗以豪气胜，沈德潜评曰“巧句”，未为得当。

关山月[1]

关山三五月[2]，客子忆秦州[3]。思妇高楼上，当窗应未眠。
星旗映疏勒[4]，云阵上祁连[5]。战气今如此[6]，从军复几年[7]。

◎ 注释

[1] 此题乃汉乐府《横吹曲》名。据《乐府诗集》此题下引《乐府解题》曰：“《关山月》，伤离别也。”徐陵此诗是矣。

[2] 三五月：指农历每月十五月圆时。

[3] 秦川：今秦岭以北的陕西、甘肃平原地区，古属秦国，其地有“八百里秦川”之称。

[4] 星旗：指旗星，古星名。因其分居河鼓星左右，各有九星，如旗，故名。疏勒：西域国名。

[5] 云阵：见前诗注释[7]。祁连：山名，在今甘肃西南与青海东北交界处。

[6] 战气：战争气氛。

[7] 复：还、又。

◎ 评析

丈夫从军远征，思妇夜夜遥望，岂只一般的伤别离哉？唐人写此主题者益多，愈后愈难翻新。

别毛永嘉[1]

愿子厉风规[2]，归来振羽仪[3]。嗟余今老病[4]，此别空长离。白马君来哭，黄泉我讵知？[5]徒劳脱宝剑，空挂陇头枝。[6]

◎ 注释

[1] 毛永嘉，即毛喜，字伯武。陈宣帝朝重臣，官至御史中丞、五兵尚书。后主朝被疏远，出为永嘉内史。此诗即徐陵送别其赴永嘉之作。

[2] 厉：严整。风规：风范。

[3] 羽仪：羽盖和仪仗，此指官威。以上二句乃徐陵勉励之辞，愿毛喜至永嘉为官清正，树立良好风范，他日归来，重整旗鼓，再振朝纲。

[4] 嗟：叹惜。此句与下句叹己老病，此次一别，恐成永诀。

[5]“白马”二句：用东汉范式与张劭结为生死之友的故事。张劭死而柩不肯进墓穴，待范式素车白马号哭而来、执绋前引，柩车乃进（事见《后汉书·独行传》）。徐陵用此典，谓倘那时你白马素车前来哭吊，我在黄泉之下能否知道呢？

[6]“徒劳”二句：用春秋吴延陵季子事。见汉刘向《新序》卷七：“延陵季子将西聘晋，带宝剑以过徐君。徐君观剑，不言而色欲之。延陵季子为有上国之使，未献也，然其心许之矣……反则徐君死于楚……于是季子以剑带徐君墓树而去。”指死后方得到生前所企慕的东西。陇：同“垄”，坟墓。末二句谓：到那时即使你还像范式那样仍念旧好，前来吊丧，并像延陵季子那样践履心许之事，脱剑挂墓树，我在九泉之下也未必能知道，空劳你深情厚谊了。

◎ 评析

以永诀之辞为赠别之诗，虽欲作达，岂能掩其内心之深悲？真正可称临别赠言者，唯篇首两句而已。

周弘让

（生卒年不详）

汝南安城（今河南汝南东南）人。齐周颙孙。早岁在梁，隐居茅山；侯景乱，出为景中书侍郎，时人讥之。梁元帝萧绎即位，任国子祭酒，迁仁威将军。入陈，文帝（陈蒨）初（560），领太常卿、光禄大夫。

原有集，已佚。今存诗四首。

留赠山中隐士

行行访名岳，处处必留连[1]。遂至一岩里，灌木上参天[2]。
忽见茅茨屋[3]，暖暖有人烟[4]。一士开门出[5]，一士呼我前。
相看不道姓，焉知隐与仙[6]？

◎ 注释

[1] 留连：停留而不忍离去。

[2] 灌木：无明显主干的木本植物，此处泛指树木。

[3] 茅茨屋：茅草为顶的屋。

[4] 暖暖：隐蔽貌。

[5] 士：指隐士。

[6]“焉知”句：言哪能知其为隐士还是仙人。

◎ 评析

似脱口而出，顺势说去，不假雕饰，大有意趣。

江　总
（519—594）

字总持，济阳考城（今河南商丘）人。历仕梁、陈、隋三朝。幼聪敏好学。年十八任梁武陵王法曹参军，以诗才为梁武帝所赏识，升任侍郎，官至太子中舍人兼太常卿。侯景乱中，辗转流寓岭南。入陈，文帝召为中书侍郎。后主陈叔宝时，官至中书令，世称“江令”。此时，他位居宰辅，不理政务，日与狎客陪侍后主游宴后宫，竞作艳诗，为宫体末路。入隋，为上开府，苟活而已，思绪苍凉，诗风亦有转变。

原有集，已散佚。明人辑有《江令君集》，存诗百首。

于长安归还扬州九月九日行薇山亭赋韵[1]

心逐南云逝[2]，形随北雁来[3]。故乡篱下菊[4]，今日几花开[5]？

◎ 注释

[1] 此诗当为江总入隋后晚年归扬州途中所作。隋建新都，即古长安。

[2] 逐：追。此句言己回归扬州之心早已随南飞之云飘回南方。

[3] 形：身。北雁：秋季北雁南飞。

[4] 故乡：江总旧仕梁、陈，久居江南，故称扬州为故乡。

[5] 几花：几枝花。

◎ 评析

从字句到意象，已全是唐人绝句之上乘。

何胥

（生卒年不详）

字孝典，籍里不详，精通音乐。陈后主陈叔宝时任太常令，奉命为后主及朝臣与宫中女学士唱和之作，择其尤轻艳者谱成新曲。他的诗今存四首。

被使出关[1]

出关登陇坂[2]，回首望秦川[3]。绛水通西晋[4]，机桥指北燕[5]。
奔流下激石，古木上参天。莺啼落春后，雁度在秋前。[6]
平生屡此别，肠断自催年。[7]

◎ 注释

[1] 此题谓出使北朝而西经陇关。陇关，汉时所建，位于陇山之南。

[2] 陇坂：即陇山。见张衡《四愁诗》注释[11]。

[3] 秦川：此指源于陇西而横贯关中的渭水，关中乃古秦地，故称此水为秦川。

[3] 绛水：在今山西绛县北。西晋：指春秋时晋国。其地跨黄河两岸，据山西大部与河北西部。

[5]“机桥”句：《燕丹子》载：燕国太子丹质于秦，欲求归。秦王不得已而遣之，却设伤人机关于桥上，欲陷害丹。北燕：指古燕国，位于今天津蓟州。以上二句均言己怀古之意。

[6]“莺啼”二句：言关外天寒，入春多日，莺方始啼；秋尚未到，雁已南渡。

[7]“平生”二句：谓人生若多作此种远别，则几番断肠，催人衰老。

◎ 评析

“莺啼”“雁度”一联，言关外春秋节候之迟早，与内地大异。一别令人肠断；若复屡别，其何以堪？宁不促人年寿！诗艺甚高，但非汉唐盛世之音。

韦 鼎

（515—593）

字超盛，京兆杜陵（今陕西西安东南）人。仕梁、陈、隋三代。在梁，官至中书侍郎；入陈，至秘书监，转太府卿。陈亡，隋文帝杨坚召进仪同三司，后出任光州刺史，病卒。在陈宣帝（陈顼）时，奉使北周，在长安听百舌鸟鸣，赋诗寄意，今仅存此诗。

长安听百舌[1]

万里风烟异[2]，一鸟忽相惊。那能对远客，还作故乡声！[3]

◎ 注释

[1] 百舌：鸟名，又称“反舌”，一种鸣禽，似伯劳而小。

[2] 风烟异：风土景物不同。

[3]“那能”二句：谓哪可以对万里远客作他故乡的声音以动其思乡之情呢？

◎ 评析

远客思乡，最怕触动乡情。去家万里，欲归不得，乡情一动，真是莫可奈何。

无名氏

作蚕丝[1]

春蚕不应老[2]，昼夜常怀丝[3]，何惜微躯尽，缠绵自有时[4]。

◎ 注释

[1]《乐府诗集》卷四十九《清商曲辞·西曲歌》收《作蚕丝》四首，解题引《古今乐录》曰："作蚕丝，倚歌也。"所谓"倚歌"者，"悉用铃鼓，无弦有吹"。此选其第二首。亦见《玉台新咏》卷十《近代杂歌三首》之三。

[2]老：指春心不消退。

[3]丝：谐"思"，双关"怀思"。

[4]缠绵：语意双关，明言蚕吐丝缠绵，实言己情思缠绵，到死方尽。

◎ 评析

南朝乐府民歌，用谐音字借喻爱情，能近取譬，最为贴切。

北朝诗

刘　昶

（435—497）

字休道，南朝宋文帝刘义隆第九子，封晋熙王，位中书令。宋前废帝刘子业即位（464），昶为徐州刺史，废帝疑其有异志，遂奔魏。魏孝文帝拓跋宏以为持节、都督吴越彭楚诸军事、大将军，镇徐州。后终于北魏。《南史》本传（卷十四）载其奔魏途中所作"断句"（即绝句）诗，慷慨悲哽，传之至今。

断句诗

白云满鄣来[1]，黄尘暗天起。关山四面绝[2]，故乡几千里。

◎ 注释

[1] 鄣：古代设置于要塞处的防御工事、屏障。

[2] 关山：指北魏与南朝临界的边关山塞。绝：阻断交通。

◎ 评析

无论作者奔魏动机与过程如何，诗却极佳。白云满鄣，黄尘暗天，两句已道尽关塞凄凉景物。结到关山四绝，自然会伤叹"故乡几千里"了！

温子昇

（495—547）

字鹏举，祖籍太原（今山西太原），后迁居济阴冤句（今山东菏泽西南）。北魏末，永熙中（532—534）曾任侍读兼舍人；东魏末，高澄引为咨议参军。其后，元瑾等作乱，高澄疑子昇同谋，下狱，饿死。

子昇诗文清丽，与邢劭齐名，时称“温邢”，又与魏收三人合称“北地三才”。原有文集三十九卷，已佚。张溥《汉魏六朝百三家集》中辑有《温侍读集》，其中存诗仅十一首（包括乐府）。

捣衣诗

长安城中秋夜长，佳人锦石捣流黄[1]。
香杵纹砧知近远[2]，传声递响何凄凉。
七夕长河烂[3]，中秋明月光[4]，
蠮螉塞边绝候雁[5]，鸳鸯楼上望天狼[6]。

◎ 注释

[1] 锦石：带彩色纹理之石。此与下句中“香杵”“纹砧”皆为捣衣工具的美称。流黄：即“留黄”，一种黄颜色。此指染成黄色的绢帛。

[2] 杵：捣衣的棒槌。纹砧：带花纹的砧石。此句谓：从杵击砧石的声音中可判断离捣衣女子的距离远近。

[3] 长河：河汉、天河。烂：群星灿烂。

[4] 光：明亮。以上二句以七夕牛女相聚及中秋月圆反衬思妇、征夫不得团聚。

[5] 蠮螉（yē wēng）塞：关塞名，即居庸关，位于今北京昌平北，因关上瞭望亭形状如土蜂之穴而得名，此指征人所去之处。候雁：雁为候鸟，每年南来北往一次，故古有鸿雁传书之说。此句写佳人盼望塞北征人的消息而不得。

[6] 鸳鸯楼：思妇居处。天狼：星名，古人认为此星主战。末句谓思妇唯有遥望天狼而寄托远思。

◎ 评析

北朝文人诗唯温子昇此篇略近沈、范。

魏胡太后

杨白花歌[1]

阳春二三月，杨柳齐作花。
春风一夜入闺闼[2]，杨花飘荡落南家[3]。
含情出户脚无力，拾得杨花泪沾臆[4]。
秋去春还双燕子，愿衔杨花入窠里[5]。

◎ 注释

[1]《乐府诗集》卷七十三《杂曲歌辞》载《杨白花》解题引"《梁书》曰：'杨华，武都仇池人也。少有勇力，容貌雄伟，魏胡太后逼通之。华惧及祸，乃率其部曲来降。胡太后追思之，不能已。为作《杨白华》歌辞，使宫人昼夜连臂蹋足歌之，声甚凄惋。'故《南史》曰：'杨华本名白花，奔梁后名华，魏名将杨大眼之子也。'"胡太后当是魏世宗宣武帝元恪之后，《魏书》卷十三所载"宣武灵皇后胡氏"。又，杨华在《梁书》卷三十九有传，上引者是也。

[2] 闺闼：宫中小门，亦代指内室。

[3] 南家：暗指杨华所去的南朝。

[4] 臆：前胸。

[5]"愿衔"句：言见春燕南来而思杨华北归。

◎ 评析

事亵而情真，所举皆眼前景物，却极缠绵凄婉，亲切动人。

◈无名氏

李波小妹歌[1]

李波小妹字雍容，褰裙逐马如卷蓬[2]。
左射右射必叠双[3]。妇女尚如此，男儿那可逢[4]！

◎ 注释

[1]《魏书・李孝伯传》附其子《安世传》(卷五十三）言，“初，广平人李波，宗族强盛，残掠生民……百姓为之语曰：‘李波小妹字雍容……’”云云，即此歌也。

[2] 褰：提。此句谓李波小妹飞身上马奔驰而去，快如狂风卷飞蓬。

[3] 叠双：指两箭同中一的。

[4] 那可逢：犹言“遇到可不得了”。

◎ 评析

真正的民歌就是这样从某一角度来描述和赞叹他们所认识的传奇人物，既不虚饰，也无保留。这歌只在夸赞李波小妹的勇武与骑射之精捷，初不含有对李波宗族之亲仇观也。

邢　邵

（496—？）

字子才，河间鄚（今河北任丘北）人。仕北魏、北齐两朝。在魏，至中书侍郎；高澄辅政，任给事黄门侍郎，出为西兖州刺史。入北齐，官至太常卿，兼中书监，摄国子祭酒，授特进。

邵博学能文，始与温子昇齐名，时称“温邢”；温卒，又与魏收并称“邢魏”。原有集三十一卷，已散佚。张溥《汉魏六朝百三家集》辑有《邢特进集》，所收诗仅八首（中含乐府《思公子》一首），略见风概。

思公子

绮罗日减带[1]，桃李无颜色[2]。思君君未归，归来岂相识？

◎ 注释

[1] 绮罗：指用绮、罗制成的衣裙。带：本指衣带，此借为腰围。此句言因相思而腰围日减，绮罗衣裙显得宽松。

[2] 桃李：桃李之花，比喻女子。

◎ 评析

因相思而消瘦，而黯然无光，犹是常语，但说到“归来岂相识”一层，则前人尚未道及。

萧 悫

（生卒年不详）

字仁祖，南兰陵（今江苏常州西北）人。他是梁武帝萧衍族孙。北齐文宣帝高洋天保中（550—559）入齐，至后主高纬武平中（570—576）为太子洗马，待诏文林馆。后入隋。原有集九卷，今佚。今存诗十七首。时人颜之推亟称其《秋思诗》并著之于《颜氏家训·文章》篇云。

秋 思

清波收潦日[1]，华林鸣籁初[2]。芙蓉露下落[3]，杨柳月中疏[4]。
燕帏缃绮被[5]，赵带流黄裾[6]。相思阻音息[7]，结梦感离居。

◎ 注释

[1] 潦：雨水。此句意出宋玉《九辩》："泬寥兮天高而气清，寂寥兮收潦而水清"，言秋日少雨而河水清澄。

[2] 华林：秋花繁茂的树林。籁：秋风吹荡林木声。

[3] 芙蓉：木芙蓉。落：凋落。

[4] 疏：叶稀疏。

[5] 燕帏：绣有飞燕的帷帐。缃绮：黄色的锦缎。

[6] 赵带：赵国女子善舞，故美称女子随风飘动的衣带为"赵带"。流黄：见温子昇《捣衣诗》注释[1]。

[7] 音息：信息。末二句谓离人无音信故相思愈烈，积思成梦，犹感离别之苦。

◎ 评析

自来论者皆乐道此诗"芙蓉""杨柳"一联，盖赏其不假雕琢而自然，写出秋思之寂寞心情也。

无名氏

敕勒歌[1]

敕勒川，阴山下[2]。天似穹庐[3]，笼盖四野。

天苍苍[4]，野茫茫。风吹草低见牛羊。

◎ 注释

[1]《乐府诗集》卷八十六《杂歌谣辞》所收《敕勒歌》，解题引：“《乐府广题》曰：‘北齐神武（按：北齐高欢，死后谥“神武皇帝”）攻周玉壁，士卒死者十四五。神武恚愤，疾发。周王下令曰：高欢鼠子，亲犯玉壁，剑弩一发，元凶自毙。神武闻之，勉坐以安士众。悉引诸贵，使斛律金唱《敕勒》，神武自和之。其歌本鲜卑语，易为齐言，故其句长短不齐。’”可知这《敕勒歌》乃是译歌，其原作非为汉语。

[2] 阴山：在今内蒙古中部。

[3] 穹庐：圆顶毡帐篷，犹今之蒙古包。

[4] 苍苍：青色。

◎ 评析

只有世世代代长期生活于塞北大草原的穹庐牧民，才能唱出这样苍苍茫茫的真正牧歌。故虽是译词，仍具草原本色，洵为千古不磨之名篇。

王　褒

（513? —576）

字子渊，琅邪临沂（今山东临沂）人。少俊美，能文章。未弱冠，举秀才，为秘书郎，太子舍人。梁武帝喜其才，以侄女嫁之，赐爵南昌县侯。元帝时，官至吏部尚书、右仆射。西魏陷江陵，他随元帝降，入长安，授车骑大将军，仪同三司。以门第文才为北朝所重。北周武帝宇文邕时，官至太子少保，少司空，出为宜州刺史，卒。

褒原为梁宫廷诗人，入北朝后，与庾信同为宇文氏所重视，但感念故国，诗风有所改变。原有集二十一卷，已散佚，张溥《汉魏六朝百三家集》辑有《王司空集》，存诗近五十首。

关山篇[1]

从军出陇阪[2]，驱马度关山。关山恒掩蔼[3]，高峰白云外。
遥望秦川水[4]，千里如长带。好勇自秦中[5]，意气多豪雄。
少年便习战[6]，十四已从戎[7]。辽水深难渡[8]，榆关断未通[9]。

◎ 注释

[1] 关山：即陇山主峰六盘山，古称“关山”，位于今宁夏固原原州西南。

[2] 陇阪：即陇山。见张衡《四愁诗》注释 [11]。

[3] 恒：常、终年。掩蔼：被云雾所笼罩。蔼，通“霭”。

[4] 秦川：此指渭水。详见何胥《被使出关》注释 [3]。

[5] 好勇：犹言“好男儿”。秦中：即关中秦地，古属秦国，故称。以下数句乃有感而发，盛赞古时秦地之人英勇无敌。

[6] 习战：练兵习武。

[7] 从戎：从军出征。

[8] 辽水：指古大辽河，纵贯今吉林、辽宁两省，是周代隔断东胡、山戎诸国的天堑。

[9] 榆关：汉代要塞名，又称"榆谷塞""榆林塞"，属云中郡，位于今内蒙古准格尔旗。是汉朝与匈奴的边境要塞与通道。末二句泛言古时盛世边防巩固，异族不得入侵。

◎ 评析

篇中由陇坂到关山，由秦川到秦中，再言辽水而及榆关。其实，皆不见得实指何地，不过是借关山以言从军在外，但叙征人行役之思而已，不可求之过凿。

渡河北[1]

秋风吹木叶，还似洞庭波[2]。常山临代郡[3]，亭障绕黄河[4]。
心悲异方乐[5]，肠断陇头歌[6]。薄暮临征马[7]，失道北山阿[8]。

◎ 注释

[1] 河：黄河。

[2] "秋风"二句：隐用屈原《九歌·湘夫人》"洞庭波兮木叶下"语意，言黄河北岸乃异国他乡，然秋风落叶却有似江南之景。

[3] 常山：汉关名，位于今河北唐县西北。临：临近。代郡：秦郡名，治所在代县（今河北蔚县东北）。

[4] 亭障：指哨亭、防御工事、屏障等古代边防军事设施。以上二句言黄河边南朝北国边防工事林立，双方处于紧张的对峙状态。

[5] 异方：异国，此指北魏。

[6] 陇头歌：指陇地乐歌。乐府曲调中有《陇上歌》《陇头水》等曲名。诗泛指陇地土风、民间乐调。

[7] 薄暮：傍晚。临：面对。此句言傍晚山野无人迹，只得与征马为伴。

[8] 失道：迷路。山阿：山的曲折处。

◎ 评析

渡河而北，心悲肠断。不唯伤薄暮失道而已，盖亦有怀于故国秋风、洞庭木叶，其情乃愈为深曲。

庾　信

（513—581）

字子山，南阳新野（今河南新野）人。他是梁诗人庾肩吾之子。初事梁，为抄撰学士，以“宫体诗”与徐陵齐名，世称“徐庾体”。侯景乱时逃奔江陵。元帝即位，任右卫将军、散骑侍郎，封武康县侯。后出使西魏，值西魏灭梁，被留。历仕西魏、北周，官至骠骑大将军、开府仪同三司，故世称“庾开府”（杜甫“清新庾开府”，即称庾信）。

庾信是南北朝最后一位卓有成就的大作家，诗、赋、骈文均冠绝一时，集六朝之大成。尤其诗开唐代律、绝、七古之先声。原有集二十一卷，已散佚，但后人所辑之《庾子山集》（张溥《汉魏六朝百三家集》称《庾开府集》）尚存文（并赋）一百六十多篇，诗三百二十余首，在六朝当是存诗最多的诗人。

他的诗可以从杜甫《戏为六绝句》之一“庾信文章老更成，凌云健笔意纵横”及《咏怀古迹》之一“庾信平生最萧瑟，暮年诗赋动江关”的评论，得其大致。张溥说：“史评庾诗‘绮艳’，杜工部又称其‘清新’‘老成’。此六字者诗家难兼，子山备之。”（《庾开府集》题词）

拟咏怀[1]

其　一

楚材称晋用[2]，秦臣即赵冠[3]。离宫延子产[4]，羁旅接陈完[5]。寓卫非所寓[6]，安齐独未安[7]。雪泣悲去鲁[8]，凄然忆相韩[9]。唯彼穷途恸[10]，知余行路难。

◎ 注释

[1] 阮籍有《咏怀》诗八十二首，庾信拟之而作二十七首。此选其第四、七、十一、二十二、二十六共五首。

[2]“楚材”句：称，适合。此句语出《左传·襄公二十六年》“（声子）曰：‘虽楚有材，晋实用之。’”谓此国人才为彼国所用，以喻己本仕南朝，今却羁留北国为官。

[3]“秦臣”句：《后汉书·舆服志》载：“胡广说曰：‘……秦灭赵，以其君冠赐近臣。’”本谓亡国君主之冠被战胜国臣子所戴，隐指梁亡而己为敌国所任用。

[4] 离宫：正宫以外的行宫，此指外宾住的客馆。延：邀请。据《左传·襄公三十一年》载，郑国子产陪郑君至晋，晋君初不接见，子产巧言游说后方被晋君接纳。此指自己客居北朝却被重用。

[5] 陈完：春秋时陈国公子名完。《左传·庄公二十二年》记：陈人杀太子，其弟完出奔至齐。齐侯欲以完为卿，完辞而不就。此句反言自己落难却仕于北朝。

[6] 寓卫：《毛诗·邶·式微》序曰：“黎侯寓于卫，其臣劝以归也。”此句暗责自己如黎侯寓居于卫，不该久留于北国。

[7] 安齐：指晋公子重耳出奔于齐，齐桓公妻之以女，重耳居安而忘忧。后其从者施之以计方使之出行。此句言己似安于北国而心实未安。

[8] 雪泣：擦去涕泪。去鲁：《韩诗外传》说：“孔子去鲁，迟迟乎其行也。”言其离别故国而依依不舍。此句写己离故国而哀伤。

[9] 相韩：为韩国之相。《史记·留侯世家》说：“韩破，（张）良家僮三百人，弟死不葬，悉以家财求客刺秦王，为韩报仇，以大父、父五世相韩故。”此句以张良五世相韩，韩亡而欲雪国耻之心，反照自己父子两代事梁，梁亡而己事敌国的羞愧悲哀心情。

[10] 恸：哀极之哭。末二句谓己愧对古今，无路可走，只得独自伤痛而已。

◎ 评析

羁留北国，受到重用，而心念萧梁，终身不忘。庾信暮年诗文大都写此种心情。二十七首《咏怀》皆由此出发，凄怆萧索，不胜孤愤。此篇最为典型。

其　二

榆关断音信[1]，汉使绝经过。胡笳落泪曲，羌笛断肠歌[2]。纤腰减束素[3]，别泪损横波[4]。恨心终不歇[5]，红颜无复多[6]。枯木期填海[7]，青山望断河。

◎ 注释

[1] 榆关：汉关名，见王褒《关山篇》注释[9]。首二句借汉代以指南朝，言南北战局紧张，故国音信断绝。

[2] 胡笳曲、羌笛歌：两种流行于塞北、西域等地的竹管吹奏乐。此二句说北国异乡乐曲催人泪落，引人乡思。

[3] 束素：白绢帛腰带。此句谓人因愁苦而消瘦、腰围减小。

[4] 横波：傅毅《舞赋》有“目流睇而横波”语，此处代指眼睛。此句言伤离之泪损坏了眼睛。

[5] 歇：消。

[6] 红颜：青春年华。以上二句谓己恨心不已，故迅速衰老。

[7] 枯木：此用“精卫填海”的故事，见陶渊明《读山海经》诗其二注释[1]。末二句言己枉有雪耻之心，却永远无法实现。

◎ 评析

恨心不消，年已垂暮，一切希望终将落空。伤哉，夫复何言！

其　三

摇落秋为气，凄凉多怨情。[1]啼枯湘水竹[2]，哭坏杞梁城[3]。
天亡遭愤战[4]，日蹙值愁兵[5]。直虹朝映垒[6]，长星夜落营[7]。
楚歌饶恨曲[8]，南风多死声[9]。眼前一杯酒，谁论身后名[10]！

◎ 注释

[1]"摇落"二句：宋玉《九辩》："悲哉秋之为气也，萧瑟兮草木摇落而变衰。"此句借此语意言秋风凄凉，草木凋零，令人悲伤。

[2]湘水竹：张华《博物志》载："尧之二女、舜之二妃曰湘夫人。舜崩，二妃啼，以涕挥竹，竹尽斑。"后世称斑竹为"湘妃竹"，即"湘水竹"。

[3]杞梁：春秋齐大夫，名殖字梁。据《琴操》载：杞殖战死，其妻乃放声长号，杞城为之崩。以上二句言己至悲而泪流无已。

[4]天亡：《史记·项羽本纪》载项王语："此天之亡我，非战之罪也。"此句指其故国乃"天亡"而遭此惨败，无可挽回。

[5]日蹙：《诗经·大雅·召旻》有"今也日蹙国百里"句，指国土沦丧与日俱增。蹙，收缩。以上二句概指梁元帝承圣三年（554），西魏派强兵五万攻打江陵、灭亡梁国时，梁之溃不成军的惨状。

[6]垒：营垒。

[7]长星：流星。以上二句所言"直虹映垒""长星落营"乃天象，古人以为这些都是败亡的征兆。

[8]"楚歌"句：此用项羽兵败前"夜闻汉军四面皆楚歌"（《史记·项羽本纪》）事，借言处荆楚之地的梁元帝迁都江陵被西魏包围时的败势。

[9]南风：南方乐曲。此句用《左传·襄公十八年》师旷语："南风多死声，楚必无功"之意，感叹梁之亡国。

[10]身后：死后。《世说新语·任诞》载："或谓之曰：'卿可纵适一时，独不为身后名耶？'（张季鹰）答曰：'使我有身后名，不如即时一杯酒。'"此句影射梁朝君臣只图眼前利益，无人顾虑长远，终致亡国下场。

◎ 评析

感怀身世，追念昔日梁元帝江陵之败亡，虽云气数，实亦人谋之不臧也。

其　四

日色临平乐[1]，风光满上兰[2]。南国美人去[3]，东家枣树完[4]。
抱松伤别鹤[5]，向镜绝孤鸾[6]。不言登陇首[7]，唯得望长安。

◎ 注释

[1] 平乐：馆名，西汉时建于长安上林苑中。

[2] 上兰：观名，亦在上林苑中。此二句言阳光初照，长安风景优美。

[3] 美人：指君主。东汉王逸《离骚章句》言："灵修美人，以媲于君。"此句指梁元帝已死，梁国灭亡。

[4] "东家"句：《汉书·王吉传》载，王吉妻摘东家大枣树之枣给王吉吃，吉知后乃逐其妻。东家闻而欲伐其树，经邻里劝止，并说服王吉接回逐妻。此句借以喻亡国。

[5] 别鹤：本指琴曲《别鹤操》，此用商陵牧子作《别鹤操》事（见谢灵运《入彭蠡湖口》注释[19]）言别离。又，因鹤常立松下，鹤去而松留，故句言"抱松"云云，谓己孤独而悲状。

[6] 孤鸾：《异苑》言："罽宾国王买得一鸾……三年不鸣。夫人曰：'尝闻鸾得类则鸣，何不悬镜照之？'王从其言。鸾睹影悲鸣，冲霄一奋而绝。"此用以喻己流落异国而孤独无亲。

[7] 陇首：即陇头、陇山。末二句谓己之所以不言登陇山而东望，盖因从那里只能望到魏都长安而看不到南国故乡。

◎ 评析

伤梁元之覆亡，悲自身之孤羁。欲登陇首，但能东望长安，而故国江南，何可复见！

其　五

萧条亭障远[1]，凄惨风尘多。关门临白狄[2]，城影入黄河[3]。
秋风别苏武[4]，寒水送荆轲[5]。谁言气盖世？晨起帐中歌。[6]

◎ 注释

[1] 亭障：边塞关山上的瞭望岗亭及防御工事。

[2] 关门：关隘之通道。白狄：春秋时居于北方的古狄族中的一支。

[3] 城：指秦汉时期古长城。

[4] 苏武：字子卿，西汉武帝朝曾出使匈奴，被扣，不降。历尽艰辛，凡十九年，至昭帝即位后数年方得放还。

[5]“寒水”句：指燕太子丹易水边送别荆轲入秦刺秦王事（详见陶渊明《咏荆轲》诗）。以上二句以古节义之士反喻己羁留北国的凄凉心境。

[6]“谁言”二句：用《史记·项羽本纪》中所载故事：“项王则夜起，饮帐中……悲歌忼慨，自为诗曰：‘力拔山兮气盖世，时不利兮骓不逝……’项王泣数行下。”谓气盖一世的项羽兵败垓下时尚且悲泣难已，自身之悲又何足言！

◎ 评析

萧条凄惨，心境可悲。然非苏武、荆轲比也；方之项羽，尤为不类。庾信咏怀，只是子山自家境遇，独与其《哀江南赋》为同一辞旨耳。

寄王琳[1]

玉关道路远[2]，金陵信使疏[3]。独下千行泪，开君万里书。[4]

◎ 注释

[1] 王琳，字子珩，本兵家。平侯景有功。元帝被西魏围攻于江陵时，征他率部赴援，除湘州刺史。师次长沙，而江陵已陷，他又率兵十万，移就郢城，以图复梁。后兵败为陈将所杀。王琳练兵于郢城，将图复梁时，致书于万里外的庾信，庾信以此诗复之。

[2] 玉关：玉门关（在今甘肃敦煌西）。此代指自己所羁留的边远北朝。

[3]“金陵”句：谓梁建康旧都与己相距遥远，音信疏隔。

[4]“独下”二句：言开君万里来书，读而知君将图复梁，感动不已，泪下千行。

◎ 评析

寥寥五言四句，两联对属而下，道尽敬佩之心与跂望之意。

和侃法师[1]

秦关望楚路[2]，灞岸想江潭[3]。几人应落泪[4]，看君马向南。

◎ 注释

[1] 此诗当作于北周时。题下原有诗三首，此选其第一首。此题一作《和侃法师别诗》。侃法师，南朝僧人。

[2] 秦关：秦汉时称陇关以东、函谷关以西的古秦地为关中。北周都长安，能东望楚路之“秦关”当指函谷关。楚路：通往荆楚之路。北周时，庾信故国梁都江陵（今湖北江陵北），属古楚地，故称。

[3] 灞：指渭水支流灞河，在长安东南。首二句言己身处北国而向往南朝故国梁。

[4] 几人：指前来为侃法师送行的南朝故臣。

◎ 评析

和侃法师别诗亦送别侃法师之作耳。看君马首南向，谁能不以未得同归为恨，谁又能不挥泪作别耶？

重别周尚书[1]

阳关万里道[2]，不见一人归。唯有河边雁，秋来南向飞。

◎ 注释

[1] 周尚书名弘正，字思行，仕梁历太常卿、都官尚书等；入陈，宣帝朝，官至尚书右仆射。曾于陈时出使北周。庾信先有《送周尚书弘正》诗二首。此言“重别”，当为再次作诗送弘正归陈。原诗二首，此选其一。

[2] 阳关：关隘名。位于今甘肃敦煌西南。

◎ 评析

阳关万里，不见一人，自是说过去。不然，周尚书何能言别耶？秋雁南飞，差可做伴，足慰孤旅也。

◈颜之推

（531—590以后？）

字介，琅邪临沂（今山东临沂）人。初仕梁，为湘东王萧绎国常侍，绎即位江陵，任散骑侍郎。江陵破，被俘入关中。奔北齐，为奉朝请，待诏文林馆，官至黄门侍郎、平原太守。齐亡，入北周，为御史上士。隋文帝杨坚开皇（581—600）中，太子召为学士，旋病卒。

之推博学多才，方辞典雅，著有《颜氏家训》二十篇，主要以儒家思想为立身治家教育子弟之道，立论平实，文亦雅洁隽永，其书今存。原有集三十卷，已佚，现存诗五首。

古　意[1]

十五好诗书，二十弹冠仕[2]。楚王赐颜色[3]，出入章华里[4]。
作赋凌屈原[5]，读书夸左史[6]。数从明月宴[7]，或侍朝云祀[8]。
登山摘紫芝[9]，泛江采绿芷[10]。歌舞未终曲，风尘暗天起。
吴师破九龙[11]，秦兵割千里[12]。狐兔穴宗庙[13]，霜露沾朝市[14]。
璧入邯郸宫[15]，剑去襄城水[16]。未获殉陵墓，独生良足耻。[17]
悯悯思旧都[18]，恻恻怀君子[19]。白发窥明镜[20]，忧伤没余齿[21]。

◎ 注释

[1] 本题下原有诗二首，此选其第一首。

[2] 弹冠：弹去朝冠上的灰尘，谓准备出仕。语出《汉书·王吉传》："吉与贡禹为友，世称'王阳在位，贡公弹冠'，言其取舍同也。"

[3] 楚王：代指梁元帝萧绎。绎即位前为湘东王，即位后都江陵，即春秋时楚都郢，故称其为楚王。颜色：面容。此句言己受到梁元帝重视，用为近侍，得以常睹君王容颜。

[4] 章华：台名，位于江陵东。《史记·楚世家》记："（灵王）七年，就章华台，下令内亡

人实之。”此以楚王章华台代指梁宫。

[5] 凌：高于。

[6] 左史：指春秋时楚国左史倚相。据《左传·昭公十二年》载：“左史倚相趋过。王曰：‘是良史也，子善视之。是能读《三坟》《五典》《八索》《九丘》。’”以上二句乃诗人自比屈原、左史倚相，言己才华学识超人。

[7] 从：随从。明月宴：指对明月而设宴夜饮。

[8] 朝云：宋玉《高唐赋》谓楚先王梦遇神女，故为立庙，号曰“朝云”。以上二句言元帝视己为近臣，不离左右。

[9] 紫芝：一种灵芝。

[10] 芷：一种香草。以上数句言己在南朝正春风得意，颇得君宠。

[11] 九龙：指九龙虡（jù），用来悬挂钟磬，铸有九龙之饰的支架。此句借鲁定公四年（前506）吴王阖闾大举攻楚，五战五胜，破楚郢都，毁楚钟磬之事，用以指代西魏破江陵而灭梁事。

[12]“秦兵”句：据《史记·楚世家》载，战国末年秦国灭楚前曾多次割取楚地。此句亦借古事言当时。

[13]“狐兔”句：言国亡宗祀废，故狐兔以梁宗庙为窟穴而居其中。

[14]“霜露”句：赵晔《吴越春秋》载，子胥举衣出宫……曰：“吾以越谏王，王心迷，不听吾言。宫中生荆棘，雾露沾吾衣。此句言梁亡而宫殿颓败。

[15] 邯郸：战国时赵国都城。此用蔺相如“完璧归赵”事。《史记·蔺相如列传》载，秦王愿以十五城易赵和氏璧，相如奉璧前往，知秦王欲负约不偿城，乃使从者怀璧归赵。此句用“完璧归赵”事，反喻自己负国事敌，未能完璧。

[16] 襄城水：指流经襄城（今河南襄城）的汝水。据闻人倓《古诗笺》引雷次宗《豫章记》载：“孔章掘得二剑，留其一，匣而进之张华。后张华遇害，此剑飞入襄城水中。”此句以宝剑知遇而殉主之事，惭言自己失节而事北朝。

[17]“未获”二句：指西魏破江陵灭梁，自己未能殉故国陵墓而独生于世，引以为耻。

[18] 悯悯：抑郁悲伤貌。

[19] 恻恻：凄怆哀痛貌。君子：指梁元帝。

[20] 窥：细看。

[21] 没余齿：度余生。

◎ 评析

从初仕于梁说起，直述如何得梁元帝之优宠。中篇转入江陵沦陷，梁亡而己未殉，又奔入北齐、转北周，独生至今，深以为耻。虽衷心悯悯恻恻，但亦无可奈何，徒以忧伤终耳。题曰“古意”者，岂以直述中怀，不加粉饰，尚存古质欤？

无名氏

企喻歌[1]

其　一

男儿欲作健[2]，结伴不须多。鹞子经天飞[3]，群雀两向波[4]。

◎ 注释

[1]《乐府诗集》卷二十五《横吹曲辞·梁鼓角横吹曲》解题引：“《古今乐录》曰：‘梁鼓角横吹曲有《企喻》……《陇头流水》等歌三十六曲。’”又云：“《企喻歌辞》四曲……最后‘男儿可怜虫’一曲，是苻融诗。……《唐书·乐志》曰‘北狄乐，……皆马上乐也’。”（按：《企喻》本北歌。苻融是苻坚的季弟，氐族人也）总之，这《企喻歌》都是北朝的横吹曲歌辞，所谓“北歌”，故皆有剽悍之气。题下原有诗四首，此选其第一、四两首。

[2]健：勇士。

[3]鹞子：鹞鹰，性凶猛而喜独飞。喻勇士。

[4]“群雀”句：指群飞之雀为经天而过的鹞鹰所冲击，分向左右，慌忙逃散。

◎ 评析

歌颂勇武的男儿单枪匹马、杀入敌阵，众皆披靡，极为逼真。

其　二

男儿可怜虫，出门怀死忧[1]。尸丧狭谷中，白骨无人收。

◎ 注释

[1] 怀死忧：怀着战死的忧虑。

◎ 评析

《企喻歌》原四首，当是各从不同角度咏北方男儿。此篇开口便定了调子，毫不吞吞吐吐地绕弯子。

折杨柳[1]

其　一

上马不捉鞭[2]，反折杨柳枝[3]。蹀座吹长笛[4]，愁杀行客儿。

◎ 注释

[1]《乐府诗集》卷二十五《横吹曲辞·梁鼓角横吹曲》总六十六曲中便有这《折杨柳》歌辞五曲。观其第四曲后两句“我是虏家儿，不解汉儿歌”，知亦是北方少数民族的民歌也。此选五首中之第一、四、五共三首。

[2] 不捉鞭：指不摧马前行。

[3] 反：回转身。折杨柳枝：古有折杨柳赠别之俗，此即是。

[4] 蹀座：盘腿而坐，指送行者。

◎ 评析

唯此首有折柳送别意，然虏家儿岂能解此？

其　二

遥看孟津河[1]，杨柳郁婆娑[2]。我是虏家儿[3]，不解汉儿歌[4]。

◎ 注释

[1] 孟津：即富平津，黄河古渡口名，见《蒿里行》注释[3]。

[2] 郁婆娑：繁盛而多姿貌。

[3] 虏家儿：古时对北方异族鄙称为“胡虏”，“虏家儿”即指北方少数民族人家之子、胡人。

[4] 汉儿：汉人。

◎ 评析

胡人虽居汉地，仍习胡俗，不解汉歌者，盖未知《折杨柳》是何寓意也。

其　三

健儿须快马，快马须健儿。跸跋黄尘下[1]，然后别雄雌[2]。

◎ 注释

[1] 跸跋（bì bá）：马蹄踏地声。

[2] 雄雌：指胜负。

◎ 评析

北方健儿的马上生活，四语尽之矣。

木兰诗[1]

唧唧复唧唧，木兰当户织[2]。不闻机杼声[3]，唯闻女叹息。问女何所思？问女何所忆？女亦无所思，女亦无所忆。昨夜见军帖[4]，可汗大点兵[5]。军书十二卷[6]，卷卷有爷名。阿爷无大儿，木兰无长兄。愿为市鞍马[7]，从此替爷征。东市买骏马，西市买鞍鞯[8]，南市买辔头，北市买长鞭。旦辞爷娘去，暮宿黄河边。不闻爷娘唤女声，但闻黄河流水鸣溅溅[9]。旦辞黄河去，暮至黑山头[10]。不闻爷娘唤女声，但闻燕山胡骑鸣啾啾[11]。万里赴戎机[12]，关山度若飞。朔气传金柝[13]，寒光照铁衣[14]。将军百战死，壮士十年归。归来见天子，天子坐明堂[15]。策勋十二转[16]，赏赐百千强[17]。可汗问所欲[18]，“木兰不用尚书郎[19]，愿驰千里足[20]，送儿还故乡。”爷娘闻女来，出郭相扶将[21]。阿姊闻妹来，当户理红妆。小弟闻姊来，磨刀霍霍向猪羊[22]。开我东阁门，坐我西间床。脱我战时袍，著我旧时裳。当窗理云鬓，对镜帖花黄[23]。出门看伙伴，伙伴皆惊惶。“同行十二年，不知木兰是女郎。”雄兔脚扑朔[24]，雌兔眼迷离[25]。双兔傍地走，安能辨我是雄雌？[26]

◎ 注释

[1]《乐府诗集》卷二十五《横吹曲辞·梁鼓角横吹曲》收此“《木兰诗》二首”于末。题下注“古辞”二字，题解引《古今乐录》曰：“木兰不知名。浙江西道观察使兼御史中丞韦元甫续附入。”其语甚含糊，遂致有人认为其所录二篇皆中唐代宗时人韦元甫之作。不知所录第一篇“唧唧复唧唧”乃“古辞”，北朝民歌；第二篇“木兰抱杼嗟”则系韦元甫作，附前“古辞”之后，续入同题之下者耳。近人比较一致的看法，认为此

诗及其故事可能产生于后魏，以魏与柔然的战争为背景。木兰未必实有其人，所传姓氏及籍里种种不同，均不足信，亦不须考证。全诗风调基本上保持民歌色彩，中间或有经文人加工润色过的词语，但也并不显得突出，故仍为浑然一体。

[2] 唧唧：哼叹声。当户：临窗。

[3] 机杼：织机上的梭子。

[4] 军帖：征兵文书。

[5] 可汗：南北朝时期西北柔然、突厥、蒙古等族对最高统治者的称呼。点兵：调兵遣将。

[6] 十二卷：概数，泛言其多。下同。

[7] 市：买。

[8] 鞯：鞍垫。

[9] 溅溅：浪激声。

[10] 黑山：古山名，在黄河以北的燕地。

[11] 燕山：泛指燕地之山。胡骑：北方胡地产的战马。

[12] 戎机：战机。此句与下句指战士远行万里，在最需要的时刻赶赴战场。

[13] 朔气：北地寒冷之气。金柝：亦称刁斗，即带三足的铜锅，乃军旅中日炊夜更的器具。此句谓寒气中传来金柝的报更声。

[14] 铁衣：铠甲。

[15] 明堂：古时天子朝见诸侯的殿堂。

[16] 策勋：本指古时将封官之事记录在册，此代指封官。转：古时每记一等军功加官一级，谓之一转。此句极言木兰功高而被封官加爵。

[17] 强：多于。

[18] 欲：愿望。

[19] 尚书郎：官职名，魏晋以后对在尚书省任职的侍郎、郎中等官的通称。

[20] 千里足：善行千里之足，代指骆驼或良马。一本作“明驼千里足”。

[21] 出郭：外城之墙称“郭”，此指室外宅院之墙，故“出郭”指迎于院门之外。将：扶。

[22] 霍霍：磨刀声。

[23] 花黄：古时女子的一种饰物，当贴于鬓额间。

[24] 扑朔：指雄兔求偶时以后足击地而发声。

[25] 迷离：眼神游移不定。

[26]“双兔”二句：以兔比人，谓兔之雌雄虽有别，但它们沿地而行时，谁能分辨清楚呢?

◎ 评析

长期在文人中传诵的民间故事诗，虽有文人厕入之句与修饰之痕，但民歌的基调和结构仍是主要的，非文人所能造作者。此当视为北朝诗之第一名篇，千古不磨。

隋诗

杨　素

（？—606）

字处道，隋弘农华阴（今陕西华阴）人。初仕北周，曾任车骑大将军。后助隋文帝杨坚定天下，封越国公，历内史令、尚书左仆射，久执朝政。文帝仁寿四年（604）将死前，素以参与废前太子勇，立广为太子之谋，坚死广继，乃迁尚书令，官至司徒，改封楚国公。

素能文工诗，原有集十卷，已佚。今存诗十九首。词气宏拔，风韵秀上，足矫齐梁以来文词之弊。

山斋独坐赠薛内史诗二首[1]

其　一

居山四望阻[2]，风云竟朝夕[3]。深溪横古树[4]，空岩卧幽石[5]。日出远岫明[6]，鸟散空林寂。兰庭动幽气[7]，竹室生虚白[8]。落花入户飞，细草当阶积。桂酒徒盈樽[9]，故人不在席。日暮山之幽[10]，临风望羽客[11]。

◎ 注释

[1] 薛内史：即薛道衡（生平见后）。

[2] 阻：言山嶂阻隔视线。

[3] 竟：毕。首二句谓山中风云从早至晚不止息。

[4] 横：横生。

[5] “空岩”句：言山岩上悬空而卧青石。

[6] 岫：山崖。

[7] 兰庭：生满芝兰的庭院。非实指生兰，概言庭院花草芳美。幽气：芬芳之气。

[8] 室生虚白：语出《庄子・人间世》：“虚室生白，吉祥止止。”本指心境空虚而无所求则心自明。此句谓居于竹室则心境空灵清明。

[9] 盈樽：酒满杯。

[10] 幽：暗。

[11] 临：迎。羽客：即羽人，本指生羽翼的仙人，此指道士、求仙得道者。

◎ 评析

大半篇幅写山居幽静之趣，最后四句方及所赠之人，便作山居诗读可也。

其　二

岩壑澄清景[1]，景清岩壑深。白云飞暮色[2]，绿水激清音。
涧户散余彩[3]，山窗凝宿阴[4]。花草共荣映[5]，树石相陵临[6]。
独坐对陈榻[7]，无客有鸣琴。寂寂幽山里[8]，谁知无闷心[9]？

◎ 注释

[1] 壑：山谷。首二句意谓山谷澄净而景物清晰，景物清晰则愈显得山谷深邃。

[2]“白云”句：言白云飘来则使暮色更加苍茫。

[3]“涧户”句：谓从迎着山涧而敞开的门中可见晚霞正渐渐消失。

[4] 山窗：临山之窗。宿阴：昨夜的阴云。

[5] 共荣映：相互映衬愈显繁盛。

[6] 相陵临：相互侵凌亦相互倚存。

[7] 陈榻：静置之床榻。此句言无人做伴，只有空对床榻而已。

[8] 寂寂：静而无声。幽山：深山。

[9] 无闷：《周易·乾》：“遁世无闷。”此句言在这寂寂幽山之中，谁知我的遁世之心？

◎ 评析

此首亦以大半写山斋晚暮景色，而以最后四句稍露独坐之怀，但亦隐约难明也。

薛道衡

(540—609)

字玄卿，河东汾阴（今山西万荣西）人。初仕北齐，位至中书侍郎；入北周，再入隋，至炀帝时官至司隶大夫，后下狱被杀。

其诗虽辞藻华艳，仍有齐梁遗风，但某些边塞诗已渐具刚健清新之气，对唐人颇有影响。

原有集，已散佚。张溥《汉魏六朝百三家集》中所辑《薛司隶集》存诗二十一首。

昔昔盐[1]

垂柳覆金堤，蘼芜叶复齐[2]。水溢芙蓉沼[3]，花飞桃李蹊[4]。
采桑秦氏女[5]，织锦窦家妻[6]。关山别荡子[7]，风月守空闺[8]。
恒敛千金笑[9]，长垂双玉啼[10]。盘龙随镜隐[11]，彩凤逐帷低[12]。
飞魂同夜鹊[13]，倦寝忆晨鸡[14]。暗牖悬蛛网[15]，空梁落燕泥[16]。
前年过代北[17]，今岁往辽西[18]。一去无消息，哪能惜马蹄[19]。

◎ 注释

[1] 此诗收入《乐府诗集·近代曲辞》中，题下引《乐苑》曰：“《昔昔盐》，羽调曲，唐亦为舞曲。‘昔’一作‘析’。”“昔昔盐”谐“夕夕艳”音。

[2] 金堤：言堤防坚固如金。蘼芜：香草名，即白芷。

[3] 沼：水泽。

[4] 蹊：小径。首四句写暮春景物。

[5] 秦氏女：借用汉乐府《陌上桑》：“秦氏有好女”语。

[6] 窦家妻：指前秦苻坚时秦州刺史窦滔之妻苏蕙，字若兰。滔被流放到流沙，为寄托离思，蕙织锦为回文诗赠滔。事见《晋书·窦滔妻传》。

[7] 荡子：指宦游在外不能归者。

[8] 风月：指风清月明的良宵。

[9] 恒：常久。敛：收。千金笑：即千金难买美人一笑之意，此指女子的笑容。

[10] 玉：玉箸，指两行泪水。

[11] 盘龙：指铜镜上铸的花纹。隐：隐没而不清晰。此句谓铜镜久不擦拭而失去光亮。

[12] 彩凤：锦幔上所绣的鸾凤图饰。此句言锦幔垂落而未张挂，指女主人因愁思而无意收拾。

[13] 飞魂：惊魂，指心悸不安。夜鹊：言夜鹊无巢易惊。

[14]“倦寝”句：指夜间难眠，刚入睡又被惊醒，方想起是晨鸡鸣啼。

[15] 暗牖：未开之窗。

[16]“空梁”句：谓北燕未归，燕巢未修筑而落泥，暗喻游子北行不归。

[17] 代北：指北地代郡，北朝魏时，治所在今山西大同。此处泛指北疆。

[18] 辽西：郡名，北朝魏时其治所在今山海关以西。此代指东北边疆。

[19] 惜马蹄：犹言马不停蹄，公务繁忙。

◎ 评析

写闺怨如此深切婉转，盖不独“暗牖悬蛛网，空梁落燕泥”一联为流传一代之名句也。

人日思归[1]

入春才七日，离家已二年。人归落雁后[2]，思发在花前[3]。

◎ 注释

[1] 人日：古俗以正月初七（夏历）为人日。

[2] 落雁后：言春季鸿雁北归，而己北归尚在他日。

[3]“思发”句：谓己北归之思却早已萌生于春日花开之前。

◎ 评析

佳处固在后二句，然若无前二句为之先导，徒以后二句为骨干，亦不成其为好诗。南北朝后期，此种两联五言四句诗独成一格，颇多传世佳作，此篇亦其最著名者之一。

孔绍安

（577—622?）

越州山阴（今浙江绍兴）人。陈亡入隋，年十三，徙居京兆鄠县，闭门读书，为表兄虞世南所叹赏。炀帝末年，任监察御史。隋亡入唐，任内史舍人、秘书监。《旧唐书·文苑传》有传，可见他已算唐人，至少应算是隋唐间作家。

原有集五十卷，已佚。今存诗不及十首。

落　叶

早秋惊落叶，飘零似客心。翻飞未肯下，犹言惜故林。

◎ 评析

语言平淡，无一字一词难解。而正是用这样的字句，写出颇有寄托之诗，的是难得。

无名氏

送别诗[1]

杨柳青青着地垂[2]，杨花漫漫搅天飞[3]。

柳条折尽花飞尽[4]，借问行人归不归[5]？

◎ 注释

[1] 丁福保《全隋诗》卷四收此诗，注引崔琼《东虚记》云：“此诗作于大业末年，实指炀帝巡游无度，缙绅瘁悦已甚，下逮闾阎……民穷财窘……有《五子之歌》之忧而望其返国也。”

[2] 杨柳：此乃复词偏义，实单指柳。

[3] 漫漫：无边际貌。搅天飞：满天乱飞。此句暗喻浪游天涯而不归者。

[4] 柳条折尽：指古时折柳赠别之俗。

[5] 行人：外出的游子。

◎ 评析

崔琼《东虚记》云：此诗作于隋炀帝大业末年，盖讥炀帝巡游无度，望其速归也。炀帝受讥返国后，亦并未对此批评意见有什么纠正措施或其他直接反应，是则作此诗者之目的并未完全达到。此诚可哀！然正不妨其诗之为好诗也！

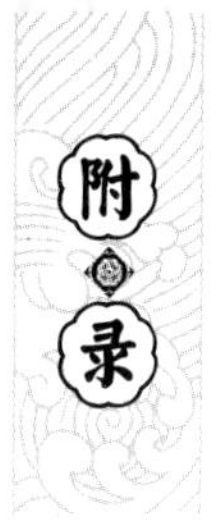

会通与会心：论姜书阁的古诗学

雷磊（湘潭大学文学与新闻学院）

古诗，从现代学术的眼光来看，一般指中国古代的诗歌，系取其广义。[1]但是，从传统学术的眼光来看，一般是指汉魏六朝（即汉至隋）诗歌，取其狭义。[2]若以传统学术古诗概念而论，它上承《诗经》《楚辞》，下启唐诗。有两个主要特征：一是时代特征，即主要指汉至隋

[1] 李嘉言著《古诗初探》(古典文学出版社1957年版)，所论涉及《诗经》、《楚辞》、南朝乐府、唐诗等，则其所谓古诗大概系用广义。程千帆《古诗考索》(上海古籍出版社1984年版)，所论为汉至宋代诗歌；又葛晓音《古诗艺术探微》(河北教育出版社1992年版)系论《诗经》至宋代之诗：均系取古诗之广义——中国古代诗歌。

[2] 仅就明清古诗选本而言，多为选汉魏六朝诗者，且与唐诗选本相配合而行。如唐汝谔、唐汝询兄弟分别编有《古诗解》二十四卷（明崇祯刻本）和《唐诗解》五十卷（明万历刻本），钟惺、谭元春编《古诗归》十五卷和《唐诗归》三十六卷（明刻本），陆时雍编《古诗镜》三十六卷和《唐诗镜》五十四卷（有《四库全书》本），王夫之编《古诗评选》六卷和《唐诗评选》四卷（清道光《船山遗集》本），沈德潜编《古诗源》十四卷和《唐诗别裁》二十卷（通行本），王尧衢注《古唐诗合解》十六卷（唐诗十二卷古诗四卷，清光绪刻本）。独立的古诗选本亦多为选汉魏六朝诗者，如陈祚明选《采菽堂古诗选》三十八卷《补遗》四卷（清康熙刻本）、张玉榖《古诗赏析》二十二卷（清乾隆刻本）、张琦辑《宛邻书屋古诗录》十二卷（清嘉庆二十年刻本）、成书编《多岁堂古诗存》八卷附一卷（清道光刻本）等。上述明清古诗选本的通例之一是选汉魏六朝诗，通例之二是不选《诗经》《楚辞》，变例是除多选汉魏六朝诗外，又选古逸诗——即逸出《诗经》《楚辞》之外的先秦诗。因古逸为明清古诗选本选诗之变例，又数量不多，且其来源可疑，真伪难辨，我们认为不影响古诗即主要是汉魏六朝诗之界定。

代的诗歌，往往简称为汉魏六朝诗。古诗也可包括逸出《诗经》《楚辞》之外的先秦“古逸”诗，但并非通例。二是体裁特征，主要指汉至隋代的四、五、七言诗，尤以五言诗为大宗，而唐及以后的五、七言古诗不与焉。所谓唐有唐之古诗，而古诗亡。[1]唐代古诗与古诗是性质相异的两种诗体，明清诗家多分别而论，而将前者称为唐古。因此，古诗不完全是与律体诗（近体诗）相对的古体诗概念，而是其时代特征与体裁特征相结合而成的概念。古诗（即汉魏六朝诗）有其独特的价值和意义，是中国古代诗歌继《诗经》《楚辞》之后的又一兴盛期，同时启导了唐诗之中国古代诗歌发展的巅峰期。唐诗之巅峰并不能掩夺《诗经》《楚辞》的辉煌，同样，唐诗之巅峰也不能掩夺汉魏六朝诗之光芒。一代有一代之文学，一代也有一代之诗歌。现代学术，有成熟的《诗经》学、《楚辞》学、唐诗学，但是没有古诗学。我们认为，可以提出古诗学这一概念，其研究对象即主要为汉魏六朝诗歌，以入于《诗经》学、《楚辞》学、唐诗学之序列，当有其充分的理据。若无古诗学，则无唐诗学和宋诗学，此当为古诗学之无可替代的学术价值。

姜书阁先生是较早使用“诗学”术语的学者，其《诗学广论》自序云:“过去论诗者，很少有人用‘诗学’一词，而作为诗的支流的词、曲，皆以附庸蔚成大国，却老早就有人称之为‘词学’‘曲学’，这好像有点奇怪。其实，诗论、诗说、诗话、诗律、诗史，乃至诗纪、诗笺、诗选之类，也都属于诗学的范畴，若把这些内容加以概括，便是诗学，而且只能名之为诗学。因此，本书以“诗学”为名，实际上就

[1] 李梦阳有唐无五言古诗而有唐之五言古诗说，明清诗家多衍此说。

包括了上述这些方面的内容。”[1]《诗经》学、《楚辞》学、古诗学、唐诗学、宋诗学等，系以时代划分诗学。就姜先生之诗学而言，其古诗学之支撑论著更为坚实，建构姜先生之古诗学，也就有充分的依据。姜先生的古诗学论著，可分为三种类型：一是文学史，如《中国文学史四十讲》（1982）、《中国文学史纲要》（1984）；[2]二是文体学，如《诗学广论》（1982）、《先秦辞赋原论》（1983）；三是古诗选本，即《汉魏六朝诗三百首》（1992）。三者之间是先后发展，又互为补充的关系。《汉魏六朝诗三百首》是姜先生在世时出版的最后一部著作，虽为选本，但在一定程度上，亦可视为姜先生古诗学的“晚年定论”。因此，本文即结合上述姜先生所撰古诗学相关著作，探讨其古诗学思想，而论述则以其最晚之古诗学著作《汉魏六朝诗三百首》为中心。以下即从文体论、作家论、作品论三个方面展开论述。

一

姜书阁先生的古诗学论著具有强烈的辨体意识，而其《汉魏六朝诗三百首》的编选思想和编选实践是其古诗辨体思想的集中体现和理论总结。

其实在《汉魏六朝诗三百首》之前，虽未明言，姜先生已经基本上确定了古诗含义即汉魏六朝五言诗的观念。如他的文学史论著和文体学论著均认为五言诗在东汉成熟后成为文人诗歌的主要体式（《诗学广

[1] 姜书阁：《诗学广论》，中国社会科学出版社 1982 年版，第 3 页。为避免烦琐，引文出自同一著作时，除第一次出现时注解，其余均随文标注作品名及页码。

[2]《中国文学史纲要》初稿 78 万字，撰成于 1962 年 3 月，不久即油印 300 部以作教材，为新中国最早个人独立撰著的中国文学史之一。本文引用此书时，选用的是青海人民出版社 1984 年版。上述两部文学史均于古诗及其发展颇有论列。

论》，第 48 页），又认为古诗是律诗产生之前的诗歌形式，古风（即古诗）可专指五言古诗（姜书阁：《诗学广论》，第 73 页），综合起来就是上述所言古诗的基本含义。而《汉魏六朝诗三百首》（主要是序言）对古诗内部的各种体式辨析更为精密。

姜先生在编选《汉魏六朝诗三百首》之前，“遍读明清以来古诗选本”，探讨古诗（主要是五言诗）的源流演变，其序一则曰：“向来言古诗或选古诗者皆并先秦两汉与魏晋南北朝为一，而泛称‘古诗’（如《古诗选》《古诗源》）或舍先秦而径以‘汉魏六朝’为目。”[1] 即汉魏六朝诗可代表古诗之意。再则曰：“自西汉之兴，至隋代之亡，八百余年间的诗歌，主要是完成了五言诗的全部发展过程。”即汉魏六朝五言诗可代表古诗之意。最后说：“本书所选诗的时代是五言体代替《三百篇》四言体而萌生、发展、成熟的历史阶段。”明确了本书的编选宗旨，即主要选评汉魏六朝五言诗，以揭示其发展的全过程。

最初，出版社系请姜书阁先生编选《魏晋南北朝诗三百首》。显然，若以五言诗发展视角而论，汉、魏难以分断。姜先生认为以《古诗十九首》为代表的“古诗”，已是完全成熟的文人五言诗，钟嵘《诗品》“旧疑是建安中曹、王所制”的说法，早已为后世学者所推翻，定其为东汉末年作品。若未入选，则非合理。与此相类的，还有托名的苏李诗，亦为东汉末年作品。因此，姜先生商改为《汉魏六朝诗三百首》。今选即收入“古诗十九首”，又“古诗七首”，又“托名苏武李陵赠别诗七首”。

既以揭示五言诗发展为选录宗旨则可不必选录先秦诗歌。汉魏六朝之前的诗歌尚有上古歌诗、《诗经》、《楚辞》、周秦楚歌、周秦歌谣等。

---

[1] 姜书阁：《汉魏六朝诗三百首》。简称姜选，以下所引，未注明者，均出自此书。

上古歌诗，其序认为："世所传《击壤》《康衢》之类，本不足信，亦无须选。"其两部文学史著作也是少论此类诗，即非为文学史发展之重点。《诗经》为成熟之四言体诗，又已成书，也不必选。《楚辞》也为成书，且系汉赋之近源而非汉魏五言诗之近源，[1]则亦不必选。至于楚歌，姜先生认为："楚辞之为体实源自楚歌，其势至西汉犹沿袭不衰，以故若选先秦诗歌，自可以楚歌当之。"[2]不过先秦楚歌虽为《楚辞》之源，却非五言诗之源，且存世颇少，又曾经姜先生选出结集出版，[3]就不必再选了。至于周秦歌谣，姜先生认为："战国至秦，散见于经子百家的风雅歌谣可视为诗者，实亦极少，从明人冯惟讷《诗纪》、杨慎《风雅逸篇》《古今风谣》及近人逯钦立所辑的《先秦诗》来看，至多不超过百首。"[4]其乃转相杂抄，颇为丛残，多有异文，亦不尽可信，难为先秦诗歌之代表，不选可矣。总之，姜先生从揭示五言诗渊源这一选录思想和文献之性质（是否成书、可靠性）来看待和处理先秦诗歌，其与汉魏六朝诗各为独立之文学段落，予以截断，理有当然。上古歌诗、周秦楚歌、周秦歌谣，明清古诗选本，多统称为"古逸"，或选或不选，非为

---

[1] 姜序据刘勰《文心雕龙·明诗》、钟嵘《诗品》、吴讷《文章辨体序说》、叶燮《原诗》等关于五言诗源流之见解而得出结论："论及汉魏以后之五（七）言诗的起源，则可以越过楚汉辞赋而直接上承《三百篇》。""'古诗'与辞赋家并无关系"。

[2] 姜先生"楚辞之为体实源自楚歌"说详见其《先秦楚歌叙录》(《先秦辞赋原论》，齐鲁书社 1983 年版，第 1—14 页），可参看。

[3] 姜书阁《先秦辞赋原论序》云："间尝思之，先秦辞赋，首称屈《骚》，而屈子必有因依，故特著《先秦楚歌叙录》，以溯其源。所录不务求备，惟择其信而可征者，阐述以明之耳。"(《先秦辞赋原论》，第 1 页）其姜选《序》亦云："余固已于多年前撰《先秦楚歌叙录》选过较优秀而又比较可靠的十首，冠于我的《先秦辞赋原论》（齐鲁书社 1983 年版）一书，足为代表。"

[4] 又其《诗学广论》"律史篇第二"云："《左传》《国语》所载诗，其确属'逸诗'者，总计不及二十篇。其他子、史、杂书中偶有引用周代以前的歌诗，或出伪书，或出汉、晋人著作，没有多少可靠性。"（第 42 页）意见略同。

必选者。[1]汉魏六朝诗径称为古诗，以上接《诗经》和《楚辞》，在学理上，也就成立了。

同样，基于揭示五言诗发展的选诗宗旨，四言诗也在非必选之列。姜选序明确了“不再选录四言诗”原则，因此，于前人普遍称赏的唐山夫人《安世房中歌》、韦孟《讽谏》、嵇康《赠秀才入军》等名篇，皆在割爱之列。但是，曹操的《短歌行》（对酒当歌）和《步出夏门行》（云行雨步）两首四言诗，因成就极高，无法忽略，“则破例入选”。

五言诗既非直接渊源自以《诗经》《楚辞》为代表的先秦诗歌，那它的直接源头何在？姜先生认为，从文献来看，五言诗起源自汉代民歌（包括民间歌谣和乐府民歌），史书载有成帝时五言歌谣《尹赏歌》《黄爵谣》，而汉乐府民歌多有五言诗，且代表了汉代民歌的艺术成就。东汉班固《咏史》为第一首完全的文人五言诗，但艺术上并未成熟。其后，东汉文人五言诗增多，有名氏者如秦嘉《赠妇诗》三首、郦炎《见志诗》二首、赵壹《疾邪诗》二首、蔡邕《翠鸟诗》、辛延年《羽林郎》、宋子侯《董娇娆》等，而渐趋成熟。《文选》所收“古诗”十九首和“苏李诗”七首，均公认为东汉末年文人之作，且艺术特色相似，可统称“古诗”，标志着文人五言诗已完全成熟，并成为后世五言诗的典范。而上述文人五言诗明显学习和模仿的是民歌，因此，我们也可以说，五言诗起源于汉代民歌。此后，五言诗不断发展，成为汉魏六朝诗歌的首要体式，甚至超过辞赋，代表了汉魏六朝文学的最高成就。

但是，《汉魏六朝诗三百首》限于体例（按作家作品时间先后排列，

---

[1] 关于上古歌诗、周秦楚歌、周秦歌谣，姜书阁《中国文学史四十讲》第一讲第一节“中国古代口头诗歌”（湖南人民出版社 1982 年版）和《中国文学史纲要》第一篇第二章第一节“古代诗歌”（青海人民出版社 1984 年版）有论述，可参看。

无名氏作品附后），将汉代“古诗”和民歌均冠以“无名氏”而排列于汉诗之末。其中，收“古诗”十九首，又“古诗”七首，“苏李诗”七首，共三十三首，占入选汉诗六十四首的51.6%。又收汉乐府民歌和民间歌谣十五首：《白头吟》、《怨歌行》、《饮马长城窟行》（青青河畔草）、《战城南》、《有所思》、《上邪》、《陌上桑》、《艳歌行》（翩翩堂前燕）、《古歌》（高田种小麦）、《古乐府》（兰草自然香）、《古绝句四首》、《古诗为焦仲卿妻作》，占比为23.4%。这十五首民歌，除《战城南》《有所思》《上邪》三首外，均为五言诗。我们绝不能因为上列四十八首“古诗”和民歌置于汉诗之末，而忽略其源头或典范的意义。姜选于此四十八首“古诗”和民歌之小传、解题和评说，表达了同其文学史论著和文体学论著一样的观点，且更为丰富和具体。[1]

《汉魏六朝诗三百首》选东汉有主名的文人五言诗十首：秦嘉《留郡赠妇诗》三首、赵壹《疾邪诗》二首、孔融《杂诗》二首、辛延年《羽林郎》一首、宋子侯《董娇娆》一首、蔡琰《悲愤诗》一首，占比15.6%。它们大致呈现出民间五言诗向文人成熟五言诗发展的轨迹，共同托举起五言诗的巅峰和典范——“古诗”。

《汉魏六朝诗三百首》选了六首汉代有主名的楚歌（或具有楚歌特

---

[1] 仅以文人五言诗《古诗十九首》向民歌学习这一观点为例，如《古诗十九首》下解题云：“是文人仿乐府作的诗，所以诗中常用典故，正是文人诗的色彩，而又带有民间味。”又于具体评说一诗之艺术技巧时，反复强化此一观点。如评《行行重行行》诗运用回环复沓之法，“是模仿或学习民间歌谣（乐府）”。又如评《青青河畔草》六用叠字，“带有民歌风味”。又评《迢迢牵牛星》诗曰：“这首诗借汉代已经产生的关于牛郎、织女的民间故事写夫妇离别之情，无疑也是拟乐府民歌的佳篇。”评《东城高且长》诗曰：“乐府歌辞有时并二诗为一辞，文义不相连属，是篇或即此类。”又如评《客从远方来》诗曰：“诗中所用事物及双关语，都体现出此诗具有乐府民歌的特点。”分析颇细密，是对其文学史论和文体论观点的深化和细化。

征的诗歌）：项籍《垓下歌》、刘邦《大风歌》、刘彻《秋风辞》、刘细君《悲愁歌》、梁鸿《五噫歌》、张衡《四愁诗》，冠于汉代主名五言诗、佚名五言诗和乐府民歌之前。如果说乐府民歌是五言诗的直接源头，那么楚地民歌似可以说是五言诗的间接源头。汉初上层统治者学习楚地民歌而推动民间楚歌发展为文人楚歌，也取得了较高的艺术成就。此后文人楚歌五、七言句增多，最后汇入五、七言诗的发展大潮中了。

五言诗在汉代产生和成熟后，魏晋南北朝仍有继续的发展，并形成了各自的特色。总之，姜书阁先生的多部古诗学论著，互为补充，共同深刻揭示了五言诗与各体诗歌的互动及自身发展的全过程，具有强烈的辨体意识。

二

姜书阁古诗学作家论具有强烈的优劣意识。文体论离不开作家论，后者是前者的坐标点，具有标识和定位的意义。姜先生三部分论著均有丰富的作家论思想，且先后发展、互为补充，构成作家论之体系。我们仍以《汉魏六朝诗三百首》为讨论的中心，而以其文学史著作等为佐证。作家优劣的批评方法有定量和定性两种，而以定性批评为主，定量批评为辅。定量批评主要是选录多寡，定性则为文字评说。优劣评说一般遵循三段论：一是综合评述或具体评述作家作品的思想性或艺术性。综合评述就姜选而言一般出现在小传或题解部分，具体评述则一般出现在选诗（往往是代表作）的评说部分。二是通过纵向比较或横向比较指明作家作品的创新性。三是由此确立作家的成就、地位、影响等。我们可以通过分析姜选的定量批评和定性批评勾连出主要作家排行榜，以揭示姜选的作家优劣论及其独特见解。因为同类型或同时代作家的可比性强，因此此一排行榜具有同类型和同时代排行的特征。但也存在特出的作家跨类型或跨时代排名的情况。

就类型而言，汉魏六朝诗的作者有的是无名氏民歌[1]、无名氏文人诗和有名氏文人诗三类，因性质不同，需分别排名。首先讨论无名氏民歌。姜先生极为重视民歌，认为是文人诗发展的源动力。姜选收录汉代民歌有十五首之多（其中五言诗十二首），与汉代有名氏诗十六首（其中五言诗十一首）相当，可见在五言诗发展的初期，民歌有举足轻重的地位。汉代民歌不仅有源头的意义，其代表作《古诗为焦仲卿妻作》（即《孔雀东南飞》）思想性和艺术性也达到了极高的成就，姜先生基本认同“古今第一长诗”和“长诗之圣”（《中国文学史四十讲》，第85页）的定位。民歌此后仍有发展，姜选于魏代未收录民歌，晋代收录十三首，占晋诗七十三首的17.8%，其代表作《西洲曲》“写一个女子对她的爱人的思忆”，“以自然优美的自然环境烘托出真挚而细腻的感情，有情景交融之妙”，其艺术特色“表现在回环相续，摇曳生姿上”（《中国文学史纲要》，第172页）。因此，它“标志着南朝乐府民歌艺术的最高成就”（《中国文学史四十讲》，第151页），“千余年来，长为选家所重，学诗者莫不熟诵焉”。其评说遵循思想论、艺术论、成就论、影响论等之逻辑线索而展开，虽为一作品而发，但其为南朝民歌代表作之一，即为民歌创作群体中优秀者所创作之诗歌，仍体现出其强烈的作家优劣意识。晋代民歌中《子夜歌》四首、《子夜四时歌》四首、《懊侬歌》二首共十首，均为清商曲辞中的吴声歌，思想内容和艺术形式相似，如语言通俗、情感真挚、五言四句、男女恋歌、多谐音双关等，同《西洲曲》

[1] 民歌往往经过文人的修饰、润色，兹不细辨。

一起奠定了南朝民歌的基本特征，对此后的南朝民歌影响极大。由此可见，代表作代表作家（就民歌而言，则为民歌创作群体）的创作水平，那么代表作批评也是作家优劣批评的重要方法，其特点是由点及面。姜选于宋代选录民歌十三首，占宋诗五十六首中的 23.2%。均源于晋代吴声和西曲，体制、内容、艺术适相近似，如皆为五言四句，写男女相爱相思之词，多有双关谐音、借物取譬等艺术手法，热情深挚，语言浅近，是南朝民歌之通体，强化了南朝民歌之传统。齐、梁未选民歌，陈选一首，隋选一首。北朝选民歌八首，占北朝诗二十四首的 33.3%。同南朝民歌相比，北朝民歌有了新的发展，形式更多样，内容更丰富，其代表作是《敕勒歌》和《木兰诗》。《敕勒歌》最具草原本色，可谓“民歌中的绝调”(《中国文学史四十讲》，第 154 页)，“洵为千古不磨之名篇”，颇能体现北朝民歌雄伟奔放的气势和刚健质朴的风格。而代表北朝民歌最高成就的则是《木兰诗》，它虽经文人加工润色，但基本上保持着北朝民歌的特色。它的主题思想很明确，“反映人民对于战争的厌憎和对于和平生活的向往，决不是如一般人所说的什么女英雄的赞歌”(《中国文学史纲要》，第 177 页)。而语言朴素自然，节奏鲜明，运用了反复吟咏与排比烘托的手法。因此，《木兰诗》“当视为北朝诗之第一名篇”，与《孔雀东南飞》一起成为汉魏六朝南北民间文学作品中的双璧。经过上述梳理，汉代民歌的最高代表是《孔雀东南飞》，北朝民歌的最高代表是《木兰诗》，南朝民歌的最高代表是《西洲曲》，三星辉映，群星闪烁，由此可以窥探民歌的总体艺术成就。

汉代无名氏文人诗均为五言诗，其代表作是《古诗十九首》，其实姜选所收《古诗》七首和《托名苏武李陵赠别诗》七首，风格与前者相近，则无名氏文人“古诗”共选录三十三首，可作整体而论。其占汉诗六十四首的 51.6%，而汉代收录有名氏诗最多者为秦嘉的三首，可见，“古诗”的入选率绝高。公论亦如此，姜著也认为“古诗”抒发和表达了作者的真切情感和深刻思想，且具有相当的普适性。而其艺术形式更是取得了一系列的创新和突破，如比兴手法、朴素语言、景物烘托、形象刻画等。代表了汉代文人五言诗最高成就，甚至认为是“五古”的最高典范。[1]即给予了《古诗十九首》等“古诗”最高等级的评价。“古诗”取得如此高的成就主要原因在于充分汲取了民歌的养分，姜选认为“古诗”，“正是文人诗的色彩，而又带有民间味”，它是“模仿或学习民间歌谣（乐府）的”。无名氏文人“古诗”深刻影响了五言诗的发展。汉代以后无名氏文人诗没有名篇，未再选入。民歌往往经过无名氏文人的修饰和润色，则无名氏文人诗与无名氏民歌混而为一了。因此，汉代无名氏五言“古诗”是极为独特的现象，这也成就了其经典性和普适性。

有名氏文人诗，姜选于魏晋至隋每代都有收诗数量迥高同代诗人者，如魏代：曹植十五首，阮籍十四首，曹操九首；晋代：陶渊明二十二首，左思十二首；宋代：鲍照十八首，谢灵运九首；齐代：谢朓九首；北朝：庾信八首。据姜著评说，以上九家确为本时代诗人名列前茅者，也为汉至陈代名列前茅者，可谓一流诗人。魏诗中曹植当为第一，录诗最多，姜选小传认为“对文人五言诗的发展起了重要推动作用”“从思想内容到艺术风格都代表了建安诗歌的最高成就”。曹操和阮籍何者在前，恐怕不能完全由选诗多寡论定。姜选往往于小传中说明作家作品存世数量，如曹操存诗二十四首，则入选率为 37.5%；阮籍《咏

---

[1]《诗学广论》云：“一直以《古诗十九首》的题名传为‘五古’最高典范的作品。”（第 49 页）

怀诗》八十二首，则其入选率为17.1%。就入选率看，曹操高于阮籍。评说也是如此，于曹操诗，姜著认为它以旧题乐府写社会现实和个人情志，语言质朴简约，风格气韵沉雄，思想性和艺术性均极高，“不愧为魏诗之祖”。[1]而于阮籍诗，姜选认为它是“继承‘建安风骨’优良传统的‘正始之音’的主要代表作品”。因此，就开创性而言，阮籍仅能望曹操项背。姜著且对阮诗尚略有批评，认为他的诗开始完全脱离民歌，而成为纯粹的文人诗了（参见《中国文学史四十讲》第126页、《中国文学史纲要》第198页）。魏诗三甲即为曹植、曹操、阮籍。晋诗，陶渊明排第一位，不仅如此，姜著还认为他是魏晋南北朝诗歌第一人，仅为汉代“古诗”留出了一头之地。陶诗兴到自然，悠然意远，思想内容与艺术形式高度契合，似未着力者，而有“质真”风格，独立挽回魏晋南北朝四百年雕琢、玄言、声病、宫体等颓风（参见《中国文学史四十讲》第132页、《中国文学史纲要》第212页）。晋诗第二则为左思，其代表作为《咏史》八首，姜选认为其诗“借古抒怀，鸣所不平，壮而不悲，最为名篇”。总之，左诗继承“建安风骨”，有“俯视千古”之慨，绝非注重形式之美的陆机、潘岳等诗人所可比拟，是太康文学也是西晋最有成就者（参见《中国文学史四十讲》第127页、《中国文学史纲要》第201页）。宋诗，成就最高者为鲍照，他是自汉魏七言诗产生以来第一位写出成熟七言诗的作家，而直到陈、隋才有继起者，可称为汉魏六朝七言诗第一人。又他的诗向汉魏民歌学习，不避险俗，反映了较广泛的社会现实。姜评为“陶渊明后第一人，而为南北朝最伟大的诗家”（参见《中国文学史四十讲》第135页、《中国文学史纲要》第212—

[1] 此为姜选之评。《中国文学史四十讲》也有同样的表述（第119页）。

213页），地位同陶渊明一样超拔于时代之上。宋诗第二为谢灵运，姜选认为他“扭转东晋玄言诗风，开创了宋、齐山水诗派”“极貌写物，穷力追新”“自是晋宋一大家”（参见《中国文学史四十讲》第133页、《中国文学史纲要》第216—217页）。齐诗首席为谢朓，他继谢灵运之后写了不少清新秀逸的山水诗，而无其过分雕镂之弊，近于陶渊明之自然。他的五言小诗向南朝乐府民歌学习，刻画入微，意味深长，已开唐人绝句、律诗之端（参见《中国文学史四十讲》第136页）。梁、陈、隋，宫体诗盛行，轻靡柔媚，格调不高。北朝诗人中由南入北者，其诗风颇有新变，代表人物是庾信，他后期的诗由绮艳靡丽转为清新刚健，音节和谐，情调苍凉，凄切动人，开辟了诗界新境，为唐诗（尤其是律、绝、七古）之先驱。可谓“南北朝最后一位最有成就的大作家”（参见《中国文学史四十讲》第137—138页，《中国文学史纲要》第218—219页）。

以上所论是作家优劣大体与收录多寡相应之情形。但是收诗数量不多，且相差不大，选录多寡就难以反映作家优劣。更重要的是需依据评说，继续排名，于此也往往能见出姜先生的独到看法。汉诗，秦嘉三首，赵壹二首，但是，成就更高的为均收诗一首的蔡琰和张衡。蔡琰《悲愤诗》吸取了乐府民歌的写实创作方法，是汉末最长也是最成功的五言诗，标志着五言诗的完全成熟（参见《中国文学史四十讲》第114页、《中国文学史纲要》第113页）。其次是张衡，姜选小传云：“更重要的是他创立了最早的七言诗《四愁诗》四章和文人五言诗的早期重要作品《同声歌》，都是在中国文学发展史上应该特予标举的。”魏诗三甲（曹植、曹操、阮籍）以下当数王粲，姜选小传认为“《七哀诗》‘西京乱无象’一首亦为代表汉魏风骨的典范作品”，将“汉魏风骨”这一抽象的概念具象化为一首诗，点亮了读者的认识，见解颇为新颖。以代表作而论作家之成就、地位，这也是作家优劣论的重要方法。前论民歌是如此，此论王粲也是如此。姜选收录王粲诗三首，排名第四，实符“七子之冠冕”的地位。与王粲并列第四位的是曹丕，亦有三首诗歌入选，其小传力破“鄙直”旧说，认为：“他在形式上颇受民歌影响，语言通俗，自有‘清越’之致，毋宁说这倒是他的优点。”而且，他的两首《燕歌行》，“情致委婉，音节美妙为世所重”，是“最早的文人所作全篇完整的七言诗”，“具有一定的开拓性，对七言诗的形成有贡献”。可以说，姜先生的论述在一定程度上提高了曹丕诗歌的文学史地位。可见姜先生古诗学论著并非人云亦云之作，而颇有自得之见。晋诗两雄（陶渊明、左思）以下，当数刘琨、郭璞，他们是西晋永嘉文学的代表。虽然，姜选仅收录刘琨诗二首，但其诗存世者就只有三首，而其中《答卢谌》乃为四言，因体例所限（原则上不收四言诗）而未选入，因此并不影响其晋诗第三人的地位。“他的诗写国家民族的危机，而抒发自己救亡济时之诚”“悲凉酸楚”“风格雄峻”（《中国文学史纲要》，第 205 页）。郭璞的诗，姜选收录四首，均为《游仙诗》，小传认为“其诗乃借游仙咏怀，并以曲折隐晦的方法反映现实，近于阮籍的《咏怀》”，颇有诗体创新之功。但他的诗“向往绝世遗俗，作离尘之想”，有消极性，“终不能上继建安、正始”，也比不上刘琨（《中国文学史四十讲》，第 129 页）。其余西晋诗人，虽有好诗，但均不免雕琢之弊，略少雄健之气，则均在陶、左、刘、郭之下。即如古人盛称之陆机、潘岳，尚远不如张协（《中国文学史纲要》，第 204 页），张诗“情与物会，非由心造”，是其高明之处。再以陆、潘而论，姜先生亦反传统之见，认为潘岳“《悼亡》三首感情深挚，凄哀动人，比陆机还高一筹”（《中国文学史纲要》，第 203 页）。宋诗二豪（鲍照、谢灵运）以下，则为颜延之，姜选收录四首。虽“颜谢”并称，但现代学者一般认为他远不如谢灵运。姜选意见则略有不同，其小传认为，颜诗“雕镂太甚，堆砌典故”“艺术上自不及谢”，但“在思想上却又有与谢异趣而高于谢者”。他举了两个例子以作证明：一是颜延之与陶渊明为友，曾诔渊明，极称其品德之高。二是《五君咏》对“竹林七贤”中嵇、阮备加赞扬，即可见其怀抱。以上为元嘉三大诗人，实际上也代表了刘宋诗歌的最高成就。

我们可以列出上文所述汉魏六朝连绵起伏的诗人“高峰”：无名氏“古诗”、曹操、曹植、阮籍、左思、刘琨、陶渊明、谢灵运、鲍照、谢朓、庾信等。而这些耸立的高峰，其基石则为汉魏六朝民歌，《孔雀东南飞》《西洲曲》《木兰诗》《敕勒歌》等是它们的代表。汉魏六朝民歌是五言诗产生、发展、成熟、转变的源泉和动力。当然，基石与高峰之间还有庞大的山体：众多优秀诗人诗作，共同支撑起秀美的峰林。姜先生的作家论时有所得和创见，构建起其作家论之体系。

三

姜书阁古诗学的作品论具有强烈的审美意识。文体论和作家论离不开作品论，作品论是前两者的出发点和归宿处。姜先生的文学史论著当然富于作品之论，但限于篇幅和体例，难以全面、深入分析作品。其文体学论著，如《诗学广论》九篇中有两篇专论比兴手法和形象思维，分析了大量的作品，但均有特定的视角。姜先生古诗学的作品论主要还是体现在《汉魏六朝诗三百首》。此选体例主要有六：序言、选诗、小传、题解（即题注）、注释、评说。而评说是其精华，最能体现姜先生的审美意识、鉴赏心得和诗学思想。评说用语简洁，但并不面面俱到，而是点破诗心，引诗韵汩汩溢出，令读者击节叹赏。其评说中的作品论同作家论一样是兼重思想性和艺术性。因评说往往是击破一点，则或思想性，或艺术性，每诗多仅言其一。评说亦多有所本，而尤以沈德潜《古诗源》评点为最，有肯定，但也有阐发，甚至批评。今取其颇为自得者分析如下。

首先是论作品的思想性，又分二点：一是思想深刻。思想深刻主要源于批判现实。有批判官场的，如赵壹《疾邪诗》二首，姜选认为作者所抨击之奔竞世风“却一直延续于整个封建社会，具有普遍意义”，趋炎附势是人性之弱点，世风之痼疾，至今亦难根除。其思想之深刻性和普遍性不容置疑。有批判战争的，如汉乐府民歌《战城南》，姜选评云：“极写战争的残酷、战地的凄惨及连年战争的无休无止，深刻地反映出人民厌战、反战的情绪。”有批判行役的，如《古诗十九首》(去者日以疏)，姜选解说诗意云：“久客异乡，年已老大，偶过墟墓，感叹人生无常、沧海桑田，不禁哀伤思归。”评论曰：“这是一个失意者的作品，所表达的感情在那个时代有一定的代表性。”失意者悲叹的是王事靡盬而“欲归道无因”，其无法破解的困境在那个时代确实有代表性。

思想深刻还源于政治抱负，如《古诗十九首》(回车驾言迈)，姜选认为是劝人及早立身，勿贻后悔，因此“这首诗是《古诗十九首》中思想内容比较积极的一首。”诗中“立身苦不早”“荣名以为宝”等数语确已成为后世励志的格言了。又如曹操《短歌行》，姜选评云：“说者往往将此篇分为数段就其字面逐段理解，谓叹息时光易逝，慨慷忧思，借酒消愁，怀念朋友，感伤乱离，思得贤才，建功立业云云。果尔，杂乱无章，何以成为名篇？其实全篇只是一意，即：‘人生几何’‘去日苦多’‘悠悠我心’‘忧从中来’‘越陌度阡’‘何枝可依’，‘忧思’‘沉吟’

到最后，唯有广揽贤才，共图大业而已。”曹操之豪雄形象借此评而树立，此评又正可体现其点破诗心之特点。

思想深刻还源于人生态度。陶渊明《和郭主簿》末二句“遥遥望白云，怀古一何深”，“究之白云与古何涉，则颇难索解”，而又众说纷纭，姜选评论曰：“其实，诸家解说皆为辞费，但得其悠然意远，便已足矣，何烦更细加剖析?”“悠然意远”正是陶渊明自然人生观的反映。又如陶渊明《庚戌岁九月中于西田获早稻》，姜选评论云：“诗从‘人生归有道，衣食固其端’说起，而以长此躬耕结束，具见认理真而行事果。”由此可知活脱出真隐士的内心世界。

二是情感真挚。上文所论思想深刻者，往往寓有深情。同样，情感真挚者，其思想也不无深刻。如曹操《薤露》，姜选评曰：“指斥何进沐猴而冠、董卓荡覆帝基，忿怒悲伤，若不可遏。这不仅是‘汉末实录’，且已表现了诗人闵乱之情与救世之志。”情志实难区别。但因各有侧重，则予分说。古诗有的是感叹身世。如甄后《塘上行》，由“众口铄黄金，使君生别离”可知，此诗大概作于被废之时，姜选评曰：“淋漓恻伤，情至之语。”当得其情。

有的是感叹爱情，此类尤多。姜选评《有所思》曰：“这是一首以大胆泼辣而热烈多情的女子的内心活动写成的情诗。”又评《上邪》：“这首诗和上首一样是热烈多情女子的爱情诗。”“上首”即指《有所思》。以上是欢快的情诗，但更多的是夫妇分离或永诀的悲恸，如评旧题苏武《诗》四首其二曰：“以征夫别妻论，这诗确是极其沉痛。开头说夫妻恩爱，正为即将远别增悲。……末数句实在是强抑悲愁，劝慰爱妻，然而一说到‘生当复来归，死当长相思’，吾知其必哽咽不能再吐一语矣。”还原当时情境，颇能诱发读者之感同身受。又如评潘岳《悼亡诗》(荏苒冬春谢)曰:“安仁所长固在抒情,其悼亡之作真挚动人,千载推重。”姜著正以此组诗而力压陆机。

有的是感叹亲情。如孔融《杂诗》二首其二(远送新行客),姜选先解说其诗意云:“诗先言想看爱子,却被告知爱子已亡,埋在西北方墟丘之上。去瞧瞧孤坟吧,但那又能怎样呢?‘生时不知父,死后知我谁’呢!”然后评论曰:“真是凄怆已极,令人堕泪。”悲莫悲夫丧子之恸,何况此子还从未见面呢。

有的是感叹友情。如评《古诗十九首》(西北有高楼)云:“知音难遇,千古同悲。”又如旧题苏武《诗》四首其一,姜选评说首先认同沈德潜“别兄弟”之说,然后评其“昔者常相近,邈若胡与秦。惟念当乖离,恩情日以新”四句云:“写亲人离别时的真实情感,自来诗人很少写出此境。”抉发亲人离别前后之变化甚细微入情。

有的是感叹苍生。如评梁鸿《五噫歌》曰:“嗟叹沉郁,格调苍劲,前无所承,后莫能继。”“沉郁”“苍劲”的风格当缘于作者对民生“未央”之“劬劳”的深挚悲叹,因此姜选给予其极高评价。又如评《古诗》(十五从军征)云:“极凄凉、极惨痛。道尽战争与兵役给人民带来的残酷灾难。不独当事者泪落沾衣,两千年后的今人读之,亦不免为之泫然。”点提出此诗强烈的反战情绪。又如傅玄《豫章行·苦相篇》,姜选评曰:“说尽封建社会女子一生的痛苦。然而控诉无门,唯有忍受而已。”这位女子伤痛具有普遍性,是思想深刻和情感真挚的交融。

可见,姜评特重作品的情感要素,其共同的要求是真情实感,发自肺腑,感动人心。情感真挚和思想深刻一样是判定作品审美性的必要标准。

其次是论作品的艺术性。诗歌的艺术手法和艺术技巧繁杂,但是,古典诗歌最为重要、也最为核心的是比兴手法。姜先生就认为“比、兴之为诗不能不用的两法”(《诗学广论》，第 172 页)。本节仅论比兴以觇姜先生作品论之艺术论。比兴可分比、兴、比兴三种艺术手法，此三种艺术手法可细分出多种手法，统称为比兴手法。

比法易明，不论。先谈兴法。兴既为发端，又或有喻义(《诗学广论》，第 175 页)。而有喻之兴，“在诗中最为重要”，其所以重要，是因为它有喻义，而这喻义又是隐喻，比较婉曲，用之于讽，耐人寻味(《诗学广论》，第 180 页)。因此，姜选特别重视对汉魏六朝诗兴法及其喻义的阐发和鉴赏。如《古歌》五言四句，首二句“高田种小麦，终久不成穗”，沈德潜评曰：“兴意若相关，若不相关，所以为妙。”[1]姜评不完全认同此说，以为此诗之兴既是发端，喻义也显然：“前两句为喻，后两句为主体。男儿远走他乡，有如种小麦在高岗上，如何能不枯槁憔悴、结出果实来？此至为分明。”而认为沈说“未免是故作深解”。又如汉乐府《白头吟》起二句“皑如山上雪，皎若云间月”，也是兴法，姜选评曰：“诗的开端两句完全可以视为对这女子精神面貌的概括。”则揭示其譬喻之意。此诗第十三、十四句“竹竿何嫋嫋，鱼尾何簁簁”不在首部，但也是兴法，即兴起其下两句“男儿重意气，何用钱刀为”。此为特例，姜选并未放过，于“竹竿”两句注释云：“此二句喻男子爱情不牢固，见异思迁。”则揭示其喻义。又汉乐府民歌《艳歌行》首二句“翩翩堂前燕，冬藏夏来见”，姜选评曰：“开头两句兴辞，兴亦有比意。”此二句注释又曰：“以燕起兴，引出兄弟流落他乡，来去不由己，不如堂前燕的下文。”解明了喻义。由上述各例可知，自《诗经·国风》

[1] 沈德潜：《古诗源》，中华书局 1963 年版，第 96 页。

以后，兴法传统在民歌中承续不绝，是其诗歌艺术性的重要体现。

民歌的兴法后为文人所学习和模仿，如《古诗十九首》第二首首二句“青青河畔草，郁郁园中柳”，第三首首二句“青青陵上柏，磊磊涧中石”，第八首首二句“冉冉孤生竹，结根泰山阿”，均为兴法。“冉冉”两句，姜选注释云：“首二句用孤竹结根泰山起兴，暗喻女子欲嫁一个可靠丈夫的心愿。”揭示其喻义。曹植最善兴和比兴之法，下文论其比兴，此论兴法，仅举一例，如其《野田黄雀行》首二句“高树多悲风，海水扬其波”，与下文并无直接联系，姜先生认为“也是兴辞”(《诗学广论》，第 185 页)。汉魏诗歌多用兴法，姜先生认为这也是构成“汉魏风骨”的重要因素(《诗学广论》，第 186 页)。晋、宋以后，总体来说，兴法少见了。但是左思和鲍照则是例外，如左思《咏史》八首其二首四句“郁郁涧底松，离离山上苗。以彼径寸茎，荫此百尺条”，既为发端，其喻义又显然指向“世胄蹑高位，英俊沉下僚”等句意。其第八首首二句“习习笼中鸟，举翮触四隅”也是兴而有比。因此，从兴法来看，也可证明左诗上承“慷慨多气”的“汉魏风骨”。鲍照《代放歌行》首二句“蓼虫避葵堇，习苦不言非”，姜选注云：“首二句以蓼虫食苦蓼而不食葵堇起兴，引出下文。”下二句为：“小人自龌龊，安知旷士怀。”显然与首二句意义关联，则此诗首二句也是兴而有比。又《拟行路难》十八首其八首四句“中庭五株桃，一株先作花。阳春妖冶二三月，从风簸荡落西家”与下二句“西家思妇见悲惋，零泪沾衣抚心叹”相关联，当为兴法，且颇有创新。沈德潜评鲍诗：“抗音吐怀，每成亮节。其高处远轶机、云，上追操、植。”(《古诗源》，第 250 页）善于运用兴法也许是作出上述评价的重要依据。可以说，“古诗”、曹植、左思、鲍照之所以成其时代诗歌的最高代表，善于运用比兴手法（下文续有论述）是重要的原因。

再说比兴手法。以《离骚》为代表的《楚辞》“讽兼比兴”[1]，即谓“《离骚》诸言草木，比物托事，二者兼而有之”[2]，将比、兴合一了。比兴手法在后世衍生出多种形态，若以诗歌之整篇或整章而论，有比体诗、寓言诗、象征诗等；比体诗又可分为拟物诗、拟人诗，而尤以拟物诗为多。甚至情景交融、景意交融等有些都可归入比兴手法之列。正如姜先生所云：“就景中写意，托物以寓情，这也便是兴。”(《诗学广论》，第196页）推而广之，凡言在于此而意寄于彼者，即有比兴精神，可称比兴手法(《诗学广论》，第194—196页)。比兴的特点同样在于含蓄委婉，耐人寻味，富于诗意。晋宋以后，纯粹的兴法减少了，但扩展化的比兴往往而在。可以说，兴和比兴成为汉魏六朝诗歌最重要的艺术手法。姜选同样重视对比兴这一诗艺的审美。

汉魏六朝文人有学习和模仿《离骚》的比兴手法者。如张衡《四愁诗》，沈德潜评曰：“心烦纡郁，低徊情深，风骚之变格也。”(《古诗源》，第55页）但何谓“风骚之变格”？似在于“纡郁”“低徊”，但何以“纡郁”“低徊”呢？沈氏并未言明。姜先生评说先引《文选》卷二十九录此诗之序云：“屈原以美人为君子，以珍宝为仁义，以水深雪雰为小人，思以道术相报，贻于时君，而惧谗邪不得以通。”然后论断云：“其序虽非张衡所作，但颇能得衡作之本心。”亦未明言，但实已肯定此诗系运用所引诗序前三句所言之比兴手法而寓以后三句所言比兴之意。“纡郁”“低徊”指向比兴手法，“心烦”“情深”则指向比兴之意，这正是“风骚之变格”。点破比兴手法，比兴之意则易明，比兴手法显然是

[1] 刘勰著，范文澜注：《文心雕龙注·比兴》，人民文学出版社1958年版，第602页。
[2] 黄侃：《文心雕龙札记·比兴》，上海古籍出版社2000年版，第175页。

此诗最突出的艺术特色。

其实比兴手法亦源于民歌。如《古乐府》:“兰草自然香，生于大道旁。十月要镰起，并在束薪中。”全诗咏兰花。姜选评曰:“言才智之士处于溷浊之地，不为世用，终与草木同朽。短短五言四句，寓意至为著明。”点明其通篇为拟物之比体诗。又如《古诗》(四坐且莫喧)，姜选论曰:“诗的开头三句完全是歌唱艺人开场白的口吻，可见这诗实系乐府民歌。”虽难论定，但其与民歌之关系显然。姜选解说其诗意云:“此诗明写富贵人家在精雕细镂的铜炉里烧着熏香，香风入怀，四座赞叹。但香风不能持久，转瞬散尽，白白糟蹋许多香草。”论断其主旨云:“这实是比喻世人追求浮名，徒耗精力，终无益处。”此诗全为比体，仅末二句“香风难久居，空令蕙草残”影射主旨，但颇为深隐，经姜评提点，才豁然贯通。

民歌之比体诗后为文人所研习，如《古诗十九首》(迢迢牵牛星)全篇是以天上牵牛、织女离别之情比兴地上夫妇离别之情，也创新了比兴手法。姜评曰:“无疑也是拟乐府民歌的佳篇。”即揭示其比兴手法之源于民歌。又如曹丕《杂诗》(西北有浮云)也是全篇用比体:“将自己比作西北的一片浮云，不由自主地被暴风吹到东南吴会之地。”以此表达言外之“无穷悲感”(《古诗源》，第108页)。汉魏六朝诗人中曹植最通比兴之法，如其《野田黄雀行》全篇用比，由末二句“飞飞摩苍天，来下谢少年”可知为拟人法，《文心雕龙·隐秀》赞此诗“格刚才劲”“长于讽谕”，姜选评曰:“两句话已尽其妙。”此两句不仅可赞此诗，也可移于称赞曹植所有的比兴体诗。又姜选评其《美女篇》曰:“美女以喻君子，亦植以自喻也。以如此盛德美才而不获展布自效，盛年一过，何可追攀？此所以中夜起长叹也！论者或谓此篇以华缛胜，实则极写美女形质服饰之艳娴动人，正所以言君子品节之可慕也。”虽有承袭前人之处，但姜选所论更为细密精确。又《七哀诗》（明月照高楼）是以思妇自比，姜选评曰：“明写闺怨，实寓讽君。……性情之作，不须华饰，自成建安绝唱。”评价极高。《七步诗》则是“托喻煮豆”，可谓“事近义切，本乎至性，词质理达”。曹植比体诗比比皆是，形式多样，有以人比物者，有以物比人者，有以人比人者，且艺术成就极高，不愧为“汉魏风骨”之最高代表。其次是鲍照善用比兴之法，如其《拟行路难》（洛阳名工铸为金博山）全篇咏铜香炉，是拟物之比体诗，姜选评曰：“此诗既是后世闺怨诗所宗，亦是仕宦失意者常所取拟。”足见此诗艺术水平之高，影响之大。《拟古》八首其三以游侠自比，全仿曹植《白马篇》，姜选评曰：“言幽并少年骑射之精、意气之壮。隐示自己有守郡防边、为国立功之志。诗句俊逸奇警，与内容相称。”若以比兴而论，鲍照就不愧为南北朝诗第一人。可见，比兴手法是对兴法的发展，兴诗虽有减少，但比兴不乏其作。因此，兴和比兴可以说成了好诗的标志。

景而与情、志交融者，若就广义者而言，也是比兴手法。如旧题李陵《与苏武诗》三首其一，沈德潜评曰：“一片化机，不关人力。此五言诗之祖也。”（《古诗源》，第 48 页）极力推许，但所论过虚，难得要领。姜选于此诗中“仰视浮云驰，奄忽互相逾。风波一失所，各在天一隅”四句注释云：“以上四句以风吹浮云喻人生多变、身不由己。”又有“触景伤情”之评。则读者自可意会此四句及此诗之妙处。此四句浮云失所之景物与送友远行之离情化成一片，似不关人力，需玩味乃识，正可谓比兴之精神，而为古诗之至境。又如张协《杂诗》（秋夜凉风起），全篇十四句，前十二句写景，末二句抒情。姜选评曰：“写秋夜思妇感时怀远之情，从室内到室外，动物有蜻蛚、飞蛾、蜘蛛；植物有萋绿的庭草和依墙的青苔，都给人以凄凉寂寞之感。故结曰‘感物多所怀，沉忧结心曲’，盖情与物会，非由心造也。”全诗以写景为主，但无非抒情，非如后世模山范水者可比，所以可泛称为比兴手法。姜著即由此诗之评而移评张诗总体风格，遂越潘、陆而上之。

最后是综合评论作品的思想性和艺术性。思想性和艺术性自难分隔，上文论述比兴手法，往往关联比兴之意，也是综合评论作品的思想性和艺术性，但重点还是论述艺术性。本小节所论与思想性相关联的艺术性则将比兴除外，仅略举数例，以见思想性与艺术性之交融乃为姜选评说之主流。如姜选评刘细君《悲愁歌》云：“真情实感，不假雕饰，便是千古至文。”则前两句一句评思想性，一句评艺术性，两者交融而不可分隔，第三句则给予了此诗成就最高的评价。又如评《古诗十九首》(庭中有奇树)，先解说诗意云：“这首诗是写思妇怀念久别远人的。短短八句，却从庭中奇树说起，由树及叶，由叶及花，再说折花将以赠给所思的远人。然而路远不可能送达，无可奈何，只有罢了。其实一枝花有什么值得远赠的呢？不过是因离别太久而发痴想吧。”然后引陆时雍《古诗镜》语以论断：“诚哉，‘深衷浅貌，短语长情’，在《古诗十九首》中亦是不可多得者。”可知，全诗八句乃“浅貌”“短语”，但念兹在兹的却是“深衷”“长情”，是以浅近语言、习见物象、平常行为、烦乱思绪表达真挚情感，思想情感与艺术形式深度切合，所以是“不可多得者”。又如评王粲《七哀诗》三首其一（西京乱无象）曰：“《七哀》闵乱，一读便知。中间特写饥妇弃子一段，顿使读者为之落泪。此古所谓举重赅轻之法，亦即今所谓典型概括之道，不可仅视为一种小小的艺术手段。”典型概括之法造成了哀恸落泪之艺术效果，可谓一语中的。又评陶渊明《读山海经》曰："盖在于心有所会，自然流出，平和安雅，不费力气，更无半点斧凿痕，故能入妙也。"欲表达自然入化之哲思，必借自然入化之语言。评《子夜歌》(怜欢好情怀)："多用谐音、双关语辞，是民歌的特征之一，而情歌尤甚。把要说又不好说的字眼改用隐语道出，往往愈见多情。"用谐音双关则愈见多情，此评可当南朝民歌之通论。均是艺术性、思想性一一对应而论。

《汉魏六朝诗三百首》的评说继承的是中国古代传统的评点方法，有强烈的审美意识，言简意赅，极少旁骛，直捣黄龙。当然与小传、注释的配合也让评说简省了不少笔墨，这样更好地发挥了评说一语道破的审美效果。评说于会心鉴赏中也往往有引伸性和提升性的议论，表达出作者关于古诗学的学术观点，可为其学术专著之补充。其中最有价值当为比兴观。

总之，姜书阁先生首先是一位文学史家，其次是文体学家，还是一位文学批评家。他的古诗学就是上述三者的结合体。会通意识是姜先生学术思想的底色和根基，必然贯穿于其古诗学之文体论、作家论、作品论，而有强烈和鲜明的辨体意识、优劣意识、审美意识。因其文学史著作、文体学著作并非专论古诗学，《汉魏六朝诗三百首》则可谓姜先生古诗学的代表和集成之作。因此，姜先生古诗学自有其特色，即审美性、批评性。文学批评当会于心，得于见，感而发。可以说，姜先生的古诗学是会通与会心的结合。

（原刊《中国韵文学刊》2021年第4期）